삶의 끝에서 나눈 대화

Die letzten Dinge : Lebensendgespräche

삶의 끝에서
나눈 대화

이리스 라디쉬 | **염정용** 옮김

차례

유리판 너머에, 셀로판지 아래에,
당신의 마지막 여름이 남아 있다, 달콤하고
무의미한, 그리고 다시는 돌아오지 않을 여름이.
— 필립 라킨

일러두기
1. 본문의 주석은 모두 옮긴이의 것이다.
2. 헝가리인은 성을 이름 앞에 쓰기 때문에 나더쉬 피테르의 경우 헝가리식으로 표기했
다. 하지만 임레 케르테스의 경우, 성이 케르테스지만 국내에 이미 이름이 먼저 나오는
방식으로 통용되고 있어서 그대로 따랐다.
3. 독자들의 이해를 돕기 위해 이 책의 작가들에 대한 추가 정보를 인터뷰에 언급된 내
용을 중심으로 책 말미에 실었다.

삶의 끝에 남는 것들

법원 판사인 이반 일리치는 죽음을 앞두고 누워 있다가 번개같이 깨달은 것이 있었다. 자신이 잘못 살아왔다는 깨달음이었다. 일, 생활, 가족들, "그 모든 것들은 어쩌면 전혀, 아무것도 아니었을 거야." 아무튼 자신의 죽음을 앞두고 있는 순간까지 계속 유지될 그런 것은 아니었다. 이반 일리치는 '사람들'이 그렇게 살아야 마땅하다고 믿었던 그런 삶에 순응해 왔다. 지금 그는 힘들게 일해서 장만한 자신의 훌륭한 집에 앉아 있지만, 그 모든 것들이 무엇을 위해 필요했는지 이해가 되지 않는다.

톨스토이의 소설 『이반 일리치의 죽음』에서 코앞으로 다가온 인생의 최후는 삶에 대한 환상이 통과하지 못하는 문이다. 모두가 그 부지런한 법원 판사에게 삶은 차츰차츰 나아진다고 늘 힘주어 말했었다. 교육, 결혼, 자녀, 승진 같은 것들 말이다. 지금 그는 삶이 실제로는 늘 나빠지기만 했다는 사실을 깨닫는다. 삶의 기쁨은 줄어들었다. 돈에 대한 근심, 사랑에서의 실망, 일상생활의 따분함은 더 늘어났다. 그는 중요한 모든 일을 나중으로 미루어 두었다. 그런데 이제 더 이상 나중은 없다. 그는 자신의 삶 마지막 사흘 동안 절망감에 빠져 목 놓아 울었다.

이반 일리치가 빠져들었던 그 덫은 '미루기'라고 불린다. 마침내 일요일이 되면, 마침내 이런저런 것을 이루고 나면 그 모든 것이 보람으로 돌아올 것이다. 언젠가는 꾸준히 대비해 온 제대로 된 삶을 시작하는 것이다. 그것은 은퇴 이후가 될 수도 있다. 그것조차 순조롭지 않다면 사람들은 틀림없이 천국을 소망할 것이다. 미루기라는 원리는 모든 사람들에게 단조롭고 지루한 삶을 계속 살아가게 해 준다.

인생의 최후에 이르면 눈길은 다른 곳으로 향할 수밖에 없다. 지금까지 진전 모드로 움직이며 오직 앞만 보고 왔다면, 이제는 되돌아보는 것이다. '대비하기'라는 원칙은 그 의미를 잃는다. 이제 곧 삶을 마쳐야 한다면, 더 이상 우리는 당장 삶을 시작하는 방식에 의지할 수 없다. 목적에 맞는 계산된 행동이 보람을 안겨 줄 수 있는 범위가 줄어든다. 소중한 삶의 마지막 시간을 불필요한 일에 허비할 이유가 어디 있겠는가? 타협할 이유가 어디 있겠는가? 여기서 노년의 과격함이 생겨난다. 사람들은 나이가 들면 때로는 냉소적이거나 절망적인 태도를 보인다. 이제는 어떤 새로운 약속으로도 위안을 받을 수 없기 때문이다. 그러나 그들은 새로운 자유도 얻어 냈다. 그릇된 기만에 더는 속아 넘어가지 않기 때문이다. 마르틴 하이데거의 철학은 삶의 최후에 관해 숙고하는 것에서 그 본질인 비타협성을 얻어 낸다. 그는 이 최후의 날카로운 통찰을 '추상적 개인이라는 환상에서 벗어난, 자기 스스로 확신하는 죽음의 자유'라고 부른다.* 여기서 결론을 끌어내자면, 삶의 무수히 많은 부

---

* 하이데거에게 '죽음'은 인간의 본질로써 절망과 끝이 아니라, 죽음을 감수하면서까지 자신을 걸어 어떤 가능성을 향해 달려가 보는 능동성과 자유의 사건이다.

수적 상황에 정력을 허비하지 말고, 자신이 살아가는 '이유', '본질적인 면'에 관심을 기울여야 한다는 것이다.

살아가는 이 최종적인 이유를 기반으로 한다고 해서, 정말로 진실하고 손상되지 않은 삶이 참을성 있게 그 주인을 기다리고 있을지는 아무도 모른다. 하이데거 자신도 몰랐다. 삶을 아무리 포장하고 방향을 돌린다 해도, 그 모든 것 이면에서―필립 라킨*의 시에 나오듯이 유리판 너머에, 셀로판지 아래에―아무것도 나오지 않을지도 모른다. 마지막 여름도, 마지막 일들도, 마지막으로 다시 한 번 마르틴 하이데거의 말을 끼워 넣자면 '삶의 실질적인 온전함'도 나오지 않을지 모른다. 만약 그렇다면 포장은 애초부터 필요하지 않았다. 셀로판지 아래의 삶은 포장이 벗겨지지도 않은 채 끝나는 것이다.

나는 언제나 인간의 마지막 또는 마지막에 가까운 일들에 관해 종교적 혹은 철학적으로 확정된 입장을 가지지 않은 사람들과 대화를 나누는 것을 좋아했다. 작가들, 특히 많은 경험을 하고 여러 가지 환상이 무너진 고령의 작가들이 보통은, 안타까울 정도로 꽉 막히지 않은, 그런 대화 상대였다. 그들은 충분히 이해했다고 볼 수 없는 삶의 분야로 이어지는 질문에도 기꺼이 답변해 주는 경우가 잦았다. 죽음이 임박하면 세상을 보는 시선이 어떻게 바뀌는가, 하는 문제에 나는 관심이 끌렸다. 한때 중요했던 일이 그렇지 않게 되었는가? 어떤 질문들에 대해 인생의 최후라는 느낌이 들어 이전보다 더 단호하게 그리고 어쩌면 더 정직하게 답변하는가? 삶의 결과가 좋았는지 그렇지 않았는지를 결국 무엇에서 알아내는가?

이 책에 실린 열여덟 편의 인생 최후의 인터뷰는 고별의 대화다. 마

---

* 영국의 시인으로 20세기 영국 최고의 시인이자 가장 위대한 전후 시인으로 꼽힌다.

르셀 라이히라니츠키, 조지 타보리, 안토니오 타부키와의 인터뷰는 실제로 그들 생애 마지막 인터뷰가 되었다. 고령이 된 인터뷰 대상자들 거의 모두가 자신과 세상 사람들을 상대로 더 이상 입증할 것이 없었다. 또, 자화자찬할 필요도 누구를 감쌀 필요도 없었다. 가면은 벗어 버려도 좋았다.

이 과정에서 드물지 않게 드러난 것은 훌훌 털어 버린 듯한 초연함이었다. 그와 반대로, 특히 유대인 작가들 중에서는 충격적일 정도로 가차 없는 총평도 나왔다. 어떤 이들은 창작의 즐거움이 여전히 넘쳐 나서 인생의 최후가 가까워졌다는 생각에 숨김없는 분노를 드러내기도 했다. 또 어떤 이들은 죽음과 자연스럽게 어울리는 태연함을 내보이거나, 죽음을 동경하면서 자신의 삶을 이미 끝마쳐 버린 어떤 것으로 간주하기도 했다.

인터뷰는 거의 언제나 작가들의 거실이나 서재에서 이루어졌다. 내가 찾아간 곳은 파리, 모스크바, 리스본, 텔아비브, 부다페스트, 함부르크, 케임브리지, 괴팅엔, 뤼상주, 베를린, 빈, 뮌헨, 틸렌헤메, 벨렌도르프였다. 첫 인터뷰는 1990년 가을에 있었고, 마지막 인터뷰는 2015년 봄에 있었다. 모든 인터뷰에서는 각자 살았던 한 시대가 고찰되고, 20세기 유럽 문화사의 테마와 국면들이 대상자들에 의해 한 번 더 생생히 그려진다. 노벨문학상 수상자 클로드 시몽과 파트릭 모디아노를 통해서는 전쟁 중의 프랑스와 전후의 프랑스 상황이, 미셸 뷔토르를 통해서는 누보로망*이, 일제 아이힝어를 통해서는 47그룹**이, 쥘리앵 그린을 통해서는 가톨릭 영향권의 유럽이, 조지 타보리, 조지 스타이너, 아

---

* 제2차 세계 대전 이후 프랑스에 나타난 문학 형식으로 전통 소설에서 볼 수 있는 인물이나 줄거리, 서술 방식을 부정하는 전위적 소설 작품군을 이르는 말.
** 반국수주의적, 좌파적, 비타협적 성격의 전후 독일 문학 조직으로 문학 언어의 새로운 길을 모색하였다.

모스 오즈를 통해서는 유럽-유대인들의 정신사가, 임레 케르테스와 루트 클뤼거를 통해서는 아우슈비츠와 유대인 박해가, 안드레이 비토프를 통해서는 러시아인들의 영혼이, 자라 키르쉬를 통해서는 동독의 반체제 인사들 이야기가, 페터 륌코르프, 귄터 그라스, 마르틴 발저를 통해서는 옛 서독의 정신이, 프리데리케 마이뢰커를 통해서는 빈 그룹이, 안토니오 타부키를 통해서는 베를루스코니* 치하의 이탈리아 몰락의 드라마가 소개된다.

많은 인터뷰에서 죽음이 직접적인 주제로 다루어진다. 이를테면 이미 몇 분 동안 죽은 것처럼 보인 적이 있고, 죽음의 문턱까지 갔던 이야기를 들려주는 나더쉬 피테르와의 인터뷰가 여기에 해당된다. 그러나 살아가는 요령에 관해 그리고 주어진 시간이 끝나고 자기기만이 사라지면, 변하지 않고 남는 것이 무엇인가에 관해서는 매 인터뷰마다 다루었다.

나는 누구였는가? 그리고 이제 막 사라지려 하는 지금의 나는 누구인가? 여기에 대한 대답은 죽은 자와 산 자의 목소리들이 서로 뒤얽히고 충돌하며 만들어 내는 합창이다. 이 합창은 누군가가 아직 귀 기울이고 있는 한 울림을 멈추지 않을 것이다.

---

* 세 차례에 걸쳐 이탈리아 총리를 지낸 정치인. 언론·방송 장악, 성추문, 탈세, 수뢰, 갖가지 부패 혐의 등으로 유죄 선고를 받기도 했으나, 2017년 지방 선거를 통해 재기의 발판을 마련했다.

Julien Green

쥘리앵 그린

"늙는 것은 죄악이다."

파리에서 태어난 미국인 소설가로 젊은 시절에 이미 세계적인 명성을 얻었다. 프랑스의 문호이자 친구인 프랑수아 모리아크는 그린을 가리켜 '현세의 지옥을 그리는 화가'라고 부를 만큼 악과 죄의 문제를 다룬 작품들을 썼다. 그린의 문학사상 가장 방대한 작품은 일기(1926~1998)와 두 권의 자서전인데, 자서전을 통해 사회에서 금기시하던 동성애 생활을 밝혔다.

1990년 가을, 나는 전설적인 한 인물을 찾아가는 중이었다. 우리의 주인공 쥘리앵 그린은 90세로 앙드레 지드와 프랑수아 모리아크의 친구이며 『모이라Moira』, 『레비아탕Léviathan』 혹은 발터 벤야민이 1920년대에 열광적인 비평을 쓴 적이 있는 『닫혀진 뜰Adrienne Mesurat』 같은 주옥같은 소설을 쓴 작가다. 나는 몸이 오싹해지는 것을 느꼈다. 얼마 전에 쥘리앵 그린과 마찬가지로 전설적인 누보로망의 창시자 나탈리 사로트를 방문한 일이 매우 불명예스럽게 끝난 터였다. 나는 파리 16구역에 있는 그 작가의 널따란 아파트에서 그녀의 작품에 대해 복잡하기 짝이 없는 질문들을 마구 쏟아 냈다. 어느 순간 그 엄한 노부인이 나를 안됐다는 듯이 빤히 쳐다보며 말했다. "당신은 아직 햇병아리 기자군요."

나는 뮌헨행 비행기에서 속을 태우며 앉아 있었다. 뮌헨의 소극장에서 배우 토마스 홀츠만Thomas Holtzmann*이 쥘리앵 그린이 참석한 가운

* 1960~1990년대 독일 국민의 사랑을 받은 독일 연극배우.

데 그의 작품을 낭독하기로 되어 있었던 것이다.

낭독회가 끝난 후 나는 쥘리앵 그린과 그 백발의 스타를 수행하는 훨씬 젊은 신사 한 명을 만났다. 그 신사는 쥘리앵 그린이 '내 아들'이라고 부르는 프랑스의 작가 장에릭 주르당그린Jean-Éric Jourdan-Green이었다. 주르당그린은 양아들이자 헌신적으로 보살피는 반려자라는 일인이역을 하며 쥘리앵 그린을 돕고 있었다. 뮌헨의 한 고급 레스토랑에서 저녁 식사를 할 때, 그는 고기를 '아버지'의 입에 알맞은 크기로 잘라 주었다. 쥘리앵 그린은 고기를 씹으며 아무 말이 없었다.

인터뷰는 그다음 날 아침에 사계절호텔의 한 스위트룸에서 이루어졌다. 성격이 쾌활한 에릭이 그린의 무릎에 담요를 덮어 주고 내게는 옆자리의 안락의자에 앉도록 권했다. 그런 다음 그는 호텔의 홀에서 잃어버린 은색 지팡이를 찾기 위해 나갔다. 쥘리앵 그린이 나에게 속삭이며 알려 준 바로는 1870년에 제작된 것이었다.

그렇게 우리 두 사람만 남게 되었다. 우리 사이의 공간은 1미터도 채 되지 않았지만 시간상으로는 60년이나 떨어져 있었다. 당시에는 곧장 알아차리지 못했지만, 바로 그 순간 우리 두 사람 사이에 흔히 말하는 '불꽃'이 옮겨붙은 것이 틀림없었다. 쥘리앵 그린은 매우 낮은 목소리로 말했는데, 그처럼 고령의 나이에는 말이 그리 중요하지 않은 것 같았다. 그럼에도 그의 말을 중단시키기란 쉽지 않았다. 그는 새 질문이 나오기를 기다리지도 않고 무작정 말을 이었고, 자신이 하고 싶은 말만 했다.

그러다 보니 말머리를 자신의 동성애 취향으로 돌린 사람도 그 자신이었다. 그는 동성애 생활을 했지만 결코 동성애자가 아니었다고 말했다. 물론 그는 중간에 몇 번이나 그런 고백은 자신의 기질에 맞지 않으며, 나에게도 어쩌면 전혀 흥미롭지 않을 거라는 말을 끼워 넣었다. 그러면서도 그는 말을 이어 나갔다. 내가 나중에 느낀 바로는, 그는 매우 개인적인 또 다른 비밀들을 털어놓으려는 일종의 고백 욕구에 사로잡혀 있었던 것 같다. 우리는 인생의 말년에 들어 가톨릭을 굳게 믿는 그의 심기를 불편하게 만드는 문제들에 관해 대화를 나누었다. 주로 죄악, 성적 쾌락, 성욕의 자제, 자신의 신앙과 죽음에 관한 내용이었다. 나는 그에게 죄악이라는 말은 나와 나의 세대 대부분의 사람들에게 그리 중요하지 않으며, 그가 왜 남성에 대한 갈망을 떨쳐 내려는 것인지 이해가 되지 않는다고 말했다.

나의 솔직한 태도가 그의 기분을 상하게 한 것 같지는 않았다. 오히려 그 반대라는 편이 옳았다. 인터뷰가 끝날 무렵에 그는 나의 눈을 빤히 들여다보며 물었다. "당신은 행복합니까?" 분위기에 걸맞게 침묵이 이어졌고, 나는 진정한 대답을 찾아보았다. 나는 지금까지도 그가 왜 그렇게 물었는지 알지 못한다. 몇 년 뒤에 나는 그에 관한 기사 몇 줄을 발견했다. 그때, 그 짧은 순간에 나는 그가 느낀 기분을 알 수 있을 것 같았다. "나이든 그 무엇이든 전혀 고려하지 않고 개인적인 일들에 관해 터놓고 말을 하다 보면, 자신이 이해받는다는 것과 정말 중요한 질문은 아주 가까이 있다는 것을 알게 됩니다."

얼마 후 에릭이 은색 지팡이를 손으로 흔들면서 돌아왔고, 우리의 대화에는 다시 활기가 감돌았다. 몇 분 후에 나는 차량의 흐름이 뜸해진 막시밀리안가街*에 서 있었다. 나는 한 시간 반 동안 다른 세상, 다른 시대에 가 있다가 돌아왔다.

쥘리앵 그린은 그 인터뷰를 한 지 8년 후인 1998년 8월 13일에 에릭이 지켜보는 가운데 파리의 바노가街에 있는 자신의 아파트에서 영원히

---

* 화려한 가게들이 즐비한 뮌헨의 시가지로, 이 인터뷰가 진행된 호텔이 이 거리에 있다.

눈을 감았다. 1990년에서 1996년까지의 그의 일기에는 나에게 보내는 마지막 작별 인사도 들어 있었다. 1990년 10월 16일의 일기에 이렇게 쓰여 있다. "〈차이트〉에서 근무하는 여기자와 오래 대화를 나누었다. 늘 그러듯이 나는 많은 이야기를 했다. 아니, 오히려 그녀의 '대답'에 대한 대답을 했다. 그녀의 대답은 갈수록 자신과 관련된 개인적인 내용으로 변했다. 그녀는 종교를 믿고 있으면서도 악의 이름으로 행해지는 죄악이 실제로 무엇인지는 이해하지 못한다. 악을 행한다는 것은…… 내 생각으로는, 사람들이 이 알아듣기 힘든 개념을 빼고, 그것을 하나님에 대한 사랑과 영혼 사이에 놓인 장애물이라는 생각으로 대체한다면 더 명확히 파악하게 될 것이다. 성적 충동에 굴복하는 인간은 하나님에게 나쁜 짓을 하려는 소망을 가진 것이 전혀 아니다. 그렇지만 많은 경우에 이런 인간은 하나님과 우리의 내면에 깃든 것, 그분을 향해 나아가고 싶어 하는 것 사이의 친숙함을 방해한다. 교회는 수세기 동안 그것을 공포의 대상으로 만들었다. 나의 인터뷰 진행자는 문제를 파악하는 이런 방식을 충분히 이해하고 받아들이는 것 같다. 그녀는 젊은이들이 앞날을 두려워하는데, 그 이유는 금세기가 어디를 향해 나아가고 있는지 모르기 때문이라고 한다. 그녀는 나와 같은 평화주의자다. 그녀는 순진하고 근심에 차 있고, 나는 그녀와 친밀해진 느낌이 든다."

*

라디쉬 당신은 책을 30권 이상 썼고, 50년 전에 이미 『레비아탕』이나 『또 다른 잠』으로 커다란 문학적 성공도 거두었죠. 그리고 나이는 금세기와 같습니다. 오늘날도 여전히 당신이 활동할 수 있는 세상인가요?

그린 엄청난 변화들이 있지요. 예전에는 모든 것들 이면에서 역사가 보였습니다. 예를 들면 뮌헨은 대단했죠. 뮌헨은 고색창연한 분위기, 당신이 이해할지 모르겠지만, 시적인 면을 가지고 있었습니다. 역사로 가득했죠. 하지만 전쟁 이후로는 어떤 것도 남아 있지 않아요.

라디쉬 지금 인생을 돌이켜 볼 때 '이것은 정말 나의 시대였다, 이 시대야말로 내가 정통해 있다'고 말할 수 있는 어떤 시기가 있다면요?

그린 내 유년기와 청년기는 경이로웠다고밖에 말할 수 없어요. 승합마차가 다니던 시대였으니까요. 휘발유를 사용하는 세상이 오기 전이었지요. 그 시대는 1914년에 막을 내렸어요.

그 시절에 거리에서 일어나는 일이 얼마나 적었는지 알면 요즘 사람들은 깜짝 놀랄 겁니다. 마차 한두 대가 전부였으니까요. 요즘의 파리처럼 세계 각국에서 온 사람들로 넘쳐 나는 일은 없었지요. 그렇게 1920년에서 1933년까지의 시대가 이어졌어요. 그때는 근심 없던 시절이었죠. 아무튼 파리에서는 그랬습니다. 그 시절의 문학 창작 활동은 엄청났죠. 대단히 행복한 시절이었답니다.

그러다 히틀러가 집권하자 분위기가 급변했어요. 파리는 갈수록 무표정해졌고, 점점 더 색채를 잃어 갔습니다. 무슨 일이 벌어질 거라는 예감이 들었지요. 미국을 무대로 한 내 소설 『남부의 별들』에 그와 비슷한 불확실성과 불안이 들어 있어요. 그러다가 곧 전쟁이 벌어진다는 확신으로 바뀌었지요. 전쟁은 그 시절 위를 짙은 구름처럼 떠돌고 있었습니다. 그럼에도 그때가 나의 시대였어요. 만약 내가 한 시대를 고를 수 있다면 1920년에서 1933년 사이에 파리에서 보냈던 시절을 택하겠어요.

라디쉬 그러면 현재는 어떤가요?

그린 현재는 어디를 향해 가고 있는지 우리가 모르기 때문에 불가사의하고도 두렵지요. 한 늙은 시골 목사가 나에게 이런 말을 한 적이 있어요. "우리가 어디를 향해 가고 있는지는 모르지만, 여하간 우리는 곧장 나아가고 있어요." 오늘날이 바로 그렇습니다. 더 심각하다고 할 수 있지요. 루마니아 사태*만 봐도 그렇고, 걸프전도 그렇고…….

정치는 스스로를 파괴하지요.
정치는 결코 무언가를 이루어 내지 못합니다.

라디쉬 그런 것들이 당신에게 변화를 일으켰나요?
그린 나는 정치에 적극적으로 관심을 가진 적이 없어요. 정치에는 어떤 파괴적인 요소가 들어 있습니다. 정치는 스스로를 파괴하지요. 정치는 결코 무언가를 이루어 내지 못합니다. 몇 년 전에 베를린에서 우연히 레오 뢰벤탈이라는 나이 든 유대인을 만났어요. 나보다 하루 먼저 태어난 사람이었는데, 그가 묻더군요. 우리가 겪었던 그 전쟁들이 무엇에 도움이 되었냐고요. 전혀, 아무짝에도 쓸모가 없었다고 대답했지요. 사람들은 늘 처음부터 다시 시작합니다. 딱 부러지게 최종적이고, 국제적으로 인정받는 결론을 이끌어 낸 전쟁은 한 번도 없었어요. 어떤 결론도 최종적이지 않아요. 그래서 살육이 계속 자행되는 겁니다. 그리고 그 대가는 젊은이들이 치러야 하죠. 참을 수 없는 일임에도 불구하고 사람들은 젊은이들을 전쟁에 희생시키고, 미래를 그토록 많이 파괴시킵니다. 앞날을 책임질 중요한 남자들이 전투에서 얼마나 많이 죽었는지 우리는 모릅니다. 나는 평화주의자예요. 그러니 좀 더 설명을 드리

---

* 루마니아에서 공산당 일당 독재 정권에 저항해 1989년 12월에 민주화 운동이 일어났던 당시, 대통령의 발포 명령으로 수백 명의 시민이 사망했다.

지요.

내가 열일곱 살이 되던 1917년의 일이었습니다. 미국의 남북전쟁 때 몸소 군인으로 참여하셨던 아버지께서 나를 찾아와 연합군을 위해 뭔가를 해야 한다고 말씀하셨어요. 그래서 나는 베르됭의 야전 병원으로 갔었죠. 온밤 내내 대포 소리를 들었답니다. 소름 끼치는 폭음이었지요. 그때 사람들이 사망자 한 명을 데려왔어요. 얼굴은 재킷으로 덮어 놓았더군요. 두 손만 보였지요. 아주 젊은 남자의 손이었어요. 그때 나는 큰 충격을 받았습니다. 그리고 한 번도 사람을 죽인 적이 없는데도 나는 절대 누군가를 죽이지 않겠다고 스스로 맹세했습니다. 물론 나는 톨스토이 작품들도 많이 읽었어요. 그것은 내 마음속에 영원히 남을 겁니다.

라디쉬 당신은 정치에 관심이 없다고 하지만 일기에서는 세계적인 사건에 관해 촌평을 하더군요.

그린 아닙니다. 그냥 기록해 두는 것뿐이에요. 나는 결코 내 의견을 말하지 않아요. 루마니아 사태의 경우만 제외하고 말이죠. 그 문제에는 인간적으로 마음이 끌렸습니다. 그리고 또 히로시마 소식을 들었을 때도 그랬죠. 일본은 당시에 이미 평화 조약을 맺을 각오가 되어 있었어요. 그런데도 루즈벨트는 우리의 힘을 과시하기 위해 폭격을 강행해야 한다고 주장했죠. 역겨운 짓이에요! 그래서는 안 되는 겁니다.

라디쉬 당신은 수십 년째 거의 날마다 일기를 쓰고 있는 걸로 알고 있습니다. 그 일기장이 어느 날 전부 공개되리라는 걸 잘 알고 있을 텐데요. 일기를 쓸 때 자신을 공적인 인물로 생각하나요?

그린 나는 소설가입니다. 내 일기장에 개인적인 내용은 전혀 없어요. 그 일기장들은 긴 여행을 하는 도중에 보게 되는 길가의 이정표 같은 겁니다. 이정표를 통해 사람들은 항시 자신이 어디쯤 와 있는지 대략 알게 되지요. 나는 어딘가에서 읽은 내용에 관해 기록합니다. 그리고 내 삶에서 중요한 역할을 하는 신앙에 관해서도 기록하고요. 신앙은 나의 삶에서 가장 큰 역할을 하니까요. 또 나는 인간들에 관해 기록하죠. 방문객들, 작가들, 내가 만나는 사람들의 초상화를 그리는 것입니다. 나는 내 일상을 서술합니다. 내가 당신에게 무척 많은 이야기를 늘어놓는군요. 이제 만족하십니까?

라디쉬 매우 만족합니다. 하지만 신앙이 당신의 삶에서 왜 그토록 중요한 역할을 하는지 물어도 될까요? 당신은 왜 가톨릭 신자가 되기로 결심했나요?

그린 내 어머니는 신교도였습니다. 그리고 매우 영국적이었고 나를 엄격히 성공회 정신에 따라 키웠지요. 거짓말은 절대 못 하게 했습니다. 복음서는 곧이곧대로 받아들였지요. 그런 것들은 매우 엄격한 동시에 불명확하기도 했습니다. 1914년에 어머니가 돌아가실 때, 종교도 함께 가지고 떠나셨지요. 하지만 나에게 종교에 대한 욕구는 아주 어릴 때부터 자연스러운 것이었습니다. 영혼이 신과 결합하지 않고서는 형세를 판단할 수 없는 법이지요.

어머니가 돌아가신 지 1년이 지났을 때, 나는 어머니가 읽어 주곤 했던 가톨릭 신앙을 다룬 책을 한 권 발견했습니다. 그렇게 가톨릭 신앙에 빠지게 됐죠. 아버지께서는 나를 어떤 예수회 수도사에게 맡기셨는데, 그분은 나를 천사로 여겼어요. 천사가 아닌데 말이죠. 그분은 한사코 나를 어떤 수도원에 집어넣으려 했지만, 나는 자연을 떠나고 싶지 않았어요. 나무와 숲, 그밖에 모든 것을 말이죠. 그때까지만 해도 나는 매우 천진난만했어요. 부모님 말씀에는 언제나 순종했죠. 반항적이었던 적은 한 번도 없었어요.

그 후에 글을 쓰기 시작했는데, 운이 좋았어요. 예를 들면 『몽시네르 Mont-Cinère』나 『닫혀진 뜰』 같은 내 최초의 책들은 그 시절에 쓰인 책들과는 전혀 달랐기 때문이죠. 그래서 그 책들은 금세 엄청난 독자를 확보했지요.

> 내 삶에서는 항상 육신과
> 영혼 사이에 갈등이 벌어졌어요.

라디쉬 그 책들은 이제 세상에 나온 지 70년이 넘었습니다. 이제는 당신에게도 낯선 책이 되었나요?

그린 아닙니다. 변하지 않는 책들이 있지요. 예컨대, 토마스 홀츠만이 뮌헨의 소극장에서 『모이라』를 읽어 주었을 때 무척 감동했습니다. 그것은 너무 개인적인 내용이기 때문에 어쩌면 대중에게는 맞지 않을 거예요. 내 삶에서는 항상 육신과 영혼 사이에 갈등이 벌어졌어요. 그것은 어머니에게서 물려받은 기질인데, 갖가지 형태의 성적 욕망에 맞서는 갈등이죠. 예전부터 나는 그런 생각을 하고 있었습니다. 그래서 갑자기 『모이라』에 나오는 내용을 다시 들었을 때, 나는 그 모든 것이 내 최근작인 희곡 『남부』에 나오는 내용과 똑같다고 중얼거렸지요. 사람들은 무언가를 죽여야 합니다. 어떤 장애물을 죽여야 하는 것이죠. 나는 여기서 죄악을 말하는 겁니다. 사람들은 죄악을 밤마다, 어디서나 죽여야 한답니다. 나는 오늘 그 문제에 관해 밤새 생각했습니다.

그런데 그것은 기묘한 일이죠. 많은 젊은이들이 누리고 있고, 나의 생활이기도 했던 그런 생활이 있으니까요. 그런데도 나는 어느 날 갑자기, 기필코 그 생활을 그만두어야 한다는 사실을 깨닫게 되었죠.

이런 말은 하지 말아야 하는데, 이런 것에 관심이 끌립니까?

라디쉬 네, 무척 끌립니다.

그린 몇 해 전, 나는 이제 완전히 끝내야 한다는 기분이 들었어요. 종교 생활, 지적 활동, 소설, 이 모든 것들을 말이죠. 그래서 그때 나는 그런 갈등이 생기지 않는 미국을 무대로 하는 소설을 두 권 썼어요. 거기서는 다른 문제가 다루어졌는데, 어머니에 대한 기억이었죠. 어머니는 남부의 패배를 절대 인정하지 못했어요. 그런 분이었습니다. 어머니는 평생 나에게 남부에 관한 이야기를 들려주었어요. 나는 『남부의 별들』을 집필하는 동안 『바람과 함께 사라지다』라는 작품을 발견하고는 바로 중단했어요. 그러다 그 책은 전쟁이 발발하는 데에서부터 시작된다는 걸 확인했습니다. 내 책은 더 일찍, 그러니까 1850년경부터 시작되지요. 따라서 두 책은 동일한 테마를 다루는 게 아니었습니다.

라디쉬 1850년경 미국의 남부가 당신의 잃어버린 천국인가요?

그린 꼭 그렇지는 않습니다. 그 작품은 신앙과 아무런 관련이 없거든요. 제2권에 가톨릭 신자가 되는 한 여인이 나오기는 하지만, 그 소설에는 과거의 육신과 영혼 사이의 갈등은 들어 있지 않습니다. 그것은 극복되었고, 미국의 남북전쟁만 다루어졌죠. 그리고 헌사도 실려 있습니다. 제1권은 어머니께, 제2권은 그 전쟁에서 쓰러진 남북의 모든 군인들에게 바쳤습니다. 거기에는 평화주의가 깃들어 있어요. 왜냐하면 군인들은 전쟁에 끌려 들어갔을 뿐이니까요. 증오는 오직 통치자들 사이에만 있지요. 젊은이들은 서로 증오하지 않아요. 나는 젊은이들을 사랑한답니다.

라디쉬 젊은이들에게 조언을 한 마디 남긴다면, 무슨 말을 하겠습니까?

그린 그건 쉽지 않군요. 너무나 많은 위협이 존재하니까요. 어떤 특정한 질병이 떠오르지만, 절대 입에 담아서는 안 됩니다. 그것은 새로운 시대의 악몽이지요. 하지만 젊은이들은 무엇이든 해낼 능력이 있어요. 그들은 미래입니다.

라디쉬 당신의 소망대로 젊은이들이 더 이상 신앙 속에서 생활하지 않는 게 우려스럽진 않나요?

그린 정말 그런가요? 때로는 신앙이 땅 밑으로 사라지기도 하지요. 신앙은 숨어 있다가 엄청난 절망의 시기에 다시 나타난답니다. 사람들이 어떤 종교를 말살할 수는 없어요. 있을 수 없는 일이죠.

라디쉬 그러면 신앙이 없는 사람들은요?

그린 아, 불신자들 말이군요! 그들은 정말 신앙이 없나요? 절대적인 무신론은 없어요. 그것은 자연에 반하는 일입니다. 어쩌면 무신론은 상상력 부족에 지나지 않을지도 모릅니다. 그럼에도 불구하고 인간들은 누구나 양심을 가지고 있지요. 거기에 대해서는 어떤 해명도 주어지지 않아요. 젊은이들을 한번 믿어 봅시다.

라디쉬 언급한 대로 육신과 영혼이 갈등을 일으키는 것이 당신 책들에서 가장 중요한 테마입니다. 왜 육신과 영혼은 그토록 조화를 이루지 못하는 건가요?

그린 성적인 즐거움이 전부가 아니라는 사실을 깨닫기 위해서 우리는 많은 경험을 거쳐야만 해요. 다른 어떤 것들이 더 있지요. 성적인 즐거움은 어떤 삶도 충족시켜 줄 수 없어요. 아니면 동정심을 불러일으키는 아주 한심한 삶만 충족시키겠지요. 다른 것들도 적어도 똑같이 강렬합니다. 우리는 영혼의 존재를 부인할 수 없어요. 영혼은 존재합니다.

라디쉬 하지만 젊은 사람들은 두 가지 다 경험하려고 합니다. 영혼과 육신 모두 말이죠.
그린 그것이 모순된다고 여기지 않습니다. 나는 내 모든 책에서 그것을 표현하려 했으니까요.

라디쉬 그렇다면 이루어질 수 없는 사랑 이야기가 당신 소설들에서 그토록 많이 나오는 이유가 무엇인가요?
그린 결국 그 두 가지는 서로 대립 관계에 있습니다. 육신과 영혼은 서로 맞서 싸우는 것으로 자신의 생명을 허비하는 두 전사입니다. 그 둘은 늘 함께 등장하지요.

라디쉬 그렇기 때문에 사랑이 이루어질 수 없나요?
그린 네, 그렇죠. 이루어질 수 없는 사랑. 나는 확신합니다. 정말 그렇습니다. 나는 그것을 단지 확인할 뿐입니다. 이루어질 수 없는 사랑, 그게 나 자신이니까요.

라디쉬 해결책은 전혀 없을까요?
그린 네, 우리는 영혼을 거부할 수 없으니까요. 영혼은 가장 중요한 것입니다. 성적인 즐거움을 느끼는 것은 인간으로서의 인간에게는 불가능해요. 자기 힘으로는 불가능합니다. 신에게 그 힘을 달라고 간청

해야죠. 신은 간청을 들어주기 위해 있습니다. 그분은 어느 누구도 버리지 않아요. 우리가 신에게 어떤 것을 간청하기만 하면 그분은 그것을 늘 줍니다. 늘 말이죠.

라디쉬 오늘 밤 죄악에 관해 깊이 생각해 봤다고 했는데, 죄악이란 무엇인가요?

그린 나에게 그것은 아주 자명해 보입니다. 길거리로 나가서 그것을 확인하면 됩니다. 죄악은 어디에나 있으니까요. 사람들은 삶의 권태, 슬픈 일, 불행 때문에 의욕을 잃고 있어요. 인간이란 다 그런 겁니다.

한번은 엄청난 불행이 찾아왔었지요. 영혼은 그것을 극복하기 위해 존재하는 것입니다. 영혼이란……, 당신에게 장황한 설교를 할 수는 없겠군요. 그럴 수는 없어요. 신앙은 그런 거니까요.

라디쉬 저에게는 죄악이라는 말이 전혀 중요하지 않습니다. 반대로 당신은 죄악을 굳게 믿지요.

그린 네, 나에게 그 말은 엄청나게 중요하답니다. 이를테면 늙는 것도 죄악이죠. 이해가 되나요? 언제인지 모르지만 과오가 있었던 게 틀림없습니다. 어떤 은밀한 과오, 신에 대한 도전이겠죠. 비록 우리의 원죄가 용서되었다 해도, 이제 영혼은 그 결과를 각자 떠맡아야 합니다. 원죄는 지워졌지만 그 상처는 아직 남아 있지요. 그것은 볼 수 있습니다. 그 때문에 사죄가 있는 겁니다. 그리스도는 모든 것을 용서해 줍니다.

라디쉬 저는 그 말을 믿지 않습니다. 이것이 세대차 때문일까요?

그린 그렇습니다. 우리는 젊은 사람들과 마땅히 해야 하는 방식으로 얘기하지 않습니다. 교리문답서에 나오는 답변들은 전적으로 옳은 것이지만, 우리는 그것을 사람들에게 제시할 수도 있어야만 합니다. 만약 당신이 이것을 혼자만 알고 있겠다면 더 말해 주겠습니다. 예를 들어 주교들을 한번 생각해 보죠. 그들은—겉으로 그렇게 보이듯이—어떤 쾌락도 느끼지 않고, 성생활도 전혀 하지 않는 사람들입니다. 그들에게는 육체적인 것의 경험이 없어요. 그런데도 그들은 이런저런 것들을 그렇게 하도록 정하고, 또한 그것들이 그렇게 되어야 마땅하다고 합니다. 그들은 무슨 말을 하고 있는 겁니까? 그게 대체 무엇을 뜻하는 겁니까? 언젠가 나는 한 선교사에게 물어본 적이 있습니다. 선교사들은 삶에 정통한 사람들이니까요. "신부님, 동성애가 무엇입니까?" 그러자 그분이 대답했습니다. "그건 불가사의한 일입니다. 말로 설명할 수 없지요."

라디쉬 하지만 그것은 제대로 된 답변이 아닙니다.

그린 하지만 현명한 처사지요. 그것은 불가사의한 일입니다. 답변이 있을 수 없습니다.

라디쉬 당신의 입장에서 동성애는 무엇인가요?

라디쉬 그것은 하나의 인간적인 경험이지요. 그리고 내가 그 짓을 못하도록 하기 위해 신이 개입했습니다. 훨씬 뒤늦게야 나는 자발적으로 그만두었습니다. 나는 동성애를 그만두었어요. 신이 나에게 그렇게 하기를 기대했습니다. 신에게 시간 따윈 없습니다. 30년, 40년, 50년. 그것은 신에게 아무런 의미가 없지요. 어느 순간 신은 말했습니다. '이제 네가 선택해야 한다. 너는 무엇을 원하느냐? 나와 더불어 사는 것이냐 아니면 성적인 쾌락이냐?' 그것은 던져진 질문이고, 우리는 더 이상 그런 질문이 들리지 않게 할 수 없습니다. 신앙이 없는 사람도 그 질문을 들지 않을 수 없죠.

엄밀히 말하자면, 나는 동성애를 즐긴 적이 없습니다. 나는 그런 천성을 타고나지 않았습니다. 물론 나는 동성애자 생활을 경험했어요. 지금 나는 여간해서는 말하지 않는 일에 관해 당신에게 알려 주고 있는 겁니다. 그것은 예전부터 비밀이었지요. 괴테는 그것이 자연에 위배되는 것이지만 자연 속에 포함되어 있는 것이라고 말했어요. 그의 말이 옳습니다. 그것은 성적인 본능을 여성에게서 남성에게로 향하도록 돌려놓는 일입니다. 왜일까요? 어째서죠? 선천적으로 그렇게 태어나는 사람들이 있습니다. 누가 책임을 져야 할까요?

라디쉬 잘 모르겠습니다.

그린 나도 몰라요. 아무도 모르죠. 예전에는 그것을 용서받을 수 없는 죄악이라고 말했지요. 하늘에 천벌을 내려 달라고 외치는 죄악이라고요. 그것이 예전에는 미사경본에 나와 있었어요. 그런데 요즈음 사람들은 더 이상 그런 말을 감히 꺼내려 하지 않습니다. 그러나 그것은 비밀로 남아 있지요.

죽음은 잠과 같아요.
신비에 싸인 세계지요

라디쉬 당신은 왜 육신을 포기하셨나요? 육신을 억누르고 동성애를 물리치려는 그런 힘든 노력은 무엇을 위한 것인가요?

그린 그것은 육신을 억누르려는 노력이 아닙니다. 그것은 신에게 다가가려는 영혼의 힘든 노력이지요. 열정은 영혼에 저항합니다. 그래서 영혼이 열정에 맞서 싸우는 것이지요. 그뿐입니다. 항상 영혼이 신에게로 올라가는 것만이 중요하지요. 그것은 우리 내면에 깃들어 있는 것입니다. 오늘은 내가 좀처럼 하지 않는 말을 하고 있군요.

라디쉬 오늘날 젊은 사람들은 종종 매우 비관적이고, 영혼이 하늘로 올라가는 것을 믿지 않고, 앞으로 좋은 일이 많이 생기리라고 여기지도 않습니다.
그린 당신은 행복합니까?

라디쉬 모르겠습니다. 당신은요? 당신은 행복합니까?
그린 나는 아직 살아 있다는 것이 행복합니다. 나는 아직 죽지 않았다는 것이 행복합니다.

라디쉬 당신은 죽음이 두려운가요?
그린 아닙니다. 그러나 나는 가능한 한 더 오래 살고 싶습니다. 나는 살아 있는 하루하루를 신에게 감사드립니다. 나는 아침에 깨어나면 살아 있다는 것이 행복합니다. 어둠이 찾아오면 찾아오는 거지요. 우리가 무엇을 알겠습니까. 죽음은 잠과 같아요. 신비에 싸인 세계지요. 죽음 후에 우리는 어디에 있을까요? 영혼은 어디에 있을까요? 무슨 일이 벌어질까요? 나는 이제 곧 죽겠지요.

·

Ilse Aichinger

일제 아이힝어

"이루어진 소망은 일종의 불행이다."

빈에서 태어났으며 잉에보르크 바흐만과 함께 거론되는 전후 오스트리아 문학의 대표 작가이다. 의학을 공부하다 학업을 중단하고 자전적 소설이자 유일한 장편소설인 『더 큰 희망』을 발표했는데, 이는 전후 오스트리아 여성 작가 활동의 최초 신호탄이었다. 시·단편소설·산문에서 다수의 문제작을 발표했으며, 사물화된 세계를 현실과 꿈을 혼합해 보는 치열한 언어 탐구가 특징이다.

1990년대에 일제 아이힝어와 대화하려는 사람은 그녀가 세상과 소통하는 탯줄인 한 젊은 남자에게 연락을 해야 했다. 그는 바로 리하르트 라이헨슈페르거였다. 우리가 인터뷰를 하게 되었을 때 그는 막 서른다섯 살이 된 젊은 문예 학자였다. 그는 그녀의 작품들을 발행했고, 그 일로 수년 전부터 그녀의 삶에 있어 중요한 인물이 되었다. 그는 열성적인 독자였고, 조지프 브로드스키,* 존 던,** 파스칼, 쥘리앵 그린의 작품들을 매우 좋아했다. 리하르트 라이헨슈페르거는 언젠가 한 번 쥘리앵 그린을 차로 뒤쫓아 간 적도 있지만 말을 걸지는 못했다.

그 시절에 일제 아이힝어는 빈에서 부랑자처럼 살고 있었다. 그녀는 거의 언제나 볼품없는 검은 재킷을 걸치고 자신의 자질구레한 물건들

---

* 러시아 태생의 작가로 소비에트 연방 시절 추방되어 미국으로 넘어가 시와 에세이를 썼으며, 1987년에 노벨문학상을 받았다.
** 영국 태생의 성공회 사제이자 시인.

을 비닐봉지에 넣고서 들고 돌아다녔다. 그녀는 날마다 빈의 영화관을 돌며 영화를 몇 편씩 보았다. 루이 말의 〈굿바이 칠드런〉이나 캐롤 리드의 〈제3의 사나이〉 같은 좋은 영화는 여덟 번씩 볼 수도 있었다. 영화관 관람석의 어둠과 한적함이 그녀에게 도움이 되었다. 요즈음 그녀는 글을 많이 쓰지 않았고, 기껏해야 신문 문예란에 싣는 짧은 글과 관찰에 대한 기록이 전부였다. 리하르트 라이헨슈페르거가 그것을 타이핑해 신문사 편집국에 제공했다. 그녀는 장황하게 글을 쓰지 않고, 글쓰기에 관해 자세히 숙고하는 데 훨씬 많은 시간을 들였다. 그녀는 자신의 중·단편과 장편소설 『더 큰 희망』으로 전후 시대에 잉에보르크 바흐만과 나란히 47그룹의 스타로 올라섰다. 그녀는 1953년에 시인 귄터 아이히*와 결혼했다. 이들 부부 사이에서 두 자녀가 태어났고, 이름은 각각 클레멘스와 미리암이었다.

내가 1996년 10월 24일에 일제 아이힝어를 만났을 때, 그녀는 75세가 되기 직전이었고 25년째 홀로 살고 있었다. 리하르트 라이헨슈페르거는 만남 장소로 그녀가 즐겨 찾는 '카페 임페리얼'을 제안했었다. 내가 그곳에 도착하자 그녀는 이미 도착해 자리에 앉아 있었는데, 피아노가 연주되는 빈의 오후의 커피하우스 분위기 속에서 엄청난 영기靈氣를 뿜어내고 있었다. 그녀는 약간 오스트리아 말투를 섞어 가며 매우 부드럽고 느릿하게 말했다. 그러다가 때로는 느닷없이 지나가는 말을 재빨리 내뱉고서 다시 더듬더듬 말을 이었다. 그녀에게서 대단히 호의적인 분위기가 우러나기는 했지만, 그다음 두 시간 동안 그녀가 나에게 말한 내용 대부분은 지극히 비관적이었다. 자신의 인생에 있어 가장 멋진 것이 무엇이었느냐는 질문에 그녀는 망설임 없이 말했다. 전쟁이라고. 전쟁 때는 그래도 희망이 있었기 때문이라고 했다.

---

* 독일의 방송극 작가이자 시인.

우리는 커피와 코냑을 마셨다. 나는 그녀가 담배도 기꺼이 피울 줄 알았는데, 그 습관은 그만둔 지 오래였다. 그녀는 너무 직접적인 여러 질문에는 즉답을 피하면서 이렇게 말했다. "나는 당신에게 기꺼이 대답을 해 주고 싶지만, 인터뷰에서 그럴 생각은 없어요." 그럼에도 그녀는 그 자리에 나와 있는 자신의 불편한 심기를 털어놓았다. 그 자리는 어쩔 수 없이, 침착하게 견뎌 내야만 하는 일종의 과도기처럼 보였다. 전후에 나온 그녀의 유명한 소설이 서술하고 있는 '더 큰 희망'은 고령의 그녀에게서 완전히 소진되고 없었다. 후기 합스부르크 왕가풍의 잘 관리된 '카페 임페리얼'에 앉아 있는 그녀는 마치 다른 행성에서 온 사람처럼 보였다.

인터뷰가 끝나자 리하르트 라이헨슈페르거가 우리와 합류했다. 우리 세 사람은 빈의 반거리를 따라 오래 산책을 했다. 일제 아이힝어는 자녀들에 관해서, 귄터 아이히와 함께 잘츠부르크 교외의 농가에서 자녀들을 키운 일에 관해서 이야기했다. 그리고 자신의 어머니에 관한 이야기도 들려주었는데, 돌아가실 때까지 리하르트 라이헨슈페르거가 함께 돌봐 주었다고 했다. 우리는 죽어야 할 적절한 시점이 있는지에 관해 이야기를 나누었다. 그러자 그녀는 젊어서 죽은 사람들이 부럽다고 말했다. 그 이유를 물어보자 그녀는 이렇게 대답했다. "기왕에 살아 있을 바에야 게오르크 뷔히너*나 한스 숄**만큼 젊었을 때 죽을 수 있다면, 그것이 더 낫지요. 내 생각은 그렇습니다."

나는 당시 신문에는 이 말을 게재하지 않았다. 그러다 시간이 지나고 나서야 그 말이 섬뜩하게 다가왔다. 우리가 그날 밤 산책을 한 지 2

---

* 24세에 요절한 19세기 독일의 극작가. 대표작으로 『보이체크』가 있다.
** 나치의 정책에 반대하는 전단을 뿌린 활동으로 24살에 여동생 조피 숄과 함께 사형당했다.

년 후에 일제 아이힝어의 아들 클레멘스 아이히가 빈에서 사고로 추락했고, 그 후유증으로 얼마 후에 빈 종합병원에서 43세의 나이로 사망했다. 클레멘스 아이히가 사망하고 6년 후에 리하르트 라이헨슈페르거도 마찬가지로 빈에서 추락했고, 얼마 후에 그 후유증으로 빈 종합병원에서 43세의 나이로 사망했다. 동일한 사망 유형, 동일한 장소, 동일한 병원, 동일한 나이였다. 엘프리데 옐리네크는 리하르트 라이헨슈페르거에 대한 추도사에 이런 글을 적었다. "그리고 일제 아이힝어는 끊임없이 어떤 끔찍한 일을 당하고, 또 일으키는 데 많고 많은 이유를 가지고 있었다."

*

라디쉬 당신은 27세 때 『더 큰 희망』이라는 소설을 발표했습니다. 그후에는 중단편, 방송극, 시를 발표했지요. 그러다 나중에는 몇 문장으로 된 짧은 글만 내놓았습니다. 마지막으로 발표된 문장은 이렇습니다. "만약 모든 것이 우스워 죽을 일이 아니라면, 웃다가 병들 일일 것이다." 이 글은 1985년에 나왔고, 그 후로 다른 글은 거의 나오지 않았습니다. 어떻게 된 일인가요?

아이힝어 나는 예전부터 글 쓰는 일이 매우 힘든 직업이라고 여겼습니다. 그리고 나는 작가가 되기를 바라지도 않았어요. 의사가 되고 싶었지요. 재능이 없어서 실패하기는 했지만. 나는 원래 처음에는 전쟁시절에 대한 보고문만 하나 쓰려고 했습니다. 책은 생각지도 않았어요. 다만 모든 걸 가능한 한 정확히 기록해 두고 싶었죠. 나중에 피셔 출판사에서 그 책이 나왔을 때, 그 속에는 여전히 지나치게 많은 내용이 들어 있었어요. 나는 모든 것을 스무 문장이 아니라 한 문장으로 표현할 수 있기를 간절히 바랐죠.

라디쉬 전쟁에 대해 단 한 문장으로요?

아이힝어 전쟁이 있던 때가 내게 가장 행복한 시절이었어요. 전쟁은 고통을 견딜 수 있도록 해 주었습니다. 내가 전쟁에서 지켜본 것들이야말로 살아가는 데 가장 중요한 것이었어요. 전쟁 시절에는 희망이 넘쳐났죠. 자기편이 어디에 있는지, 어디에는 없는지 우리는 아주 정확히 알고 있었어요. 오늘날 빈에서 그것은 더 이상 불가능한 일이지만요. 전쟁은 형세를 명확히 깨닫게 해 주었어요.

라디쉬 그러니까 글을 더 이상 쓰지 않는 이유가, 평화가 찾아 왔기 때문이라는 건가요?

아이힝어 나는 아침 여덟 시에 무작정 자리에 앉아서 '이제 글을 써야지.'라고 생각할 수 없어요. 나는 글을 쓸 필요가 없어요. 그러니 그것에 관해 깊이 생각할 필요조차 없지요.

라디쉬 권태에 빠진 건가요?

아이힝어 물론입니다. 권태는 치명적일 수도 있지요. 그렇지만 글쓰기는 죽음과 연결되어 있어요. 그것이 치명적인 따분함이든 아니면 또다른 형태로 죽어 가는 것이든……. 그런 이유 외에도 나는 영화 보는 걸 좋아한답니다.

라디쉬 따분함을 견디지 못해서인가요?

아이힝어 영화관은 사라지는 하나의 형태입니다. 우리는 어둠 속에 잠기고, 그러면 모습이 보이지 않게 되죠. 나는 어릴 적부터 사라지고 싶은 소망이 있었어요. 내가 가진 최초의 간절한 소망이었습니다. 나는 이 강렬한 소망 외에 다른 것은 거의 기억나지 않아요. 이 소망은 아직도 남아 있어요. 나는 늘 우리가 태어나기 전에 먼저 우리의 의견을 물어보지 않는 것이 부당하다는 느낌이 들었어요. 나는 분명히 싫다고 했을 겁니다.

라디쉬 왜죠?

아이힝어 산모가 어떤 고통을 겪는지 함께 지켜봐야만 하기 때문이죠. 그 모든 정책들은 별개로 치더라도, 단지 생물학적 특성 때문에 생겨나는 불평등 말이죠. 나는 일란성 쌍둥이였어요. 내가 언니였고 생명력이 더 강했죠. 나중에 우리 두 사람 모두 심한 병에 시달렸지만, 여동생은 점점 더 죽음에 가까이 다가갔어요. 슈타우펜베르크 씨*도 일란성 쌍둥이를 가졌지만, 그들은 태어날 때 이미 죽어 있었지요.

나는 죽어 있기를 바라지만,
죽고 싶지는 않아요.

라디쉬 쌍둥이로서의 삶이 그렇지 않은 삶보다 더 불리하다는 뜻인가요?

아이힝어 쌍둥이일 때 우리는 생물학적 특성 전체가 자신이 전혀 감당하고 싶지 않은 폭력적 생존 전략이라는 사실을 깨닫습니다. 사람들은 우리의 의견을 물어보지 않아요. 죽고 싶은지도 물어보지 않죠. 나

---

* 클라우스 폰 슈타우펜베르크. 프로이센 귀족 출신으로 나치 시대 독일의 장교였던 그는 '독일 민족을 구할 진정한 지도자'로 추앙받기도 했지만 제2차 세계 대전이 진행되던 중 나치의 만행을 목격하고 반나치주의자가 되었다. 그 자신도 쌍둥이로 태어났으나 동생은 다음 날 죽었다.

는 죽어 있기를 바라지만, 죽고 싶지는 않아요. 왜냐하면 나는 죽는 것이 얼마나 오래 걸릴 수 있는지 곁에서 지켜본 적이 몇 번 있기 때문입니다. 이런 부당함은 나뿐 아니라 살아 있는 사람이라면 누구에게나 주어집니다. 그러나 대부분의 사람들이 완전히 만족하고 있어서 나는 경탄할 따름이죠.

라디쉬 삶에 대해서 말하는 건가요?

아이힝어 누구나 정확히 지금 그대로의 자기 자신이 되고 싶어 해요. 누구도 다른 누군가가 되고 싶다는 생각을 떠올리지는 않죠.

라디쉬 평소 사람들은 여성이 생명을 존속시키고 싶어 한다고들 주장합니다.

아이힝어 김나지움에 다닐 당시에 여학생들이 '나는 어차피 결혼할 거니까 대학에는 진학하지 않을 거야.' 하고 말했을 때, 나는 그들이 자신을 규정하는 방식에 무척 화가 났어요. 그런 식으로 세상을 바삐 돌아가게 만드는 것은 끔찍한 일인데도 말이에요.

라디쉬 당신도 두 자녀를 낳아 세상을 바삐 돌아가도록 만들었지요.

아이힝어 나는 늘 전혀 가 본 적도 없는 북동 지역과 중요한 관계를 맺고 있었습니다. 나는 이탈리아나 프랑스는 전혀 가 보고 싶지 않았어요. 하지만 동프로이센 지역, 발트 해 연안 국가들에는 엄청난 매력을 느꼈어요. 북동 지역의 과묵함 때문이지요. 내가 우연하게도 북동 지역 출신에다 매우 과묵한 누군가를 만나지 않았더라면, 다른 모든 사람들처럼 비판적인 견해를 내세우지도 않고, 또……, 북동 지역이 나의 운명이 되어 버린 겁니다.

라디쉬 태어난 아기들은 행복과 삶의 기쁨으로 환한 표정을 짓지요. 삶에서 가장 먼저 찾아오는 것은 행복입니다.

아이힝어 그 아이들은 나이가 더 들어 봐야 해요. 그리고 수도 너무 많아요. 어떻게 될까요? 지금으로서는 그래도 출세가 가장 중요하지요. 출세를 하지 않는 것은 죽어 가는 것의 한 종류입니다.

라디쉬 당신은 전쟁 때 유대인 어머니와 함께 빈의 조그만 방에서 힘겹게 견뎌 냈습니다. 당신의 할머니는 강제수용소로 끌려가 돌아가셨고요. 나중에 당신은 이렇게 썼더군요. "우리는 우리가 견뎌 내는 모든 것을 다 견뎌 내는 것은 아니다." 당신은 무엇을 견뎌 내지 못했나요?

아이힝어 빈에 있는 슈베덴 다리* 위의 가축 운반용 화물차에 태워진 할머니의 모습을 보는 것이었죠. 그런데 내 주변 사람들은 그것을 어느 정도 즐거움을 느끼며 지켜봤어요. 나는 매우 어렸고, 세상에서 가장 사랑스러운 분이셨던 할머니가 돌아오실 거라고 확신했지요. 그 후에 전쟁은 끝나고 풍요가 밀어닥쳤지만, 사람들은 서로 모르는 척 지나쳤습니다. 그것이 전쟁보다 더 힘겨운 일이었어요.

라디쉬 지금이 당시보다 더 끔찍한가요?

아이힝어 더 불확실하지요. 그 때문에 상황은 더 악화됩니다. 나는 분명하게 깨닫는 순간들을 무척 좋아하죠. 그런 순간들이 빈에서는 너무나 드물어요. 그렇게 친절하고 공손한 행동 이면에 무엇이 도사리고 있는지 사람들은 결코 모르죠.

---

* 빈 교통의 중심지인 슈베덴 광장을 감싸고 있는 운하에 걸쳐 놓여 있다.

라디쉬 친절하지 않은 게 더 좋은가요?

아이힝어 네. 어차피 뻔히 알고 있으니까요.

라디쉬 당신의 소설『더 큰 희망』에서 더 큰 희망의 본질은 무엇보다 인간이 겪은 괴로움이 헛되지 않고, 희생에 대한 보상이 주어지는 것입니다.

아이힝어 그런 희망은 전쟁 때는 점점 더 강해졌지요. 마치 승리를 거둔 것 같았어요. 그러나 요즈음 나는 무정부주의와 허무주의의 성향이 더 강해졌어요. 내가 믿는 것은 단 한 가지뿐이에요. 나는 인간들의 영기만 믿는답니다. 때로는 동물들도 포함되고요.

라디쉬 그건 무슨 뜻인가요?

아이힝어 나는 과거에 어떤 낯선 사람과 대화를 하다 중단하고 떠나버린 적이 있어요. 너무 피로했거든요. 하인리히 뵐도 그 자리에 있었기에, 나는 그에게 "저 양반에게 작별 인사도 하지 않았어요." 하고 말하며 대신 인사를 전해 달라고 부탁했어요. 그러자 뵐이 말했지요. "그 사람은 현존하지 않아요. 그 사람에게는 아무도 작별 인사를 할 필요가 없어요." 현존하는가 현존하지 않는가. 그것은 독창적인 표현이었죠. 현존해 있는 것, 사람이 아직 살아 있는가 혹은 이미 죽었는가, 사람이 이미 거기 있었는가 혹은 전혀 없었는가, 이것이 나에게는 중요합니다.

라디쉬 살아 있지만 현존하지 않는 인간들도 있나요?

아이힝어 대부분의 사람들이 그렇죠. 그러나 그들이 현존할 수도 있겠지요. 현존하는 것은 당연히 더 복잡하고 더 까다로워요. 그것은 어느 정도의 자기 수양을 필요로 해요. 사람이 현존하지 않는다는 것을 깨닫기 위해서는 무엇보다 한 가지가 필요하죠. 왜냐하면 누구나 어느 정도까지는 현존하지 않으니까요. 이 현존하지 않는 존재와 더불어 살아가는 것이 오늘날 유일하게 가능한 자기 수양이에요.

라디쉬 자기 수양이요?

아이힝어 체념이죠. 나는 소망이 가장 중요하다는 걸 배웠어요. 그리고 이루어진 소망들은 일종의 불행이라는 것도요. 이루어지지 않은 소망들 없이 살아가기란 지극히 힘듭니다.

라디쉬 당신은 인간들에게서 현존재인지 아닌지를 첫눈에 알아보나요?

아이힝어 자주 그런 편이죠.

라디쉬 이곳 '카페 임페리얼'에서도 그런가요?

아이힝어 이곳에서는 특별히 잘 알아보죠. 상대방의 등만 보고 있더라도, 말하는 방식이나 귀담아 듣는 방식만 본다 해도요. 그런데 그런 일이 오늘날에는 더 이상 일어나지 않아요. 오늘날에는 늘 모두가 동시에 말을 하니까요. 알아보는 것도 한계에 다다랐어요.

라디쉬 그러면 죽은 자들, 희생자들은요? 그들이 겪은 괴로움이 무의미하지 않다는 희망은 사라졌나요?

아이힝어 그들은 영기로 남아 있을 거예요. 나는 산 자들과 죽은 자들의 영기를 믿어요. 그들이 정말로 연락이 닿는지는 모르지만, 나는 어떤 영기를 느껴요. 예를 들어 조피 숄과 한스 숄, 이 두 사람이 영기라는 사실을 나는 항상 느껴요. 그것이 나에게 주어진 얼마 안 되는 위안 거리들 중 하나죠.

가장 중요한 재능은
세상에 존재할 수 있는 재능이지요.

라디쉬 더 큰 희망과 더불어 결정적으로 중요한 것이 흔적도 없이 사라졌습니다. 오늘날의 젊은 작가들은 더 이상 대참사를 겪은 후의 당신 세대 작가들처럼 글을 쓰지 않아요. 그들은 대참사를 겪어 보지 않고 글을 씁니다.

아이힝어 오늘날 사람들은 대참사를 겪지 않고 사는 것이 어떤 종류의 대참사인지 일단 명확히 깨달아야만 합니다. 그것은 말하자면 삶이 명확해지지 않는다는 대참사입니다. 나는 삶 그 자체를 대참사로 여기고 있습니다만, 아무튼 사람들은 여건이 불분명하고 그들 자신이 불분명해진다는 걸 느끼고 있어요. 그들은 자기 자신의 윤곽도 더 이상 보지 못해요. 불행의 윤곽도 더 이상 보지 못하죠. 스스로 명확히 깨닫는 것은 매우 힘들어요. 그러면 곧장 국외자가 되니까요. 오늘날의 젊은이들에게─물론 우리는 그들을 알아보지 못하죠. 익명의 사람들이니까요.─우리는 자신이 보잘것없는 존재라는 걸 깨닫는 것이 그들의 최고 재능이라고 말해 줘야 할 겁니다. 불명확한 것을 명확히 깨닫기 위해서는 세계 대전의 형세를 명확히 깨닫는 것보다 훨씬 더 천재적이어야 하죠. 하지만 가장 중요한 재능은 세상에 존재할 수 있는 재능이지요. 어느 정도 쾌활하게 끝까지 견뎌 내는 것 말이에요.

라디쉬 가장 중요한 재능은 자살하지 않는 재능이라는 뜻인가요?

44

아이힝어 네. 반면에 자살을 하기 위해서는 어느 정도 손재주가 필요하지요. 사람들은 무엇보다 자신이 자살할 권리가 있다고 생각합니다. 그게 특별한 권리가 아닌데도 사람들은 적어도 그 권리만은 가지고 싶어 한답니다.

라디쉬 오늘날의 젊은 작가들은 무엇을 해야 할까요?

아이힝어 반드시 필요한 것이 무엇인지 명확히 깨닫는 것이지요. 무엇보다 또 다른 직업을 가져야 합니다. 글쓰기는 직업이 아니에요. 오늘날은 더 이상 아니죠. 언어가 파편화되었다는 걸 그들은 알아야만 합니다. 로베르트 무질*은 그것을 완벽히 꿰뚫어 보았어요. 그러나 대부분의 작가들은 연대순으로 부주의하게 재빨리 써 나가죠. 자신을 오직 작가로만 규정하는 것은 오늘날에는 불가능해졌습니다. 그들이 설비공이든 간병인이든 혹은 사무원이든 상관없어요. 그 직업은 비록 사람을 힘들게 만든다 해도 또 다른 세계예요. 누군가가 나에게 직업이 무엇이냐고 물어보면 나는 '연금 생활자'라고 말하지요.

라디쉬 당신이 판단하기에 지금 현재, 가장 심각한 고난은 무엇인가요?

아이힝어 빈의 종합병원에서 암이나 정신 분열증 환자들이 보살핌을 받지 못하고 있는 것이죠. 아무도 관심을 가지지 않아요. 관심을 가진다는 것은 나도 그들의 일부라고 생각하는 것이지, 우리가 꼭 그런 병에 걸려야 할 필요는 없는데도요.

---

* 오스트리아 출신의 소설가로, 언어에 대한 회의가 작품 전반에 두드러지게 나타나며, 대표작 『특성 없는 사나이』에서는 언어와 현실 사이의 잃어버린 관계를 조명했다.

라디쉬 만약 당신이 지금 스물여덟 살이라면 무엇을 하겠습니까?

아이힝어 철학을 공부하고, 그 외에도 도움이 될 수 있는 어떤 일을 하겠습니다. 그것이 정신적인 것이건, 아니면 단순히 누군가의 말에 귀 기울이는 것이건 간에요.

라디쉬 왜 철학을 공부하려는 건가요?

아이힝어 존재의 근거를 알아내기 위해서죠.

라디쉬 우리는 왜 존재하는가에 대한 답 말인가요?

아이힝어 그렇습니다.

라디쉬 이미 오래전에 알고 있는 것 아닌가요?

아이힝어 나는 글로 읽고 검토해 보고 싶어요.

라디쉬 당신은 끊임없이 책에서 '글로 표현되는 모든 말이 흘러드는 곳은 침묵'이라고 했습니다. 자기 자신과 세상 사람들에게 침묵을 지키도록 강요하는 것이 최선이라고 말이죠.

아이힝어 예전에 사람들은 '관찰'이라는 구식의 말을 가지고 있었죠. 이 말은 정확히 살펴보고 오래 들여다보는 걸 의미합니다. 항상 똑같은 거리를 지나가면서 어떤 것을 발견할 때까지 기다리는 겁니다. 나는 변화를 좋아하지 않아요. 여행도 별로 하지 않고요. 관찰은 나에게 지극히 중요한 말입니다. 처음에는 우리가 관찰하는 법을 제대로 몰라서 따분할지도 모릅니다. 그러다 나중에는 세상에 정신이 있다는 것을 알 수 있습니다. 늘 한결같이 적은 양이지만요.

라디쉬 침묵은 당신 세대가 보여 준 문학적 저항의 일부이기도 했습니다. 침묵은 불신을 드러내며, '창백한 시민'의 입에서 상투어를 내뱉게 하고, 깨우쳐 준다고 했지요. 그것은 단지 독일에만 국한되지 않은 미학적 반란이었습니다. 당신이 「불신하도록 호소하다Aufruf zum Misstrauen」라는 글을 쓰는 동안 나탈리 사로트는 파리에서 『의혹의 시대』라는 수필 모음집을 발표했습니다. 사람들에게 말과 연관성이 과잉되어 있어서 거기에 침묵으로, 어떤 연관성도 부정하는 것으로 대응했지요. 오늘날 작가들은 오히려 결핍에 시달리고 있습니다. 그들은 어디에서도 연관성을 찾아내지 못해요.

아이힝어 이 시대가 겪는 어려움은 연관성 상실이고, 가족들의 연관성도 사정은 마찬가지입니다. 우리는 그것을 건축물들에서도 알아볼 수 있어요. 지금은 허약한 시대입니다. 그렇다고 무작정 갈겨쓰거나 인위적으로 연관성을 만들어 낼 수는 없지요. 연관성 있게 글을 쓸 수 있는 가능성은 분명, 다시 나타날 겁니다. 지금으로서는 우리는 단지 연관성이 전혀 없으며, 모든 것이 개인 각자에게 달렸다는 사실을 정확히 이해하는 수밖에 없어요. 개인들 각자가 남들의 가혹한 운명에 관심을 기울여야 합니다. 비록 이 말이 지금은 약간 구원의 메시지처럼 들리지만 말이죠.

라디쉬 만약 당신이 이제 와서 글을 쓰기 시작한다면 어떻게 쓰겠습니까?

아이힝어 허구가 아닌 보고문을 쓰겠어요. 정확히 쓰는 것이죠. 사소한 일들을 자세히 관찰하고, 세부적인 것을 표현하는 것이죠. 그것이 전부입니다. 글쓰기는 항목별로 더 세분화되어야 할 겁니다. 나는 이 세상이 도움을 필요로 한다는 사실을 명확히 알려 주는 그런 글을 쓸 수 있다면 기쁘겠어요.

라디쉬 언어의 혁신은 하지 않나요?

아이힝어 그것은 대단히 힘듭니다. 우리는 자주 진부한 말을 하고 있는 자신을 발견하곤 하죠. 우리는 누군가에게 "어떻게 지내세요?"라고 말합니다. 이것은 정말로 어떻게 지내는지 알고 싶은 게 아니라면 확실히 잘못입니다. 그리고 누가 진심으로 상대가 정확히 어떻게 지내는지 알고 싶어 하겠습니까? 그리고 누가 진심으로 자신이 정확히 어떻게 지내는지 말해 주고 싶을까요, 혹은 누가 그럴 수 있을까요? 이 문제에 있어서는 영국인들이 더 엄밀하지요. 그들은 "How do you do?"라는 질문에 똑같은 말로 대답하니까요.

라디쉬 문학의 현실 참여는 바라지 않나요?

아이힝어 우리가 반드시 해야 할 아주 시급한 일들이 있어요. 가장 먼저 글쓰기부터 해야 하는 건 아니죠.

라디쉬 훌륭한 책들도 읽지 못하고 다람쥐 쳇바퀴 돌 듯 생활하는 건 끔찍한 일이 될 텐데요.

라디쉬 나도 좋은 책들을 필요로 합니다. 나는 끊임없이 조지프 콘래드*의 작품들을 읽어요. 나는 그 소설들에 나오는 지역이나 줄거리에 관해서는 조금도 관심이 없습니다. 하지만 거기에 불필요한 문장은 단 한 줄도 들어 있지 않는다는 게 얼마나 매력적으로 다가오는지 몰라요.

---

* 러시아제국 치하 폴란드 태생 작가로 영국으로 귀화한 뒤 자신의 선원 생활의 경험을 살린 해양 소설로 명성을 얻었다.

최근 작가들 중에는 요제프 빙클러*가 그렇습니다. 그의 작품에는 믿기 힘든, 거의 광기에 사로잡힌 정밀성이 들어 있어요.

라디쉬 전후에 나온 책들은 어떤 면에서는 정말로 문학의 폐허 속에서 쓰인 것입니다. 당시에 귄터 아이히, 잉에보르크 바흐만, 볼프강 쾨펜**이 쓴 내용은 독일어에서는 유래를 찾아볼 수 없었던 것들입니다. 지금은 이 세대에 속한 작가들 거의 모두가 떠나고 없습니다. 당신은 어딘가에 뒤를 이을 후진이 있다고 판단하시나요? 이런 문학 전통을 이어 갈 누군가가 말이죠.

아이힝어 어쩌면 어딘가 외진 곳에 그런 모험을 감행하지 않는 존재들, 자신이 정말로 그것을 해낼 수 있다는 생각조차 않는 존재들이 있을지도 모르죠.

라디쉬 당신이 성장한 배경이 되었던 문학적 공간은 사라졌습니다. 글쓰기 지역, 문화 지역으로서의 갈리치아***는 역사의 뒤안길로 사라졌습니다.

아이힝어 히틀러가 침공했을 때 나는 미칠 듯한 슬픔에 사로잡혔어요. 오스트리아는 더 이상 존재하지 않을 거라는 느낌이 들었기 때문입

---

* 오스트리아 현대 문학계의 가장 유명한 작가 중 한 명이다. 농촌에서 성장한 개인적 경험을 바탕으로, 오스트리아의 뿌리 깊은 가톨릭과 가부장제 전통 속에서 개인이 부딪쳤을 때 받게 되는 처벌과 죽음에 대해 다룬 작품으로 독일과 오스트리아의 권위 있는 문학상을 거의 수상했다.
** 독일의 작가로 『풀밭 위의 비둘기들』, 『온실』, 『로마에서의 죽음』으로 이어지는 '좌절 3부작'을 통해 전후 주요한 작가로 인정받았다.
*** 동유럽의 역사적 지역으로 현재 우크라이나와 폴란드에 걸쳐 있다. 오스트리아−헝가리 제국의 땅이었으나 제국의 해체와 세계 대전 등으로 행정 구역이 자주 바뀌었다.

니다. 그곳이 사실 내게 친숙한 고향이기는 했지만, 그 국가나 그 지역이라는 면에서가 아니었습니다. 심정적인 면에서 그랬다고 말하면 좋겠군요. 아니, 그것은 적절한 말이 아닙니다. 영적인 공간이라는 면에서 그랬습니다.

라디쉬 그러면 그 공간은 엘프리데 옐리네크가 여성주의 관점에서 섹스 장면을 묘사한 가톨릭 세계의 밀실 아닌가요?
아이힝어 그녀는 더 많이 바꾸기를 원하지요. 그리고 그것을 확신하고 있어요. 그녀는 더 젊기도 하고요. 그리고 그녀의 생각이 옳습니다. 나는 엘프리데 옐리네크가 자신이 쓴 글에 대해 책임질 각오가 되어 있다고 믿어요.

라디쉬 엘프리데 옐리네크뿐 아니라 잉에보르크 바흐만도 여성이라는 점에 관해, 여성이라는 상처에 관해 글을 썼습니다.
아이힝어 아, 바흐만 작품 말씀이군요! 그것은 너무나 여성답고, 엄청나게 순응적이죠. 그녀는 생물학적 반란, 대혼란Chaos도 있다는 생각은 아예 하지도 않아요.

라디쉬 당신은 여성 생활의 고난에 관해서는 글을 쓴 적이 없더군요.
아이힝어 하지만 난 늘 여성들이 자연에 의해 불이익을 당하고 있다고 여겨 왔어요.

라디쉬 왜 그렇죠?
아이힝어 왜냐하면 여성들은 예를 들면, 아기를 낳아야 하니까요.

라디쉬 그것을 유리한 점으로 받아들일 수도 있을 텐데요?

아이힝어 나는 산통을 유리한 점이라고 여기지는 않아요. 그것은 생물학적으로 무척 부당하지요. 어째서 남성들은 고통받지 않는 거죠? 암소들조차 착유기라는 기계 장치로 끊임없이 고통을 받는데, 황소들은 그러지 않아요. 모든 게 완전히 달라질 수도 있을 겁니다. 그런데도 모두들 그것이 유일한 가능성인 양 받아들이지요. 나는 이 생물학적 대혼란을 어릴 적에 이미 겪었어요. 나는 절대 여성의 생활을 하고 싶지 않았어요. 하지만 그 후에 아이들이 태어났을 때 나는 그들로 인해 행복했지요.

라디쉬 당신은 19세에 귄터 아이히와 결혼했고, 이제는 24년째 홀로 지내고 있는데요, 만족스럽지 않다고 느끼나요?

아이힝어 아뇨. 나의 남편은 사라지지 않는 영기에 속한답니다.

라디쉬 오직 그 한 사람 외에는 누구도 성에 차지 않는, 그런 사람이 있을까요?

아이힝어 내가 단지 결혼을 하기 위해 다른 누군가와 결혼하는 일은 절대 없었을 겁니다. 그 결혼은 원래는 나 자신에 대한 반작용이었지요. 그래서 나는 늘 나의 그런 태도를 약간은 나쁘게 받아들이기도 했어요. 하지만 나는 결혼을 후회한 적은 없어요.

사랑은 극단적이어야만 하고,
그렇지 않으면 진부한 겁니다.

라디쉬 "지극한 사랑은 지극한 외로움이다." 당신은 이런 글을 쓴 적이 있죠. 정말 그렇던가요?

아이힝어 사랑받지 못한 것은 결코 자신이 사랑하는 것만큼 낯설어질 수 없지요. 사랑은 극단적이어야만 하고, 그렇지 않으면 진부한 겁니다.

라디쉬 당신은 곧 75세가 됩니다. 그 긴 세월 동안 당신에게 남아 있는 가장 중요한 기억은 무엇입니까?

아이힝어 아직 남아 있는 기억들은 지금 이 자리에서 떠오르는 것보다는 훨씬 더 많아요. 내가 다녔던 수도원 부속 학교에서 석재 바닥을 닦는 데 사용했던 비눗물에 섞인 유향 냄새. 그 냄새가 어디에도 남아 있지 않다 해도 나는 맡는답니다. 다음으로 그을음 냄새, 영국의 그 빈민가에서 나는 냄새가 있죠. 또는 오래된 집에서 나는 쥐오줌풀 인징제 냄새, 장님을 따라가야 할 정도로 짙게 안개 낀 날들, 장님은 그래도 제대로 길을 찾아가지요.

라디쉬 앞날에 대해 바라는 게 있다면요?

아이힝어 나의 앞날이 너무 오래 남아 있지 않기를 바란답니다.

Claude Simon

클로드 시몽

"우리는 아무것도 체험하지 못할 때에도
무언가를 체험한다."

두 살 때 아버지가 제1차 세계 대전에 참전해 적군에게 사살당했고, 오랜 병을 앓던 어머니는 열두 살 때 잃었다. 아버지가 죽고 정확히 25년 후에 제2차 세계 대전에 참전한 시몽은 전쟁 체험을 바탕으로 작품 속에서 시간의 흐름이라는 관습적인 소설 형식을 떠나 파편적인 인간 인식의 단면을 보여 줌으로써 현대인의 실존적 상황을 대변했다는 평가와 함께 1985년 노벨문학상을 받았다.

파리의 작가들은 두 유형으로 나뉜다. 한 유형은 커다란 출입문 뒤편의 널찍한 아파트에 거주한다. 아파트 내부는 고풍스러운 가구들, 잘 정돈된 서재, 바닥까지 내려오는 창가의 값비싼 커튼이 오래된 파리의 문화 엘리트층의 고전적인 취향에 어울리는 분위기를 만들어 낸다. 쥘리앵 그린과 파트릭 모디아노가 파리의 이 상류층 작가 유형에 속한다.

다른 한 유형은 비록 작가 활동을 하는 동안 노벨문학상을 받는 성공을 거두었다 해도, 여전히 다락방 시인의 후예로 남아 있다. 이 유형은 평생을 수수한 호텔 방에서 지내고 싶어 했던 알베르 카뮈와 비슷하게 살아간다. 장폴 사르트르와 시몬느 드보부아르도 검소하게 임시방편으로 살아가는 것을 선호하는 방랑자식 생활을 꾸려 나갔다. 마치 언제든지 새로운 삶을 향해 출발할 준비가 되어 있어야 한다는 듯이.

노벨문학상 수상자인 클로드 시몽도 이 방랑 작가 유형에 속한다. 그는 카뮈와 마찬가지로 1913년에 수도에서 멀리 떨어진 프랑스의 식민지에서 태어났다. 그의 아버지는 뤼시앵 오귀스트 카뮈와 유사하게 제1차 세계 대전이 발발한 직후에 사망했다. 그래서 어린 클로드는 프랑스 남부에서 친척들의 보살핌을 받고 자랐다. 그는 도시인이 아니었고, 여행을 무척 좋아했다. 어쩔 수 없이 파리에 머물러야 하는 사정이 생기면 그는 카뮈와 똑같이 금세 프랑스 남부에 있는 자신의 집으로 돌아가고 싶어 안달했다. 그는 한 해의 대부분을 그 집에서 보낸다. 시몽은 카뮈보다 28년이 지난 후인, 1985년에 노벨문학상을 받았다. 그리고 알제리 출신의 동갑내기 동료의 경우와 비슷하게 그의 소설의 혁신의 힘은 제1차 세계 대전의 충격에 따른 결과이다.* 클로드 시몽은 처음에는 화가가 되려고 시도했지만 실패했다. 그 후에 그는 비유가 끝없이 이어지는 강렬한 서술 방식을 실험했다. 이로써 그는 나탈리 사로트, 알랭 로브그리예, 미셸 뷔토르와 더불어 누보로망의 창시자들 중 한 사람이 되었다. 시몽도 부조리를 굳게 믿었다. 그는 이렇게 말한다. "만약 세상이 어떤 의미가 있다면 그것은 아무런 의미가 없다는 것이다."

파리에서 클로드 시몽은 식물원 부근의 몽주 광장에 있는 조그만 다락방 주택에 살고 있었다. 그 내부는 가구로 간소하게 갖추어진 대신 무수히 많은 이국풍의 마스크, 나무 조각상, 그림 들로 채워져 있었다. 1962년에 그가 베케트의 발행인 제롬 랭동**의 집에서 있었던 저녁 식사 때 알게 된 부인 레아는 같은 건물의 복도 건너편 작은 방에서 살고 있었다. 나는 이 결혼-계약을 보자, 1990년에 작고한 파리의 초현실주의자 필리프 수포와 그의 독일인 부인 레 수포가 머리에 떠올랐다. 그

* 알베르 카뮈는 자신의 책 『여름』에서 '나는 내 또래의 모든 사람과 함께 제1차 세계 대전의 북소리를 들으며 자랐고, 우리의 역사는 그때 이후로 끊임없이 살인과 부정, 또는 폭력의 연속이었다.'라고 썼다.
** 실험적이며 전위적인 작가들을 발굴하고 누보로망 소설들을 출판한 인물로, 프랑스 문화의 새로운 흐름을 만들어 낸 인물로 평가받는다.

들 부부도 마지막 몇 십 년을 시몽 부부와 마찬가지로 파리의 같은 임대 건물에 조그만 아파트를 별도로 얻어 따로 생활했다.

1998년 12월에 울 스웨터를 입고 커다란 검은 안경을 코에 걸친 단호한 여성 레아 시몽이 85세가 된 남편의 아파트 문을 나에게 열어 주었다. 우리 세 사람은 그곳 서재 바닥에 놓인 아라비아식 방석에 웅크리고 앉았다. 시몽 부부는 나이가 많이 들었는데도 꾸밈없이 자유로운 분위기를 선호했다. 그러나 인터뷰는 그리 자유롭게 진행되지 않았다. 시몽 부인은 그 후 몇 시간 동안 단 일 분도 남편 곁을 벗어나지 않았고, 대화에 너무나 자주 끼어들어 나는 결국 그녀의 주장도 기록하지 않을 수 없게 되었다.

나중에 나는 거기에 각각 장점과 단점이 있다는 것을 발견했다. 한편으로 시몽 부인의 말참견은 매우 재치 있었고, 그녀가 수십 년 전부터 검토하고 의견을 제시해 온 남편의 책들에 관해 대단히 잘 알고 있음을 증명해 주었다. 다른 한편으로 그녀의 촌평은 어떤 일이 있어도 남편의 작품에 대해 자신이 선호하는 형식적-미학적 해석과 다른 해석의 여지를 후세에 남기지 못하게 하려는 것으로 비쳤다. 그녀는 끊임없이 남편의 방대한 소설들의 시대사적 연관성들을 — 전쟁, 플랑드르의 전쟁터, 고도로 기술화된 살육의 한가운데서 기마병이었던 작가가 받은 정신적 충격 — 의도적으로 대수롭지 않은 것으로 여기도록 몰아갔다. 마침내 클로드 시몽은 그녀의 의견이 옳다고 인정했다. 예술은 다룰 테마가 없어졌으며, 서술할 것도 거의 없는 것이나 다름없다는 것이었다. 글쓰기에 있어서는 항상 대상이 아니라 방법만이 중요하다고 했다. 결국에는 그의 삶에 있어 '훌륭한 책을 쓰는 것'만이 중요했다는 것이다. 그 때문에 그는 자신의 삶을 충족된 것으로 여긴다고 했다.

몽주 광장에 있던 그 조그만 방랑 작가 아파트에서 우리가 아라비아식 방석에 앉아 대화를 나눈 지 7년 후에 클로드 시몽은 세상을 떠났다. 그의 나이는 91세였다. 그의 그림들은 레아 시몽이 남편의 부탁에 따라 사후에 폐기했다.

*

라디쉬 금세기가 저물어 가고 있습니다. 당신은 금세기를 처음부터 끝까지 거의 함께한 셈입니다. 어떤 결론을 내릴 수 있을까요?

클로드 시몽 아주 특별한 한 세기였지요, 문학적으로나 예술적으로나. 프루스트와 더불어 시작되었고, 그 후에 조이스, 셀린, 피카소, 라우센버그*로 이어진 위대한 시대였지요.

라디쉬 하나의 성공담이었나요?

레아 시몽 전쟁도 있었잖아요.

클로드 시몽 그렇지, 전쟁도 있었지.

레아 시몽 당신은 예술만 생각한다니까요.

클로드 시몽 맞아. 그것이 늘 내게는 가장 흥미로웠으니까. 전쟁이라, 누구나 그랬듯이 당연히 나도 전쟁에 나갔지요. 그건 그리 즐거운 이야기는 아니에요. 그럼에도 가장 흥미로운 건 파탄이지요. 모든 정신 체계, 모든 이데올로기가 금세기에 붕괴되었으니까요. 그야말로 괴물들의 세기였습니다. 금세기의 모든 것이 터무니없었지요. 모든 게 파괴되었습니다. 형식, 색상, 슈비터스,** 콜라주……. 심지어는 대상도 사라

---

* 미국 팝아트의 선구자. 그림을 그리는 데 그치지 않고 흔히 복합 미술이라고 하는 다양한 오브제를 활용해 만든 콤바인 회화로 전 세계에 영향을 미쳤다.
** 다다이즘의 대표 화가로, 오브제를 사용해 새로운 이미지를 만들어 내는 콜라주 작업을 선보였다. 이 방식은 브리콜라주로 명명되며 예술계에 영향을 주었다.

져 버렸지요. 문학에서든 회화에서든 어디서나 할 것 없이, 서술된 이야기, 그려진 인물, 모든 게 파편들로 조각나 버렸어요.

책의 의미는 글을 쓸 때 비로소 생겨나지요.
우리는 글을 쓰면서도 아는 게 없어요.

라디쉬 당신도 거기에 상당히 기여했지요.

클로드 시몽 카프카 이후, 또 프루스트 이후로 사람들은 더 이상 통상적으로 글을 써 나갈 수 없었지요. 이야기를 무엇 하러 만들어 냅니까? 내 아내도 동의하지 않았을 겁니다. 플로베르는 『보비리 부인』을 왜 쓸까요? 어떤 간통 이야기를 들려주기 위한 것은 아니었을 겁니다. 그런 책의 의미는 글을 쓸 때 비로소 생겨나지요. 우리는 글을 쓰면서도 아는 게 없어요.

레아 시몽 아니에요, 클로드. 뭔가 아는 것은 늘 있어요. 누군가는 항상 뭔가를 알고 있지요, 예를 들면 독자가 그렇지요.

클로드 시몽 하지만 그런 지식이 교화적인 것은 아니야. 예전 소설들은 교화적이었지요. 당신은 독일인이잖아요. 나의 주요 원칙은 노발리스*가 말한 한 문장입니다. "언어는 수학 공식과 같은 관계에 있다……. 수학 공식은 자신의 놀라운 본질을 드러낼 뿐이고, 바로 그 때문에 그토록 표현력이 풍부한 것이다……. 바로 그 때문에 그 속에 사안들의 미묘한 관계의 변화가 반영되는 것이다." 언어는 들어맞아야 하

---

* 독일의 초기 낭만주의 작가이자 철학가인 노발리스는 '저속한 것에 숭고한 의미를, 일상적인 것에 비밀스러운 외양을, 잘 아는 것에 미지의 품위를, 유한한 것에 무한함을 부여'함으로써 세계를 낭만화한다고 했다. 그리고 '숭고한 것, 미지의 것, 신비로운 것, 무한한 것에 대해서 그와 반대로 조작'함으로써 수학의 로그 부호가 붙게 되는데, 이 과정을 통해 낭만화된 것이 객관화된다고 보았다.

고, 서로 어울려야 하고, 수학 방정식처럼 풀려야만 해요.

라디쉬 그러나 문학은 수학이 아닙니다. 당신의 삶에서 그 후로는 어떤 것도 그 전과 같지 않게 바뀐 어떤 순간, 시간, 날들은 없었나요, 문학조차도?

클로드 시몽 확실히 있었습니다. 예를 들면 나의 부모님의 죽음이 그랬지요. 그리고 내가 1940년 5월에 플랑드르에서 말을 타고 그 미치광이, 정신 나간 연대장을 뒤따라갔던 그 몇 시간도 그랬었죠.*

레아 시몽 한 시간을 말하는 거죠?

클로드 시몽 그래, 한 시간이었지. 아니면 성에서부터 그가 전사한 장소까지 5킬로미터의 거리였다고 해 두지. 어느 순간에 죽게 될지 모르고, 그것을 피할 어떤 시도도 할 수 없다는 느낌, 그 순간은 그런 느낌이었습니다.

레아 시몽 하지만 그게 남편이 글을 쓰게 된 이유는 아니에요. 그것을 혼동해서는 안 됩니다. 남편은 그 이야기를 들려주기 위해 글을 쓰지는 않아요.

클로드 시몽 그래. 나는 그 이야기를 들려주려고 글을 쓰는 건 아니지.

라디쉬 그런데도 당신은 그 이야기를 대단히 자주 하던데요, 믿기 힘든 그 장면을 당신의 소설들에서 끊임없이 볼 수 있죠.

---

* 시몽의 소설 『플랑드르 가는 길』에 그때의 사건이 묘사되어 있다. 1940년 5월 정예부대였던 그의 연대는 독일군의 기습 공격을 받았는데, 독일군이 매복해 연대장을 살해하는 모습이 소설에서는 '장터의 사격장'에서 과녁을 맞히는 모습으로 비유된다. 당시 연대장의 죽음으로 부대 전체가 완전히 붕괴됐는데, 소설 속에서 이 붕괴는 연합군과 프랑스의 패배인 동시에 한 개인의 패배이자 삶의 붕괴로 나타난다.

클로드 시몽 나는 전쟁을 묘사하는 작가가 아닙니다.

라디쉬 그러나 당신의 기병 연대가 거의 몰살당한 플랑드르 전투도 그런 식의 파괴가 아니었나요? 세상을 수천 조각으로 날려 버리는 그런 체험 말이죠. 문학도 수천 조각으로 쪼개 버리는 체험 말입니다.

레아 시몽 그것을 그런 식으로 말해서는 안 됩니다. 그것은 진실이 아니에요. 남편을 작가로 만들어 준 것은 그 전투 이후의 몇 시간이 아니었어요. 남편은 화가였어요. 만족하지 못하는 화가였지요. 그래서 작가가 된 겁니다. 그건 전쟁과는 전혀 상관없는 일이에요

클로드 시몽 그래요, 맞아요. 나는 전쟁에 나갔고, 포로가 되었고, 탈출해서 『사기꾼』이라는 작품을 썼지요.

라디쉬 플랑드르 전투에 관해서 당신은 20년이 지나서야 서술했습니다. 하지만 그 전투는 모든 것이 처음부터 다시 시작되는 원점으로, 다른 모든 책들에도 나와 있지 않았나요? 책 내용을 산산조각 나게 만들고, 시점의 근거를 잃게 만든 진원지가 아니었나요?

레아 시몽 그건 전쟁 전부터 이미 그랬어요. 전쟁은 소재입니다. 기억에 남아 있는 소재지요.

라디쉬 에른스트 윙거*는 제1차 세계 대전을 일종의 미학적 현상, 예술가적 관점에서 볼 때 하나의 매력으로 여겼습니다.

레아 시몽 클로드는 예술가로 살지 않아요.

---

* 독일의 장교이자 작가, 철학자, 곤충 연구가. 나치 당원이었던 적은 없으나, 전쟁을 찬미하고 니체의 사상을 파시스트적으로 해석해 나치 집권에 일조했다는 정치적 논쟁이 분분하다.

클로드 시몽 나는 예술가로 살아오지 않았어요. 하물며 전쟁 때는 말할 필요도 없지요.

레아 시몽 클로드는 아버지와 어머니를 잃었어요. 아버지가 돌아가셨을 때는 태어난 지 겨우 아홉 달이었죠. 남편은 형제자매도 없어요. 천애고아지요. 그것이 남편에게는 다른 모든 것들보다 훨씬 더 중요하답니다.

클로드 시몽 무엇이 중요할까요? 프루스트는 멍청이 중의 멍청이 생활을 했어요. 그것이 작품에 해를 끼치지는 않았어요. 우리는 아무것도 체험하지 못할 때에도 무언가를 체험하는 겁니다.

라디쉬 어떤 것을 말하는 거죠?

클로드 시몽 그 어떤 것이죠. 문학의 거창한 테마, 거창한 대상, 그런 것은 지나갔어요. 반 고흐가 부츠 두 짝을 그린다. 그러고는 끝입니다.

예술에 진전은 없답니다.
사람들은 늘 다른 어떤 것을 만들 뿐,
결코 더 나은 것을 만들지는 않지요.

라디쉬 그리고 얼마 지나지 않아 캔버스는 비어 있게 되지요. 당신은 대상을 계속해서 축소해 왔습니다. 아직 남아 있는 어떤 것이 있나요?

클로드 시몽 모든 것이 다 있습니다. 할 일은 늘 있어요. 예술에 진전은 없답니다. 사람들은 늘 다른 어떤 것을 만들 뿐, 결코 더 나은 것을 만들지는 않지요.

라디쉬 그렇다면 우리는 예술에서 아무것도 배울 수 없을 텐데요?

클로드 시몽 나한테 질문을 하셔야죠.

라디쉬 우리는 무엇을 배울 수 있을까요?
클로드 시몽 내가 관심을 가지는 건 방법뿐입니다. 어떤 일이 왜 일어나는가가 아니라, 그것이 어떻게 일어나는가 하는 것이죠. 풀은 왜 있는 겁니까? 별들은 왜 존재하나요? 그것에 관해서는 신학자들이 답변해야 합니다.

라디쉬 그렇다면 전쟁은 왜 일어났고, 아우슈비츠 학살은 왜 일어났을까요?
레아 시몽 남편은 거기에 답변해 줄 수 없어요. 우리가 어떻게 해서 그 지경이 되었는지, 그것을 말해 줄 수 있다는 거죠.
클로드 시몽 난 할 수 없어. 우리가 어떻게 해서 그 지경이 되었는지 내가 알려 준다면, 우리가 왜 그 지경이 되었는지도 알고 있다는 뜻이죠. 아우슈비츠 문제는 누구도 이해할 수 없어요. 그것이 콩고에서 벌어진 일이라면 약간 다른 문제가 되겠지요.
레아 시몽 남편은 그 문제에 몰두한 적이 한 번도 없었어요. 그 문제에 정말로 관심을 가진 사람이라면 어쩌면 그 이유를 알아내겠지요.
클로드 시몽 아니야, 그건 설명이 불가능해. 전쟁은 약간 다른 문제지요. 그건 자연적인 일입니다. 전쟁은 예전부터 늘 있었던 일이니까요. 오늘날까지도 일어나고 있지요. 우리가 지금 여기서 대화를 하고 있는 동안에도 인간들은 서로를 죽이고 있습니다. 우리는 이곳에 프루스트의 작품에 나오는 부인들처럼 앉아 있어요. 발베크*의 한 테라스에서. 그리고 바로 옆에서는 총격전이 벌어지고 있지요. 비인간적인 일은 전

_____
* 마르셀 프루스트의 『잃어버린 시간을 찾아서』에 나오는 해변가 휴양지.

혀 없어요. 비인간적인 모든 일은 인간에 의해 자행되니까요. 우리들 내면에는 괴물이 살고 있어요. 아우슈비츠, 그것도 인간들이 벌인 짓이죠. 사드의 책을 읽어 보세요.

레아 시몽 맞아요, 여보. 그러나 모든 인간들이 다 그럴 수 있는 건 아니에요.

클로드 시몽 어릴 때 난 파리들 날개를 뜯어낸 적이 있다고.

레아 시몽 난 그런 일 없었어요. 그렇다고 해서 내가 더 나은 것도 아니지만.

클로드 시몽 누구나 내면에는 괴물이 들어 있지.

레아 시몽 하지만 그것은 밖으로 드러나기도 하고 드러나지 않기도 해요.

라디쉬 그러니까 역사에서 배울 게 전혀 없다는 말씀인가요?

클로드 시몽 우리가 괴물이 아니라면 모르죠.

레아 시몽 아뇨, 윤리가 변하고 있어요. 칠레의 피노체트*의 경우만 생각해 봐도 되잖아요, 여보. 20년 전이라면 상상도 할 수 없는 일이었겠죠! 진전이 있어요.

클로드 시몽 나의 내면에는 괴물이 들어 있다네!

레아 시몽 당신 내면에 괴물이 들어 있다고요? 당신은 콩고에서 온 사람이 아니잖아요. 그리고 만약 당신이 콩고 출신이라면 그것은 당신이 아니겠죠.

클로드 시몽 아우슈비츠의 처형 집행자는 나의 형제지.

---

* 칠레 역사상 국민적 가치를 지녔던 민선 정부인 아옌데 정부를 군사 쿠데타로 정권을 탈취해 군사독재·철권통치를 했던 칠레의 대통령. 선거를 통해 17년 만에 실각했다. 칠레의 시인 파블로 네루다는 피노체트의 쿠데타를 나치의 유럽 공습에 비유하기도 했다.

레아 시몽 아뇨, 당신의 형제가 아니에요.

라디쉬 제 경우에는 할아버지였을 수도 있겠군요.

레아 시몽 남편은 예술가예요. 나는 남편을 37년 전부터 날마다 보고 있어요. 남편은 형세가 어떻게 돌아가고 왜 그렇게 되는지에 관해 따져 보느라 시간을 허비하지는 않아요.

클로드 시몽 나는 문학에 몰두하고 있지.

라디쉬 우리가 문학에 관해 대화를 나누고 있는 게 아닌가요?

클로드 시몽 우리는 소재에 관해 대화를 나누고 있어요. 반 고흐에게 부츠는 그림을 그리기 위한 구실에 지나지 않았어요. 내가 관심이 있는 건 문학 작품이지 그것의 대상이 아닙니다.

레아 시몽 여보, 당신은 이분께 어떻게 글을 쓰는지 설명을 해 줘야만 해요. 당신은 오늘, 이곳, 이 순간에도 글을 쓰고 있어요. 당신은 어떤 것에 관해 기억을 되살리려고 글을 쓰는 게 아니에요. 작품을 만들어 내기 위해 글을 쓰는 것이죠.

클로드 시몽 화가는 그리기 위해 그림을 그립니다. 화가는 초록색, 빨간색, 파란색을 사용하지요. 화가는 아무리 끔찍한 일들도 그릴 수 있어요. 전투, 싸움. 그런데 우리가 그 그림을 볼 때면 기쁨을 느낀답니다.

라디쉬 글에서 즐거움을 느끼고, 그림에서 기쁨을 느낀다. 그것이 전부일 것 같지는 않은데요?

클로드 시몽 모든 것은 오로지 훌륭한 책을 쓰는 것을 중심으로 돌아가지요. 내 책 『제오르지크』를 한번 생각해 보세요. 거기서 서술한 내용들 중 내가 체험한 것은 전혀 없어요. 내가 했던 일은 모든 것이 서로 조화를 이루도록 그렇게 배열하는 것이었죠.

라디쉬 그 말씀은 약간 쾌락주의적인 것이 아닌가요?
클로드 시몽 그것 말고 대체 무엇이 중요하게 다루어져야 하나요? 당신이 책을 읽는 이유가 무엇인가요? 즐거움을 얻기 위해서죠.

라디쉬 세상을 이해하기 위해서입니다. 저는 당신의 소설을 읽고 나면 세상을 더 잘 이해하게 됩니다.
클로드 시몽 그렇다면 당신은 바로 세상을 이해하는 즐거움을 누리는 겁니다.

라디쉬 당신의 첫 작품 『식물원Jardin des Plantes』에서는 글에 대한 즐거움보다 삶에 대한 우울함에 관해 더 많이 배울 수 있습니다. 피로에 관해 여러 번 언급되어 있더군요.
클로드 시몽 당신이 생각하시는 그대로는 아닙니다. 뒤러나 말라르메의 우울함은 아니죠……. "la chair triste et lasse! Et j'ai lu tous les livres," 육신은 빈약하고 지쳤다. 그리고 나는 모든 책들을 읽었다.* 아닙니다. 세상은 아름답고, 그리고 나는 세상을 떠나야만 하는데 아직도 모든 책을 다 읽지는 못했습니다.

라디쉬 삶을 마감하게 되면 무엇이 가장 아쉬울 것 같나요?
클로드 시몽 삶이죠. 새들, 하늘. 더 이상 수영도 할 수 없고, 햇볕도 쬘 수 없다는 것. 그 모든 것, 모든 것들이 다 아쉽죠.

----

* 말라르메의 시 「바다의 미풍」의 한 구절.

페터 륌코르프

"우리는 이것 한 가지만 알면 된다.
자신이 진정으로 원하는 것이 무엇인지."

기존의 사회적 억압에서 벗어나 개인의 욕망과 해방을 추구했던 독일의 문화 혁명인 68운동에 앞장섰던 륌코르프는 전통적인 허구 문학을 포기하고 행동적 문학관을 옹호한 시인이다. 시를 통해 현대 사회·문화를 예리하게 지적하는 정치시를 썼으며, 모호한 의미의 말놀이는 뛰어난 운율과 역동적인 사고를 불러일으킴으로써 오늘날 시가 무엇이 될 수 있는지를 보여 준 시인으로 평가받는다.

함부르크의 시인 페터 륌코르프와 인터뷰를 하는 것은 한편으로는 아주 쉬운 일이다. 1999년에 그는 우리 집에서 엎어지면 코 닿을 거리인 엘베강 강가에 살고 있었기 때문이다. 다른 한편으로 그것은 복잡하기도 했는데, 그 이유는 그와의 인터뷰는 일상적인 대화가 아니라 순서 하나, 말 한마디 어긋나서는 안 되는 공중 줄타기와 같았기 때문이다.

나는 점심 때 함부르크의 외벨괴네 구역에 있는 그의 집을 방문하기로 약속했다. 페터 륌코르프는 인터뷰를 위한 준비를 해 놓았다. 뵈브 듀란드라는 상표가 붙은 값싼 샴페인 두 병이 식탁에 올라 있었다. 며칠 후면 그는 70번째 생일을 맞게 된다. 4년 전에 그의 일기 『타부TABU』가 통독 시절의 수기들과 함께 발행되었다. 그 책에서 그는 비관적인 시대 관찰자 역을 훌륭히 해냈다. 그는 70년대 초에도 68세대의 태동을 다룬 책 『당신들이 잘 알고 있는 시절Die Jahre, die ihr kennt』에서 이미 그 역할을 시험해 본 적이 있다.

림코르프는 독일 문학가들 중 국외자들을 특히 좋아한다. 하인리히 하이네, 아르노 슈미트, 로베르트 게른하르트, 쿠르트 투홀스키. 그 자신도 한쪽 구석 — 안락의자, 소파, 책상 — 에서 시국의 동향을 수심에 잠긴 눈길로 바라보는 것을 가장 좋아한다. 엘베강 강가에 우뚝 솟은 그의 집필실은 — 집과 연결된 좁다란 계단을 따라 내려가기만 하면 길가에 도달할 수 있다. — 그렇게 지내기에 안성맞춤의 장소로 보였다. 파리에 있는 클로드 시몽의 다락방과 비슷하게 이곳에서도 꾸밈없이 소박한 분위기가 물씬 풍겼다. 의자, 책상, 좁다란 침대가 하나씩 있고 책 몇 권이 전부였다. 페터 림코르프도 다락방 시인 유형에 속했다. 70세의 나이에도 불구하고 청바지에 울 스웨터를 입고 머리를 길게 기른 그의 깡마른 모습은 이날 오후에도 변함없이 젊음의 활력이 넘친다는 인상을 주었다.

하지만 그것은 잘못 판단한 것일 수도 있었다. 한때 나이가 들어도 변함없이 '젊은 남자'라 불렸던 유형의 사람들이 있었다. 페터 림코르프뿐 아니라 같은 세대인 한스 마그누스 엔첸스베르거*나 마르틴 발저도 여기에 속했다. 어쩌면 이런 유형은 이 인물들을 끝으로 사멸해 가는 중인지도 몰랐다. 페터 림코르프도 이날 오후에는 늘어 가는 분위기가 없지 않았다. 대화 중에 한번은 그가 침통하게 말했다. "지금 무언가가 끝나가고 있어요. 더구나 최종적으로 말입니다." 샴페인 두 병은 결국 바닥이 나고 말았다.

엘베강 강가 높은 곳에 자리 잡은 그의 집에서 진행된 인터뷰 도중에 페터 림코르프는 물려받은 그 집 외에 다른 곳에서는 살고 싶지 않다고 힘주어 말했다. 그렇지만 그는 몇 년 후에 자신의 집을 떠나지 않을 수

---

* 전후 독일 문학을 대표하는 작가로 브레히트 이후 가장 중요한 사회파 작가로 평가받는다. 시·에세이·희곡·비평·철학 등 다양한 분야에서 작품을 썼다.

없었다. 암에 걸린 후로 그는 집필실로 통하는 가파른 계단을 오르기가 불가능해졌기 때문이다. 그는 부인과 함께 라우엔부르크 지방에 있는 농부의 오두막으로 옮겨 갔다. 그곳에서 그는 우리가 함부르크의 자택 부엌에서 인터뷰를 한 지 8년 만에 78세의 나이로 세상을 떠났다.

*

룀코르프 이제 시대에 뒤진 몇 가지 질문을 해 보시죠.

라디쉬 대체 온종일을 무얼 하며 보내나요?
룀코르프 나는 새벽 두 시나 세 시 또는 네 시쯤에 잠자리에 듭니다. 여섯, 일곱 혹은 여덟 시간 동안 자고 나서 열한 시경에 아침을 먹습니다. 그 후에는 날씨가 맑으면 한 시간 반 동안 접이식 의자에 앉아 있는 내 모습을 당신은 볼 수 있을 겁니다. 거기서 나는 하늘에 떠다니는 플랑크톤을 채집하지요. 그런 다음 다섯 시간 동안 타자기 올림피아 모니카 앞에 앉아 있다가 서서히 알디*에서 판매하는 뵈브 듀란드 단계로 넘어가지요. 그러면서 소중한 생각들을 기록해 둡니다. 이어서 점심 식사 준비를 하고, 엘베강을 따라 오르내리며 잠시 활기차게 산책을 하고, 다음으로 한 시간 동안 단잠을 자지요. 그렇죠, 뭐. 그런 다음 다시금 정신없이 밤을 지샌답니다.

라디쉬 온종일 작업을 하는 건가요?
룀코르프 나는 그걸 작업이라 부르고 싶지도 않아요. 나는 나 자신을 시로 짓고, 틈새를 메우지요.

---

* 독일의 창고형 마트.

라디쉬 1966년 이래 계속 이곳에서 지내는군요.

림코르프 네. 더구나 이렇게 오솔길, 앞뜰, 해변, 엘베강, 항만 지역, 부두 시설을 두루 둘러보고, 마지막으로 이 모든 것들을 둘러싸고 있는 하르부르크산山을 바라본답니다. 따분할 새가 없지요.

라디쉬 떠나고 싶은 생각은 없나요?

림코르프 전혀 없습니다! 어디로 가란 말입니까?

라디쉬 하지만 당신은 배들이 떠나는 모습을 보잖아요?

림코르프 이곳에는 물론 온갖 배들이 지나다니죠. 우리는 이곳에서 지낸 세월 동안 모든 것들을 가까이서 지켜보았습니다. 범선이 지나가고, 증기선도 지나가고, 나중에는 최신 컨테이너선 종류도 지나갔지요. 그런데 컨테이너선은 갈수록 배의 모습과는 거리가 멀어져요.

라디쉬 앞에 보이는 엘베 강변 길에는 사람들도 무척 많이 지나다니지요. 저 사람들도 세월이 흐르면서 점차 인간의 모습과 거리가 멀어질까요?

림코르프 그들은 점점 유선형으로 변하고, 어쩌면 목적에도 더 부합하겠지요. 그런데 목적은 갈수록 빨리 바뀌니 자극을 주는 대상들을 그냥 뒤쫓기만 할 뿐이죠. 이 문제에 있어 묘하게도 나에게는 냉담함 비슷한 것이 생겨났어요. 'Kehrdiannix'*라는 말로 표현할 수 있을 겁니다. 당신이 이 말을 이해하실지 모르지만.

---

* '신경 쓰지 마'라는 뜻의 독일 북부 방언.

라디쉬 몇 년 전에 나온 당신의 일기에서는 지금과는 다른 분위기던데요. 거기서 당신은 전적으로 세상과 싸우는 격분한 겁쟁이의 공감할 수 있는 격정을 보여 주었습니다.

륌코르프 개인적인 인생행로와 역사의 거대한 파동이 제대로 일치하지 않는 그런 시절도 있기 마련입니다. 그것은 60년대 말의 원외 야당* 운동 시절 이후에 그랬고, 내가 그 일기를 썼던 동·서독 통일 시절에도 또 그랬습니다. 그런데 그사이에 사람들이 다시 약간 순응적으로 변해 버려서……

라디쉬 ……세상의 흐름에 근접했다는 뜻인가요?

륌코르프 1989년에 나는 예순 살이었고, 곧 밀어닥칠 원점 상황에 적어도 빈손으로 밎서시 않기 위해 혼신의 노력을 기울였죠. 그 후에 통일의 소용돌이가 우리를 덮쳤습니다. 그런 상황에서 당연히 누구 하나 나의 책을 간절히 바라지 않았고, 오히려 통일에 대한 나의 의견만 줄기차게 캐물었습니다. 간단히 말해, 전 국민이 기념 축제를 벌이는 바람에 나의 조그만 수제품 가게가 그야말로 세상의 한쪽 구석으로 밀려났고, 내 책들은 바닥으로 팽개쳐진 듯한 기분이었습니다.

라디쉬 세상사가 그렇게 돌아가자 기분이 몹시 상했나요?

륌코르프 그 말은 약간, 거만하게 남들의 근심을 모른 체하는 그런 종류의 비아냥 같군요. 그런 질문들로 당신은 이를테면, 독일 표현주의 전체를 가소로운 것으로 치부할 수도 있을 겁니다. 게오르크 트라클**

---

* 원내 야당 의석이 10퍼센트 미만밖에 되지 않자 내각을 견제할 수 없다는 이유로 1967~1968년 독일 대학생들이 주축이 되어 결성한 정치 조직.
** 심한 우울증을 앓다 27세에 약물 과다 복용으로 요절한 오스트리아 시인. 동시대 시인들과 교류하지 않고 독자적으로 구축한 시세계로 표현주의에 큰 영향을 미쳤다.

이 세상사의 흐름 때문에 모욕을 느꼈나요? 알프레트 리히텐슈타인*은 혹시 감각이 너무 예민했나요? 페르디난트 하르데코프**는 워낙 소심해서 시대 상황을 제대로 감당할 수 없었나요? 나 자신으로 말하자면, 그런 쇠락해 가는 바람, 가령 죽음의 입김이 불어오는 것을 이미 청소년 시절부터 잘 알고 있었어요.

종말의 두려움은 평생 나를 스쳐 갔기 때문에
그것에 어떻게 대처할지 알기만 하면 됩니다.

라디쉬 지금의 당신은 컨테이너선들이 왕래하는 시대의 범선, 그러니까 문학계에서 일종의 공룡이라 할 수 있을까요?

림코르프 우리가 잘 알고 있듯이 공룡은 위기에 취약한 종이죠. 그래서 녀석들은 — 빅토르 폰 셰펠***이 말하듯이 — 어느 날 위기의 영향권 속으로 너무 깊이 들어와 버렸고 "당연히 때는 이미 늦었던 것이죠." 그러나 진지하게 말하자면, 종말의 두려움은 평생 나를 스쳐 갔기 때문에 그것에 어떻게 대처할지 알기만 하면 됩니다. 작가는 사실상 그것을 오로지 책, 글, 시로만 할 수 있어요. 원외 야당 운동이 위대한 종말을 고하면서 그들의 사회주의 지도자들도 무대에서 몰아냈을 때, 나는 『당신들이 잘 아는 시절』이라는 책에서 나의 뼛조각들을 다시 주워 모아 한 번 더 총결산을 했지요.

---

* 독일 표현주의 시인.
** '가장 응축된 독일의 산문 작가, 표현주의자, 축소형 미켈란젤로'라는 평가를 받음으로써 회화에서 사용되던 표현주의를 문학에 처음으로 적용하는 계기를 마련한 독일의 시인.
*** 19세기 독일의 시인이자 소설가. 활동 당시 가장 위대한 문학가로 손꼽혔다.

라디쉬 그것은 소심하게 실제보다 낮춘 평가입니다. 『당신들이 잘 아는 시절』은 상처 입은 개혁가들을 위한 기념물이 아니라 당당하고, 약간 좌파의 감상적 분위기를 띤 성과의 기록입니다.

림코르프 오늘날의 입장에서 보자면 그렇죠. 그리고 지난 80년대의 나의 일기 『타부』도 당신은 이런 의미에서 재건의 원동력으로 받아들일 수 있겠지요. 그것이 사실 문학의 묘한 점입니다. 문학은 거의 병적인 초조함을 보이며 밀물과 썰물의 변화에 반응합니다. 그러다가 때로는 문학의 이용 수단 전체가 함께 소용돌이에 빨려 들어가는 것으로 보이기도 하지요. 그것은 단지 한 개인이 모욕이나 따돌림을 당했다고 느끼는 정도가 아닙니다. 별안간 장르 그 자체가 더불어 처분의 대상이 되기도 하지요. 불안정한 문학적 자아와 그 자아의 시적 영체들이 불가사의하게 한 덩이리가 됩니다. 부들부들 떨리고, 마구 파닥거립니다. 하지만 그것은 그 후에 언젠가는 다시 언어 속에서 평정을 되찾고, 그럴 때 그 모든 것은 다시 한 번 특별히 멋지게 유황색 인광을 반짝입니다. 이것이 처음에는 온갖 통증과 고통과 결합된 것으로 보이는, 너무나 기묘한 재탄생의 과정입니다. 사람들은 미래를 마치 심연을 들여다보듯 응시하지만, 스스로에게는 이렇게 말하지요. '너는 이곳을 돌파해야 해. 비상구는 전혀 없으니까.' 그런데 별안간 사람들은 그것이 사실 회춘의 샘이었다는 것을 깨닫습니다.

라디쉬 멋진 표현이군요. 불가사의와 유황, 파닥거림과 영체, 마지막 회춘의 샘까지. 하지만 실제로도 그런가요? 정작, 그렇게 잊혀진 마법의 주문을 통해 말하는 사람이 사실은 더 이상 젊지 않다는 것 아닐까요?

림코르프 그것은 대단히 오래된, 이런 질문입니다. 대체 누구를 대상으로 말을 거는가? 어떤 배경에서 말을 거는가? 어떤 울림의 공간에 대고 말을 거는가? 모든 문학 전통들이 파괴되었습니다. 대체 무엇을 실마리로 삼을 수 있을까요?『성서』에서『오디세이』를 거쳐 신교도 찬송가에 이르기까지 사실 그 어떤 것도 이제는 전제가 될 수 없고, 전통적 교양이라는 전당 전체가 허물어졌습니다.

라디쉬 하지만 외톨이가 된 전당의 주인은 값싼 샴페인을 마시며 즐거워하고 있군요.

림코르프 나는 늘 귀를 바닥 아주 깊숙한 곳으로 향하고 지극히 애매한 구석구석의 소리까지 두루 들어 보려고 노력했습니다. 어딘가에서 집단적 이해력에 의존할 수 있는 어떤 것을 발견할 수 있지 않을까 해서입니다. 예를 들면 아이들의 동시에서, 수를 세며 헤아리는 운율에서, 운율로 된 광고에서 그래도 오늘날까지 무언가 쩔렁거리고 덜거덕거리는 소리가 나니까요. 그럼에도 내가 1967년에 주석이 달린 운문 모음집『국민의 총재산에 관하여Über das Volksvermögen』를 발표했을 때, 그 책은 심지어 지리멸렬해진 교양 시민 계층을 위한 민속 이야기 비슷한 책이 되었지요.

라디쉬 교양 시민 계층의 집단적 이해력이 마지막으로 통용된 건 언제였나요?

림코르프 나의 학창 시절과 대학 시절에만 해도 사람들은 때로는 강요되기까지 했던 이 고전적 교양 지식들을 받아들였습니다. 현대적이라고 자처하는 젊은 시인이라면 당연히 그 지식을 단순하게 되풀이하는 것으로는 살아갈 수 없지요. 당시에 나는 혼자서 문학의 유산을 거칠게 가는 동시에 생기를 불어넣기도 하는 새로운 방법을 시도했습니다. 그것은 패러디나 변형작이라고 부를 수 있는 방법이었죠. 나는 불확실한 경우에는 차라리 변형작을 시도하는 편을 택했습니다. 하지만 —이 점이 까다로운 문제인데—교양의 토대가 어디에서도 전제前提될 수 없을 때는 결국 패러디도 그 타당성을 잃습니다. 이 두 가지 다 사실상 문학 세미나라는 배타적 영역에서 서서히 사라졌고, 바깥세상에서는 지독히 싸늘한 반응만 불러왔을 뿐이었죠.

세상이 정말 그토록 안온하고
친숙하다고 느끼는 사람은
아마도 문학에 절대 발을 들여놓지 않을 겁니다.

라디쉬 마치 딩신은 자신의 시대와 늘 일정한 거리를 동일하게 유지하고 있었다는 것처럼 들리는군요. 그야말로 당신의 시절, 당신이 친숙하다고 느꼈던 그런 시절은 전혀 없었나요?

림코르프 세상이 정말 그토록 안온하고 친숙하다고 느끼는 사람은 아마도 문학에 절대 발을 들여놓지 않을 겁니다. 나는 마흔 살 때 전혀 까닭 모를 슬럼프를 이미 겪었습니다.

라디쉬 마흔 살이 되어서 모래시계가 거꾸로 뒤집힌 거군요.

림코르프 아, 모래시계. 네, 나는 그 모래시계를 시간 표시기로 여기고 평생 씨름하며 살았습니다. 아니면, 코코슈카*가 젊은 시절의 알베르트 에렌슈타인**을 그렸던 소묘를 한번 떠올려 보시기 바랍니다. 죽음의 사자가 어깨에 올라타고 있는 그 유명한 초상화를 나는 열여덟 살

* 오스카어 코코슈카. 오스트리아의 표현주의 화가이자 도안가이며 극작가.
** 독일어권 서정 시인이자 소설가.

때 이미, 개인적으로 나 자신의 모습으로 깊이 받아들였습니다. 그러나 우리는 그런 악령보다 더 큰 소리로 노래를 불러야 합니다. 비록 거기서 '하찮은 죽음의 무도곡'밖에 튀어나오지 않는다 하더라도 말입니다. 결국 나는 이 세상에서 우울한 성격을 가진 최초의 사람이 아니고, 가장 위험한 사람은 더더욱 아니기 때문입니다. 트라클과 비교한다면 말이죠.

라디쉬 사실 트라클도 요절했지요. 하지만 더욱 관심이 가는 질문은 우울한 성격의 사람은 어떻게 늙어 가느냐는 것입니다.

림코르프 우리는 해마다 사정이 어떻게 돌아가는지 알아야 합니다. 우리는 이것 한 가지만 알면 됩니다. 자신이 진정으로 원하는 것이 무엇인가. 그리고 그것을 모든 수단을 동원해 추구하는 것이죠. 화학적 수단도 가능하고, 환각을 일으키는 수단도 좋습니다.

라디쉬 그러면 노년의 즐거움이 찾아오나요?

림코르프 사실, 나는 늘 나 자신이 나이에 비해 약간 어려 보이는 편이라고 여겨 왔습니다. 여기 위쪽 집필실에 앉아 있으면 대학생 때의 하숙방과 차이가 나는 것을 전혀 느끼지 못합니다. 때때로 나는 나 자신을 영원한 대학생으로 간주할 용의도 있습니다.

라디쉬 오늘날 대학생들은 전혀 어려 보이지 않습니다. 당신과 더불어 영원한 대학생도 사라지고 다시는 돌아오지 않을 겁니다.

림코르프 토마스 만도 이미 이렇게 말했지요. "나 이후로는 더 이상 어떤 것도 나오지 않는다." 베르톨트 브레히트도 별반 다르지 않았습니다. 그는 이렇게 말했지요. "이 도시들에서 남게 될 것은, 여길 스치고 지나간 것, 바람./집은 먹는 자를 기쁘게 하고, 사람은 짐을 꾸려 그 집을 떠난다네./우리는 알고 있지, 잠시 머물 뿐이라는 걸/우리가 떠난 후로, 이렇다 할 건 나오지 않으리라."* 뭐, 아무튼 좋아요. 우리에게서 마치 모르줌의 절벽**처럼 시시각각 무언가가 떨어져 나가고 있다면, 그것은 아마 망각의 강물 속에서 영원히 사라질 겁니다.

라디쉬 공룡으로서 남길 말씀이 있다면……

륌코르프 이제 당신에게 진지한 이야기를 들려주겠습니다. 물론 이것도 어떤 장르의 몰락에 관한 것입니다. 시문학에서 수 세기 동안 지속되던 하나의 연관성이 끊어져 버렸습니다. 나는 우리가 이곳에서 손바닥만큼 남아 있는 전원 풍경을 최후로 즐기고 있다는 것을 당연히 알고 있습니다. 이곳을 은퇴자가 마지막에 머무는, 피의 대양에 둘러싸인 높다란 거처라고 부를 수도 있겠지요. 그러나 대체 예전에는 이것과 달랐던 적이 있나요? 클롭슈토크도 7년전쟁 시절에 열정적인 송시들을 썼지요.***

라디쉬 저도 진지한 이야기를 들려주겠습니다. 저는 당신 같은 시인들이 곧 완전히 사라지지 않을까 염려됩니다. 당신과 더불어 하나의 문학 전통이 절멸되고 다시는 돌아오지 않을 겁니다.

륌코르프 나는 오직 나 자신이 경험한 것만으로 논리를 펼칠 수 있을 뿐입니다. 나도 그 문제에서 확실하게 최종적인 느낌이 듭니다. 젊은이

---

* 브레히트의 자전적 이력이 드러난 시 「불쌍한 B. B.에 관하여」 일부.
** 발트해의 쥘트섬 동쪽에 있는 절벽.
*** 프리드리히 고틀리프 클롭슈토크는 순수한 종교적 감정을 읊은 시를 썼는데, 18세기 이성 편중의 계몽주의와 패권주의적인 당대의 흐름을 거스르며 순수한 감정과 경건함, 자유로운 운율을 구사함으로써 독일 근대문학의 선구자가 되었다.

들이 무슨 일을 벌이든 상관없이 나는 내 다락방 창문을 내다보며 계속해서 영원한 나만의 노래를 읊을 수 있을 겁니다.

시는 행군할 때의 식량,
여행할 때의 수화물,
생존할 양식입니다.

라디쉬 그밖에 다른 건 없나요?

림코르프 네. 지금 무엇인가 끝나가고 있습니다. 더구나 최종적으로요! 한때는—아무튼 우리 고상한 시인들 세계에서는—모두를 즐겁고 풍족하게 해 주었던, 어울림의 매개체였던 것이 말입니다. 가령 당시에 우리는 시구절들을 작은 닻을 던지듯이 내뱉었지요. "너의 미소가 나의 가슴속에서 울고 있다." 그러면 남녀 할 것 없이 다른 사람이 즉각 이어 갔습니다. "터질 듯 앙다문 입술이 얼어붙는구나." 이렇게 해서 아우구스트 슈트람* 같은 그토록 외골수의 인물도 순식간에 대화로 끌어들이는 자석으로 변해 버렸답니다.

당신은 시야말로 우리의 머릿속에 넣고 돌아다닐 수 있는 유일한 문학 장르라는 사실을 항상 염두에 두어야 합니다. 그것은 행군할 때의 식량, 여행할 때의 수화물, 생존할 양식입니다. 그리고 나는 이 전문 분야에서 영혼의 대행자 노릇을 하며 질문하는 것도 멈추지 않겠습니다. 그대는 이것을 아는가? 그대는 그것을 아는가? 그대는 그 남자를 아는가? 당신은 예를 들어 요아힘 링겔나츠** 같은, 그토록 쾌활한 인물

---

* 독일 표현주의 시인이자 극작가.
** 독일의 작가이자 화가였으며, 무엇보다 유머러스한 풍자시로 잘 알려진 인기인이었다.

이 정말 깊이 있고 심금을 울리는 면도 있다는 걸 알고 있나요? "죽음은 당당하게 거리를 활보하지만,/죽는다는 것은 시간을 허비하는 것일 뿐./그대의 가슴속에 심장이 하나 달렸으니,/그것은 절대 잃어버려서는 안 된다네." 물론 시는 외우는 것만이 아닙니다. 시는 쉽게 사람들의 머리에 떠오르고, 그럴 때는 그냥 지니고 다니다가 전달하기만 하면 됩니다. 말하자면, 나는 나의 새로운 원점 상태에서 젊은 동료들을 의문시하고 싶지 않다는 뜻입니다. 그냥 지나가는 말로 물어보기만 할 겁니다. 당신은 두어스 그뤼바인*의 시를 한 행이라도 외우고 있나요? 그럼 암송해 보시죠.

---

* 시인이자 저술가, 번역가. 변화된 시대적 상황을 역사적·정치적으로 가공하지 않고, 미학적·인간학적으로 반응한 시인으로 평가받는다. 그의 관심사는 '인간의 본성을 규명하라'는 인간에 대한 탐구이며, 생물학·생리학·심리학적인 탐구로 자연과학적 성향이 두드러지는 시를 쓴다.

Nádas Péter

나더쉬 피테르

"죽음 속에서 어떤 위대한 것이 시작된다."

20세기 헝가리가 낳은 가장 중요한 소설가이자 사진작가이다. 유대계 가정에서 태어난 그는 열세 살 때 어머니가 세상을 떠나고, 열여섯 살에는 아버지마저 공금횡령 모략의 희생자가 되어 자살한 뒤 어려운 생활을 했다. 전통적인 이야기 구조를 거부하는 그의 작품 스타일은 로베르트 무질과 마르셀 프루스트에 비견되기도 하며, 수전 손택은 그를 '우리 시대의 토마스 만'으로 칭하며 격찬했다.

나더쉬 피테르와의 인터뷰는 삶의 마지막에 이르러서 나눈 대화가
아니다. 그러기에는 내가 2002년 12월, 베를린에서 그 헝가리 작가를
만났을 때 그의 나이는 60세로, 너무 젊었다. 그럼에도 그 인터뷰는 이
책에 실렸다. 인터뷰의 테마가 다름 아닌, 인생의 최후를 다루고 있기
때문이다. 나더쉬 피테르는 인터뷰가 있기 몇 해 전에 부다페스트의 한
병원에서 3분 30초 동안 심장 박동이 멈추는 화를 당했다. 이 체험은
『기억의 책Emlékiratok könyve』의 저자인 그에게―그의 방대한 소설『평행
이야기Párhuzamos történetek』는 우리가 인터뷰를 한 지 10년 후에야 독일
어로 발행된다.―워낙 통렬한 것이어서 그의 삶이 그 전과 후로 뚜렷
이 나뉠 정도였다. 나더쉬 피테르는 무한의 세계를 잠시 들여다보았고,
거기서 딴사람으로 변해 돌아왔다.

그는 죽음의 대기실에서의 체험을 인터뷰 직전에 독일어로 발행된
『나 자신의 죽음Saját halál』이라는 제목의 얇은 책자에서 서술했다. 책에

서 그는 깨어날 때 이미 '어떤 것도 마땅히 그래야 할 상태가 아닌' 그날에 관해 으스스할 정도로 세밀하게 보고했다. 그는 당시에 헝가리 서부의 시골 마을 곰보스체크에서 부인과 한 농가에 거주하고 있었다. 그는 그 일이 있던 날 차를 타고 부다페스트로 갔다. 날씨는 화창했다. 곧 밀어닥칠 것 같은 경색의 첫 징후를 무시하려고 애쓰면서 그는 치과로 가서 지인들을 만났다. 오후에 그는 온 힘을 다해 도달한 한 의사의 진료실에서 쓰러졌다. 그 직후, 병원에서 그의 심장 박동이 멈추었다.

나는 나더쉬 피테르를 이미 헝가리와 독일에서 여러 번 만난 적이 있다. 지금 우리는 베를린과학전문학교의 도서관에 앉아 있다. 늘 그렇듯, 그는 토마스 만의 한 소설에서 이제 막 빠져나온 사람처럼 옷을 매우 꼼꼼하게 차려입고 있었다. 나는 오늘날까지도 이 소설가의 작품과 삶을 지배하고 있는 복잡하기 그지없는 질서 체계에 경탄을 금치 못한다. 하지만 그가 이날 나에게 털어놓은 내용은 너무나 환상적이어서 그모든 질서를 무너뜨릴 정도였다. 나더쉬 피테르는 심장 마비를 겪은 후로 일어난 모든 일에 관해 정확하고 세밀하게 기억하고 있을 뿐만 아니라, 그 믿기 힘든 체험을 말로 표현할 능력도 갖추고 있었다. 그는 자신의 책에서는 시적이고 직접적으로, 우리의 인터뷰에서는 좀 더 신중하고 객관적으로 표현했다.

나는 인터뷰를 준비하는 과정에서 임사 체험에 관해 내가 찾을 수 있는 거의 모든 자료를 읽었다. 티베트의『사자의 서』에서 시작해서 엘리자베스 퀴블러로스*의 논문에 이르기까지, 대부분의 임사 체험 보고들이 나더쉬 피테르가 이야기한 체험과 일치했다. 죽어 가는 사람들은 흔히 자신의 삶을 전체적으로 개관하여 보며, 모든 체험들의 동시성을 인식하며, 반대편에서 눈부신 빛을 내보내고 있는 터널에 갇혀 있다는 느

---

* 자신의 임사 체험을 바탕으로 죽음에 대해 학문적으로 연구를 한 최초의 의학자.

낌을 받는다. "그대에게는 하나의 신체-정신적인 감각이 주어진다."
나더쉬는 자신의 보고문에서 이렇게 서술한다. "그것은 이 보잘것없는
망상의 세계에서는 기껏해야 종교적 열락이나 사랑의 황홀경과 비교할
수 있을 정도다." 그는 "시간의 총체성 속에서 아쉽게도 신은 발견되지
않는다."고 단언하지만 '창조의 힘'과 마주하는 큰 기쁨을 얻었다. 그것
이 환각 현상인가 아니면 진정한 저승 체험인가 하는 중대한 의문은 이
저자에게 떠오르지 않았다. 그에게는 죽음이 제2의 탄생인 것이 확실
했다.

베를린에서 이 인터뷰를 진행한 지 10년 후에 나는 나더쉬 피테르와
다시 한 번 대화를 하게 되었다. 그때는 곰보스체크에서 했다. 그 기회
를 통해 우리는 유대인 공산주의자였던 그이 부모에 관해 이야기를 나
누었다. 일찍 돌아가신 그의 어머니에 관해, 자살한 그의 아버지에 관
해, 공산주의 체제 하에서 젊은 사진작가 겸 소설가로 살았던 삶에 관
해. 기자였던 그의 부인과 그에게 공산주의 체제는 얼마 지나지 않아
시골 마을의 고적함 속에서만 겨우 견뎌 낼 수 있을 것처럼 보였다. 그
가 3분 30초 동안 죽어 있었던 일에 관해서는 대화하지 않았다.

아마 그럴 필요도 없었을 것이다. 이 인터뷰가 다루고 있는 임사 체
험은 그의 『평행 이야기』 내용의 일부로 포함되어 있기 때문이다. 이 믿
기 힘든 소설에서는 직선적인 시간이 해체되고, 모든 이야기들이 동시
에 진행된다. 마치 육신, 영혼, 우주가 모든 것을 관통하고 드러내 보이
는 동일한 하나의 힘의 표출이기나 한 것처럼 말이다. 죽음의 문턱에서
일어났던 상황과 똑같이.

*

라디쉬 당신의 심장 박동이 몇 분 동안 정지되고 나서 9년이 지난 후에 당신은 『나 자신의 죽음』이라는 책을 발표합니다. 왜 『나 자신의 죽음』이 제목이 되었나요?

나더쉬 그것이 실제 사실이니까요. 그것은 나 자신의 죽음이었고, 누구도 그것을 의심할 수 없고, 내게서 떼어 낼 수도 없습니다.

라디쉬 하지만 당신은 살아 있잖아요.

나더쉬 과학자들은 죽음이라고 부르지 않고 빈사 상태라고 하지요. 의사들은 더 엄밀합니다. 그들은 심장이 지금 현재 무슨 활동을 하는지, 혹은 나의 경우에는 무슨 활동을 하지 않는지를 나타내는 다른 전문 용어들을 더 알고 있어요. 하지만 나는 내가 죽어 간다는 사실을 알았습니다. 의사들은 이런 순간에 자신의 의료 기기들을 마치 어린아이들이 장난감을 가지고 놀듯이 다룹니다. 의사들은 나를 되살려 놓는 것이 궁극적으로 무슨 짓이 되는지도 모릅니다. 되살아난 사람이 의사들보다 더 많은 것을 알지요.

라디쉬 어떤 것을 안다는 말씀인가요?

나더쉬 의사들은 죽음을 우리의 삶에 마침표를 찍는 어떤 것으로 생각합니다. 실제로는 죽음 속에서 어떤 위대한 것이 시작되지요. 이 점에 있어 나는 기독교−유대교적 내세관에 동의합니다.

라디쉬 그러니까 우리가 내세를 어떤 식으로 생각해야 한다는 뜻인가요?

나더쉬 지구의 중력이 사라지고, 의식의 내용 전부를 동시에 불러올 수 있습니다. 의식의 내용은 우리가 영원하고 무한하다고 부를 수 있는 그런 공간을 만들어 냅니다. 그러나 이 모든 것은 말이 없는 경험을 불충분하게 옮겨 놓은 것뿐입니다.

죽음의 문턱에는 언어와 결부되지 않은
매우 추상적인 사고가 존재합니다.

라디쉬 프리드리히 실러는 이렇게 탄식했다고 전해집니다. "영혼이 말을 할 때는, 말을 하는가 싶더니 아! 벌써 입을 다물어 버리는구나!" 우리는 세계 문학과 과학이라는 막강한 가용 수단이 있는데도 불구하고, 결정적으로 중요한 사안에 있어서는 아직도 말로 표현할 수 없는 건가요?

나더쉬 영혼은 과학의 연구 대상이 아닙니다. 우리는 사랑을 하거나 종교적 열락을 느끼는 순간처럼, 특정한 계기로 영혼에 대해 경험하고 느낄 수 있지요. 죽음의 문턱에는 언어와 결부되지 않은 매우 추상적인 사고가 존재합니다. 그와 동시에 감각은 우리가 말로 표현하는 것보다 더 많은 것을 파악하지요. 하물며, 우리가 나중에 말로 추론할 수 있을지도 모를 몇 가지 것들과는 비교도 되지 않지요.

라디쉬 문학도 결정적인 순간에는 그 영혼의 언어, 심지어 죽음의 언어를 들려주려고 노력하지 않나요?

나더쉬 문학, 예술의 극적인 감흥은 언어가 생기기 이전이나 혹은 생긴 후에 놓인, 이 무한하고 초시간적인 세계에서부터 생겨나는 것이죠.

라디쉬 그 세계에는 표상들이 있나요?

나더쉬 그 표상들을 기억하고는 있습니다. 하지만 의미는 없습니다.

라디쉬 서정시에서 우리는 절대적 은유를 거론하는데, 그것은 오직 그 시와 연관해서만 의미가 있고 현실과는 연결되지 않은 표상들입니다. 죽는 순간의 표상들은 절대적 은유인가요?

나더쉬 네, 나 같으면 서로 다른 의식의 영역에 속하는 의식 내용이라고 부르겠습니다. 이 내용들은 다른 영역에서 작용할 수는 있지만 거기서 의미에 이를 수는 없습니다. 이 내용은 내가 평생 동안 의식적으로 그리고 무의식적으로 받아들였고, 처리했거나 처리하지 않은 그 모든 것들로 이루어져 있어요.

라디쉬 즉, 사람들이 예전부터 알고 있던 것의 굴레에서 마지막까지도 벗어나지 못한다는 뜻인가요? 그런데도 당신은 죽어 가는 순간에 당신에게 나타난 그 빛을 몰랐던 것이라고 책에서 주장하더군요.

나더쉬 출생 이전의 인상들이 있습니다. 거기에 대해 의식은, 말은 없고 표상으로 변형된 것만 가지고 있습니다. 지금까지도 나는 자궁에서 몸의 방향이 출산 통로를 향해 반대로 바뀌며 미끄러져 빠져나왔던 것을 느끼고 봅니다. 내가 죽는 순간에 그것을 느꼈기 때문입니다. 나는 한 장소에서 다른 장소로 옮겨졌어요. 이러한 것들은 전혀 알려진 적이 없습니다. 사람들이 이것을 어떻게 부르든 상관없이, 그렇게 몸이 도는 것과 터널 끝에 있던 전혀 몰랐던 빛은 실제의 사실입니다.

라디쉬 기독교 세계에서 빛은 크리스마스트리를 장식하는 양초에서부터 신비주의자들이 이르는 깨달음의 열락까지 깊은 상징적 의미를 가집니다. 그리스도는 이렇게 말해요. "내가 세상의 빛이다." 당신은 구원의 빛을 본 겁니까, 아니면 그건 분만실의 불빛에 지나지 않습니까?

나더쉬 어쩌면 출생과 죽음이 서로 맞닿아 있는 분만실의 불빛이었는지도 모르지요. 그것은 내가 다른 차원으로 건너갈 때 변한, 혹은 내가 해체될 때 변한 빛입니다. 거기에 관해서는 어떤 말도 해 줄 수 없어요. 왜냐하면 나는 전기 충격을 통해 다시 이 세상으로 돌아왔으니까요.

라디쉬 그 일이 벌어질 때 당신은 어디에 있었던 겁니까?

나더쉬 우주에 있었지요. 그러나 이 말은 하나의 비유일 뿐입니다. 나는 그 우주 속에 있는 나 자신을 과거 어느 때보다, 나의 연인들에게서보다 더 명확히 느꼈습니다. 그래도 나의 연인들에게서 가장 쉽게 느끼기는 했지만요. 그러나 사랑을 나눌 때, 항상 우리는 결코 이루지 못할 어떤 것을 얻어 내려 한다고 느낍니다. 마침내 나는 그곳에, 이 사랑의 소망이 성취되는 곳, 바로 자궁 속에 도달했습니다.

라디쉬 마침내 사람들이 평생 찾아다녔던 바로 그 행복 말이지요?

나더쉬 내가 그것을 행복이라고 부르는 이유는 더 나은 말이 떠오르지 않기 때문입니다. 나는 기독교 이전의, 개념 이전의 상태에 있었는데, 내가 모든 면에서 해방된 것이 얼마나 큰 행복인가, 하고 말하며 그 개념을 떠올리게 됐죠.

라디쉬 그런 행복감에서 벗어나 삶으로 되돌아온 기분은 어땠습니까?

나더쉬 끔찍했죠. 5년이나 걸렸습니다. 나는 어린 꼬마처럼 어른들의 행동 방식을 다시 익혀야 했고, 실수를 하지 않아야 했고, 즐겁게 지내야 했고, 잊은 것은 전혀 없었지만 모든 걸 다시 짜 맞추어야 했어요.

라디쉬 책에서 당신은 우리의 세계를 단지 '망상의 세계'라고 부르더 군요.

나더쉬 나는 예전부터 관념주의자였습니다. 그러나 지금의 나는 플라 톤이 주장한 내용, 위대한 종교들이 주장하는 내용, 티베트의 『사자의 서』가 주장하는 내용에 관한 지식을 갖추고 있습니다.

이제는 시작과 끝을 거론하는 것이
단지 문화적 고정 관념일 뿐이라는 걸 알고 있습니다.

라디쉬 그 지식이 문학에는 어떤 의미가 될까요?

나더쉬 중요한 문학·철학적 문제는 이것입니다. 즉, 나는 우주 속에 서, 사회 속에서 나의 삶을 어떻게 해석하는가? 나는 어떻게 적응하는 가? 이것은 작가에게는 근본적인 문제죠. 나는 삶에 시작과 끝이 있다 고 생각하는가, 없다고 생각하는가? 혹은 시작은 있지만 끝은 없다고 생각하는가? 삶은 어떤 것에서 생겨나지도 않고 어떤 것으로 돌아가지 도 않는 완결된 통일체인가? 나는 이제는 시작과 끝을 거론하는 것이 단지 문화적 고정 관념일 뿐이라는 걸 알고 있습니다.

라디쉬 그 지식에 따르면 기독교 신앙도 하나의 문화적 고정 관념에 지나지 않나요?

나더쉬 기독교 세계와 유대교 세계는 하나의 속임수를 이용하죠. 즉, 신이 자신의 모습을 본떠 인간을 만들었다는 거죠. 어떤 근원에 대한 이런 인과 관계는 속임수이며, 따라서 거기서 생겨나는 모든 것도 가짜 입니다. 이 속임수는 우리들 모두가 느낄 수 있으며, 문학이 다루는 것도 다름 아닌 이 속임수입니다.

라디쉬 "신은 유감스러운 일이지만…… 곤혹스러운 착각이다." 당신의 죽음 보고문에는 이렇게 나와 있습니다. 그런데도 당신은 죽어 가는 사람을 감싸는 창조의 힘에 관해 말하는군요?

나더쉬 네, 그것은 매우 주의해야 할 문제입니다. 나는 나 자신의 외부에 있거나 위에 있는 창조의 힘이 아니라, 나의 내면에 들어 있는 창조의 힘을 말하는 겁니다. 나는 그것을 내가 죽어 갈 때 깨달았던 매우 구체적인 출생 체험과 결부시키는 것이지요.

라디쉬 의학은 그것을 엉터리로 여긴다는 사실을 알고 있죠?

나디쉬 뇌가 출생 체험을 표상들로 옮겨 놓아서는 안 될 이유가 어디 있나요? 인간은 세상에 태어났을 때 빛에 눈이 부셔 보지 못하는 겁니다. 나는 죽을 때 나 자신이 그 전에 이미 알고 있었던 어떤 것을 알아차렸습니다. 나는 이미 한 번 태어났으니까요. 이 개념 이전의 체험을 나는 살아오는 동안 내내 지니고 다녔어요.

라디쉬 과학은 그런 체험들에 대해 뇌 생리학적 해명을 내놓습니다. 죽을 때 보이는 것은 엔도르핀과 그 외의 전달 물질에 의해 유발된 환각 현상이라고요.

나더쉬 어떤 날은 기계적인 사고가 나오고 또 어떤 날은 유기적인 사고가 나오고, 그다음 날에는 선험적인 사고가 나오죠. 그러나 문제는 그것들이 서로 어떤 관계에 놓여 있느냐 하는 것입니다. 합리적 해명은 단지, 내가 왜 특정한 의식의 내용들에 의지하고 있었는지에 대한 이유만 밝혀 줄 뿐입니다.

라디쉬 그렇다 해도, 그것이 육체에 대한 더 깊은 비밀이기 때문인가요, 아니면 정신이 우주의 일부이기 때문인가요?

나더쉬 그것은 대단히 중요하고 자극적인 질문입니다. 두 사람이 서로를 이해할 때, 그들 사이에 무슨 일이 일어나는지 알고 있는 사람이라면 누구나 그 질문에 답변할 수 있습니다. 그것이 단지 색깔, 형태, 움직임에 지나지 않을까요? 아니면 고대 문학에서만 조금 진부하게 언급되는 영혼도 개입되어 있을까요? 물질이 아닌 어떤 것, 예를 들면 빛으로 전이되는 것이 가능할까요? 육체는 매개체일 뿐입니다. 육체는 우리에게 초월성을 미리 맛볼 수 있게 해 주지요.

라디쉬 임사 체험에 관해 방대하고도 부분적으로 읽을 가치가 높은 문헌들이 있습니다. 이미 언급된 티베트의 『사자의 서』에서 시작해서 레이먼드 무디*의 사례 연구와 그 외의 사람들까지, 거기서 가장 두드러진 점은 시간의 해체, 터널, 그 터널 끄트머리의 빛과 같은 늘 동일한 모티브들이 되풀이해서 나타난다는 사실입니다.

나더쉬 그 단계에서 거의 모든 사람들이 겪는 양상이 있는 게 분명해 보입니다. 작가든 아니든 상관없이 말이죠. 그러나 그것에 관해 설명하는 표현법은 문화적·사회적 영향을 받습니다.

라디쉬 얻어 온 어떤 메시지가 있습니까?

나더쉬 아뇨, 메시지는 없습니다. 나는 경험에 관해 말하고 있습니다. 개인적인 이력은 중요합니다만, 우리는 이 개인적인 이력으로 우주

---

* 임사 체험이라는 용어를 최초로 사용한 미국 정신과 의사로 사망 선고를 받은 후 소생한 환자들의 사례를 엮은 책을 펴냈다.

에 묶여 있는 것은 아닙니다. 그렇다고 지금의 생에 대한 그리고 타인에 대한 책임이 면제되는 것도 아닙니다. 오히려 반대로, 우리 모두는 내면에 우리를 결속시켜 주고, 우주에 통합시켜 주는 개인 이전의 전인全人적인 계층을 가지고 있습니다. 이것이 내가 말하는 경험입니다. 우리는 그것을 신이라고 부를 수도 있고, 영혼이나 집단적 무의식이라고 부를 수도 있습니다. 하지만 그 모든 것은 서로의 관계나 개인의 이력과는 아무런 관련이 없습니다. 죽는 순간에 올바른 상관관계가 밝혀집니다.

라디쉬 철학에는 그 개인 이전의 계층을 지칭하는 대단히 강력한 개념들이 많이 있습니다. 바로, 초유일자로 시작해 존재의 근거를 거쳐 부정하는 무와 비동일자에 이르기까지 말이죠.

나더쉬 하이데거와 헤겔은 선별되어 있고 또 지양되는 어떤 것에 관해 논합니다. 나는 이중으로 결합되어 있는 어떤 것에 관해 이야기하는 것입니다. 여기서 이중이란 '개인적-개념적인 것'과 '개인 이전적-비개념적인 것'입니다.

라디쉬 당신의 책에서 설명하는 바에 따르면, 우리는 그 모종의 것과 친숙해져야 합니다. 단지 죽어가는 시간에만 그래야 하는 건 아니겠지요? 이것은 일종의 호소인가요?

나더쉬 조심스러운 호소이지요. 이 친숙함은 우연히 생겨나지 않습니다. 우리는 이 친숙함을 포기해서는 안 됩니다. 시문학, 음악, 사랑은 이 친밀함을 잃어버리지 않으려는 쉽 없는 노력입니다.

라디쉬 인격체가 아닌 그 죽음의 빛의 문제에 있어서 개인에게는 자

신의 형태가 변하는가, 아니면 완전히 해체되는가 하는 것이 중요한가
요?

나더쉬 그것은 무척 사소한 문제입니다. 확실한 것은 단 한 가지, 연
출이 일어난다는 사실이지요. 다만 그것을 맡은 감독이 누구인가, 그것
이 중요한 문제입니다.

라디쉬 당신은 신앙을 가지고 있나요?

나더쉬 죽음의 문턱을 헤매기 전에는 어느 정도 신앙인이었습니다.
하지만 지금은 신앙이라는 것이 우리가 거의 알지 못하는 어떤 것을 문
화적으로는 옳게, 그러나 실질적으로는 잘못 옮겨 놓은 것이라는 사실
을 압니다. 종교는 사명도 아니고, 피안도 아니고, 저녁 시간을 보내기
위한 문화도 아닙니다. 종교는 결과를 놓고 따질 수 없는 열광입니다.
초월성에 대한 믿음은 나를 자유롭지 못하게 만들었어요. 그렇지만 지
금은 초월성이 통합되어 있고, 우리는 철부지 아이들처럼 그것에 경탄
할 필요가 없다는 사실을 압니다. 초월성은 척추동물인 우리들 모두를
결속시킵니다. 심지어 초월성은 인간을 나뭇잎들과도 결속시킨다고 생
각하죠.

라디쉬 당신은 1년에 걸쳐 날마다 정원의 나무 한 그루를 촬영했었지
요.

나더쉬 1년 동안 나는 그 나무 곁을 떠나지 않았습니다. 그 후에 나는
사진과 글이 어떻게 연결되어야 하고 어떻게 결속되어야 좋을지 배려
해서 글을 썼지요.

라디쉬 나무가 활짝 피어나는 한편으로 당신은 그동안 죽어 가고 있

습니다.

나더쉬 내게는 무의미한 표현입니다.

라디쉬 다음번 죽음에 대해 두려움을 느끼나요?

나더쉬 아뇨, 전혀 그렇지 않습니다. 내가 죽음과 싸움을 벌인다는 말은, 나의 체력은 싸우지만 나 자신은 그 싸움과 죽음에 전혀 영향을 받지 않고 있다는 뜻입니다. 그러고 나면 건강이 좋아지고, 모든 게 더 나아집니다.

Andrej Bitow

안드레이 비토프

"어떤 삶이든 모두 기적의 연속으로 서술될 수 있다."

러시아의 소설가로, 스탈린 격하 운동 이후 러시아 문학계의 흐름과 관계없이 자신만의 새로운 서술 형식을 찾는 데 골몰함으로써 러시아 사회·문화를 둘러싼 폐허 상태를 소설 형식의 파괴를 통해 드러냈다. 그러는 한편, 자신이 흠모해 마지않는 러시아 문화와 문학을 기념비로 보존하는 작업을 구현함으로써 러시아 포스트모더니즘 문학의 선구적 작가가 되었다.

나는 안드레이 비토프를 2004년 늦여름에 모스크바의 라브루신스키 가街에 있는 작가들의 집에서 만났다. 소비에트 연방 해체 이후 가장 유명한 러시아 작가일 듯한 그는 스탈린의 지시로 건립된 이 건물에 언제든지 마음대로 드나들 수 있었다. 그는 10년이 넘도록 러시아 펜클럽 회장을 맡고 있기 때문이다.

나는 안드레이 비토프를 한 번도 만난 적이 없지만, 그의 소설『푸시킨의 집』,『푸시킨의 토끼』와 얼마 전에 독일어로 발행된 아르메니아와 그루지야 문학 기행문은 알고 있었다. 그는 1930년대 말에 어린 시절을 레닌그라드에서 보냈고, 스탈린 시대에 청년기를 보냈으며, 레닌그라드 광산 연구소에서 대학 시절을 보냈고, 소비에트 제국의 변방 지역들을 여행하며 다녔다. 이 모든 것을 통해 그는 당시에 막 사라져 가던 세계의 생생한 증인이 되었다.

안드레이 비토프와의 인터뷰를 위해 나는 그의 작품을 독일어로 번역한 번역가의 도움을 받았다. 그녀는 자모스크보레츠카야 시구역의 혼잡한 인파를 헤치며 어둑한 작가들의 집으로 나를 안내했다. 쓸모없어진 가구들로 가득한 더욱 컴컴한 방으로 들어서자 펜클럽 회장 비토프가 우리를 기다리고 있었다. 안드레이 비토프는 얼마 전에 암을 이겨 냈기 때문에 66세의 나이보다 더 늙고 연약해 보였다. 헐렁하게 재단된 검은 아마포 재킷을 입은 그는 창백한 얼굴에 표정이 풍부한 갈색 눈 때문에, 그 집의 어스름 속에서 톨스토이와 흡사해 보였다. 말하는 것도 비슷했다. 채 5분도 지나지 않아 우리는 어디에 국한되지 않는 추상적인 주제로 옮겨 갔고, 러시아인들의 영혼, 불합리성, 영원성, 신앙, 우주와 죽음에 관한 대화를 나누었다. 마치 그것이 세상에서 가장 당연한 것인 듯했다.

*

라디쉬 지역 연구라는 이상한 분야가 있는데요, 거기에 따르면 프랑스는 머리, 독일은 심장, 러시아는 영혼을 담당한다더군요.

비토프 나는 언어 연구가 더 마음에 듭니다. 영어는 동사, 독일어는 명사, 러시아어는 형용사라고 하더군요. 매우 그럴듯한 주장입니다. 나는 심하게 앓았던 최근에 와서 러시아에 관해 많은 생각을 해 봤어요. 사람들은 러시아가 낙후된 나라라고 주장하지만, 실은 그렇지 않아요. 러시아는 앞서가는 나라입니다. 글로벌화된 세계의 맨얼굴을 총체적으로 보여 주는 나라죠. 이 나라 사람들도 그렇습니다. 그들은 아직 명확히 표현되어 있지 않은 어떤 것에도 이미 대비가 되어 있습니다.

라디쉬 그 말씀은 유럽은 수명이 다했고, 러시아는 아직 살아갈 날들이 남았다는 뜻인가요?

비토프 러시아는 이미 너무나 많은 종류의 삶을 살았어요. 수많은 원점 상태를 경험했죠. 그러나 제로는 좋은 수입니다. 제로에서 에너지가 생겨나지요.

라디쉬 병력病歷으로 봤을 때 당신은 지친 상태인가요, 아니면 활기가 넘치는 상태인가요?

비토프 내가 이제 막 암을 이겨 냈다는 사실을 생각한다면 기진맥진한 상태죠. 근본적으로 나의 상태는 러시아의 상태와 다르지 않습니다.

라디쉬 러시아도 암을 극복한 상태인기요?

비토프 오직 러시아만이 사회주의를 이겨 낼 수 있었습니다. 러시아는 거칠고 미개하지요. 러시아는 이 사회주의의 속박에 갇혀 지낼 수가 없었어요. 세상의 여러 국가들 중 하나쯤은 사회주의를 경험해 봐야만 했어요. 우리가 그것을 떠맡았던 것이죠.

라디쉬 감사해야겠군요.

비토프 유럽보다 더 오래된 곳들도 있습니다. 가령, 중국과 인도가 그렇지요. 우리는 그 사이에 놓여 있고, 서로 다른 역사적 시대에 살고 있어요. 그루지야*에는 '양 떼가 뒤로 돌아서면 마지막 숫양이 첫 번째가 된다.'는 속담이 있어요. 러시아가 필요로 하는 것은 점진적인 변화입니다.

---

* 소비에트 연방의 일부였다가 2008년 러시아와의 외교 단절 선언 후 대외적 명칭을 영어식 표기인 '조지아(Georgia)'로 바꿨다.

라디쉬 러시아의 지난 시대 중 가장 그리워하는 시대는 언제인가요?

비토프 시대는 사람이 선택하는 것이 아닙니다. 사람들은 그 시대 속에서 살고 그 시대 속에서 죽지요. 사람은 자신이 잘 아는 것을 사랑합니다. 나는 푸시킨 시대를 사랑하지요.

인간들은 자신이 살아가는 곳이면
참호든 감옥이든 할 것 없이
어디에나 혼을 불어넣습니다.

라디쉬 당신이 1937년에 태어났을 때는 스탈린이 통치하고 있었고, 소련이 붕괴되었을 때는 반생을 이미 넘겼습니다. 오늘날 소비에트 연방을 생각하면 어떤 느낌이 드나요?

비토프 나는 소비에트 연방 체제에 가담하지 않았습니다. 하지만 러시아라는 대제국과는 어느 정도 연관이 있지요. 그 대제국이 무너진 것은 마음 아픕니다. 내가 판단하기에 소비에트 권력은 전혀 없었어요. 그 모든 것은 날조였습니다. 소비에트 권력은 제1차 세계 대전 이후의 대국을 구하는 데 이용되었습니다. 전체주의 체제는 그 대국을 얼어붙게 만드는 얼음이었습니다. 그러나 인간들은 자신이 살아가는 곳이면 참호든 감옥이든 할 것 없이 어디에나 혼을 불어넣습니다. 그러면 곳곳에서 인간적인 관계들이 생겨나지요. 우리 러시아 대국에서도 사정은 다르지 않았습니다. 그 대국의 마지막은 보드카에 의해 겨우 결속되어 있었죠. 보드카와 가두시장으로 말이죠. 그것은 우리네 선량한 사람들의 나라였습니다. 우리는 아직도 그 나라를 그리워하고 있지요.

라디쉬 소비에트 연방이라는 대국을 탄생시킨 그 엄청난 에너지는 어디로 갔나요?

비토프 위에서부터 이념적으로 압박하는 것에는 정신이 깃들어 있지 않았어요. 민중은 사람을 쉽게 믿는 경향이 있었고, 그래서 그 체제에 정신과 믿음을 쏟아부었습니다. 민중은 기만당하고 말았죠. 독일인들은 이것을 틀림없이 이해할 겁니다. 그들 역시 이상주의자들이니까요. 소비에트 연방의 가장 중대한 범죄는 자연적이고 인간적인 이상주의를 억누른 범죄였습니다.

라디쉬 그것과 반대로 불합리성도 있었지요. 그것은 러시아에서 생겨났습니다. 프랑스에서 부조리는 엘리트층의 관심사이지만, 러시아에서 그것은 어디에서나 친숙해 보입니다.

비토프 네, 그것은 사실입니다. 불합리한 면은 우리의 진정한 본성이죠. 이 문제에 있어 실험해 보거나 연구해 보려는 자세 자체가 전혀 없습니다. 그것은 우리의 현실이지요. 내가 보기에 불합리한 면은 중단된 적 없이 이어져 온 전통적인 러시아 문화입니다. 이 문화는 예전부터 상상도 할 수 없는 조건에서도 존재해 왔지요. 한때 지질학자였던 나는 암석층이 어떻게 형성되는지 알고 있습니다. 믿을 수 없는 압력과 엄청난 온도가 주어져야 가능하지요. 그런 조건에서 자연은 구조를 바꾸는 겁니다. 러시아의 불합리성도 그와 다르지 않게 생겨났습니다. 그것은 누군가를 단지 어리둥절하게 만들기 위한 것이 결코 아니었습니다. 정반대라 할 수 있죠. 우리는 카프카의 작품을 실현시키려고 이 세상에 있는 것입니다.

라디쉬 하지만 현재 독일에서 안드레이 비토프의 이름으로 출간된 책들, 즉 『아르메니아 학교』, 『그루지야 앨범』은 불합리하다고는 전혀 볼 수 없는데요. 저도 그 책들을 매우 개인적인 구도의 기록으로 읽었습니다. 아르메니아와 그루지야로 순례 여행을 한 목적은 무엇이었나요?

비토프 만약 내가 19세기에 살았다면 나는 탐험가가 되었을 겁니다. 그게 내 품성이니까요. 그리고 20세기에 살았다 해도 나는 전 세계를 기꺼이 일주했을 겁니다. 그런데 그것이 허용되지 않더군요. 그러나 이 나라는 엄청나게 넓습니다. 그래서 나는 뜻하지 않게 대국연구자가 되었던 겁니다. 내가 생각해 낸 학문이지요. 외면적으로 나는 이 거대 국가를 여행하는 사람이었습니다만, 내면적으로는 삶의 참뜻에 더 가까워지려고 노력하는 사람이었습니다. 그리고 나는 글을 쓸 때만 그렇게 할 수 있었죠. 나는 어떤 것을 끝까지 쓰기 전에는 전혀 이해하지 못합니다.

라디쉬 그렇게 해서 신에게 더 가까이 다가갔나요?

비토프 나는 종교 교육을 받으며 자라지는 않았습니다. 그러나 아이들은 누구나 언젠가는 영원성이 무엇인가 하는 질문을 하지요. 그때는 머리가 어지러워집니다. 나는 1944년의 어린 시절의 어느 날을 기억하고 있습니다. 나는 어머니에게 내가 세상에 태어나기 전에 이미 존재했는지 물었습니다. 이렇게 묻기가 두려웠기 때문이죠. 내가 죽더라도 나는 계속 존재하는가? 그것은 매우 자연스럽고 인간적인 일들입니다. 그리고 나중에 가서야 그것에 대한 구체성을 얻게 되지요. 어쩌면 그것을 거저 얻기도 하고요.

라디쉬 당신을 신앙인으로 만들어 준 어떤 특정한 체험이 있었나요?

비토프 신앙은 번개처럼 다가왔습니다. 나는 막 스물일곱이었고, 마침 사람들 무리 속에서 지하철 계단을 따라 내려가고 있었습니다. 느닷없이 앞쪽에 어떤 글이 붙어 있는 것이 보였습니다. 나는 깜짝 놀랐지요. 그것은 이런 내용이었습니다. 신이 없는 삶은 무의미하다. 나는 지하에 내려와 있었지만 마치 하늘에 떠 있는 기분이었지요.

라디쉬 그날 이후로 당신이 믿는 대상은 무엇입니까?
비토프 신이지요. 혹은, 알지 못합니다. 우주는 어떤 모습일까, 삶은 무엇일까, 하고 생각할 때면 나는 어린 시절처럼 머리가 어지러워집니다.

라디쉬 신이 일종의 현기증이라는 것인가요?
비토프 삶은 해명이 불가능합니다. 다른 모든 것들은 우리가 해명할 수 있지만 삶은 그렇지 않지요.

라디쉬 누가 그 글을 지하철역으로 내려 보냈을까요?
비토프 대답할 수 없는 질문들이 있지요. 그럴 때면 한쪽 손으로만 박수를 치는 것과 같습니다.

라디쉬 당신은 무신론적인 환경에서 성장했습니다. 당신은 천국, 종교를 완전히 새로 꾸며내야 했나요?
비토프 인간은 울고, 오줌을 누고, 똥을 싸는 아기로 세상에 태어납니다. 그것이 아기가 할 수 있는 일의 전부입니다. 다른 모든 것들은 배워야만 하지요. 그 일은 부모와 교사들이 맡아서 돌봐 줍니다. 하지만 천국, 그것은 누구나 스스로 지어야만 하지요. 혹은 공짜로 주어지기도 합니다. 과대망상에 사로잡힌 인간들이 있습니다. 그들은 자신이 나폴레옹이라고 생각합니다. 그것은 병이지요. 그러나 가장 심한 과대망상은 자신이 신을 믿는다고 착각하는 것입니다. 신앙은 인간에게 맞지 않는 치수입니다. 신앙은 우리 자신보다 더 높은 차원에 있습니다. 사람들은 그것을 해명할 수 없어요. 그러나 신앙과 더불어 살아갈 수는 있습니다. 어느 정도는요.

라디쉬 서유럽에서는 인생을 적자 사업으로 여깁니다. 사람들은 늙어 갈수록 사회에 쓸모없어진다는 것이죠. 당신은 현재 나이가 66세입니다. 나이가 들면서 뭔가 줄어든 것이 있나요?

비토프 나는 아직도 살아 있습니다. 더러 얻기도 하고 잃기도 했지요. 나는 어리석은 사람이라 살아가는 것을 기뻐합니다. 용기의 부족이 가장 큰 죄악 중의 하나죠. 내가 가진 원칙은 이렇습니다. '우리는 모든 것을 자기 자신과 관련지어서는 안 된다.'는 것이죠. 러시아인들은 끊임없이 이 원칙을 위반합니다. 일종의 역사적 강박 관념이지요.

라디쉬 그 문제에 있어 러시아적인 면이란 무엇인가요?

비토프 나는 공항에서 세계 각국의 아이들을 자주 봅니다. 아이들은 똑같은 방식으로 울거나 장난치곤 하죠. 우리는 똑같이 태어났습니다. 차이는 그 후에 시작되지요. 하지만 어떤 삶이든 모두 기적의 연속으로 서술될 수 있습니다. 죽은 사람들에 관해 뭐라 말하기란 쉽지 않습니다. 그러나 살아 있는 사람들은 하나의 기적이지요. 나 자신도 죽음에서 벗어난 적이 적어도 열 번은 되니까요.

라디쉬 그렇다면 죽음의 기적도 믿으시나요?

비토프 그것은 신의 비밀입니다. 이것을 푸는 일이 인간의 머릿속에서 차단되어 있지 않았다면 사람들은 오래 전에 이미 죽음을 해명할 길을 찾았을 겁니다. 이렇게 차단되어 있는 것이야말로 아마 신에 대한 가장 엄밀한 증거일 겁니다. 우리는 죽음에 관해 아무것도 몰라요. 어쩌면 그것은 출생과 똑같은 기적이겠지요. 어쩌면 죽음은 모든 것 중에서 가장 위대한 기적일 겁니다.

죽음을 위엄 있게 맞이하는 것은 중요합니다.
그러나 인간은 나약한 피조물이지요.

라디쉬 죽음은 서유럽인들의 생활 관행에는 예정되어 있지 않습니다. 제가 내일 당장 죽는다면, 오늘 열두 시간이나 치보사社의 새로운 제품 품목에 관해 생각하지는 않았을 겁니다.

비토프 듣고 보니, 문득 흑인 영가 몇 구절이 떠오르는군요. '신이시여, 나는 아직 죽음에 대한 대비가 되어 있지 않습니다. 조금만 더 기다려 주세요. I want to be ready to die.^{나는 죽음에 대한 대비가 필요하니까요}' 죽음을 위엄 있게 맞이하는 것은 중요합니다. 그러나 인간은 나약한 피조물이지요. "나는 신에게 쉬운 삶을 간구했지만, 나는 신에게 쉬운 죽음을 간구했어야 했다." 이것은 만델슈탐*의 글입니다. 7월에만 해도 나는 일곱 번이나 장례식에 참석했습니다. 그것은 나 자신의 죽음보다 더 큰 충격입니다.

라디쉬 죽음이 두렵지 않나요?
비토프 인간의 모든 감정들 중 두려움이 가장 나쁜 것입니다. 나는 신이 벌을 내린다고 믿지 않고, 다만 무한한 사랑을 느낄 뿐입니다.

---

* 오시프 만델슈탐. '모든 삶은 죽음으로 끝난다.'라고 말한 러시아의 시인.

라디쉬 살아오면서 중요하지 않은 일에 이미 너무나 많은 시간을 허비한 것에 조금도 화가 나지 않나요?

비토프 나는 자유로운 인간입니다. 시간을 허비하는 일이야말로 가장 큰 사치를 누리는 것이지요.

라디쉬 반드시 성취해야 할 소망이 하나 있다면 무엇인가요?

비토프 나는 항상 가장 시급한 것, 아직 하지 못한 모든 일들 중 가장 시급한 일을 하고 싶습니다. 나는 일이 연속적으로 이어졌으면 합니다. 그러나 사실, 나는 본질적으로 중요한 일에는 우리가 어떤 것도 추가할 수 없다고 생각합니다. 본질적으로 중요한 것은 성취될 수 없습니다. 그럼에도 불구하고 우리는 이런저런 글을 쓰고, 아름다운 시를 짓고, 뛰어난 포도주를 마시고, 좋은 의자를 만들 수는 있습니다. 그 이상은 해내지 못합니다. 그러나 이런 인터뷰를 끝내고 나면 늘 자신이 한 말에 대해 난처한 기분이 든다는 걸 당신은 아셔야 합니다. 세상은 우리보다 더 유쾌하게 돌아갑니다. 우리는 죽지만, 세상은 죽지 않기 때문이지요.

George Tabori

조지 타보리

"세상은 우연에 의해 돌아간다."

헝가리 태생으로 극작가·연출가·극장장·배우라는 활동을 이상적으로 통합시킨 예술가이다. 나치 집권 이후 영국 런던으로 건너가 시민권을 취득했고 국제 통신원 자격으로 근동지역에서 활동했으며 다시 런던으로 돌아가 번역가와 기자로 활동하며 첫 소설을 발표했다. 이후 시나리오 작가로 미국에서 20년 동안 활동하다 1971년에 서독으로 이주해 극작과 연출 활동을 했다.

내가 기억할 수 있는 한 나는 언젠가 조지 타보리와 대화를 해 보겠다는 야망을 키워 왔다. 그리고 그것이 어렴풋이 떠오른 이유는 내가 70년대 중반에 베를린에서 하이너 뮐러*가 번역을 맡은 그의 연출 작품 〈햄릿〉 야외 공연을 보고 잊어버리지 않았기 때문이다. 아쉽게도 그 꿈이 실현되기까지는 그 후로도 아주 오랜 시간이 걸렸다.

조지 타보리는 2004년 5월에 은빛 지팡이를 짚고 극단 베를리너앙상블** 구내식당으로 들어왔다. 부인과 그의 조수도 함께 따라왔다. 그는 출입문 옆 자신의 단골 자리에 앉아 차를 주문했다. 구내방송이 배우들에게 분장실로 모이도록 알렸다. 베를리너앙상블의 야간 공연이 준비되고 있었다.

---

* 독일어권에서 20세기 후반의 가장 중요한 극작가로 통하며 동독에서 가장 비중이 큰 작가이기도 하다. 서정시와 에세이도 썼고 연출도 맡았다.
** 베르톨트 브레히트가 그의 부인이자 최고의 배우였던 헬레네 바이겔과 함께 세운 극단.

며칠 지나면 타보리는 만 90세가 된다. 그는 1914년 5월 24일 부다페스트에서 유대인 지식인의 아들로 태어났다. 그는 지속적으로 거처와 신분을 바꾸는 생존 전략을 나치 통치 시절에 만들어 냈고, 나치 체제가 붕괴되고 나서도 여전히 그 전략을 고수했다. 그는 너무나 많은 경험을 했고, 수많은 직업을 가졌고, 워낙 여러 곳에서 살았기 때문에, 자신의 인생에서 일어난 일들을 제대로 기억해 내지도 못할 정도였다. 부다페스트 시절에는 무슨 일이 일어났고, 런던 시절, 베를린 시절에는 어떤 일이 있었으며, 뉴욕 시절에는 무엇을 했는가? 이스탄불에서는 무슨 일이 벌어졌으며, 소피아, 할리우드, 빈에서는 무엇을 했는가? 뮌빙엔, 브레멘, 뮌헨, 팔레스타인, 이집트는 아예 거론하지 않더라도 말이다. 이런 삶을 살았던 사람의 입장에서 제대로 된 결산을 하기란 힘들 것이다. 이 문제에 있어서는 타보리 곁에서 어떤 이름이나 날짜 혹은 말을 거들어 주기 위해 대기하고 있던 그의 조수도 감당하기 힘들었다.

어떻게 손쓸 방법이 없었다. 이날 저녁에 나와 마주 앉아 있는 조지 타보리는 쾌활하고 느긋했다. 그렇지만 그는 자기 자신에 관해서는 언젠가 만난 적은 있지만, 특별히 잘 알지 못하는 누구인 듯 기억했다.

인터뷰가 끝난 후 타보리는 곧장 자신의 은빛 지팡이를 짚고 쉬프바우 제방으로 다시 사라졌다. 집에 가서 텔레비전을 좀 더 시청하고 커피나 마시겠다며. 나는 그의 책 『화형식: 기억들Autodafé: Erinnerungen』을 가져와 그에게 사인을 부탁했다. 그는 사인 대신 슬픈 눈과—실례지만—대단히 우뚝해 보이는 코를 가진 자신의 옆얼굴을 그려 주었다. 그 아래는 물음표에 이어서 느낌표가 적혀 있었다. 그는 이렇게 말하려는 것 같았다. 내가 누구냐고? 이것이 나지! 아직도 모든 이에게 자신을 과시하려 드는 서글픈 노인이었다.

타보리는 자신에게 유예되어 있던 3년 동안 우리의 인터뷰에서 연출하고 싶다고 밝혔던 〈리어 왕〉을 끝내 무대에 올리지 않았다. 그러나 그는 또 다른 회고록 『대탈출Exodus』과 새 희곡 『축복받은 식사Gesegnete Mahlzeit』를 펴냈다. 이 희곡은 2007년 5월에 베를리너앙상블에서 최초로 공연되었다. 그의 마지막 연출이었다. 공연 팸플릿에 그는 이렇게 적어 놓았다. "내가 이제 무덤에 한쪽 발을 들여놓고 불안하게 흔들거리고 있으니, 우러나는 기쁨마다 작별의 달콤함이 장식으로 달려 있다." 두 달 후에 그는 93세의 나이로 베를린에서 세상을 떠났다.

*

라디쉬 이제 시작할까요?

타보리 내가 보청기를 잊어버리고 안 가져왔다오.

라디쉬 당신은 곧 90세가 됩니다. 그토록 고령이 된 것을 어떻게 생각하나요?

타보리 10년 전만 해도 내가 늙었다는 게 별로 신경 쓰이지 않았어요. 나는 죽음과 삶 등에 관해 늘 글을 써 왔지만, 그리 비관할 정도는 아니었어요. 지금은 어느 날엔가는 끝날 거라고 생각해요. 나는 세상에서 가장 나이 많은 현역 연출가입니다. 소포클레스는 80세에 그만두었죠. 내가 어쩌다가 이렇게 나이가 들었는지?

조수 선생님은 독일에서 조깅을 시작한 최초의 인물이지요!

타보리 예전에는 내가 조깅을 했었지요. 미국에서 올 때 들여온 습관이지만, 지금은 모든 걸 그만두었어요. 창피해서 조깅을 나가지 않아요.

라디쉬 내면의 나이는 어떻게 느껴지나요?

타보리 죽음은 늘 남의 일이었죠. 나와는 아무런 관련이 없는 일이었어요. 아직까지는 말이에요. 예전에는 작품을 일 년에 두세 편씩 썼었죠. 나는 아이디어가 떠오르면 그것을 파이만*에게 들려주었습니다. 그러곤 6주 후면 작품이 완성되었어요. 초연 때는 늘 파이만이 나를 앞으로 떠밀어 절을 하도록 시켰죠. 일 년에 한 편, 지금은 그것으로 충분할 겁니다.

스피커 소리: 의상 담당자는 분장실로 와 주세요. 의상 담당자는 분장실로 와 주세요.

타보리 내가 어디까지 말했나요?

라디쉬 사랑은 어떻게 되고 있나요?

타보리 섹스 말인가요? 나는 그런 말은 좋아하지 않아요. 사람들은 그 말을 어디서나 마구 내뱉지만, 본래의 의미와는 전혀 관련이 없지요. 그러니 섹스와 관련된 일, 그것은 지나갔어요. 우리는 그것에 관해서 이야기할 필요가 없습니다. 나에게 친척 한 분이 계셨는데, 그분은 아흔둘의 연세에 아이를 만드는 일을 저질렀어요. 참 재주도 좋은 분이지.

라디쉬 건강이 좋지 않으신가요?

타보리 나에게는 의사가 두 명 있는데, 한 사람은 불교 신자예요. 그가 나에게 주사를 한 방 놔 주면 한결 낫게 느껴져요. 또 한 사람은 라이니켄도르프가衛에 있는 유대계 병원에서 근무하죠. 나는 스물셋에 베

---

* 클라우스 파이만, 베를리너앙상블 주주이자 연극 연출가.

를린에 와서 라이니켄도르프가의 슈니츨러 교수 댁에서 살았어요. 그의 부인은 항상 소름 끼치게 피아노를 치곤 했죠. 그곳에서 나는 몇 가지 배운 게 있어요. 예를 들면 아침 식사죠. 햄을 끼워 먹는 그 한심한 독일식 아침 식사 말이에요.

라디쉬 왜 독일식 아침 식사를 싫어하나요?
타보리 맛이 끔찍했어요!

라디쉬 당신은 살아오면서 많은 역할을 했습니다. 베를린에서는 웨이터로 일했고, 이스탄불에서는 리포터, 런던에서는 특파원, 할리우드에서는 유명한 귀부인들의 친구, 뉴욕에서는 극작가, 빈에서는 연출가 그리고 제가 모르는 수많은 활동을 했습니다. 어떤 역할을 할 때 자기 자신과 가장 가까웠나요?
타보리 나는 항상 나지요. 최근에 나는 자주 할리우드를 떠올리곤 한답니다. 그러나 나 자신이 아니라 내가 알고 지냈던 사람들을 생각하지요. 나는 그 일이 그랬나, 그러지 않았나, 하고 자문합니다. 오래전의 일이니까요.

라디쉬 당신이 사귄 여성들을 기억하고 계신가요?
타보리 비베카는 이상한 여자였어요. (여배우 비베카 린드포스와 타보리는 1954년부터 1972년까지 결혼 생활을 유지했다.) 대단히 예뻤지요. 하지만 그리 정숙하지는 않았어요. 세 남자를 상대로 세 명의 아이들을 낳았으니까요. 그 아이들 모두가 나를 대리 아버지로 인정했지요. 내 딸은 쉰네 살인데, 훌륭한 출판인입니다. 그 애는 대단한 책들을 펴내지만, 내 책만은 절대 발행하지 않으려 해요. 내가 사랑하는 아들은

2년 전에 사랑에 빠졌어요. 어떤 여배우와. 그 여자는 그 애를 버리고 떠났고, 그 애는 뚱보가 되었지요. 얼마 전에 이곳에 다녀갔습니다. 나는 그 애를 알아보지 못할 뻔했어요.

때때로 나는 무엇이 실제였고,
무엇이 내가 꾸며 낸 것인지도 더 이상 몰라요.

라디쉬 당신은 하던 일을 자주 중단하고 다른 분야에서 다시 시작하곤 했습니다. 돌이켜 볼 때, 자신의 옛 면모를 알아볼 수 있나요?

타보리 나는 나 자신을 내가 아는, 이런저런 일을 한 누군가로 여긴답니다. 나는 너무나 많은 걸 경험했어요. 헝가리에서 영국으로 건너갔고, 그 후에는 소피아에서 기자 생활을 했습니다. 이스탄불에서 1년을 보냈고, 예루살렘, 카이로에서 지내다가 다시 영국으로 돌아왔지요. 그 후에 나는 할리우드로 갔고, 뉴욕에서 20년을 살았습니다. 어떤 일들은 나에게 매우 친숙해요. 그것이 나죠. 또 어떤 일들은 조지 타보리예요. 가령 이스탄불에서 나는 유서와 그 모든 것으로 마치 자살을 한 것처럼 꾸미지 않을 수 없었어요. 내가 왜 이런 얘길 하고 있지?

라디쉬 당신이 벗어던진 껍질에 관해 설명하던 중이었습니다.

타보리 그래요. 많은 것이 오늘날과 다름없지요. 이를테면 예루살렘이 그렇습니다. 내가 그곳 어디에 있었냐고요? 나는 모든 것들이 눈앞에 보이니 그것에 관해 몇 시간 동안이나 설명할 수 있을 것 같아요. 그러나 이제 그곳 이름이 어떻게 되는지 모르겠군요.

조수 영국 클럽이었습니다!

타보리 아냐. 그건 이스탄불에 있었어.

조수 고고학 연구소입니다!

타보리 그래, 그것은 멋진 둥근 건물이었지. 그곳 사람들은 나에게 기독교 성지는 전혀 없다고 설명해 주었지요. 모든 것이 엉터리입니다. 나는 예루살렘에서 지내는 게 무척 좋았어요. 하지만 내가 그랬었나? 당신은 나이가 서른 살쯤 되어 보이는군요.

라디쉬 아뇨, 훨씬 더 많습니다.

타보리 당신은 서른 살이지요. 60년이 더 지나면 당신은 나를 이해할 겁니다. 다른 누군가에게는 많은 일들이 일어났지요. 때때로 나는 무엇이 실제였고, 무엇이 내가 꾸며 낸 것인지도 더 이상 몰라요. 이스탄불은 사실 나의 전환점이었습니다. 그곳에서 너무나 많은 일들이 일어났지요. 나는 이름도 새로 지었습니다. 터너라고. 3년 동안이나 나는 터너 씨로 살았어요.

라디쉬 당시에 당신은 재능 있는 작가였습니다. 대단한 소설들을 썼지요.

타보리 그야, 뭐.

라디쉬 당신은 왜 소설을 쓰게 되었나요?

타보리 그건 백 년이나 지난 일이에요. 나의 모든 글들은 두 남자 사이의 만남을 서술하고 있어요. 그 사실이 이제 와서야 명확해지는군요. 그건 나의 삶과 어느 정도 관련이 있습니다.

라디쉬 헝가리에서 당신은 헝가리어로 작품을 쓰셨고, 미국에서는 영어로, 지금은 독일어로 쓰고 있는데요.

타보리 영어는 이제 잊어버렸고, 헝가리어는 내 개하고 말할 때만 사용합니다. 그러나 독일어도 점점 까먹고 있어요.

라디쉬 당신은 왜 소설 창작을 그만두었나요?
타보리 내 삶에서는 모든 게 우연이었습니다. 세상은 우연에 의해 돌아가지요.

라디쉬 종종 비참할 정도로 나쁘게 돌아가기도 하지요.
타보리 나도 모르겠어요. 나는 한 여자 친구와 런던에 있었습니다. 우리는 함께 뉴욕으로 돌아갈 작정이었지요. 그런데 말다툼이 벌어졌어요. 공항에서 우리는 서로 헤어졌지요. 비참한 기분이 들더군요. 그러다 내가 베를린행 비행기에 앉아 있을 때는 굉장하다는 느낌이 들더군요. 나는 영국에서 예술 아카데미에 있는 조그만 방에서 살았습니다. 일종의 욕실이었지요. 나는 아는 사람이 없었습니다. 옆방에는 베케트가 살고 있었어요. 그와 사귀고 싶었지만, 그가 늘 한발 더 빨랐습니다. 결국 나는 그를 한 번도 보지 못했습니다. 나는 아침을 먹다가 부인과 함께 있는 어떤 독일인 금발 신사를 보았습니다. 그는 아침마다 욕을 끔찍이도 해 댔어요. 그 사람이 클라우스 파이만이었습니다. 그렇게 해서 베를린으로 오게 됐어요. 그건 그리 나쁜 일은 아니지요.

라디쉬 하지만 당신의 독일 연극 무대 진출은 눈물로 시작되었지요.
타보리 나는 그걸 결코 이해하지 못했어요. 나는 뉴욕에서 동베를린으로 왔습니다. 극단 단장이었던 바이겔을 찾아갔었죠. 그때 내 평생최고의 극장을 보았습니다. 여기 이 극장에서, 당시에는 오늘날만큼 깨끗하지도 아름답지도 않았지만, 1968년에 브레히트 심포지엄이 열렸습니다. 3주 후에 모든 초청 인사들이 알파벳순으로 무대에 올랐습니다. 모두들 메모지를 꺼내 멋진 감사의 말을 했습니다. 나도 조그만 메모지를 들고 있었지요. 나는 마이크 앞에 서서 사람들을 바라보았습니다. 바이겔이 말하더군요. "자, 어서, 한마디 하세요." 나는 메모지를 찢어 버리곤 울어 버렸습니다. 그런 다음 절을 하고 물러났지요. 나중에 뉴욕으로 와서 나는 생각했습니다. 나는 결코 브레히트처럼 글을 쓸 수 없었기 때문에 슬픔을 느꼈던 겁니다. 그것이 정말 그런지 아닌지는 모르겠지만요.

라디쉬 브레히트는 문지기였던 당신을 만나기 위해 극장 꼭대기 좌석 앞에 서서……

타보리 그는 바닥에 앉아 있었어요. 내가 그를 미국에서 처음으로 보았을 때, 어떤 파티에서였죠.

스피커 소리: 6시 40분입니다.

타보리 그는 냄새가 지독한 시가를 피우고 있었어요. 내가 절을 했습니다. 그의 딸 바바라가 나를 비방했죠. 고약하더군요. 그 처녀는 무척 여위고 엄청나게 무례했는데, 나는 이렇게 생각했죠. '이런, 예쁜 아가씨잖아. 이 처녀를 한번 유혹하고 싶군.'

라디쉬 아주 오래전 일이지요. 이렇게 한번 상상해 보죠. 20년이 지난 후에 올해 태어난 누군가가 우리의 인터뷰 내용을 다시 한 번 읽는다고요. 당신이 지금까지 살아온 한 세기를 통해 그 사람에게 무엇을 전해 줄 수 있을까요?

타보리 나에게 3주 동안 생각해 볼 여유를 줘야겠군요. 나는 1914년생이에요. 나는 늘 내가 헤치며 살아온 이 한 세기가 가장 끔찍한 세기

중 하나라고 생각했어요. 하지만 난 거기서 살아남았어요. 제2차 세계 대전 전에만 하더라도 점심 식사가 정찬이었습니다. 모두가 다, 식구들 전체가 모였지요. 당시에 나는 식사를 하면서 학교 아이들이 나에게 루마니아인들은 전부 호모라고 말했다고 이야기했죠. 그러자 아버지가 내 따귀를 때렸어요. 내 평생 단 한 번이었죠. 아마 이 이야기를 전해 줄 수 있을 겁니다.

라디쉬 독일에 관해서는 전해 주실 게 전혀 없나요?
타보리 나는 히틀러를 보았습니다, 1933년 1월에. 그는 빌헬름가街의 어떤 발코니에 서 있었는데 무척 서글퍼 보이더군요.

라디쉬 당신 아버님은 아우슈비츠에서 독가스로 학살당했습니다. 하지만 홀로코스트 이후로 독일의 사정은 나아지기만 했지요. 경제 성장, 의료 보험, 두 번째 자가용, 보조금을 지원받는 극장들. 세계에서 유일한 성공 사례였습니다.
타보리 그렇죠.

라디쉬 그런데 이제는 끝인가요? 유럽은 위기에 처해 있습니다.
타보리 네, 상황이 아주 나빠질 겁니다. 유럽은 곧, 더 이상 중요하지 않게 되겠지요. 한국이 문학의 중심지가 되고, 최고의 연극은 뉴욕의 브롱크스에서 상연되고, 이 모든 게 가능합니다. 나는 어떤 나쁜 일이 일어난다 해도 결코 놀라지 않아요.

라디쉬 60년대는 당신에게 마지막 낭만적 시대였습니다.
타보리 그때는 뉴욕에 있었지요. 내가 살아 본 곳 중 가장 좋은 도시

였죠. 나는 95번가에 살았습니다. 그때 처음으로 연출을 했지요. 매일 아침 8시 30분에 나는 우리 아이를 89번가에 있는 학교에 데려다주었는데, 그곳에는 중국 음식점이 세 군데 있었고, 신문팔이는 그리스인이었고, 잡화상은 독일인이었어요. 뉴욕에서 지낼 때 나는 참으로 행복했습니다.

라디쉬 그렇다면 당신은 그 행복을 독일의 연극을 위해 포기했나요?
타보리 네. 나는 베를린에서 〈카니발〉을 무대에 올렸지요. 마음에 꼭 들었어요. 베를린에 남지 않을 수 없었지요. 비베카와 아이들은 계속 뉴욕에 있었어요. 우리는 서로 갈라섰습니다.

라디쉬 연극 때문에요?
타보리 네.

라디쉬 연극이 그토록 중요했나요?
타보리 네.

라디쉬 왜 하필이면 독일에서 활동했나요?
타보리 대체 다른 어떤 곳이 있나요! 세상 어디에도 당시의 독일만큼 많은 극장은 없었어요.
스피커 소리: 조용히 해 주세요. 공연이 시작됩니다.
타보리 독일 극장은 세계에서 최고였죠. 그 시절은 지나갔습니다. 나는 아침마다 〈타게스슈피겔〉을 읽어요. 온갖 소식이 다 실리지만, 연극에 관해서는 더 이상 나오지 않아요.

118

라디쉬 연극이 너무 번창해서 질식해 버린 건가요?

타보리 텔레비전 때문이죠. 나는 이게 끝나면 곧 집으로 돌아가서 커피를 마시며 텔레비전을 시청할 겁니다. 그것이 무의미한 짓이기는 하지만, 아내도 텔레비전을 본답니다.

라디쉬 독일의 보조금 지원 극장은 세계 문화사에서 역사적 사건입니다. 그런 것은 그리 쉽게 사라질 수 없을 텐데요.

타보리 2500년 전에는 고대 그리스 연극이 있었습니다. 50년 동안이었죠. 그 후에 그것은 사라졌습니다. 로마 연극은 굉장했습니다, 50년 동안. 그러고는 끝이었지요. 프랑스인들, 몰리에르와 그 밖의 사람들, 대단했지요, 50년 동안 말이죠. 그 후에는 영국인들, 특히 셰익스피어가 등장했지요. 그 후에 독일인들이 나섰습니다. 실러, 클라이스트, 뷔히너. 그들은 100년 동안 최고의 연극을 누렸죠. 그런데 지금은 어떻게 되었나요? 우리의 위대한 단장은 한트케 작품을 공연하고 있어요.

라디쉬 앞으로 50년을 우리는 텔레비전 앞에서 보내게 되나요?

타보리 그렇습니다. 다시 베를린으로 돌아온 후로 나는 텔레비전을 시청합니다. 내가 뭘 해야 좋을까요? 우리는 사진 앨범도 30개나 가지고 있어요. 나는 그것들을 들여다본답니다. 우리가 세계 구석구석을 얼마나 돌아다녔던지! 그것은 멋진 일이었어요. 나는 말하죠, "여보, 여기가 어디였지? 나는 기억이 통 안 나는군." 그러나 내 인생은 내가 그토록 많은 곳을 돌아다녔다는 것 그 자체입니다. 그토록 많은 곳을 말이죠.

라디쉬 타보리 씨가 빠지고 없는 연극은 어떻게 될까요?

타보리 나는 연극을 75년째 보고 있어요. 나는 극장에서 같은 연극을 두 번 본 적은 전혀 없습니다. 나는 〈현자 나탄〉*을 보고 나면 그때마다 늘 느낌이 달랐어요. 그 점은 조금도 바뀌지 않을 겁니다. 〈리어 왕〉은 내가 정통한 최고의 작품이죠. 어쩌면 나는 앞으로 그걸 공연할 겁니다. 그 외에도 두세 작품 더 쓰고, 전쟁 시절에 대한 나의 회고록을 쓰겠지요.

라디쉬 아직 시간이 있다는 느낌이 드시나요?

타보리 (웃으며) 글쎄요, 에밀 졸라는 글을 쓰는 도중에 죽었으니까요.

라디쉬 피로한 건가요? 당신은 젊었을 때부터 늘 피로하다는 말을 자주 했죠.

타보리 나는 늘 피로했습니다. 그래도 괜찮습니다. 지금은 아직 피로하지는 않지만, 반시간만 지나면 피로해질 겁니다. 나는 비틀비틀 집으로 걸어가지요. 위대한 헝가리 시인 어디 엔드레**가 뭐라고 말했던가요? "나는 사람들이 나를 좋아하게 된다면, 바로 그것을 좋아할 것이다." 무엇이 진실이고, 또 무엇이 현실인가요? 예전에 그것은 엄청난 차이였지요.

내가 옳고 좋다고 여겼던 모든 것이
최근 몇 년 사이에 의문시되었습니다.

---

* 시민 비극의 창조자, 독일 근대 희곡의 아버지로 칭송되는 고트홀트 에프라임 레싱의 대표작. 십자군전쟁 시기, 기독교인에 의해 아내와 일곱 아들이 몰살당한 유대인 나탄의 삶을 통해 인도주의와 관용 정신을 보여 주는 희곡이다.
** 프랑스 상징주의 영향을 받아 헝가리에서 모더니즘 문학을 개척했다.

라디쉬 당신은 인생이 원 모양으로 순환하는 것을 믿으시죠. 당신의 삶은 부다페스트에서 시작되었고, 얼마 전부터 되돌아가는 중에 있습니다. 그 원은 사실상 부다페스트에서 마무리되어야 하지 않을까요?

타보리 네, 모든 인생은 원 모양입니다. 그러나 나의 원은 헝가리, 런던과는 아무런 관련이 없습니다. 나는 그 원이 어디에 있는지 모릅니다. 내가 옳고 좋다고 여겼던 모든 것이 최근 몇 년 사이에 의문시되었습니다.

라디쉬 이유가 무엇인가요?

타보리 이유를 묻는 질문에 나는 전혀 대답할 수 없어요. 그냥 그렇습니다. 나에게는 대답할 수 없는 질문들이 많이 있어요. 나도 거기에 대답을 해 주면 좋겠지만요.

라디쉬 예컨대 어떤 것을 의문시하나요?

타보리 나 자신이죠. 내가 옳은가? 그 일이 내가 생각한 것과 같았나? 그 일이 내가 믿고 있는 것과 같은가? 이 질문들은 내가 열일곱 살 때 해야 했던 겁니다.

라디쉬 예전에는 자신을 의문시하지 않았나요?

타보리 그 문제를 중요하다고 여기지 않았습니다. 지금만큼은 아니었죠.

라디쉬 당신은 매번 자신의 삶에서 많은 행운을 얻었다고 말했죠. 행복이란 어차피 없는 것이라고.

타보리 내가 지금 행복하지 않을 이유가 어디 있나요? 아내가 여기 있고, 마실 차가 나와 있고. 나는 당신이 어떤 태도를 보일지 깊이 생각해 보았습니다. 나는 당신이 훨씬 더 꼼꼼할 거라고 생각했어요. 그런데 당신은 나와 반시간 동안만 대화할 거라고 했지요. 다행이다 싶었어요.

라디쉬 당신은 행복을 추구하셨나요? 그토록 많은 나라들을 돌아다니고, 네 번이나 결혼을 하셨으니, 그것은 더 많은 행복을 추구한 것이 아니었나요?

타보리 〈햄릿〉에 나오는 마지막 대사가 어떻게 되지?

조수 남은 것은 침묵뿐이로다.

타보리 The rest is silence. 침묵!

Friederike Mayröcker

프리데리케 마이뢰커

"나는 가능한 한 불가능한 것에
아주 가까이 다가가고 싶다."

오스트리아 태생의 시인으로 전통적인 문장의 해체, 언어유희, 의식의 흐름, 몽타주 형식, 스토리텔링에 대한 거부 등 실험성이 강한 작품을 발표해 왔고, 시와 소설과 방송극을 아우르며 독일어권 문단에 큰 영향을 미쳤다. 그녀의 작품에는 작가나 예술가, 동료나 친지 등의 텍스트가 자주 인용되며 음악이나 그림이 작품 제목이 되기도 함으로써 여타 예술과의 관계가 작품을 이해하는 데 열쇠가 되기도 한다.

내가 프리데리케 마이뢰커의 80세 생일 직전인 2004년 12월에 빈의 젠타 거리에서 초인종을 눌렀을 때는 특별한 순간이었다. 빈의 그 위대한 작가에 관한 이야기를 들어 본 적이 있는 사람이라면 누구나 젠타 거리의 전설에 싸인 집필실에 관해 알고 있기 때문이다. 그곳에서 그녀는 1940년대부터 히에로니무스*처럼 홀로 틀어박혀 지내고 있었다. 나는 드디어 프리데리케 마이뢰커가 지어 놓은 그 쪽지들의 세계를 눈으로 직접 보게 되었다. 그녀는 그 집필실에서 비할 데 없이 자유로운 시적 연상의 흐름 가운데 매끄럽게 이어지는 산문을 쓰고 있었다. 자신의 글쓰기에 필요한 새로운 착상들을 끊임없이 뽑아내는 그 산더미 같은 쪽지들이 없다면 그녀는 작업도 할 수 없고, 분명 살아갈 수도 없을 것이다. 그 쪽지들에는 기록, 꿈, 관찰에 대한 내용뿐 아니라 그녀의 '혈

---

* 제롬 히에로니무스. 로마가톨릭 성직자로, 동굴 속에 틀어박혀 23년간 라틴어로 성서를 번역했다고 알려져 있다.

맹 동료들'의 발췌문과 글도 담겨 있었다. 여기서 혈맹 동료들이란 베케트, 브레히트, 막스 에른스트, 장 파울, 프리드리히 횔덜린, 아르노 슈미트, 클로드 시몽, 마르그리트 뒤라스, 롤랑 바르트, 앙드레 브르통, 앙드레 미쇼, 자크 데리다를 말한다.

그녀의 방 두 칸짜리 아파트는 세월이 흐르는 동안 더 이상 거주할 수 없을 정도로 허름해졌다. 그래서 프리데리케 마이뢰커는 반려자인 에른스트 얀들*이 세상을 떠난 후로 같은 건물에 있는 그의 다락방으로 옮겨 왔다. (이들 부부는 문학사에 나오는 가장 행복한 연인들 중 한 쌍이었다. 그러나 클로드와 레아 시몽, 필리프와 레 수포, 장폴 사르트르와 시몬느 드보부아르처럼 결코 같은 집에서 함께 살지는 않았다.) 이곳 역시 벌써 많이 퇴락한 상태였다.

우리는 과거 얀들의 거처에 쌓인 종이 더미들 사이로 길을 헤치며 힘들게 나아갔다. 마찬가지로 종이들이 가득 쌓인 테이블들을 지나 마침내 손바닥만큼 남아 있는 빈 공간에 도달했다. 그곳 테이블 위에 작가는 냅킨을 펼치고 물 한 잔과 약간의 과일을 준비해 놓았다. 작업실은 옆방에 있었는데, 종이 더미를 제외하면 에르메스베이비 타자기가 놓인 간이 탁자가 전부였다. 이 간이 탁자 앞에서 거의 해마다 한 권씩 새 책이 탄생한다.

풍채 좋은 마이뢰커는 평소와 마찬가지로 검은색 일색이었다. 검은색 바지, 검은색 재킷, 검은 머리. 산더미처럼 쌓인 하얀 쪽지들 한가운데 앉아 있는 그녀는 연극 무대에나 어울릴 법한 모습이었다. 그렇지만 찾아온 손님을 맞이하며 보여 준 상냥하고 다정한 분위기에 가려져 격정적인 면모는 많이 누그러져 있었다. 우리는 잠깐 한낮의 휴식을 취한

---

* 오스트리아의 서정시인으로, 특히 시의 시청각적 효과를 강조한 구체시의 전통에서 실험적인 서정시를 써서 유명해졌다.

것을 제외하고는 몇 시간에 걸쳐 내내 즐겁게 이야기를 나누었다. 그녀는 인터뷰가 힘들다고 한탄했다. 그녀는 매우 고독하게 지내고 있으며, 사람들을 자주 만나지는 못한다고 했다. 이렇게 인터뷰를 한 후에는 글쓰기의 흐름이 때로는 여러 날 동안 완전히 끊기기 때문이라고 했다. 다시 글쓰기의 무아지경, 즉 글쓰기로 '뇌가 열심히 돌아가는 상태'를 되찾기까지 오랜 시간이 걸린다는 것이었다.

이 방문을 마친 후에 뒤이은 인사가 전해졌다. 4년 후에 프리데리케 마이뢰커가 나에게 『팔로마Paloma』라는 책을 서명해서 보내온 것이다.

*

리디쉬 늙는 것에 관해 사람들은 마치 엄청난 손실을 입는 것처럼 이야기합니다. 수명의 상실, 삶에서 남은 시간의 상실, 생명력의 상실이라고요. 당신에게 나이가 드는 것은 어떤 의미입니까?

마이뢰커 나는 무언가 변했다고 말할 수는 없어요. 나는 늙었다고 느끼지 않습니다. 때로는 심지어 다시 아이가 되어 다인첸도르프*에서 맨발로 돌아다닐 정도입니다. 그것은 늙은이가 돌이켜 보는 통상적인 기억이 아니라 어린 시절입니다. 내가 처음으로 시작한다는 느낌이죠. 가끔 나는 나의 삶이 이제 막 시작된다고 생각하곤 해요.

라디쉬 그 말은 당신 내면에 아이가, 변하지 않는 어떤 본질이 있다는 뜻인가요?

마이뢰커 바로 그렇습니다.

---

* 오스트리아 북쪽에 위치해 있으며, 16세기 건축 양식과 중세 도시 분위기가 남아 있다.

라디쉬 그와 동시에 사람들이 지니는 수많은 나이테가 분명 어떤 변화를 불러올 텐데요. 세월이 당신에게는 어떤 작용을 일으켰나요?

마이뢰커 세월은 그냥 흘러갔어요. 그러니 우리는 그것이 어떻게 흘러갔는지 전혀 모릅니다. 일 년은 금세 지나가지요. 올해가 지나가고 나면 또 그다음 해가 지나갑니다. 그럴 때 우리는 이렇게 생각하지요. 이것이 앞으로 얼마나 더 오래 갈까? 그렇지만 나는 과거에 대해서는 그리 많이 생각하지 않습니다. 나는 현재와 미래가 뒤섞인 어떤 것을 생각하지요. 나는 아직 할 일이 아주 많답니다.

라디쉬 만약 당신이 본질에 있어서 영원한 아이라면, 삶에 시기라는 게 있기나 할까요?

마이뢰커 그래서 나는 삶의 시기들을 알아내려면 힘들게 노력을 기울여야만 합니다. 하나의 시기는 에른스트 얀들이 세상을 떠나 버린 이후입니다. 무척 슬펐고 지금도 여전히 그런 시기죠. 그것은 버림받았다는, 실제로는—가혹하게 들릴지 모르지만—곤경 속에 방치되어 있다는 새로운 종류의 느낌입니다. 나는 끊임없이 그이에게 '와서 도와 달라'고 재촉하는 나 자신을 발견하고는 한답니다.

라디쉬 그러면 그분이 오시나요?

마이뢰커 아뇨, 항상 오지는 않아요.

라디쉬 죽음을 초월한, 어떤 여분의 의사소통 같은 것이 있을까요?

마이뢰커 네, 아마 여분의 의사소통 같은 것이 있을 겁니다. 글을 쓸 때 가장 쉽겠지요. 물건들을 찾다가, 거의 한나절 내내 찾게 될 때 나는 이렇게 말하지요. '만약 당신이 정말로 어딘가에 있다면, 내가 지금 당신의 도움으로 그것을 틀림없이 찾게 될 거예요.' 그러고 나서 때로는 그 후에 물건을 찾기도 한답니다.

영원한 한 순간,
그것이 내 삶에 대한 설명이지요.

라디쉬 손수 만든 데다 떠난 적도 거의 없는 젠타 거리의 이곳 쪽지 집, 산더미 같은 쪽지들 속에서 거의 평생을 살고 있는데, 쪽지 집에서 사는 것은 영원한 한순간처럼 삶을 멈춰 세우려는 시도인가요?

마이뢰커 영원한 한 순간, 바로 그렇습니다. 그것이 내 삶에 대한 설명이시요. 영원한 한 순간이죠.

라디쉬 그러면 이렇게 만들어 놓은 종이 집, 이 종이 예술품은 그럴 때 어떤 의미로 당신을 채워 주나요?

마이뢰커 이것은 글을 쓰는 방식 때문에 저절로 생겨난 겁니다. 에른스트 얀들이 저세상으로 떠난 후에 옮겨 온 이곳, 그의 옛 거처는 질서의 섬들을 만들어 내고 있어요. 아래층에 있는 이전의 집에는 이런 것들이 없었지요. 여기에는 바구니가 하나 있고, 그 속에는 새로운 시를 위한 쪽지들이 들어 있어요. 이 바구니에서 나는 이것저것 뒤지다가 어쩌면 어떤 시의 시작이 될 법한 내용을 찾고는 하지요. 그러지 않으면 나의 집필실에는 모든 것이 마구 흩어져 있을 겁니다. 여기서는 마치 로또 추첨을 할 때처럼 나에게 어떤 영감을 줄지도 모를 쪽지를 뽑는 것이 관건입니다. 그것은 꿈의 조각들일 테지만요. 나는 밤에 항상 글과 단어들로 된 꿈을 꾼답니다. 그럴 때면 한밤중에 깨어나 메모를 해

두죠. 아침이면 아무것도 기억해 낼 수 없으니까요.

라디쉬 쪽지들은 뽑기 주머니입니까? 당신도 거기에 무엇이 적혀 있는지 다 모르죠?
마이뢰커 네, 모릅니다. 어떤 때는 내가 이미 사용한 쪽지도 있어요.

라디쉬 이렇게 꾸준히 늘어나는 종이 무더기들에 깔려 자신이 사라지지 않을까 두렵진 않나요?
마이뢰커 아니요, 그러기에는 이것들과 너무 친숙해요. 이 무더기들 속에 무엇이 들어 있는지 모르기는 하지만요.

라디쉬 만약 공책이나 서류철을 사용했더라면 모든 게 훨씬 더 일목요연해 보일 텐데요.
아니요, 마구 날려 다니는 낱장들이어야만 해요.

라디쉬 이렇게 쪽지 집으로 물러나 지내게 된 건 언제부터인가요?
마이뢰커 젊었을 때 학교에서 아이들을 가르칠 때 이미 시작되었지요. 오전에는 학교에 출근하고, 점심때는 부모님 댁에서 식사를 했습니다. 그런 다음 이곳 젠타 거리에 있는 나의 옛날 집으로 와서 곧장 작업에 들어갔습니다. 이미 쉬는 시간과 전철 속에서 끊임없이 글을 써 놓았으니까요. 저녁에는 다음 날 수업 준비를 해야만 했지요. 그것 외에는 전혀 아무것도 하지 않았어요. 나는 빈 그룹*에 참여할 수 없었습니다. 그곳의 모든 일은 밤에 진행되니까요. 그러다가 1969년에 명예퇴직

---

* 진보적·급진적 예술관을 가진 예술가들의 토론 모임으로, 특히 작가들은 초현실주의의 영향을 받아 새로운 표현 방법과 문학 형식을 실험했다.

을 하고 나서는 완전히 들어앉게 되었죠.

라디쉬 중세 시대 수녀원의 수녀와 같은 생활이었군요. 당신은 저 바깥세상에 염증을 느꼈나요? 세상에 대한 염증은 사실 오스트리아 예술가들 사이에서 매우 널리 퍼져 있으니까요.

마이뢰커 아닙니다, 나는 세상에 대해 염증을 느낀 적이 전혀 없어요. 나는 저 바깥세상에서 일어나는 일을 늘 내 시에 포함시켰어요. 특히 최근 몇 년 동안에 쓴 시는 세상사를 많이 다루고 있답니다. 외출도 자주 나가지요. 나는 온 세상을 몸으로 들이마신다는 느낌을 가집니다. 그러면 세상이 내 속에 들어와 있지요. 세상이 나에게 전해 주는 것을 눈을 크게 뜨고 바라보는 일은 나에게 매우 중요합니다. 그러지 않았다면 나는 지독히 소심해지고, 사람들과의 의사소통도 이미 거의 끊겨 버렸을 겁니다. 하지만 나 자신을 밖으로 드러내 보여야 할 때는 겁이 납니다. 그것은 정말, 밖으로 까뒤집는 일이니까요.

라디쉬 당신은 실제로 늘 똑같은 머리 모양을 하고 다녔나요? 사진마다 당신은 얼굴을 베일처럼 가려 주는 이런 검은 머리를 하고 있더군요.

마이뢰커 머리 모양은 어릴 적부터 이랬어요. 이런 머리 모양을 하면 나는 보호받고 있다고 느껴져요.

라디쉬 가족과 아이들이 딸린 평범한 여성의 생활을 해 보려던 시절은 전혀 없었나요?

마이뢰커 내가 그것을 원치 않는다는 것은 처음부터 명확했어요. 소녀 시절부터 나는 이미 그것을 확신하고 있었어요. 젊은 시절에는 물론

에로틱한 갖가지 문제들에 매우 민감했어요. 수도 없이 사랑에 빠졌죠. 거기에는 온갖 종류가 다 있었고요. 하지만 본격적으로 글을 쓰면서부터, 다시 말해 『뮤즈에 의한 죽음Tod durch Musen』이 발표되면서부터 에른스트와 나는 글쓰기에 철저하게 매달리기로 했지요.

라디쉬 보통 사람들에게는 일상적인 삶의 기쁨이 견디기 힘든 극단적 상황을 막아 주는 보호막이기도 하지요.

마이뢰커 우리도 몇 주 동안은 어느 정도 행복하게 지내려고 해 보았어요. 이곳 아래층, 나의 비좁은 방에서요. 에른스트에게 그건 너무나 끔찍한 일이었어요. 그래서 그는 셋방으로 들어갔지요. 우리 두 사람이 지낼 공간이 전혀 없었답니다. 견뎌 내기 힘든 일이었어요. 서로 무척 사랑했지만 그것은 견뎌 낼 수 없었습니다.

라디쉬 그 후 당신들은 40년 이상 따로 생활했습니다. 두 은둔자가 나눈 하나의 사랑이군요.

마이뢰커 만약 그이가 아직 살아 있다면, 나는 기꺼이 널따란 공동의 아파트에서 함께 살 겁니다. 아마 멋진 일이겠죠. 다만 그럴 때라도 우리에게 이별이 기다리고 있겠지만요.

라디쉬 그러니까 약간은 후회가 되는군요?

마이뢰커 아뇨, 그렇게 산 것도 괜찮았습니다. 아마 우리가 그토록 오랫동안 함께 지냈던 주된 이유도 각자 따로 생활했기 때문일 겁니다. 해마다 시골에서 함께 보냈던 여름철에는 내 생각이 너무나 그이에게 쏠려서 글도 쓰고 싶지 않을 정도였죠. 어쩌면 나는 삶에서 무언가 놓쳐 버린 게 아닐까, 하는 생각이 잠깐씩 들기도 해요. 그리고 당시에 에른스트를 위해 해 준 것이 너무 적었다는 느낌도 들어요. 나는 늘 저녁이 되어서야 그이에게 찾아갔으니까요. 하지만 나는 그이보다 살림에 더 익숙하지도 않았어요. 나는 요리를 할 줄 몰라요. 나는 때로는 젖먹이 아기처럼 행동한답니다.

라디쉬 에른스트 얀들과 당신은 아마 문학사상 작가 커플로서 성공한 유일한 사례일 겁니다. 프리쉬와 바흐만 사이의 비극* 그리고 사르트르와 보부아르 사이의 애정 없는 기이한 관계를 고려한다면 말이죠.

마이뢰커 에른스트 얀들은 무척 개방적인 사람이었지요. 그이는 나에게 지독하게 심한 말도 할 수 있었고, 나는 그것을 다행으로 여겼어요. 왜냐하면 그것이 내면에서 우러난 것임을 알고 있었기 때문이죠. 그이는 나를 한 번도 속이지 않았어요. 또 마음속에서 일어난 모든 것을 말해 주었어요. 그럼에도 그이는 나에게 커다란 수수께끼였답니다. 내가 그토록 매력을 느낀 이유죠. 그이와 함께 있으면 한순간도 따분해질 수가 없었어요. 우리는 모든 것에 관해 서로 의견을 주고받았습니다. 에른스트는 나에게 모든 것을 곧바로 낭독해 주고, 지적을 해 달라고 요구했지만 난 지적할 수가 없었어요. 전부 다 너무나 훌륭했기 때문이죠.

라디쉬 당신은 글쓰기에서 중심이 되는 부분들을 과감하게 지나치려고 시도했고, 그것을 그토록 멋지게 따라 할 사람은 거의 없을 겁니다. 당신의 표현대로 이 '생각의 수다', '머리의 즐거움', '뇌의 기적'이 당신의 글에 언제 어떻게 생겨났나요?

---

* 두 사람은 7개월간 연인으로 함께했지만 사랑이 여성의 독립성을 공격한다고 느낀 바흐만이 프리쉬를 떠나면서 둘의 관계는 끝이 났다.

마이뢰커 60년대 초반에 나는 더 이상 50년대처럼, 그런 식으로 계속 글을 쓸 수는 없다고 느꼈습니다. 처음에는 일상어를 믿고 감성적인 면에 완전히 의존했지요. 그러다 느닷없이 그것이 기분에 거슬렸습니다. 내가 원하는 건 너무 많고 그 모든 게 과거의 패턴에는 들어맞지 않는다고 느꼈습니다. 내면에서 거부감이, 나 자신의 표현법에 대한 거부감이 일었지요. 그래서 나는 처음으로 몽타주 기법*을 시도해 보았습니다. 그러자 엄청난 발전이 가능해졌지요. 돌이켜 보니 그것은 거칠기 짝이 없는 몽타주였고, 말 그대로 모든 것을 짜 맞추었다는 점은 인정하지 않을 수 없군요. 길거리에 내걸린 글, 대화, 편지, 책, 그것들이 실험 문학의 시초였습니다. 나는 어떤 것을 실험해도 질리지 않았지요. 에른스트는 같은 시기에 소리시Lautgedicht를 짓기 시작했어요.

라디쉬 당신은 자기 자신의 표현법, 어릴 때 전쟁 속에서 당신이 듣고 사용하며 자랐던 언어에 반기를 들었군요?

마이뢰커 나는 어릴 때 터무니없는 환상의 세계에서 살았습니다. 아래서는 러시아 군인들이 간이 취사장을 차려 놓고 주둔하고 있었는데, 위에서 나는 클림트의 그림을 들여다보고 있었습니다. 누가 아래층 길거리에서 총에 맞아 죽었는지에 대해서는 전혀 신경 쓰지 않았어요. 오늘날 나는 내가 그랬다는 게 이해가 되지 않습니다.

라디쉬 바깥세상에 관심이 없었다는 겁니까?

마이뢰커 당시에는 바깥세상에 관심이 없었어요. 지금은 아주 중요하게 여기지만요.

---

* 원래는 영화의 편집 용어였으나 시에서 이 기법이 사용될 때에는 동시적일 수 없는 것, 서로 결합될 수 없는 것을 동시에 병존시키는 것으로 나타난다.

라디쉬 당시, 당신이 접어들었던 길에는 알려지지도 않고, 이해되지도 않은 것들이 아주 많았습니다. 관습이 존재하는 이유는 삶의 수수께끼 같은 면, 즉 이해할 수 없는 면을 그냥 지나치도록 해 주기 때문입니다. 우리가 일상 현실의 토대를 벗어나는 즉시 드러나는 끝없는 공간들은 이미 파스칼도 두려움에 떨게 만들었죠. 이런 불안에 대해 알고 있나요?

마이뢰커 나는 가끔 그런 불안을 느낄 때도 있고 그렇지 않을 때도 있습니다. 그러나 나의 의욕이 늘 그 불안보다 더 강렬합니다. 글쓰기 의욕 말이죠. 나는 비어 있는 상태에 대해, 백지 앞에서도 불안하지 않습니다. 왜냐하면 사방 여기저기에 소재들이 있으니까요. 예를 들면 나는 현재 마리아 칼라스*에 매달리고 있고 또 거기서 자극도 받습니다. 그리고 배경 음악으로 항상 동일한 곡들만 틀어 놓습니다. 내가 『브뤼트Brütt』를 썼을 때 틀었던 곡은 바흐의 한 칸타타였지요. 음악은 나에게 많은 도움이 됩니다. 음악은 나의 심금을 울리죠. 날마다 새롭게요. 왜 그런지는 전혀 모르지만요.

라디쉬 글을 쓸 때 당신은 어디에 있다고 할 수 있나요?

마이뢰커 글을 쓸 때는 완전히 다른 상태가 됩니다. 약물을 복용한 것과 거의 같죠. 하지만 나는 술도 마시지 않고 담배도 피우지 않습니다. 불가사의한 상태가 되는 거예요. 나는 그 상태에 관해 말하길 꺼리게 돼요. 그것에 관해 말하는 게 배신에 가깝게 느껴지거든요. 그것은 나 자신에게도 일종의 신비입니다. 그리고 내가 그것에 관해 말을 너무 많이 하면 더 이상 글을 쓸 수가 없습니다. 신비가 달아나 버리니까요. 그

---

* 20세기 최고의 소프라노로 칭송받는 오페라 가수이자 뮤지컬 배우.

것에 관해 더 깊이 생각하지 맙시다. 그것은 찾아올 때도 있고 오지 않을 때도 있지만, 거의 언제나 찾아오지요.

라디쉬 그런 상태가 찾아오지 않을 때는요?

마이뢰커 나는 하루나 이틀 동안 글을 쓸 수 없게 되면 절망에 빠져 끝장이 아닌가, 하고 두려워합니다. 그러다가 어떤 것, 편지나 흔히 독서를 통해 다시 글쓰기에 빠져들죠. 자크 데리다의 문학에 관한 글들이 내게 많은 자극을 주었습니다. 베케트도 무척 인상적이었고요. 롤랑 바르트도 나를 매료시켰지요. 클로드 시몽, 마르그리트 뒤라스, 조르주 바타유, 특히 바타유의 소설『하늘의 푸른빛』도 그랬죠. 나는 그 모든 것의 내용을 발췌해서 옮겨 적었어요. 내가 아무것도 발췌할 수 없는 내용은 읽지도 않습니다. 마치 넝마주이처럼 문장과 단어 들을 적어 두고, 종종 그것들을 완전히 수정하기도 하지요.

라디쉬 그때 글을 쓰는 주체는 당신인가요, 당신의 자아인가요?

마이뢰커 나의 자아는 내가 첫 번째나 두세 번째 수정 원고를 정서할 때 개입합니다. 첫 번째 작성한 원고는 완전히 직관적인 것이고, 두 번째 역시 그렇고, 서너 번째부터 무쇠 주먹, 즉 이성이 등장합니다. 그때 지나치게 많은 감정 표현들이 모두 떨어져 나가지요.

라디쉬 가끔 누군가가 당신에게 몰래 말해 주고 있다고 느끼나요? 이를테면, 쥘리앵 그린은 자신의 책들이 누군가의 말을 받아 적은 거라고 확신하고 있었습니다.

마이뢰커 나도 그런 느낌이 든 적이 있어요. 이따금씩 에른스트가 나에게 무언가 속삭이고 있다고 생각했거든요. 하지만 나는 거기서 다시 빠져나왔어요. 나는 그것을, 때로는 나를 움직이는 성스러운 정령이라고 말하곤 해요.

라디쉬 일종의 신의 힘이라고 생각하나요?
그것은 어떤 정령이며, 정령에는 당연히 신성이 깃들어 있죠.

라디쉬 그 말은 글쓰기가 신을 섬기는 또 다른 방식이라는 뜻인가요?
마이뢰커 어쩌면 그럴지도 모릅니다. 그것은 영적인 어떤 것에 고도로 집중하는 일입니다. 일종의 간절한 소망이지요. 우리는 그것을 더 가까이 끌어당기고 싶어 합니다. 아무튼 글쓰기는 힘든 노력이자 외부의 속박에서 벗어나는 일입니다. 그럼에도 불구하고 그것은 초현실주의자들이 시도했던 자동적인 글쓰기와는 전혀 다른 것입니다. 나는 항상 내 주변에 쪽지들을 두고 있으니까요. 그렇지 않으면 나는 구체적 내용은 얻지 못하고 황홀감만 느끼겠지요.

라디쉬 그렇다면 당신은 그 구체적 내용을 무엇으로부터 얻나요?
마이뢰커 거리에서 떠오르는 말, 잘못 읽거나 들은 내용, 내가 더 이상 읽을 수 없어서 다르게 고치는 속기록, 꿈의 잔영, 독서 내용, 그림 같은 것들입니다. 나는 표상들을 머릿속에서 뒤집습니다. 나는 기회가 아주 드물기는 하지만 미술관 카탈로그에 실릴 그림에 관해 글을 쓰는 것을 매우 좋아합니다. 나는 늘 소재를 찾아 헤맵니다. 그러다 무언가에 사로잡히면 그것은 늘 엄청난 기쁨을 주죠.

라디쉬 당신의 책들은 각각의 고유한 특성을 알아보기가 힘듭니다. 오히려 산문 작품이 전체적으로 당신의 삶을 조리 있게 연관 지어 기록한 시적 일기라는 인상을 받았습니다.

　마이뢰커　내 입장에서는 모든 책이 그 자체로 완결되어 있습니다. 하지만 책 한 권이 완결되자마자 벌써 더 쓰고 싶다는 엄청난 갈망이 내 안에 일어나는 것도 사실입니다. 나는 그 책에 대해 향수를 느낍니다. 한번은 어딘가에 이런 말을 쓴 적이 있어요. "나는 쓰여지지 못한 나의 작품들을 그리워한다."

　라디쉬　그런데도 왜 당신의 책들을 어느 시점에서 최종적으로 완결된 것으로 선언하는 거죠?

　마이뢰커　단순히 말하면, 내가 더 이상 쓸 수 없기 때문이죠. 중단하지 않을 수 없거든요. 독자들이 내 책들을 서로 다르기는 하지만 단 한 권의 책으로 여기고 읽어도 좋습니다. 내가 막 끝낸 이 새로운 책은 앞서 나온 책들과는 동질성이 전혀 없습니다. 이 책이 생겨난 것은 내가 우연하게도 파블로 피카소를 다룬 거트루드 스타인*의 책을 읽었기 때문이에요. 그 책이 너무나 매혹적이어서 나는 그녀가 쓴 모든 글을 서너 번, 아니 다섯 번을 읽었죠. 거트루드 스타인은 나의 새로운 스타입니다. 나는 이 새로운 책의 제목을『그리고 나는 애인을 흔들었다und ich schüttelte einen liebling』로 정했고, 여느 책들과는 전혀 다른 곳에서 소재를 구했습니다.

　라디쉬　당신의 책들이 점점 더 급진적으로 변했다고 말할 수 있을까요? 어쩌면 전혀 다른 이 마지막 책에 이르기까지 말입니다.

　마이뢰커　맨 마지막에 출간된 나의 산문집『브뤼트』가 그 정점이었어요. 거기서 나는 나 자신과 문학계에 대해 조금도 배려하지 않았어요.

---

* 미국의 작가이며 예술품 수집가이기도 하다.

그런 책을 다시는 쓸 수 없을 겁니다. 세상을 떠나기 전에 다시 한 번 써 보고 싶기는 하지만요. 마지막 남은 모든 것이 동원되는 그런 책을 쓰고 싶어요! 그 어떤 것도 전혀 고려하지 않는 그런 책을, 다시 한 번!

참된 것이 곧
아름다운 것이다.

라디쉬 그렇다면 그밖에 어떤 것을 고려했다는 거죠?

마이뢰커 어쩌면 이렇게 표현할 수 있을 거예요. 아름다운 것이 곧 참된 것이다. 이것이 최초의 내 생각이었습니다. 나는 그렇게 글을 써 왔습니다. 지금, 고령이 되어서 나는 이 명제를 뒤집었어요. 참된 것이 곧 아름다운 것이다. 나는 가능한 한 불가능한 것에 아주 가까이 다가가고 싶어요. 바로 그때가 아름다운 것입니다. 내가 그것을 다시 한 번 해낼 수 있을지는 모르겠어요. 기본적으로 늘 모든 것이 선물이니까요.

라디쉬 그 말은 참된 문학과 덜 참된 문학, 진정한 문학과 덜 진정한 문학이 있다는 뜻인가요?

마이뢰커 네, 바로 그렇습니다. 사람들이 시인의 언어를 이해함으로써 진정한 것이 드러납니다. 사람들이 마음을 잠그고 받아들이지 않으면 그것을 알지 못하죠. 내 책들은 살아 있는 우주이기 때문에 진정한 것입니다.

라디쉬 빈 출신의 당신 동료이자 노벨문학상 수상자 엘프리데 옐리네크는 이 세상에 진정한 것은 더 이상 없다는 주장으로 선풍을 일으켰습니다. 그래서 그녀는 글을 쓸 때 늘 역겨움을 느끼지 않을 수 없다고 했죠.

마이뢰커 엘프리데 옐리네크에게는 또 다른 인생의 방식과 또 다른 가족들이 있습니다. 나는 그녀를 도무지 이해할 수 없어요. 그녀는 글을 아주 잘 쓰고, 나는 그녀의 글을 즐겨 읽습니다. 그녀는 언어를 다루는 데 소질이 있어요. 그러나 언어가 망가졌다는 주장은 사실이 아닙니다. 언어는 망가지지 않고 온전히 살아 있습니다.

라디쉬 그와 반대로 많은 젊은 소설가들과 에세이 작가들은 언어가 망가졌다고 여깁니다. 그 이유로 우리가 더 이상 참된 경험을 할 수 없기 때문이라고 하죠. 우리는 단지 허위의 삶을 살 뿐이고, 우리와 관련되지 않은 허위의 경험만 할 뿐이라는 것이죠. 오늘날 진정한 경험을 하기란 완전히 불가능하다는 겁니다.

마이뢰커 왜 경험이 가능하지 않다는 거죠? 나는 날이면 날마다 경험을 하는데 말입니다. 세상이 다양한 만큼 나도 세상에 대해 엄청난 호기심을 가지고 있습니다. 이 점에서 나는 당신이 말씀하시는 그런 사람들과 아마 다를지 모릅니다. 나는 좀 더 오래 살고 싶은 마음이 간절한데, 그 이유는 많은 일들에 관해 더 알아보고 싶기 때문입니다. 우리는 사소한 것들을 지켜봐야만 합니다. 어떤 사람이 어떻게 보이고, 그는 왜 모자를 손에 들고 있는가? 거리를 돌아다닐 때면 나는 사람들과 끊임없이 마주칩니다. 나는 그들에게 깊은 연민을 느껴서 그들에게 다가가 도움을 주고 싶을 정도예요. 그토록 수줍어하면서도, 세상에 그토록 자신을 드러내고 싶어 하다니! 그것은 너무나 감동적이어서 나는 거리에서 울부짖고 싶을 정도입니다.

라디쉬 당신이 정말로 도움을 줄 수 있을까요?

마이뢰커 모르겠습니다. 너무나 많은 사람들이 현실이 아닌, 다른 어떤 것을 조금이라도 믿을 가능성에서 벗어나 있으니까요. 너무나 많은 사람들이 피폐해져 있어요.

라디쉬 당신은 빈에서 인생을 보냈는데요, 지난 세기 동안 빈에는 여성의 목소리가 있었습니다. 당신을 비롯해 아이힝어, 바흐만, 옐리네크 등 독일어권 문학에서 과거 어느 때보다 많았지요. 그 힘은 예전의 합스부르크 왕가의 문화 수도였던 덕분이기도 할까요? 저는 독일어권 문학에 있어 오늘날까지도 합스부르크식 독일어와 프로이센식 독일어가 있다고 생각합니다.

마이뢰커 나는 오스트리아 언어의 특성에 관심을 가진 적이 한 번도 없습니다. 그럼에도 나는 다른 곳이 아닌 빈에서만 글을 쓸 수 있어요. 빈의 다른 시 구역에서조차 글쓰기란 불가능하죠. 시간을 4, 50년 전으로 돌릴 수 있다면, 어쩌면 나는 8구역*으로 옮길 시도를 감히 해 볼 겁니다. 하지만 이미 다 끝났죠. 여기서 버티는 수밖에.

라디쉬 빈은 뚜렷한 고난의 문화를 가지고 있습니다.

마이뢰커 나는 자주 울적해지기는 하지만 이곳에서 지내는 것이 좋아요. 나는 아침마다 다시 깨어나는 것을 기뻐하지요.

내가 죽어도 세상은
내가 살았던 그 날들과 똑같이 계속됩니다.

---

* 빈의 23구 중 시내 중심지에 위치해 있지만 면적은 가장 작다.

라디쉬 한스 아르프*는 이런 글을 쓴 적이 있습니다. "옛날에 삶의 의미는 죽음을 대비하는 것이었다." 당신은 대비가 되어 있나요?

마이뢰커 나는 죽음을 미워합니다. 내가 저승문 바로 앞까지 와 있다는 사실은 알고 있어요. 80세가 되면 죽음이 찾아올 것을 늘 예상해야지요. 하지만 그것은 너무나 끔찍한 생각입니다. 그 어떤 것에도 비유할 수 없을 만큼, 목을 조여 오는 생각이지요. 이제 곧 우리는 더 알고 싶은 모든 것을 더 이상 경험할 수 없게 됩니다. 사람들이 생각했던 그 모든 것은 어떻게 될까요? 사람들이 느끼고 행했던 그 모든 것은요? 그리고 세상은 계속된다고 생각하지요. 내가 죽어도 세상은 내가 살았던 그 날들과 똑같이 계속됩니다. 이것은 이해할 수 없는 일이에요. 핸디캡이죠! 우리는 세상이 어떻게 계속되는지 알고 싶은 겁니다. 그런데 우리는 거기서 차단되어 버린 채 세상이 계속되는지, 어떻게 돌아가는지 알지 못하지요. 그냥 끝나는 겁니다.

라디쉬 그냥 끝난다고요?

마이뢰커 에른스트 얀들이 세상을 떠난 후에 나는 어떤 영매에게 물어봤어요. 그 영매는 에른스트 얀들이 잘 지내고 있다고 했습니다. 그러나 그 후에 영매와 대화를 나누다가 에른스트가 나를 프리데리케라고 불렀다는 말을 들었을 때 나는 회의가 들었습니다. 그이는 날 프리데리케라고 부른 적이 한 번도 없었어요. 그 영매는 단지 나를 위로해 주려 했던 것뿐이죠. 진실은 그가 떠났다는 겁니다. 떠나고 없죠. 그런데 우리는 작별 인사조차 나눌 수 없었답니다. 모든 일이 너무나 정신없이 돌아갔죠. 나는 내가 순식간에 죽지 않기를 바라고 있어요. 나는

---

* 장 아르프라고도 하며, 독일 태생의 프랑스 화가, 도안가, 조각가이자 서정 시인이다. 조형 예술 분야에서는 다다이즘과 초현실주의의 대표적 작가로 여겨진다.

죽음에 대비하고 싶어요. 내가 가장 사랑하는 사람들과 얘기를 나누고 싶어요. 그러나 나에게 그것이 허용되어 있는지는 알 수 없는 노릇이죠. 우리는 적어도 200살까지는 살아야만 합니다. 어떤 식물들은 그 정도로 오래 살기도 하지요.

라디쉬 200년 후라면 삶이 충만해졌을까요?

마이뢰커 네. 우리에게는 그 정도의 시간이 필요합니다. 나는 삶을 여러 번으로 나누겠어요. 한 번의 삶에서는 글을 읽기만 하고, 또 한 번의 삶에서는 쓰기만 하고, 또 한 번의 삶에서는 여행만 할 겁니다. 그런 다음에도 여러 나라 언어를 배우기 위해 또 한 번의 삶이 필요할 겁니다. 어쩌면 우리는 200년 정도면 그것을 할 수 있을 테고, 심지어 불멸의 존재가 될지도 모르죠. 나는 그렇게 되기를 바란답니다. 우리는 자신의 모든 것을 그토록 멋지게 나눌 수 있으니까요.

라디쉬 당신의 삶에서 아직 성취되지 않은 것이 있나요?

마이뢰커 사실 모든 게 다 성취되었답니다.

Sarah Kirsch

자라 키르쉬

"나는 신을 믿느니 차라리 나무들을 믿겠다."

'동독의 사포'로 애칭될 만큼 1980년대 독일 독서계에서 사랑을 받은 시인이다. 1976년 서독에서 공연을 마친 후 귀국한 동독의 가수이자 시인인 볼프 비어만이 시민권을 박탈당한 일에 항의하는 최초의 서명을 함으로써 당과 작가 연맹에서 축출되어 서독으로 이주했다. 독일 통일 이후, 문화 논쟁에서 한 걸음 물러나 초연히 작품으로써만 와해된 분열상을 엮은 시집들을 발표했다.

2005년 봄에 나는 함부르크에서 베를린의 젊은 시인 마리온 포쉬만 Marion Poschmann을 나의 낡은 사브 승용차에 태우고 빗물이 넘쳐 엉망이 된 국도를 따라 북쪽으로 나아갔다. 목적지는 시인 자라 키르쉬가 수년 전부터 살고 있는 틸렌헤메의 제방 뒤편 폐교 건물이었다. 그녀는 1977년에 동독에서 빠져나와 서베를린에서 몇 년 동안 지내다가 1983년에 독일 북부의 이 거칠고 넓은 곳으로 옮겨 왔다. 키르쉬의 독자들은 그녀가 아침 여섯 시가 되면 첫 번째 '커피'를 마시는 이 바람받이 집과 부엌을 잘 알고 있다. '집은 노란 벽돌로 지어졌고, 이 집 맨 위쪽 창문을 통해 그대는 하천 너머 동쪽을 바라볼 수 있다. 정원 화단으로 나서면 제방이 코앞에 있다. 또는 잡초로 뒤덮인 과수원도. 그리고 부엌 창문으로는 당나귀 목장을 내다볼 수 있다.'

이 글은 『혜성Irrstern』과 더불어 1986년에 쓰여지기 시작했다. 자라 키르쉬는 자신의 인생 후반부에 외진 폐교의 집필실로 옮겨 와 일기-시리즈를 쓰기 시작했다. 이 시리즈를 통해 그녀는 독일 북부의 검푸른 하늘 아래서 보내는 고독한 낮과 밤에 관한 이야기를 들려주었다. 그녀는 30년 동안이나 특유의 거칠고 장엄한 산문을 통해—문학 비평은 키르쉬의 이 인위적 언어에 대해 적절한 용어를 찾아내 '자라-사운드'라고 불러 그녀를 곤경에 빠뜨렸다.—자신의 제2의 고향에 관해, 바람의 위력, 해변의 안개, 바위종다리새의 노래를 지치지도 않고 찬미해 왔다.

틸렌헤메 지역은 10킬로미터 길이에 주민 150명이 살고 있고, 단 하나의 길만 뻗어 있다. 자신의 여러 산문집에서 자랑이 대단했던 양과 당나귀 들은 우리가 방문했을 때는 더 이상 없었다. 일기에서 대개는 '작곡가'로 불렸던 볼프강 폰 슈바이니츠*와 아들 모리츠도 지금은 이곳에 살고 있지 않았다. 자라 키르쉬는 자신의 고양이들과 홀로 지내고 있었다.

인터뷰의 내용을 조율하기 위해 나는 몇 주 전에 이미 마리온 포쉬만의 시집들을 폐교 건물로 보냈었다. 그러니 이제 한 사람은 늙고 다른 한 사람은 젊은, 이 두 자연 서정시인의 대면에서 삶과 글쓰기의 기교에 관한 대화가 활기차게 오가기를 바라는 일만 남았다. 우리 세 사람은 두어 시간 동안 거실 겸 부엌에 놓인 목제 식탁 곁에 사이좋게 앉아 있었다. 우리의 대화를 중단시킨 것은 변덕이 심한 고양이들이 유일했다.

저녁에 우리는 시인의 왕국을 한 바퀴 더 돌았고, 집과 정원, 멀리 파란 하늘이 보이는 서재를 구경했다. 서재에는 무수히 많은 서정시집들이 장서되어 있었다. 인터뷰가 끝나고 자라 키르쉬는 농가식 장롱 하나를 열었는데, 장롱 아래쪽 함에는 환상적인 문양과 색상을 가진 양모

---

* 독일의 작곡가로, 키르쉬가 서독으로 이주한 후 40대 초반에 만난 반려자이다.

양말들이 넘쳐 날 정도로 가득 차 있었다. 시골 겨울의 고독 속에서 자라 키르쉬는 농부 아낙들 중 뜨개질 전문가의 조언과 지도 아래 뜨개질에 완전히 빠져 있었다. 우리는 새로 얻은 양말을 신고서 작별을 나누었다.

그리고 우리는 다시 만나지 못했다. 자라 키르쉬는 삶의 마지막 순간까지 오랜 세월 동안 늘 그랬듯이 은둔자로 남았다. 그녀 세대의 남성 작가들은 대부분 고령이 될 때까지 여론전에 뛰어들거나, 심지어 귄터 그라스 같은 이들은 생전에 자신의 기념관도 지었다. 그들과 달리 같은 세대의 위대한 세 여성 시인인 일제 아이힝어, 프리데리케 마이뢰커, 자라 키르쉬는 세상에서 가능한 한 물러나 지내려고 노력했다. 영화관의 어둠 속으로, 산더미 같은 쪽지들 속으로, 제방 너머 시골의 한적함 속으로. 우리의 인터뷰가 있은 지 8년 후에 자라 키르쉬는 하이데의 병원에서 78세의 일기로 세상을 떠났다.

*

라디쉬 대체 사람들은 어떻게 해서 시인이 되는 겁니까?

키르쉬 나는 어린 시절에 전쟁을 겪어서 장난감이 거의 없었어요. 하지만 어머니가 모아 둔 단추가 엄청 많았지요. 그중에는 가장 예쁜 자개단추도 있었어요. 아, 그것들이 어찌나 멋지던지, 그걸 가지고 놀았답니다. 그 단추들 중에는 시인 단추도 하나 있었는데, 단춧구멍이 눈이었지요. 그렇게 해서 시작된 겁니다.

포쉬만 저는 어릴 때부터 이미 작가가 되고 싶었어요. 늘 문학에 빠져 살았지요. 오랫동안 몰래 글을 썼습니다. 그러다가 별안간 이것이나 자신의 첫 시이고, 그 순간부터 무슨 일이 벌어지기 시작했다는 느낌이 들었어요.

키르쉬 나는 열네 살 때 나의 첫 시를 공책에 썼답니다. 그 후에는 장편소설을 쓰려고 시도했지만, 장편소설을 쓰기에는 경험이 너무 부족했지요.

라디쉬 서정시는 경험이 덜 중요한가요?

키르쉬 서정시를 쓸 때는 다른 모든 면에서 도움을 받을 수 있지요.

라디쉬 최초의 시는 어땠나요?

키르쉬 그저 괴테 느낌이 나는 그런 시들이었죠. 그 시들은 우리 집 정원에서 지었어요. 내 시는 예전부터 자연 풍경을 다루었습니다. "나는 산 위에 올라서서/깊은 골짜기를 내려다보았네." 그중 한 시의 도입부는 이렇게 시작되지요. 처음에는 어떤 것을 따라 지을 수만 있어도 아주 좋은 겁니다.

라디쉬 테마들은 어디서 나오나요?

키르쉬 열 살 이후로 나는 틀림없이 멋진 풍경 속에서 살 거라는 확신이 들었습니다.

라디쉬 어린 시절에는 자연이 가까이 없었나요?

키르쉬 아뇨, 사실 할버슈타트에는 모든 것이 다 갖추어져 있었어요. 널따란 공원, 뛰어노는 들판, 하르츠산맥*의 구릉지 등이 있었지요. 그런데 나는 더 많은 걸 바랐어요.

---

* 독일 남부의 알프스를 제외하면 독일에서 가장 높은 산지이다.

라디쉬 왜죠?

키르쉬 그건 타고난 기질이에요. 어머니에게서 물려받은 것이기도 하고요. 어머니는 반더포겔* 회원이셨고, 대개는 책을 다섯 권씩 단번에 읽었어요. 여길 봐라, 얼마나 멋지게 쓰인 문장인지. 어머니는 늘 이런 말씀을 하셨지요.

라디쉬 포쉬만 씨는 시를 짓기 위해서 테마들이 필요한가요, 아니면 시의 테마가 젊은 서정시인들에게는 오히려 부차적인 문제인가요?

포쉬만 테마는 중요하지요. 나는 현재 다양한 영역의 테마들을 섭렵하고 있습니다. 최근의 제 시집 『잠을 자는 이유Grund zu Schafen』에는 여러 가지 자연 이미지가 들어 있어요. 그것을 위해 나는 자연 서정시의 변천사를 파고들었습니다. 빌헬름 레만, 페터 후헬, 요하네스 보보롭스키**의 작품도 읽었습니다. 물론 생물학 책들도 읽었고요. 그중에 특별히 매력적인 책이 있었는데, 제목이 『도시 지역의 땅Böden in Stadtgebieten』이었어요. 문명화된 변두리 지역의 동식물들을 다루고 있었죠. 고속도로 교량 아래나 공동묘지에 서식하는 동식물들 말이에요.

라디쉬 당신이 그런 연구를 하는 이유는 눈에 보이는 것만 믿지 않기 때문이겠죠. 당신의 체험은 대체 어떤 역할을 하는 겁니까?

포쉬만 저는 체험 서정시는 쓰지 않아요. 저의 자연시들은 베를린의 한 대형 공사장 옆에서 압축 공기 해머의 소음을 들으며 쓴 것입니다.

키르쉬 나는 당신의 시들에서 임의의 나무들이 아니라 아주 특정한

---

* 청년들의 집단 도보 운동, 혹은 도보 여행 조직.
** 세 시인 모두 자연과 동식물에 대한 세밀한 관찰과 인식을 특징으로 하는 자연시를 많이 썼다.

나무들을 다루고 있다는 느낌을 받았는걸요.

포쉬만 그것은 제 내면의 이미지입니다.

라디쉬 키르쉬 씨, 당신의 나무들은 이 낡은 학교 건물 주변에 둘러서 있군요.

키르쉬 내 경우에는 모든 것이 더 직접적입니다. 나는 어딘가로 가서 그곳의 모든 것을 샅샅이 뒤지지요. 첫 시집 『시골 체류Landaufenthalt』에서부터 이미 그런 식이었어요. 내게 어떤 감흥을 불러일으키는 것은 시각적 인상입니다. 나는 뭔가를 보면 그것이 어떤 모습이었는지 아주 세밀하게 생각할 수 있기를 바라죠. 인상이 어땠는지, 무엇을 느꼈는지, 바람이 내는 소리는 어땠는지, 색깔은 어땠는지. 사실, 십자말풀이처럼 정답은 늘 하나뿐이죠. 나는 가능한 한 그것에 가까이 다가가야만 합니다. 그것에 온종일 몰두하기도 하죠. 일종의 중독입니다.

라디쉬 당신의 시들은 단연코 경험이 선행합니다. 시인이 되면 지속적으로, 가능한 한 깊고 풍부한 경험들을 얻으려 노력하게 되나요?

키르쉬 시인은 매우 개방적이어야 합니다. 그렇지만 나는 늘 독서도 아주 많이 했습니다. 이곳에 엄청나게 많은 서정시집들을 모아 놓았어요. 한 벽면을 가득 채우고 있죠.

우리가 행복하면, 정말 행복하다면
아름다움을 보게 되지요.

라디쉬 두 분의 작업 방식이 무척 다르긴 하지만, 저는 지금 독일에서 가장 중요한 여성 자연시인 두 사람과 한 테이블에 앉아 있다고 말할 수 있을 것 같습니다.

키르쉬 나는 자연시는 쓰지 않아요.

포쉬만 먼저 자연에 대한 정의가 필요하겠지요.

키르쉬 만약 자신을 자연의 일부로 여긴다면 자연시라고 말할 수도 있을 겁니다. 나무와 구름도 인간의 감정 상태를 표현하니까요. 그 모든 것이 서로 매우 밀접하게 연관되어 있죠. 우리가 행복하면, 정말 행복하다면 아름다움을 보게 되지요. 내가 이곳에서 자동차를 타고 가다가 갑자기 짙푸른 하늘을 배경으로 백조 두 마리가 날아가는 것을 본다면 아주 행복한 겁니다. 내가 어디로 차를 몰고 가는지 전혀 상관하지 않을 정도로 그 광경이 아름답기 때문이지요.

라디쉬 지상에서 가장 큰 행복은 외적 자연과 내적 본성의 조화라는 건가요?

키르쉬 그 아름다움을 볼 수만 있다면요.

라디쉬 비교적 최근의 현대 문학과 베를린의 대형 공사장에서는 내적 본성과 외적 자연의 조화가 그리 중요한 역할을 못합니다.

포쉬만 네, 저는 조화에 관해 말할 수는 없습니다. 제 작업 방식은 다르니까요. 자연은 저와 마주하고 있고, 저는 무언가와 연결시키려고 노력합니다. 저는 오히려 자아가 자연과 어떤 관계에 있는가, 하는 문제점을 발견합니다. 사실 자연시는 늘 시인이 평화롭고 한가한 곳으로 물러나 단순히 문명을 보이지 않게 만든다는 비난을 받아 왔지요.

키르쉬 하지만 오늘날 사람들은 도시에서 훨씬 더 전원적인 생활을 한답니다! 당신들은 생활하수가 어디로 흘러드는지도 전혀 모르잖아요! 이곳에서는 생활하수가 바로 옆의 배수로로 흘러든다는 걸 나는 알고 있죠. 시골에서는 전원적 풍경이라는 말을 할 수 없어요.

라디쉬 포쉬만 씨는 날아가는 백조들을 보며 무한한 행복을 느끼는 게 불가능할까요?

포쉬만 아닙니다. 저도 자아와 자연이 서로 뒤섞여 대립이 사라지기를 바랍니다. 하지만 저는 사람들이 자연 체험에서 다시 물러날 때 만들어 내는 이성적인 거리감도 알고 있지요. 공감과 공감의 단절은 서로 긴밀한 관계에 놓여 있습니다.

라디쉬 자라 키르쉬의 시들은 직간접적으로 언제나 서정적 자아를 출발점으로 삼고 있습니다. 포쉬만 씨, 당신의 경우에는 몇 가지 예외를 제외한다면 화자가 항상 익명의 '우리들'입니다. 그것이 당신이 언급하신 단절인가요? 아니면 자신의 느낌에 대해 당신 자신이 만들어 내는 거리감인가요?

키르쉬 나는 동독에서 이렇게 배웠습니다. "나라고 말하지 말라." 사람들은 자아를 포기합니다. 그래서 '나' 대신 '사람들' 혹은 '우리들'이 되지요. 『주술서Zaubersprüchen』라는 내 시집에는 「나」라는 시가 있습니다. '나의 머리카락들이 적포도주 속에 떠다닌다' 어쩌고 하는 내용이지요. 그 시는 동독 상황에서 아주 엄청난 것이었습니다. 우리는 언제나 공동의 어떤 것을 써야만 했으니까요. '우리는 아침 바람에 기쁨을 느낀다.' 라이너 키르쉬*는 이런 시를 썼죠. '나'라고 말한 것은 나에게는 잘된 일이었습니다.

포쉬만 당신의 '나'는 용기가 있습니다. 그러는 한편, 그 '자아'는 언제나 입장을 밝히고, 여기 이 광활한 풍경에서처럼 자신의 위치와 전체적

---

* 독일의 서정시인이자 자라 키르쉬의 첫 번째 남편.

조망을 가집니다. 저에게 자아는 문제가 많아요. 자아는 아주 많은 것들을 받아들이기 때문에 확정적인 자아를 구상하는 것에 저는 회의적입니다. 자아는 저에게 있어서 복합 개념입니다. 하나의 역할이지요.

라디쉬 포쉬만 씨에게 '자아'는 너무 확정적이고, '우리들'은 이 시대에 어울리는 허약성을 보입니다. 키르쉬 씨의 삶에 있어 그것은 정반대가 아니었나요?

키르쉬 하지만 포쉬만 씨도 가끔은 아주 멋지게 '나'라고 말하기도 합니다. '호수에서 나의 큰 술통들이 텅 비어 떠다니며/서로 가볍게 부딪쳐 보치아 공 같은 소리를 낸다/물가에는 유리병처럼 푸른색으로 굳어버린 식물 잔해들이…….' 아주 멋진 시예요! 그럼에도 당신은 대체적으로 '우리들'이라는 말을 더 선호하죠. 당신에게 이 '우리들'은 누구입니까?

포쉬만 여러 가지 입장을 취할 수 있는 분산된 자아지요.

키르쉬 그들은 당신이 알고 있는 사람들인가요? '우리는 두텁고 형체가 없는 덩어리로 수축했다/우리는 버섯 도감들에서 여전히 이름도 붙여지지 않은 채…….' 여기에 나오는 '우리들'은 누구입니까?

포쉬만 이름 없는 대중이지요.

키르쉬 그렇다면 당신은 항상 그들과 어울려 다니나요?

포쉬만 이 시에서는 물론 그렇습니다.

키르쉬 그들을 좋아하는 이유가 뭔가요? 당신은 혼자 다니는 걸 좋아하지 않나요?

포쉬만 제 입장에서 그것은 한 번쯤은 뭔가 주장하고 싶어 하는 힘없는 대중입니다. 각 개인은 그리 중요하지 않습니다. 그들은 알려져 있지 않고, 할 말도 별로 없지요. 그들은 사회에서 벌어지는 일의 배양소 역할을 합니다.

라디쉬 키르쉬 씨는 '나'라고 말하기 쉬운 이유가 무엇인가요? 젊은이들에게는 아주 어려운 게 분명해 보이는데 말이죠.

키르쉬 '우리들'을 이용하는 이 수법을 동원하면 그녀도 결코 혼자가 아닙니다. 나의 경우에는 '나'라고 말하는 것이 왜 결코 문제가 되지 않았는지 모르겠어요. 그냥 그렇게 됐으니까요. 그녀가 짓는 시들 중 아름다운 것도 있어요. 그러나 관점은 전혀 다르죠.

포쉬만 당신은 살아오면서 늘 자기만의 독자적인 결단을 내렸죠. 그리고 그 결단은 언제나 용기가 있었어요.

키르쉬 나에게 그건 결코 이상한 일이 아닙니다. 내 삶에서 일어난 모든 일은 그냥 그렇게 될 수밖에 없었어요. 학교에 다닐 때는 슈티프터*의 작품들, 아름다운 숲과 나무들과 그밖에 모든 것이 나오는 그런 작품들을 많이 읽었습니다. 그때 나는 대학에서 임학을 공부해야겠다고 생각했지만, 생물학을 공부했지요. 동독에서는 현명한 선택이었어요. 시를 짓는 일은 아예 생각도 할 수 없었답니다. 하지만 내 어머니는 늘 시문학은 세상에서 가장 위대한 것이라고 말씀하곤 했지요. 시간이 훨씬 지나서야 나는 시를 지을 용기를 가진 젊은이들을 만났어요. 그때서야 나도 할 수 있다고 생각했지요. 그리고 그 일은 곧장 순조롭게 돌아갔습니다.

포쉬만 그렇다 해도 당신은 동독의 시인 학교인 요하네스 R. 베혀 연구소**도 다녔지요.

---

* 오스트리아의 소설가. '숲의 작가'로 불릴 만큼 고향 보헤미아의 숲이 작품 속에서 중요한 역할을 한다.
** 라이프치히대학의 작가 양성 기관.

키르쉬 대단한 곳이었죠. 거기서 그토록 많은 금서들을 읽을 수 있었다니! 카뮈의『시지프의 신화』는 세상에서 가장 위대한 책이었죠. 동독의 상황은 늘 그랬습니다. 역사는 지그재그로 나아가고, 급격한 조처가 내려지는 경우에는 몸조심을 해야 했었죠. 그리고 11차 총회* 이후로는 급격한 조처들이 엄청나게 많았어요. 사람들은 학교에서 쫓겨나고 졸업장도 받지 못했습니다.

라디쉬 동독의 수많은 작가들을 괴롭혔던 그 모든 비참한 상황이 헛고생으로 돌아갔다는 느낌을 자주 받지는 않았나요?

키르쉬 아뇨, 한편으로 상황은 매우 흥미롭기도 했습니다. 나는 이미 어린 시절에 나치 시대를 겪었습니다. 폭격을 받았지요. 그 후에는 동녹을 만났고, 또 서독으로 넘어왔다가 나중에는 뒤죽박죽이 된 나라꼴을 보았습니다. 한 번의 생애에 누구도 이보다 많은 것들을 채워 넣지는 못할 겁니다. 나의 모토는 늘 이런 것이었습니다. 작가에게 이보다 더 심한 상황은 닥칠 수 없다.

포쉬만 당신에게 친구들은 얼마나 중요했나요?

키르쉬 대단히 중요한 역할을 했죠. 우리는 똘똘 뭉쳐서 정부가 공인한 어용 시인들에게 대항해야 했어요. 오늘날 그 시인들은 아무도 알아주지 않지만 말이죠. 우리는 자부심이 매우 강했고, 늘 협력했어요. 예를 들면, 우리는 함께 에발트 폰 클라이스트** 같은 시인들, 젊은 러시아 시인들을 찾아냈지요. 우리는 언제나 35년생인 동년배 시인들에 관

---

* 1965년에 열린 독일사회주의통일당의 중앙위원회의 11차 총회에서는 청소년 범죄, 부도덕, 회의주의 등이 동독의 사회 문제로 대두되자 그 원인을 문화 예술에서 찾으며 자유화라는 문화의 흐름을 과격하게 차단했다.
** 18세기 프로이센의 군인이자 서정시인. 자연을 사실적으로 관찰하고 묘사함으로써 새로운 시 양식의 발전에 영향을 미쳤다.

한 모든 것을 알고 있었습니다. 엄청나게 많기도 했었죠. 그라스와 메켈*, 서유럽의 많은 사람들이 우리의 리스트에 자주 추가되었습니다. 그런데 그 가운데 단 한 명의 밀고자도 없었습니다. 기적 같은 일이었죠. 모두가 즉각 모든 사람들을 도와주었습니다.

나는 피조물답고,
생동적이기를 원합니다.

라디쉬 키르쉬 씨는 북부의 이 외딴곳, 아이더 제방가로 옮겨 왔을 때 48세였습니다. 옮겨 온 이유가 무엇이었나요?

키르쉬 세상과 사람들이 세계에서 맡고 있는 역할이 난 무척 따분합니다. 이곳이 좋은 곳인지 아닌지는 전혀 상관없어요. 나는 피조물답고, 생동적이기를 원합니다. 예전에 나는 이런 자연 같은 것들에 지나치게 관여하고 싶지 않았어요. 그러다 미국을, 그 넓고 황량한 땅을 차를 타고 가로질러 여행을 했습니다. 그 후, 나는 베를린에서 단지 물방울이 달린 나뭇가지 하나만 보고도 눈물을 펑펑 쏟았어요. 베를린에는 사실 계절이라는 것도 없고 아무것도 없지요. 나는 언제나 결심을 순식간에 내린답니다. 떠나고 싶었죠. 그사이에 나는 아주 이상한 이 지역에 강한 애착을 느끼게 되었습니다. 나는 이제 이곳의 모든 것들을 나의 작품을 통해 들려주지 않을 수 없어요. 이것은 내가 떠맡은 임무와 같습니다. 나는 이곳에 있는 것들을 한 마리 양처럼 샅샅이 뜯어 먹으며, 전부 없어질 때까지 실컷 배를 채운답니다.

라디쉬 이 외진 곳에서 글쓰기가 점점 덜 중요해질 정도로 삶이 충족

---

* 크리스토프 메켈, 독일의 저명한 작가이자 화가.

되었습니까?

키르쉬 이상하게도 나는 똑같은 것을 매번 다른 관점에서 서술할 수 있답니다. 나는 이곳에서 이미 너무나 많은 시들을 지었어요. 그런데 나의 최근 시집 『백조에 대한 사랑Schwanenliebe』에서 나는 느닷없이 하이쿠 같은 짧은 시들을 지었습니다. 엄밀히 말하면, 모든 것을 다시 한 번 다른 관점에서 새로 지은 것이죠. 우리가 어떤 것을 두 행으로 재현할 수 있을 정도로 정확히 알고 있다면, 그토록 충분히 깨달았다면, 그것은 분명 매우 아름다울 겁니다. 내가 날마다 적어 놓는 기록들도 실은 늘 똑같은 내용입니다. 그러나 언제나 다른 표현법들이 생기지요. 그것은 삶과 같습니다. 삶은 똑같으면서도 똑같지 않은 것이죠. 그것을 위해서 우리는 매우 겸손하고 매우 단순해져야 합니다.

라디쉬 그 하이쿠 종류의 시들 중 하나는 이렇죠. "그때 지붕 모서리 전체가/매서운 바람 속에서 아우성치고/멋진 매가 검은 수소들이/서 있던 땅에 내려앉는다." 이런 시가 어떻게 생겨나게 되었는지 설명해 줄 수 있나요?

키르쉬 그것은 있는 그대로의 상황입니다. 내가 글을 쓰는 집 위층에 발코니가 하나 있고, 거기에 매가 사냥한 먹이를 먹는 장소가 있어요. 이 모든 것이 실제로 일어나는 일이죠. 이곳에 바람이 세차게 불면 그런 상황이 되고, 그러면 지붕 모서리가 요란한 소리를 냅니다.

라디쉬 "마지막 짐승이 긴 그림자를 던진다. 나는 그것을 보고 이렇게 확신할 수 있다. 이곳에는 그대를 결코 함정에 빠뜨리지 않을 말이 한 마리 있다고." 이 구절은 본 게 아니지요?

키르쉬 하지만 나는 그 사실을 알고 있죠.

라디쉬 "이곳에서 나는/하나의 오리나무만 보고 있고/상상 속의 야생 거위로 변해/이제 나는 어느 곳에나 존재한다."

키르쉬 그것은 우리가 마음을 털어놓을 수 있는 그런 내용입니다. 우리가 자연의 일부라는 사실, 내가 무엇을 알아보는지, 왜 이곳에 있는지, 누구와 이야기를 나누는지 말이죠. 이곳에는 수많은 오리나무들이 있어요.

라디쉬 "가끔 나는 백조들을 지켜볼 수 있었다네/단 한 번 혜성을 보았는데/두 눈이 그것을 환하게 빛나게 만들었지."

키르쉬 사실, 사람들이 백조를 지켜보는 일은 종종 일어납니다. 혜성도 마찬가지고요. 언젠가 이곳에서 혜성을 2주 동안이나 본 적이 있었는데, 혜성이 꼭 버드나무 꽃송이처럼 보이더군요. 나는 혜성을 불러올 수 있는 척해 봅니다. 그것은 자만이지만, 나는 이곳에서 그토록 행복한 기분을 느낄 수 있답니다.

포쉬만 저에게 무척 감동을 준 것은 크리스토프 빌헬름 아이크너*의 시의 후기에 실린 당신의 글 한 줄이었습니다. 거기에 이렇게 쓰셨더군요. 문학 작품에서는 "모든 것이 다루어져야 한다. 문학 작품을 만들어 내는 사람은 거기에 목숨을 걸고 헌신해야 한다." 이 문장에서는 예술과 삶이 너무나 밀접하게 결합되어 있죠.

키르쉬 글을 쓸 때 그것을 정직하게 보이게 하려면 우리에게는 모든 것이 중요해집니다. 예술품은 오직 그것과 창작자가 너무나 많은 관련이 있어서 그 때문에 그가 죽을 수 있을 정도가 될 때에만 위대하고, 아

---

* 오스트리아의 작가이자 번역가로, 현대 시인 중 가장 중요한 서정시인으로 여겨지고 있다.

름답고, 또 그 외의 어떤 것이 될 수 있습니다.

라디쉬 두어스 그륀바인처럼 그런 실존적인 동반자가 필요하지 않은 머릿속의 시도 있습니다.
키르쉬 동독에서는 그것을 사상시라고 불렀죠.

라디쉬 당신은 글로 쓰는 것을 삶을 통해 보여 주죠.
키르쉬 수단이야 여러 가지가 있으니까요. 나에게는 왜 그렇게 돌아가는지 모르겠지만, 시처럼 사는 게 나는 재미있어요.

라디쉬 당신의 시들에서는 왜 동물이 종종 주역을 맡나요?
키르쉬 동물은 인간보다 더 위태로운 처지에 있습니다. 스스로를 위해 아무것도 할 수 없기 때문이지요. 동물은 나에게 강한 연민을 일으킵니다. 어떤 동물은 이제 곧 멸종하겠죠. 코끼리는 이미 거의 사라졌고요. 그런 사실이 나를 괴롭힙니다. 그런 이유로 나는 이 땅에서 생명체를 파괴하고 그 모든 허튼짓을 벌이는 도시에서 살기보다 이곳에서 사는 걸 더 좋아하나 봅니다. 나는 돈을 많이 들여 호화롭게 살 수는 없을 거예요. 그 모든 것은 정말 잘못된 일이니까요. 모든 게 엉터리로 돌아가고 있죠.

라디쉬 자연을 굳게 믿는군요.
키르쉬 나는 신앙생활은 하지 않지만 아주 많은 것들을 신봉하지요. 나는 신을 믿느니 차라리 나무들을 믿습니다. 나는 피조물들 속에 깃든 수많은 신성을 믿습니다. 나는 예전에 이곳에서 살았던 사람들을 믿습니다. 내가 이곳에서 아주 쓸쓸하게 있을 때면, 내 뒤편으로부터 제방에 부딪혀 울리는 소리가 들리지요.

라디쉬 당신에게 늙는다는 것은 어떤 의미입니까?

키르쉬 나는 늙는 것을 느끼지 못합니다. 우리는 내면적으로는 현실에서 나이를 먹는 것만큼 빠르게 늙지는 않아요. 내면적으로 나는 아직도 엄마 손을 잡고 어디론가 가고 있는 꼬마입니다. 하지만 나는 사실 나이에 전혀 신경 쓰지 않아요. 다만 내가 더 이상 젊은 시절처럼 쉽게 마음을 내주고 싶어 하지 않는다는 사실은 알고 있습니다. 그것은 너무 번거로운 일이죠. 좀 더 조용히 흘러가도 그만입니다. 나는 늘 나 자신에게 그런대로 만족하며 지내 왔습니다. 나에게는 어머니가 있었고, 그분에게서 원초적 신뢰를 물려받았지요. 때문에 나는 결코 불안하지 않습니다. 늘 어머니가 아직 살아 계신 것 같이 느껴져요. 벌써 5년 전에 돌아가셨는데도 말이죠. 생일 때마다 어머니가 가장 먼저 전화를 하셨어요. 그런 어머니가 계셨던 건 대단한 선물이었습니다.

라디쉬 앞으로는 무엇을 하실 겁니까?

키르쉬 나는 이제 여기서 끝마칠 겁니다.

귄터 그라스, 마르틴 발저

"삶은 예술로 연장시키는 것을 통해서만 견딜 수 있게 된다."

귄터 그라스와 마르틴 발저는 독일에서 대중적 지명도가 가장 높은 작가이다. 발저는 정치·사회적으로 민감한 주제를 작품화하며 이슈의 중심에 선 작가인데, 1998년에 독일서적협회 평화상 수상 연설에서 독일 사회에서 금기시되어 왔던 유대인 대학살을 도구화하는 언론 매체에 대해 비판함으로써 엄청난 비난과 사회적 논란을 유발했다. 귄터 그라스는 1959년 데뷔작 『양철북』부터 1999년 노벨문학상 수상까지 성공적인 작가로 살았지만, 현실 정치와 사회적 현안에 대해 적극적인 발언으로 끊임없이 논쟁을 불러일으켰으며, 자서전 출간에 앞서 17세 때 나치 무장 친위대 대원이었음을 고백한 사건은 국제적인 파장을 일으켰다.

권터 그라스가 2015년 4월 13일 월요일에 사망했을 때 나는 가장 먼저 마르틴 발저에게 전화를 걸어 그 슬픈 소식을 전했다. 함부르크의 프레스 센터와 보덴호湖 사이의 전화선에서는 아주 생생한 침묵이 이어졌다. 두어 시간 후에 발저는 시 한 편을 보내왔다.

이제는

이제는. 끝이 났다.
이제는. 지난 일이 되었다.
이제는. 귄터. 귄터. 귄터.
이제는. 지독히 투쟁적인 친구, 그대여
이제는. 나는 늘 생각했었지
이제는. 우리가 함께 남을 거라고.

이제는. 별안간

이제는. 떠나고 없구나.

이제는. 독일이여, 슬퍼하라.

그라스와 발저. 발저와 그라스. 사람들은 같은 세대의 이 두 사람을 종종 동시에 언급했다. 그 월요일 아침에, 좋은 시절이든 나쁜 시절이든 60년 이상 지속되어 온 독일의 작가 관계 하나가 마침내 끊어졌다. 마르틴 발저가 귄터 그라스에 대한 추도사에 마지막으로 적어 놓은 좋은 시절이란 1950년대에 두 사람이 함께 활동을 시작한 때였다. 그 시절에 사람들은 아직 주위에서 무난하게 굴러가는 현실보다 '자신의 꿈을 훨씬 더 중요하게 여기는 것을 당연하다'고 생각했다. 하지만 『양철북』이 전 세계적으로 성공을 거두고 난 60년대 중반 이후로 두 사람의 관계는 멀어졌다. 그라스는 점점 더 국가를 대표하는 작가로 변모했다. 그는 독일인들에게 현대적이면서도, 그리멜스하우젠에서 그림에 이르기까지*의 옛 독일 민중 문학을 활용한 역동적이고 힘찬 문학 언어를 다시 얻도록 해 주었다. 한편, 발저는 서독 소시민들의 정서를 감동적으로 그려 내는 작가로 자리 잡았다. 분단 독일에서 이 두 사람의 만남에는 긴장감이 감돌았다.** 그들은 술을 많이 마셨지만, 그런 저녁 만남이 매번 부드러운 분위기로 끝난 것은 아니었다. 나중에 마르틴 발저는

---

* 그리멜스하우젠은 30년전쟁의 독일 사회상을 그린 작품으로 17세기 바로크 시대 독일 문학을 대표하며, 나폴레옹 치하의 해방전쟁기에 독일의 구전 설화를 수집해 출간함으로써 독일인들에게 민족성을 심어 준 것으로 평가받는 그림 형제는 19세기 낭만주의 시대의 독일 문학을 대표한다.
** 귄터 그라스를 비롯한 거의 모든 작가들이 점진적 통일을 주장한 데 반해, 발저는 독일의 분단은 강대국의 이해관계에 의해 강요된 것으로 인정할 수 없다고 주장했으며, 제2차 세계 대전과 유대인 학살에 대한 징계로 분단 현실을 받아들이는 일부 좌파 지식인들을 강하게 비판했다.

그런 일이 있을 때 다정한 태도를 보이는 데 있어서는 그라스가 자신보다 한발 앞섰다고 말했다. 그라스가 사망한 후 발저는 성공을 거둔 동료와의 경쟁 관계에 대해 후세에 오래 남을 문장을 남겼다. "이데올로기가 우리에게 서로를 실상 그대로 받아들이는 것을 얼마나 어렵게 만들었는지, 그것은 끔찍한 일로 남아 있다."

나는 2007년 여름에 직장 동료와 함께 함부르크의 한 호텔로 마르틴 발저를 데리러 갔다. 우리 세 사람은 자동차로 귄터 그라스가 부인과 함께 살고 있는 벨렌도르프를 향해 북쪽으로 달렸다. 이때 독일의 이 두 거장의 관계는 한층 누그러져 있었다. 마르틴 발저는 이제 막 80세가 되었고, 그라스는 80세를 꽉 채우는 생일을 바로 앞두고 있었다. 두 사람 모두 지난 시절에는 언론으로부터 올바로 인정받지 못했고, 부당한 공격을 받았다고 느꼈다. 발저는 1998년에 장크트파울교회* 연설에서 아우슈비츠가 '도덕 곤봉으로 전락해서는' 안 된다고 발언했다. 그래서 홀로코스트에 대한 독일의 책임과 자기 사이에 거리를 두었다는 비난을 받았다. 그리고 마르셀 라이히라니츠키를 모방한 인물이 등장하는 그의 실화 소설 『어느 비평가의 죽음』이 출간된 후에는 반유대주의 모티프를 이용해 바르샤바의 게토에서 살아남은 한 인물을 조롱했으며, 그의 명예를 더럽혔다는 말이 나돌았다. 다른 한편, 그라스는 나치 무장 친위대 대원이었던 사실을 수십 년간 침묵하다가 지난해에서야 자신의 문학적 자서전 『양파 껍질을 벗기며』에서 공개했고, 그로써 분노의 폭풍을 불러왔다. 사람들은 그 영원한 도덕주의자의 오랜 침묵을 아무리 좋게 평가하더라도 이중 도덕으로 해석했고, 최악의 경우에는 비굴함으로 여겼다. 이런 때, 벨렌도르프의 정원에서 만신창이가 된

---

* 국내에는 성바울교회로 많이 알려져 있다. 독일 역사상 최초로 국민 회의가 열렸던 곳으로 자유, 평화, 민주주의를 상징하는 장소다.

두 전사가 서로 만난 것이다. 그들은 이 일을 계기로 동지가 되었다.

그라스는 1995년에 통일을 무대로 한 자신의 소설 『광야Ein weites Feld』에 대해 내가 혹평을 싣자, 자기 책을 읽지도 않았을 거라며 나를 비난했다. 그럼에도 나를 영접하는 태도는 다정했다. 마르틴 발저도 최고의 기분이었다. 그는 오는 길에 차가 잠시 멈췄을 때 그라스 부인을 위해 꽃다발을 준비했다. 노천에서 재배한 장미였다.

날씨는 화창했고, 우리는 그늘을 드리운 오래된 나무들 밑에 자리를 잡았다. 인터뷰는 네 시간 동안 진행되었는데, 대화 주제에서 벗어나려 한 적이 한두 번이 아니었다. 두 사람이 오랜 기간 동안 함께했던 삶, 이미 지난 일이 되어 버린 불화, 나이가 드는 것에 관한 대화가 오갔다. 또 세상사 전반, 그중에서도 특히 신과 관련된 주제도 다루어졌다. 발저는 막무가내의 천재 소년 역할을 했고, 그라스는 태연하고도 기꺼이 참아 주는 초대사 역을 맡았다. 두 사람 모두 이 합동 인터뷰에 대비해 착실히 준비해 놓고 있었다. 발저는 기록으로 가득한 메모지들이 담긴 투명한 비닐 케이스를 손에 들고 있었다. 그라스는 냉장고에 포르투갈산 백포도주를 무진장하게 채워 놓고 있었다. 이 두 가지 모두 인터뷰에 듬뿍 투입되었다.

*

그라스 우리가 무엇에 관해 수다를 떨면 좋을까요?

라디쉬 당연히 두 분 모두에 관해서죠.

발저 난 준비해 온 게 있지. *(손으로 쓴 메모지들이 가득 든 투명 비닐 케이스를 테이블에 내려놓는다.)*

그라스 준비를 해 왔다는 거야, 뭐야?

발저 당연히 준비해 왔지! 자네는 내가 여기까지 오면서 빈손으로 올 거라고 믿었던 모양이지?! 자, 모두 이거야.

그라스 정말 엄청나구먼.

라디쉬 이제 순서대로 하나씩 진행해 볼까요?

발저 그러세요, 진행자 양반. 귄터도 물론 이의 없을 겁니다.

라디쉬 먼저 두 분이 다시 만난 소감이 어떤지 물어도 될까요. 기쁜 가요?

그라스 아쉽게도 우리는 만날 기회가 무척 드물어요. 우리는 1955년부터 알고 지낸 사이입니다. 그때 나는 베를린에서 열리는 47그룹의 회합에 초청을 받았고, 마르틴은 당시에 그 그룹의 상을 받았죠. 그 후, 60년대에 작가 연맹을 결성하는 문제가 생겼을 때 우리 두 사람 다 거기에 동참했어요. 또, 우리 둘 다 부지런한 사람들이라 글을 읽으며 서로를 알아 가는 계기도 끊임없이 있었습니다. 그래서 나는 그를 사랑하지요.

라디쉬 발저 씨도 그라스 씨를 사랑하나요?

발저 *(그라스에게 키스 동작을 보내며)* 그야 물론이죠! 거의 친구나 다름없던 지인들 중 정치적 문제에서 의견이 달랐기 때문에 나에 대한 우정을 거둬들인 사람이 여럿 있었습니다. 어떤 이들은 심지어 말투도 달라졌어요. 그때 나는 얼마 안 되는 몇 사람에게서만은 결코 나에 대해 그런 일이 일어나지 않으리라는 사실을 깨달았습니다. 귄터 그라스는 늘 그런 사람들에 포함되었지요. 55년에 베를린에서 말이야, 그때 자네는 서정시와 더불어 홀연히 나타났다가 다시 사라져 버린 멋진 허깨비에 가까웠지. 자넨 정말 대단한 모습이었어. 그 모습은 지금도 여전히 변함없고.

그라스 그러니까 자네는 내 낭독을 전혀 귀담아듣지 않았단 말인가?!

발저 당시에 자네는 우리 보덴호 사람들 입장에서 보자면 특이한 면이 있었어. 촌티가 나는 그런 특이한 면 말이지. 미안한 얘기지만, 나는 외모를 엄청 중요시하지. 이건 사람들이 좀처럼 쉽게 극복하지 못하는 타고난 부당함이라네.

그라스 자네가 방금 전에 말했던 내용, 자네가 공감하지 않거나 중요시하지 않는 그 의견 말이야. 난 그걸 인정할 수 없어. 우리는 특히 정치적 관점에서 자주 의견이 대립됐었지. 그건 나에게 전혀 무관하지는 않았어. 그렇다고 가혹하게 비판할 이유도 결코 아니었네. 그것이 우리 우정의 토대인 거지.

라디쉬 발저 씨에게서는 그라스 씨에 관한 비판적 발언이 많이 발견됩니다. 프리쉬*에게 보낸 한 편지에서는 이렇게 썼죠. "생소하고, 모험적인 면이 너무 많고, 지나치게 나서는 편이다."

발저 그것은 뿌리가 뒤엉킨 겁니다. 본줄기는 전혀 없어요. 1959년에 『양철북』으로 등장했을 때 그는 강력한 인상을 준 인물이었지요. 같은 분야에서 활동하고 있던 동료에게도 마찬가지였어요. 그 책은 나도 당연히 읽었습니다. 죄송한 말씀이지만, 꼼꼼히 살피면서 말이죠. 나는 그 책에 뒤지고 싶지 않았어요. 그러자 두 가지 인상이 남게 되었습니다. 첫째, 『양철북』은 당시에 아직 다루어질 수 있었던, 최후의 반파시즘 소설이었습니다. 반파시즘 소설에는 '반'이라는 말이 힘을 얻기 위

---

* 막스 프리쉬. 스위스 태생으로 독일 연극계와 독일어권 문단에 큰 족적을 남긴 극작가이자 소설가이다. 영화 〈사랑과 슬픔의 여로〉의 원작자로도 많이 알려져 있다.

해서 열정도 필요했어요. 열정은 단순히 역사를 철저히 규명하는 것만이 아닙니다. 그런데 그 뚜렷한 열정이 『양철북』에는 들어 있었던 겁니다. 나는 그 책을 통해 어쨌든 이젠 한시름 놓았다고 느꼈습니다. 둘째는 언어적인 측면입니다. 귄터는 후기표현주의자입니다. 그의 산문에서 주도적 역할을 하는 그 모든 서정적 성향들은 나와 결코 경쟁 대상이 될 수 있는 산문 원칙이 아니었어요. 나는 더 서사적이지요.

그라스 하지만 그 책은 곧바로 서로를 연결시켜 주었죠. 1959년에 『양철북』이 발표되었고 1960년에는 마르틴의 책 『하프타임Halbzeit』이 나왔으니까요. 마르틴의 책은 내 글쓰기와는 아무런 관련이 없었지만 나에게 큰 감명을 주었습니다. 그때는 내가 역사적 소재라는 나의 자갈더미에 몰두해 있던 한창의 아데나워* 시절이었지요. 그 시점에 나와 같은 세내의 한 작가가 경제 기적의 시대, 그 새로 탄생하는 사회, 그 중개상들의 삶을—좋은 의미에서—장광설이라 할 정도로 엄청난 언어를 동원해 그렇게 다루었다니, 그건 누구도 따라갈 수 없는 하나의 서사적 모험이었어요. 내 생각으로는 오늘날까지도 따라잡히지 않았습니다.

라디쉬 지금 그 말은 "나를 실러라 불러 주면, 너를 괴테라 불러 주마."처럼 서로 짜고 추켜세우는 것으로 들리는데요.

그라스 그의 책들 중 내 마음에 별로 와 닿지 않는 것들도 있습니다. 사방에서 지독하게 혹평을 받은 책도 한 권 있지요. 정치적인 이유에서도 혹평을 받았는데, 아마 당신들 〈차이트〉에서도 헐뜯었을 겁니다. 『사랑의 저편Jenseits der Liebe』이라는 책 말이죠. 내가 보기에는 아주 뛰어난 책입니다.

---

* 서독의 초대 연방 수상.

발저 친애하는 귄터, 라이히라니츠키는 그 책을 끔찍하게 혹평했다네. 다른 스물일곱 명의 비평가들은 그 책을 베스트 목록 2위에 올려놓았는데 말이지. 하지만 늘 이런 식으로 돌아가지. 말하자면, 더 심하게 악평을 해 대는 사람일수록 더욱 유명해지는 법이라고. 하지만 진행자 양반, 당신이 우리들에 관해 정말로 듣고 싶어 할 내용은 귄터보다는 내가 더 잘 알려 줄 수 있어요. 왜냐하면 그가 늘 더 큰 성공을 거두었기 때문이죠. 그것을 도서 시즌*마다 매번 변함없이 잘 견뎌 내기란 힘들지요.

그라스 하지만 그건 우리 두 사람 사이에는 전혀 중요하지 않았어요.

라디쉬 그 이유는 어쩌면 두 분이 한 번도 같은 출판사에 소속되지 않아서일 겁니다. 발저 씨, 당신은 주어캄프 출판사 소속 작가 우베 욘존**과는 끝까지 엄청난 질투심 경쟁을 벌였습니다.

발저 잠깐, 잠깐만요. 작가로서가 아니었습니다. 당신은 그 점을 몰랐나요?

그라스 자네와 우베 사이에 여자들 문제가 있었나? 나는 상상도 할 수 없는 일이군.

발저 아니야! 그럴 리가!?

그라스 내가 그 끝없는 다툼의 증인이었습니다. 그 다툼은 우베 욘존 측에서 시작되었지요. 우베는 만취할 때까지 마르틴 발저를 보모처럼

---

* 독일에서는 봄, 가을에 새 책을 출판하고 출판물 목록을 평론가들에게 전달해 문학상 후보를 선정하는데, 일반적으로 새 책이 출판되는 9월을 '도서 시즌'의 서막으로 부른다.
** 독일 분단 문제에 천착했던 작가로, 1959년에 동독에서 서독으로 귀환하여 창작 활동을 했으나 동독과 서독 양쪽에서 의심의 눈초리를 받다 1974년에 영국으로 이주했다. 이후 외로운 말년을 보내다 세상을 떠났다.

염려해 주었답니다. "마르틴, 벌써 11시 반이야. 언제 자러 갈 생각인가?" 우베는 늘 경비원처럼 뒤편에 서서 이리저리 오가고는 했습니다. 그런데 우베가 훈계를 많이 할수록 마르틴은 술잔을 더욱 많이 채우고는 했지요.

발저 난 우베를 매번 나의 피아트 차에 태워 데려고 다녔었지.

그라스 자네 자동차를 함께 타고 가는 일은 늘 위험천만했지, 뭐.

발저 그 이야긴 지금 꺼내지 말게, 제발. 우베는 수많은 자동차 여행을 할 때 나의 주요 동반자였어. 그는 잘 알지도 못하면서 내 피아트 차에 관해 온갖 험담을 해 댔지. 사실 그 피아트는 종종 전기 장치에 문제가 있긴 했어. 우베는 그럴 때마다 자동차 보닛을 열어 놓고 자신이 정비공장 수석 기술자나 되는 듯이 거드름을 피웠다네.

그라스 유감이야. 사람늘이 우베 욘존에게 우베 욘존 같은 사람을 보모로 붙여 주기만 했더라도, 그의 인생 말년을 잘 보살펴 주었을 텐데. 우린 베를린에서 이웃에 살았던 적도 있었고…….

발저 니트가街 12번지와 15번지였지.

그라스 13번지와 14번지였다네. 한번은 둘이 함께 낭독회 여행도 하고 부퍼탈로 왔지. 욘존이 제대로 된 야간 업소에 한번 가 보고 싶다는 소망을 밝히더군. 그래서 나는 누드 댄서들이 나오는 선술집을 힘들여 찾아냈지. 댄서들은 젖꼭지에 장식용 술을 달고 요란하게 돌려 대더군. 서커스처럼 매력적이었지. 그러자 욘존은 넋이 나간 듯 젖가슴을 응시하며 말했어. "과연 이것이 서방이란 말이지."

라디쉬 그러면 발저 씨는 경쟁을 벌이지 않았나요?

발저 아니, 이봐요. 나는 〈쥐트도이체차이퉁〉에 우베 욘존에 대한 찬가 형식의 환영 기사를 썼어요.

그라스 나도 진행자 양반이 자기 세대의 경험을 바탕으로 질문한다고 느껴지는군요. 경쟁은 문예란에 의해 고조되는 측면도 있겠지만, 정도로 보자면 요즘이 훨씬 더 심하다고 생각해요. 우리들의 경우에는 결속력이 있지요. 나는 이제 마르틴 발저가 이 말에 반대할 거라고 확신합니다. 그 토대는 바로 47그룹이었다는 것 말이죠.*

발저 당연히 나는 반대야!

그라스 잠시만 나에게 상세히 설명할 기회를 주게. 우리는 그 그룹에서 서로 참아야 했어요. 구성원들 간에 입장 차이가 엄청나게 컸습니다, 전통적 자연주의에서 하이센뷔텔의 실험 서정시에 이르기까지 말입니다.** 나는 그곳에서 관용에 대해 아주 많은 것을 배울 수밖에 없었지요. 그들 사이에서 내 호불호가 뚜렷이 갈렸으니까요. 그러나 나는 그 모든 것이 가능하리라는 사실을 받아들이게 되었습니다. 그것이 하나의 토대가 되었습니다. 비단 마르틴과 나의 관계에서만 그런 게 아니었죠.

발저 귄터는 나와는 다른 경험을 했어요. 나는 언제나 그의 성공을 함께 기록해야만 했죠. 나는 올가을에 발행될 1963~1973년까지의 내 일기를 최근에 다시 읽었어요. 거기에 이런 글이 나와 있습니다. "귄터 그라스는 자신의 성공이 가져다준 흰담비 모피를 쓰다듬고 있다."

그라스 멋진 표현이군. 이제 〈슈피겔〉에 그 흰담비 모피가 얼마짜리인가 하는 기사가 실리게 생겼네. 우리는 이런 말을 빙빙 돌려서 하지

---

* 47그룹의 모임에서는 새 작품의 낭독과 비평이 이루어졌는데, 작품에 대한 칭찬보다는 신랄하고 엄격한 비평으로 시대의 요구에 맞는 문학을 추구했다.
** 패전 이후, 현실을 감당하기 벅찼던 일단의 독일 작가들은 자연시나 비정치적인인 절대적 가치를 추구했는데, 그런 경향의 반대쪽 극단에는 전달과 진술을 포기하고 언어를 구체적, 구상적 재료로만 사용하는 구체시와 실험시를 쓰는 작가들이 있었다. 헬무트 하이센뷔텔은 실험시의 대표적인 작가로 전위적인 시인이자 언어 실험의 에세이스트이다.

않습니다. 때에 따라 이런저런 사람이 언론의 끈질긴 괴롭힘을 당하는 대상이 되었고 지금도 그런 상황이 있지요. 예컨대, 마르틴을 향해 이루 말할 수 없는 방식으로, 소위 박사학위 논문까지 동원되는 방식으로 반유대주의라는 비난이 들끓었던 때가 그렇죠. 그때 나로서는 낭독회에서 먼저 마르틴 발저에 관해 이야기하고, 다음으로 그의 작품 속에 반유대주의라는 혐의를 살 만한 구절이 단 한 줄도 없다고 언급하는 것은 자명한 일이었습니다.

발저 진행자 양반은 당신 자신도 참여했던 한 도서 시즌 내내 그런 상투어로 된 혐의를 받는 것이 무엇을 뜻하는지 아마 절대 알아내지 못할 겁니다. 그런데도 당신은 30년, 40년, 50년 전부터 알고 지내던 지식인들이 그것을 묵인할 뿐 아니라, 이런저런 언급으로 거기에 가담하는 것을 경험으로 알고 있을 겁니다. 귄터는 거기에 반대하는 발언에 나선 유일한 사람이었죠. 그는 장크트파울교회에서 했던 내 연설에 대해선 약간 비판적 거리를 두기는 했지만, 악의적인 것은 전혀 아니었습니다. 그 연설문은 사전에 주어캄프 출판사 사장 지그프리트 운젤트와 그의 부인 울라 베르케비치가 읽어 봤는데도, 나중에는 두 사람 다 이미 그 연설에 대해 대단히 훌륭하다고 말했던 사실을 끝내 함구했었죠.

우리는 양심을 남에게 내맡길 수 없고,
양심은 누구나 스스로 떠맡아야 한다.

라디쉬 그라스 씨는 그 연설을 어떻게 생각했나요?

발저 나는 아직도 자네가 쓴 글의 내용을 정확히 알고 있지. 그것에 관해서라면 자네와 저세상에 가서도 몇날 며칠이고 토의할 수 있다네. 자네는 이렇게 말했었지. "사람들은 혼자서 그런 것을 생각할 수도 있다. 그러나 그런 것을 공개적으로 말할 수는 없는 것이다." 나는 본능적으로 그 말에 반발했어. 왜냐하면 내 연설의 참뜻은 말하자면, '우리는 양심을 남에게 내맡길 수 없고, 양심은 누구나 스스로 떠맡아야 한다.'는 거였으니까. 그리고 이것은 사적인 일이 아니라네. 만약 자네가 어떤 것을 언어로 표현한다면, 그것은 개인적인 일이지. 그렇지만 더 이상 사적인 일은 아니라네. 왜냐하면 언어는 eo ipso^{마땅히 그 자체로} 공적인 요소이기 때문이지.

그라스 사실, 나와도 관련된 그런 논쟁에서 내가 의아하게 여기는 점은 이거야. 즉, 언제나 엄청나게 다양한 노선으로 존재했던 서독의 언론들이 이런 경우에서는 어떻게 거의 한목소리를 내며 혹독하게 비난하는 것에서 즐거움을 느끼는가, 하는 점이지. 진행자인 당신은 기자니까 진실 확인 의무가 있겠지요! 당신은 예를 들면, 내가 몇 달 동안 나치 무장 친위대에서 활동했다는 보도와 관련해, 바르샤바의 게토에서 인간을 학살하는 사진을 제시하는 것이 허용되는지, 또 그렇게 해서 '나치 무장 친위대원 귄터 그라스'와 그들의 범죄 사이에 어떤 연관성을 만들어 내는 것이 허용되는지에 대해 점검해야 할 의무가 있는 거지요. 그것은 정말 끔찍한 일입니다! 외국 사람들은 국내에서 당신들이 우리 두 사람을 다루는 방식에 대해 고개를 절레절레 흔들어요.

발저 자네가 '한목소리'라고 지칭한 것에 대해 나에게는 또 다른 표현이 있다네. 바로 시대정신이지. 만약 우리가 미디어에 실린 시대정신의 바람직하지 않은 효과에 맞서 행동한다면, 우리가 그들에 관해 시시콜콜 불평을 늘어놓는다는 사실이나마 미디어에 남게 되는 거지.

라디쉬 그라스 씨가 나치 무장 친위대에서 활동했다는 사실에 대한 언론의 격앙된 반응은 실망에서 비롯된 것이기도 합니다. 당신이 이제 와서 그 사실에 대한 책을 펴낸다고 해서 누구도 비판하지는 않습니다. 그러나 연설과 에세이를 통해 자기 자신의 이력과 관련된 일에 대해서 입장을 밝혀 왔던 시민 그라스도 항상 있었습니다. 이 문제에서는 그러지 못한 이유가 무엇인가요?

발저 그는 언제나 적극적으로 나섰다니까요! 시민 그라스는 사민당*을 지지하는 연설을 했고, 그것을 우리 같은 사람들은 종종 이해하지 못했습니다. 하지만 늘 주목할 만한 가치가 있었어요. 나는 귄터 그라스의 공개적인 논쟁에 거의 동참할 수 없거나, 마음속으로 수긍도 할 수 없었어요. 그런 사회 참여 활동은 줄곧 그의 장기였고, 나는 그것에 대해 결국에는 이로울 게 없다고 여겼습니다. 마찬가지 이유에서 그는 내가 어딘지 모를 곳에 너무 멀리 벗어나 있다고 비난했지요. 그렇지만 그곳에서 나는 그럭저럭 건녀 냈습니다.

라디쉬 하지만 다시 한 번 묻고 싶습니다. 그것은 왜 문학적으로만 전달될 수 있었나요?

발저 이거야 원, 그것은 본인이 알아서 할 일이라니까요!

그라스 왜냐하면 내가 작가이기 때문이지요. 나는 공개적으로 유죄 고백을 해야만 하는 구동독의 사회주의통일당**에 가입된 게 아닙니다. 나는 또한, 성령 강림을 경험했다며 공개적으로 나서서 고백을 하는 어떤 기독교 분파에 속한 것도 아닙니다.

발저 이제 시가나 한 대 피워야겠네! 담배를 안 피우고야 견딜 수가

---

* 사회민주당의 약칭. 오늘날 중도좌파 성향을 띠는 정당으로, 귄터 그라스는 1960년대부터 정치·사회적 현안에 대해 적극적으로 발언하며 사민당과 오랜 협력 관계를 유지했는데, 특히 서독의 수상이 된 사민당 소속 빌리 브란트를 위해 선거 유세에 동참하기도 했다.
** 독일 분단 시절 동독의 독재 정당.

있어야지.

(그라스는 작은 시가와 포르투갈산 백포도주를 가져온다.)

당신들, 기자들은 그토록 현실주의자적인 입장을 취해서는 안 됩니다. 이 인터뷰는 언론이라는 매체에 관한 대화이기도 해야 합니다. 언론은 당신들이 이끌고 있고, 우리가 40년 동안이나 관계하고 있으니까요. 신문에는 당신들이 어떤 부분에서 너무 쉬운 길을 택했는지에 대한 내용도 실려야만 해요. 제4의 권력인 언론은 침착하게 한 번쯤 자기 성찰을 해 봐야 할 겁니다.

라디쉬 그보다 먼저 그라스 씨의 최근작인 자서전을 다시 한 번 다루기로 하지요. 발저 씨, 당신은 그를 옹호하셨습니다.

발저 신문에서 그 일에 관한 기사를 읽었을 때, 나는 곧바로 이런 질문이 떠올랐습니다. 이 격분과 비판에서 무엇이 객관적으로 옳고 또 무엇이 미디어의 독선인가? 10년 단위로 독일의 과거사가 시대정신에 부합하고 바람직한 또 다른 관점에서 매번 새롭게 다루어지고 있습니다. 60년대에는 누구도 그것을 알려고 들지 않았지요. 아직 때가 되지 않았기 때문이었습니다. 그 후로 각각의 10년은 더 민감하고 더 까다롭게 변했습니다.

라디쉬 그 문제에 관해 말하는 것이 점점 더 힘들어졌나요?

발저 나는 60년대에 「우리의 아우슈비츠Unser Auschwitz」, 70년대에 「아우슈비츠는 끝나지 않는다Auschwitz und kein Ende」라는 글을 발표했습니다. 그런데 내가 90년대에 사람들에게 지독한 공격을 받았을 때, 그 글들은 전혀 중요하게 여겨지지 않았습니다. 사람들은 내가 '아우슈비츠 이후로 단 하루도 흘러가지 않았다.'고 주장했다는 사실을 전혀 알지 못했습니다. 당신들은 인간들의 과거가 어땠고, 현재는 어떤지를 전혀 고려하지 않아요. 가령 보토 슈트라우스의 글 「커져 가는 염소의 울음소리Anschwellender Bocksgesang」*에 대한 당신들의 반응보다 더 우스꽝스러운 건 없어요. 혹은 페터 슬로터다이크의 「인간 농장Menschenpark」** 이라는 강연문에 대해서도 그렇죠. 이 두 가지 모두 당신들이 '파시스트적 수사법!', '네오나치의 유산!'이라고 과장 보도한 비방이었어요. 「커져 가는 염소의 울음소리」는 내 독서 경험에 의하면 아마 독일 지성인이 1945년 이후로 발표한 글 중 가장 분별 있고, 가장 명민하고, 가장 파급 효과가 큰 글일 겁니다. 당신들은 그 글을 읽지도 않았어요! 나는 그 글을 바로 어제 다시 읽었죠.

라디쉬 대체 우리의 어떤 점을 비난하는 것인지요? 우리가 엉터리로 읽는다는 겁니까?

발저 어떤 지성인이 우리가 환호하고 긍정했던 작품을 x개 썼다고 합시다. 그런데 그 후에 그는 그리 쉽게 이해할 수 없는 글을 씁니다. 그러자 그는 파시스트적 수사법을 사용했다는 혐의를 뒤집어쓰는데, 그때 나는 이렇게 말합니다. '그렇다면 우리는 그의 작품들 중 어떤 작품에서 네오파시스트적인 내용이 들어 있었다는 것을 이미 알아차렸어야만 했다.'고 말이죠. 그리고 지금의 귄터 그라스 경우에도 나는 같은 주장을 하고 있죠. 즉, 사람들은 작가의 작품 전체를 읽어야만 합니다. 특

---

* 독일의 극작가이자 시인. 1993년 주간지 〈슈피겔〉에 실린 에세이 「커져가는 염소의 울음소리」에서 슈트라우스는 나치와 관련된 우익에 대한 터부에 반론을 제기함으로써 독일에서 엄청난 정치적 논란을 불러일으켰다.
** 에세이와 저서로 수많은 논쟁을 불러일으킨 독일의 철학자이다. 본문에서 언급한 강연문에서 인간을 이성적 동물로 규정해 온 기존의 휴머니즘에 종언을 고하고, 견유주의와 유전공학의 결합으로 '새로운 인간'의 탄생을 기도하는 포스트휴머니즘을 주장해 하버마스를 비롯한 독일 좌파 지식인들의 비판을 받았다.

히 주의를 요하는 작가의 어떤 논점을 판단해야 한다고 생각할 때는 말이죠. 그러나 DPA*에 올라온 기사에서는 글 하나로 전체 작가들이 매장됩니다. 나는 주의를 요하는 문제에 있어서는 작가의 작품 전체를 존중해 줄 것을 호소합니다. 내가 데이지꽃에 관한 글을 쓴다면 당신들은 내 책 『하프타임』은 그냥 지나쳐도 좋습니다. 그러나 내가 주의를 요하는 논점에 관해 표현할 때는 그럴 수 없는 겁니다.

그라스 자네의 경우에는 사람들이 문제를 과장해서 추측성으로 자네의 작품 전체에서 반유대주의를 입증할 수 있다고 주장한 거지. 그것은 언어도단이야! 그리고 사람들이 47그룹에 반유대주의가 있다고 간주하려 했던 것과도 같고요. 비평가들과 작가들 중에는 유대인들도 있기 마련이에요! 단지 파울 첼란**이 혹독한 비판을 받았다는 이유만으로 모든 것들이 은폐되거나 상대화되거나 추정되어 47그룹은 반유대주의 성향을 보인다고 주장하는 겁니다. 나는 그 모든 가혹한 주장들이 세분화되지 않은 게 유감입니다. 나의 책 『광야』를 다룬 〈슈피겔〉의 표지 그림을 생각해 보세요. 어떤 잔인한 인간이 나의 책을 반으로 찢고 있어요.*** 우리의 업적에 대한 이런 존중심 부족을 나는 끔찍하다고 생각합니다.

라디쉬 지금 두 분이 시대정신이라 부르는 건 누가 만들어 내나요? 거기에는 기자들뿐 아니라, 예를 들면 두 분 같은 작가들도 포함될 텐

---

* 독일 최대 통신사.
** 루마니아 태생의 유대인으로 독일어권 시인으로, 나치 정권 시절에 부모를 잃고 신경증을 앓다 투신자살로 생을 마감했다. 첼란은 1952년 47그룹 모임에 초대받았으나 '괴벨스처럼 읊는다'는 비웃음까지 받으며 첫 낭송은 실패로 끝났다. 훗날 첼란은 47그룹으로부터 수 차례 초대를 받았으나 모두 거절했다.
*** 〈슈피겔〉은 독일의 유명한 평론가 라이히라니츠키가 『광야』를 두 손으로 찢는 합성 사진을 표지로 실어 『광야』의 작품성과 상업적 저널리즘에 대한 논란을 동시에 불러 일으켰다.

데요.

그라스 내 책들은 전부 그때마다의 시대정신에 대한 저항으로 생겨난 것입니다.

발저 누가 시대정신을 만들어 내느냐는 전혀 상관이 없습니다. 그 시대정신이라는 게 10년마다 하나씩 주어집니다. 나는 그것을 세 번이나 경험했습니다. 60년대에 이미 당신들은, 나는 지금 이 말을 대표하는 의미로 사용하는 겁니다, 내가 더 이상 기본법에 발을 붙이고 있지 않다고 말했지요. 내가 베트남전을 치르는 미국을 지지하지 않도록 독일 여론을 움직이려 했다는 이유가 전부였습니다. 그 베트남 전쟁은 2백만 명의 목숨을 잃게 만들었지요. 그렇지만 당신들, 편집부에서 근무하던 당신의 선배들은 그 전쟁을 위한 홍보에 반대한 사람을 공개적으로 비방했어요. 기자들이 나를 공산주의자로 만든 겁니다! 그다음에 나는 극우주의자가 되었죠. 내가 독일 분단을 좋게 여기지 않았다고 말입니다. 또 그 후에는 반유대주의자가 되었습니다. 내가 어떤 비평가를 나쁘게 몰아가는 소설을 썼다는 이유 때문이었죠. 어느 경우든 상관없습니다. 그때마다의 시대정신은 당시에 하나의 판결을 내렸어요.

라디쉬 우리는 아직 비평에 관해 말하고 있는데, 당신은 벌써 조직적 캠페인을 언급하는군요.

그라스 그렇다고 우리가 지금 문학 비평을 거론하고 있지도 않죠! 비평에는 우리도 거의 60년 전부터 참여하고 있어요. 조직적 캠페인에서는 책이 아니라 인물과 관련된 것이 다루어졌습니다.

라디쉬 그러나 그라스 씨는 보토 슈트라우스의 「커져 가는 염소의 울음소리」를 발저 씨와는 다르게 읽었으리라 생각하는데요.

그라스 그렇습니다. 하지만 견해들이란 그런 겁니다. 나는 마르틴의 열광적인 평가에 공감하지는 않지만 너그럽게 포용합니다. 다만, 나는 만약 슈트라우스의 그 글이 요즘 시대에 발표되었다면 갈채를 받았을 거라고 주장합니다. 왜냐하면 시대정신이 그의 논제들 상당수와 일치하고, 그가 신보수주의적이기 때문이죠.

라디쉬 그렇다면 오직 이해심 많은 비평만이 허용된다는 겁니까?
그라스 비평할 능력을 갖춘 그런 사람의 비평을 말하는 겁니다. 예컨대 역사학자 몸젠*은 '나의 경우, 내가 속했던 부대는 자원병들로 구성되어 있지 않았다.'고 지적했습니다. 나는 무작정 끌려들어 갔습니다. 그런데 이런 것들이 공표되지 않는다는 말입니다. 나치 친위대라는 공포의 말 한마디 아래 그 모든 것이 두루뭉술하게 묶이고, 상처만 줄 뿐 해명은 되지 않는 관계들로 연결되는 겁니다.
발저 나는 어느덧 문학 비평과 어울려 지내게는 되었습니다. 그러나 정치적 상황에서 책임을 뒤집어씌우는 즐거움을 누리는 것과는 그러지 못합니다.

라디쉬 문학 창작 활동과 관계없는 정치적 견해에 관해서는 논쟁이 허용되지 않나요?
발저 슬로터다이크가 어떤 말을 했나요? "나치 아버지들에게서 태어난 지나치게 도덕적인 아들들의 시대는 제약된 시간으로 서서히 끝나간다." 공격을 당한 사람이 어김없이 패배자가 되었던 그 단죄의 문화를 말하는 것이죠. 혐의와 단죄의 문화! *(소리친다)* 이런 문화가 있었나

---

* 테오도어 몸젠. 로마사 연구로 노벨문학상을 받기도 한 19세기 최고의 역사학자로 독일 혁명 당시 종군기자로 활동하기도 했다.

요, 없었나요?

라디쉬 그것을 논쟁의 문화, 어쩌면 의견 다툼의 문화라고 부를 수도 있겠지요.

그라스 그것은 언론에 대립되는 의견들도 실린다는 것을 전제로 하는 거죠. 그런데 그것은 전혀 말도 안 되는 일이지요.

발저 *(더욱 크게 소리친다)* 이런 혐의의 문화가 있었나요, 없었나요?

라디쉬 없었습니다.

발저 *(격분해서)* 없었다?

라디쉬 반대 의견, 뒤죽박죽된 의견들도 늘 있었지요.

그라스 실례지만, 그렇다면 주제를 바꿔야겠군요. 내 경험은 당신의 주장과는 맞지 않습니다.

발저 당신은 내가 〈차이트〉에서 신이단자로 내몰렸을 때 항변하지 않았어요!

라디쉬 진보적인 언론은 기사화된 모든 의견에 대한 반박을 지체 없이 받아들일 때만 진보적인 것은 아닙니다. 두 분 역시 신문에 글과 해명을 실어 공개적인 의견 논쟁에 참여하셨지요. 두 분 모두 거기서 오직 올바르고 확실한 판정만 내렸다고 확신합니까?

그라스 내 주장은 그런 게 아니었습니다. 다만 언론의 공격과 비방에 맞서 자신을 지키는 그런 사람은 늘 약자의 입장이라는 사실을 유념해야 합니다.

발저 당신이 나에 관해 나보다 더 잘 아는군요. 그러나 내가 남을 매도하기 위해 어떤 글이나 해명을 활용한 적이 있었나요? 나는 남들에게 무언가를 깨우쳐 주기 위해 교육적·정치적·종교적 불손함을 보인 적이 한 번도 없습니다. 나에게는 늘 내 의견을 밝혀서 나 혼자만 그런 생각을 하는지 알아보는 것이 중요했습니다. 나는 내면에 너무나 다양한 의견들을 품을 수 있어서 어떤 신문 하나로는 어림도 없다는 사실을 매번 확인했습니다. 어떤 것도 그것과 반대되는 것 없이는 진실이 아닙니다.

라디쉬 그 주장을 매우 강력한 의견으로 자주 펼쳤죠.

발저 이렇게 덧붙이겠습니다. '충분한 경험을 한 상태에서' 그러했다라고요.

라디쉬 소위 의견이 없는 사람들마저도 하나의 의견이지요.

발저 당신은 의견과 경험의 차이가 무엇인지 알지 못하나요?

라디쉬 그걸 좀 이야기해 보도록 하죠.

발저 경험은 선택할 수 있는 게 아닙니다. 경험은 불가피한 것이죠. 반면에 의견이란, 내가 불러오고, 내가 품고 있고, 내가 하찮게 다루기도 하지만, 그 모든 것이 나의 내면에 자리하고 있습니다. 그 때문에 나도 결코 남의 의견을 기분 나쁘게 받아들여서는 안 되는 것입니다. 나는 자전적 산문에서 내 분신을 통해 이런 글을 쓴 적이 있습니다. "내가 말하는 내용은 강력하게 말할수록 나의 의견과는 거리가 멀다."

라디쉬 의견이 더 이상은 용납될 수 없다고 명확히 판단할 만한 한계는 없을까요?

그라스 혐오스러운 것은 의견이 아니라 행위이지요.

발저 페터 한트케에 관해 얘기해 봅시다. 그는 유고 연방이 붕괴되면서 내전으로 치달은 현장을 독특하게 경험한 유일한 사람입니다. 그는 전혀 다른, 현실주의적인 역사관을 가지고 있습니다. 한트케의 책들을 읽었다면 그 어떤 조직적 캠페인도, 어떤 시대정신도 그의 세르비아 관련 책들에 대해 '도덕적 재앙'이라고 주장할 수 없을 겁니다.*

라디쉬 페터 한트케가 자신의 책들에서 사라예보의 통행인들에게 총을 발사하는 보스니아의 세르비아인들을 자유를 위해 투쟁하는 인디언들에 비유한다고 해서, 그것을 도덕적으로 비판해서는 안 되는 것일까요? 두 분은 자신을 희생자로 내몬 언론의 조직적 캠페인에 관해 언급했습니다. 많은 사람들이 두 분의 그런 주장에 찬성할 겁니다. 그렇다고 두 분에게 비판적인 질문을 해서는 안 될까요?

그라스 지금 대체 무슨 말을 하는 겁니까! 나는 평생 동안 비판을 받았고, 그 고통을 견뎌 왔습니다. 그런데 여기서는 한결 같은 목소리로 탄압이 자행된 겁니다. 〈프랑크푸르터알게마이네차이퉁〉**에 나를 풍자하는 그림이 실렸는데, 그것은 반유대주의 성향의 나치 주간지 〈슈튀르머〉*** 수준이었습니다. 한트케의 경우에도 우리는 조직적 캠페인이라고 말할 수 있을 겁니다.

---

* 2006년 페터 한트케는 유고슬라비아 내전 당시 인종 청소 혐의로 전범재판에 회부되었던 유고슬라비아 대통령 밀로셰비치 장례식에 참석했다. 이 사건으로 언론은 한트케를 '테러주의자', '세르비아의 변호사'로 칭하며 격렬하게 비판했고 그의 작품도 비난을 받았다. 일단의 작가들이 그런 언론과 사회 분위기에 항의하며 전 유럽적 논쟁이 되었다.
** 이하 〈FAZ〉로 약칭.
*** 독일어로 '돌격대'라는 뜻. 1923년부터 1945년까지 발행된 폭력적 반유대주의를 표방한 잡지로, 선동적이며 선정적 기사로 가득했다.

라디쉬 그라스 씨도 사람들이 페터 한트케를 비판해서는 안 된다는 의견인가요?

그라스 비판은 당연히 허용되지요. 하지만 비방이 너무 지나쳤어요. 그리고 내가 실패작으로 여기는 그러한 글 외에 한트케가 다른 것들도 내놓을 거라는 사실을 사람들은 고려하지 않았다고 생각합니다.

라디쉬 조직적 캠페인이라고 부르는 것이 실은 점점 더 뚜렷이 드러나는 세대차 때문이라고 할 수 있을까요? 두 분이 오해와 압박을 받는다고 여기는 측은 손자 세대입니다.

발저 이 문제의 원인을 세대차에서 찾는 것은 나로서는 대단히 단순하다고 생각됩니다.

그라스 진행자인 두 사람 모두 인쇄 매체 내부에서 행해지는 그런 배척 행위들을 비판적으로 바라볼 준비가 되어 있지 않군요.

라디쉬 나치 무장 친위대에서 몇 주 동안 활동했다는 사실을 60여 년이 지나서야 말한 이유가 무엇인지 묻는 질문이 그토록 비난받아 마땅한 점이 무엇입니까? 그라스 씨의 답변은 존중되어야 하지만, 존중은 질문에도 똑같이 적용됩니다.

발저 사람들은 귄터가 소위 정치적·도덕적 권위자로서 가졌던 우월한 지위에 대해 앙갚음을 하려 했던 겁니다.

그라스 라이프치히도서전에서 사람들은 나에게 밀고자를 바짝 붙여 보냈지요! '국민의 양심'이라는 호칭은 내가 생각해 낸 게 아닙니다. 나는 그것을 뵐*과 꼭 마찬가지로 거부했지요. 그 호칭은 신문의 문예란이 꾸며 낸 발명품입니다.

---

* 하인리히 뵐도 '전후 독일문학의 양심', '국민의 양심' 등으로 칭송받았다.

발저 귄터가 제아무리 호전적이고 훈계하는 기질이 있다 해도, 자기 이력에 있는 이 사소한 일에 관해 그 누구보다 더 많이 생각했음을 우리는 확신할 수 있습니다. 그 일에 대해 지금, 그토록 거창하게 부각시킬 정치적·정신적·사회적 필요가 하등 없습니다. 그것은 슬로터다이크가 '혐의를 씌우는 문화'라고 부르는 것에 지나지 않지요. 물론, 그라스의 해명에서 '자본주의의 귀빈층' 같은 내용을 읽었을 때 나는 이미 이렇게 생각했습니다. '이 사람아, 자네가 지금 무슨 말을 하고 있는지 알기나 해?! 자본주의의 귀빈층에 관해 전혀 알지도 못하면서.'

그라스 그럼 자네는 어떻게 안단 말인가?

발저 난 돈 불리기에 관한 소설을 한 권 썼다네.

그라스 자네는 그것에 관해 알고 있단 말인가?

발저 나는 언젠가 자본주의와 민주주의에 관해 연설한 적이 있지. 내가 했던 연설 중 최악이었어. 나는 단순히 내가 낯선 용어를 사용할 필요가 없을 정도의 충분한 견해를 가지고 있다는 맥락에서가 아니라, 경험을 통해 알고 있다는 맥락에서만 발언에 나서야 한다는 걸 깨달아야 했지. 나는 그것을 지키려고 노력하고 있다네. 자네는 훨씬 더 구체적인 정치적 열의를 가지고 있지. 그리고 더 구체적인 그 열의 때문에 자네도 자신의 경험에서 벗어난 말을 했을 게 틀림없어. 나는 자네가 주장했던 것만큼 사민당이 기민당*보다 훨씬 낫다고 생각하지는 않아.

라디쉬 그러니까 발저 씨는 거창한 말을 불신하는 거군요. 당신은 언제나 현실에 발붙이고 사는 것을 자랑스럽게 여기는 독일 소시민 계층을 다루는 소설가죠.

그라스 소시민이라는 말은 우리 두 사람 다 관련이 있어요. 나는 상

---

* 기독민주당의 약칭. 중도우파 성향의 현재 독일 집권당이다.

류층 시민으로 자처하는 사람들이 이제는 코를 찌푸리며 소시민들에 관해 말하는 것을 보면 이상하다는 생각이 듭니다. 나에게 소시민 계층 출신이라는 사실은 영감과 풍부한 착상을 얻는 변함없는 원천입니다. 나는 소시민들의 이 국제 노동자 동맹이 유일하게 제구실을 한다고 여깁니다.

발저 맞아, 맞아. 그들은 19세기를 건설한 주역이기도 했지. 소시민이란 자기 자신을 착취하는 계층입니다.

라디쉬 두 분 모두 올해 80세입니다. 두 분에게 그건 어떤 의미인가요?

발저 세상 사람들이 그 단순한 숫자 하나로 어떤 온갖 짓거리를 벌이는지. 나는 엘케 하이덴라이히*의 말을 인용하겠습니다. *(메모지 한 장을 꺼낸다)* "우리가 지금 대하고 있는 것은 아주 구역질 나는 노인네들의 문학입니다. 그라스와 발저, 이 우쭐대는 노인네들은 입을 다물고 있지 못합니다. 저는 그라스와 발저가 수년 전부터 좋은 글을 전혀 내놓지 않은 것으로 알고 있습니다. 저는 발저의 억지스러운 저질 소설 『팽이와 늑대Dorle und Wolf』가 나온 이후로 그의 작품은 읽기를 포기했습니다. 그라스의 경우는 그의 허영과 자만심의 도가 지나친 것이 늘 마음에 들지 않았습니다." 여교황으로 불리는 문학비평가 엘케 하이덴라이히는 더 이상 우리의 작품을 읽지 않았는데도 '그라스와 발저는 수년 전부터 좋은 글을 전혀 내놓지 않았다.'고 알고 있지요. 참 기발한 생각입니다. 그 비평가는 자신이 비난하는 것의 내용을 전혀 읽을 필요조차

---

* 독일의 작가이자 문학비평가, 기자, 방송인이다. 1992년에 작가로 데뷔했고, 독일 제2공영방송 ZDF에서 2003년부터 2008년까지 신간 소개 프로그램을 진행하며 문학 비평을 했다.

없다니 말이죠.

라디쉬 발저 씨는 텔레비전에 나오는 한 비평가에게 화가 난 건가요?
발저 지금 당신들은 한술 더 떠서 배타적이기까지 해요. 그 여자가 당신보다 힘이 더 셉니다.

라디쉬 그녀가 부당하기 때문에 자신의 생각을 밝혀서는 안 된다는 것인가요?
그라스 당신은 고지식하군요. 방금 마르틴 발저가 인용한 내용에서 그 무식함과 뻔뻔함은 극에 달해 있어요. 게다가 당신들은 이 여자가 책 판매에 어떤 영향을 미치는지 일고 있습니다. 우리뿐 아니라 수많은 저자들이 이런 멍청한 언행의 대상으로 전락해 있어요. 우리 둘은 책 인세로 살아갈 수 있습니다. 그러나 다른 작가들에게 그런 평가는 완전히 치명적입니다. 나는 신문을 통해 그녀가 자신의 언행에 대한 의견을 밝힐 것으로 기대합니다.
발저 50년대의 기억이 떠오르는군요. 당시에 헤세의 『유리알 유희』와 토마스 만의 『파우스트 박사』가 나왔습니다. 나는 두 책을 모두 읽었지만 문학성이라는 걸 음미하기가 전혀 불가능했습니다. 그렇다 해도 나는 그 작가들을 '노인네'로 매도하려는 생각은 결코 떠올리지 않았을 겁니다. 이것은 좀 새로운 것입니다. 누군가가 늙었다는 것을 비난할 수 있다는 사실 말이죠. *(테이블을 친다)*
그라스 어쨌든 문학은 하늘에서 떨어지는 게 아닙니다. 작가는 누구나 자기의 선배가 있고, 유기적 관계를 맺죠. 여하간 나이의 문제가 작품의 질의 문제가 될 수는 없습니다.

라디쉬 두 분이 오늘날의 젊은 작가들에게서 아직도 빛을 앗아 가는 것이 그들을 화나게 한다고는 상상할 수 없을까요?

발저 *(큰 소리로)* 노동을 하는 인간이 나이 든다는 게 지금만큼 불법이었던 적은 없었어요! 그리고 어떤 노인네가 사랑을 하면, 그것은 사랑이 아니라 '노년의 정욕'이라는 겁니다.

그라스 '노년의 정욕'이라는 말로 통용되는 것에 대해 내 경험으로 보면, 노년에 나누는 육체적 사랑은 더 복잡 미묘해지고, 반응이 늦어진다는 것입니다.

발저 자네는 이제 노년에 찾아올지도 모를 합일의 즐거움을 옹호할 필요도 없는 나이지.

그라스 그러나 스스로도 놀랄 일이지만, 나는 이 정욕의 문제에 있어서 늙어 가는 걸 이득으로 여긴다네. 어디 그뿐인가. 우리 부부 사이에서 자식을 여덟이나 얻었고, 손주들도 수없이 많지. 그래서 나는 때마다 유행하는 은어와 친숙해지는데, 그것은 추가로 이익을 얻는 셈이지. 그 외에도 나는 노동의 기쁨과 창작의 즐거움이 줄어들지 않는다는 걸 경험으로 알게 되지. 나의 내면에서는 언제까지나 그칠 줄 모르고 표현하고, 단어를 찾는 과정이 진행되고 있다네.

라디쉬 노년에는 글쓰기가 더 쉬워지나요, 아니면 더 힘들어지나요?

그라스 절대 더 쉬워지지는 않아요. 종이는 언제나 끔찍할 만큼 백지 상태로 있습니다. 우리는 기술을 이용하는 직업처럼 특정한 경험에 의지할 수 없습니다. 정리되지 않은 수많은 소재들에 이야기가 될 만한 질서 같은 것을 부여하는 대담한 행위는 나에게 있어서 어떤 것으로도 대체될 수 없는 모험입니다. 내가 8년에 걸쳐 『양철북』, 『개들의 세월 Hundejahre』, 『고양이와 생쥐Katz und Maus』를 연달아 써 내려갔을 때, 나에게 생기가 결핍되었다는 것을 느꼈어요. 뭔가를 실행하기만 하는 도구 같았죠. 그래서 나는 요절하기 전에 그 책들을 끝내야만 한다는 터무니없는 두려움을 가졌지요. 그건 나이가 드는 것에 대한 불안은 아니었지만, 책이 완성되기 전에 죽는 것에 대한 두려움이었습니다.

라디쉬 그렇다면 시간이 얼마 남지 않은 지금에는 더 많은 압박을 받으며 글을 쓰나요?

그라스 압박감이 아니라, 나는 나에 대해 언론에서 표명되는 그 모든 소망에 부응하지 못하고 원고 속에 파묻혀 있다는 사실에 경탄하며 글을 씁니다. 그 일에서 나는 즐거움을 느끼고, 또한 우쭐해지기도 하죠.

나는 요즈음 나의 기억력을
아주 먼 과거로까지 미치게 할 수 있어요.

라디쉬 나이가 당신에게는 아무런 지장도 주지 않나요?

그라스 여러 가지 변화가 있지요. 가령, 50세나 60세였다면 나는 자서전을 쓸 수 없었을 겁니다. 일단 기억은 연령에 따라 재편성되니까요. 나는 요즈음 나의 기억력을 아주 먼 과거로까지 미치게 할 수 있어요. 하지만 2주 전에 무슨 일이 있었는지 나에게 물어본다면, 나는 가끔 기억하지 못합니다. 또 당연히 굼뜬 걸음걸이와 더 많은 조심성 같은 노쇠 현상도 추가되지요. 내 다리에 관상동맥 중재술을 시술한 집도의는 엄청나게 감격해서는, 내 몸속에 추가로 복구 작업을 할 수 있는 물질이 충분히 남았다고 단언했죠. 가령 심장의 관상동맥 같은 곳을 복구하는 데 말이에요. 말하자면, 나는 몸속에 부품 창고를 지니고 있는 셈입니다. 그것은 나를 안심시키기도 하는 뒤늦은 발견이지요.

라디쉬 발저 씨는 젊은 시절에 나이가 드는 걸 두려워했나요?

발저 30대에 한번은 이런 기록을 해 놨습니다. 50세가 되어도 집필되지 못한 것은 더 이상 집필될 수 없을 것이다. 오늘날 나는 그야말로, 본능적으로 이런 상투어를 나에게 적용하는 것을 지독히 싫어합니다. 나는 한 소설의 인물을 통해 이렇게 서술한 적이 있습니다. "한 살 더 어린 사람은 전혀 알지 못할 거야." 정말 그렇습니다. 그러나 모두가 말은 하면서도 아는 것은 전혀 없습니다. 지금은 이런 식으로 노인에 관해 말하는 것이 대중의 병적인 욕망이지요. 이를테면, 고령 인구의 과잉, 연금 고갈, 나는 이런 것들을 시대정신이 지어낸 어처구니없는 생각으로 여깁니다. 20년 후에는 인구가 다시 왕성하게 늘어날 가능성도 있습니다. 연금 고갈도 결코 일어나지 않을 겁니다. 헐뜯기 좋아하는 작자들이 불가능한 게 뻔한 사실을 근거로 그렇게 주장합니다. 그것은 예전부터 늘 있었듯이 부질없는 걱정입니다. 한 세대 내내 사람들은 경고의 소문을 듣고 삽니다. 당신과 당신 세대 사람들은 오늘날 후손을 잇는 일이 더할 나위 없이 중요한 척합니다. 그런데도 라디쉬 씨, 당신은 『여성 학교』라는 책에서 사람들은 파멸의 자유도 누려야 한다고 주장했습니다. 이 문제에 있어 당신은 정신적으로는 사람들이 마땅히 취해야 하는 그런 태도를 보였습니다. 그런 다음 당신은 감히 이렇게 적었습니다. 노인들이 '연애로 회춘'을 한다면, 그것은 '생물학적으로 상식을 벗어난 사랑 행위'라고. 실례지만, 상상의 나래를 펴는 작가의 입장에서 나는 육체적 사랑과 관련해 늙은이에 대한 이런 평가에 견해를 달리 합니다.

라디쉬 하지만 아마, 나이 든 남성의 입장에서도 의견을 달리하시겠지요?

그라스 마르틴, 이제 우리가 여기서 서로 말을 주고받는 대화를 이끌어 내 보세. 부질없는 걱정과 관련해서는 자네 말이 확실히 옳아. 그러나 자네는 특정한 사실들에 주의해야 하네. 아이를 낳지 않는 문제는 자네가 예견하는 왕성한 생식 욕구에도 불구하고, 3, 40년 후에는 연금에 의존하고 있는 사람들에게 영향을 미칠 거야. 한두 세대가 노인들은 아주 많아지고 그들을 책임질 수 있는 사람들은 얼마 되지 않는 상황에 처하겠지.

발저 귄터, 자네는 그들이 그럴듯하게 꾸며 대는 말을 앵무새처럼 따라 하는군.

그라스 중국인들과 그들이 엄청난 어려움을 겪게 될 한 자녀 정책을 한번 보자고.

발저 하지만 그건 통계에 지나지 않아!

라디쉬 두 분은 노년에 어떻게 난관을 이겨 낼지에 관해 조금도 걱정해 보지 않으셨나 보군요.

발저 네, 조금도! 나는 작년에 추천받은 은행 두 곳을 찾아갔습니다. 상담의 주제는 노후 대비책이었죠.

라디쉬 발저 씨는 79세가 되어서야 그곳에 찾아간 겁니까?

발저 그래요. 그 전에 나는 아주 정확히 계산해 보지는 않았지만, 내 책들이 노후를 보장해 주리라고 여겼습니다. 그것은 환상이었어요. 내가 출판사를 옮겼기 때문이었죠. 도매가로 넘어가면서 처하게 되는 법적 지위를 당신들은 상상도 못 할 겁니다.

그라스 웬걸, 난 아주 정확히 상상할 수 있다네! 그들은 150부를 창고에 보관해 놓고, 그 때문에 자네는 권리를 되찾지 못하는 거지. 그들은 책을 공급할 수 있지만, 자네는 아무것도 받지 못하지.

발저 하지만 귄터, 어떤 노동조합도, 어떤 작가 연맹도 그런 일에 신경 쓰지 않는다네!

그라스 그런데도 자네는 어떻게 내가 그 일에 관해 전혀 모른다고 말할 수 있나? 나는 저작권 문제에 신경을 써 왔고, 거기에 관한 글도 여러 번 썼다네. 더구나 국민의 양심으로서가 아니라, 그것이 우리 모두와 관련이 있기 때문이지.

발저 그만둬! 난 은행을 찾아갔었다니까.

라디쉬 그래서 그들이 뭐라고 했나요?

발저 뭐, 난 모든 걸 정식으로 제출했습니다. 나는 결코 귄터만큼 수입이 많지 않았어요. 그러나 난 그 수입을 출판사에 맡겨 두었고, 늘 내가 사용했던 액수만큼만 요구했지요.

그라스 그러면 이자는 출판사가 차지했나?

발저 사장인 지그프리트 운젤트가 늘 말하길, 우리가 그렇게 해야 하는 이유가 신진 작가들에게 선불을 주기 위해서이고, 또는 우리가 볼프강 쾨펜을……, 상관없어. 그래서 작년 1월에 나는 계좌를 정리하도록 시켰지. 그리고 난 후에 그 돈의 절반을 자네의 정부에 헌납해야 했다네.

그라스 나의 정부라고? 자넨 지금 사민당 정부를 말하고 있구먼!*

발저 그래서 그 나머지 돈으로 나는 이제 노후 대비책을 세우고 있지.

---

* 2007년 이 인터뷰가 진행되던 당시, 독일 제2당이었던 사민당은 기민당과의 대연정으로 주요 장관직을 맡고 있었다.

그라스 마르틴, 자넨 조금 전에 내가 자본주의의 귀빈층에 관해 조금도 알지 못한다고 말했지. 그건 맞는 말일지도 몰라. 하지만 자네가 한 짓은 멍청했어.

발저 그 말은 그사이에 나보다 더 멍청한 자들에게서도 들었어. 이제 그 이야기는 그만두자고. 내가 말하려 했던 건 이겁니다. 늙는 것에 대한 평가는 노인들에게 맡겨 두는 편이 더 낫다는 겁니다.

라디쉬 그렇다면 나이가 들면 실제로는 어떤지 우리에게 설명을 좀 해 주는 게 어떤가요?

발저 이봐요, 그건 소설 한 권 분량입니다! 귄터는 그것을 슬쩍 흘렸지만, 난 그러지 않을 겁니다.

그라스 나는 나이 드는 것을 경이롭게 생각하는 이유에 관해 여러 가지를 언급했던 거야. 거기엔 늘 노인성 질환을 앓은 적이 없다는 단서를 달았지.

발저 그건 헬무트 카라제크*가 다루는 테마지.

라디쉬 하지만 두 분은 작가로서 자신이 갈수록 신중해지고 생각이 깊어지기 때문에 새로운 어떤 것을 쓰기가 더욱 힘들어진다는 문제가 없나요? 우리만 해도 기사를 작성할 때 때때로 우리 자신의 것을 베끼기도 하는데 말이죠.

발저 나는 당신이 그럴 거라고 믿지 않습니다. 지나치게 까다로운 자기 평가가 당신에게 그렇게 하도록 시키는 겁니다. 그건 내가 잘 압니다. 그것은 단지 당신이 아주 특정한 결함이 있는 어린 시절을 겪고 자

---

* 독일의 기자이자 비평가, 연극학과 교수였다. TV 프로그램 〈문학 사중주〉의 대담자로 참여하면서 대중들에게 폭넓게 알려졌다.

랐다는 뜻일 뿐입니다. 어떤 인간도 자신의 어떤 잘못을 비난할 필요가 없습니다. 만약 자책하도록 가르침을 받지 않았다면 말입니다. 그것의 실상은 결코 객관적이지도 않습니다. 항상 어딘가에 손상을 입게 되어 있지요. 그 문제에 관해 당신에게 내 책을 한 권 추천해 줄 수 있겠군요. 제목은 『자부심과 아이러니Selbstbewusstsein und Ironie』입니다. 당신은 사람들이 '아니'라고 말하는 것에 대해 '맞다'고 말하는 법을 배워야 합니다. 그게 전부입니다. 신앙인 셈이지요.

라디쉬 그러면 드디어 종교에 관해 얘기해 보도록 하지요. 발저 씨의 글에 이런 말이 나옵니다. "나는 비교적 오래된 유산들, 즉 자연적인 것들과 파괴되지 않은 것들을 신뢰한다. 그런 유산들의 보편성 혹은 세계성은 오직 이 행성이 순전히 지역적으로 할당된 것들로 이루어져 있다는 데 본질이 있다. 자연은 지역적인 것, 현지의 것, 따라서 어디에서나 현지에 있는 것의 총합이다." 이것은 당신의 신앙 고백인가요?

발저 신앙 고백이 아니라 하나의 경험입니다. 사람들은 자연을 오직 구체적으로만 대합니다. 여기를 보세요. 이 호두나무, 이 버드나무, 이것은 현지의 것이고, 구체적인 것이고, 이것이 바로 자연입니다. 저 앞에는 조그만 어린 새가 한 마리 있었습니다. 아직 2주도 채 되지 않았죠. 그리고 아무렇게 자란 풀밭에는 물망초 두 송이가 있었지요. 이 정도로 해 두지요. 오직 그것만 중요합니다.

그라스 우리가 같은 의견이라니! 놀랍군! 마르틴, 내가 자네 말을 잠시 중단시켜도 될까. 가능하다면 말이야. 일시적으로? 당신이 또다시 〈FAZ〉처럼 내가 '유일신도 다신교의 신들도 믿지 않는다'고 고백했노라고 기사를 내보낼 것으로 생각해서 이러는 건 아닙니다.

발저 (그라스의 팔을 쓰다듬으며) 그런 말은 할 필요 없어, 귄터.

그라스 최종적인 결론은 'No'라네. 이렇게 말을 꺼내는 게 좋을 것 같군! 이것도 나이 든 것의 결과겠지만, 난 더욱 경탄하며 서 있다네.

발저 좋아!

그라스 자연에 대해, 손상된 자연에 대해서도 더욱 경탄하며. 이제는 종교와 늙음과 관련된 것들이 뒤섞인다네. 나는 계절의 변화를 더욱 뚜렷이 감지하지. 비교적 젊었던 시절에 비해 더욱 경탄하면서.

발저 늙었다는 말은 빼고 그냥 말해도 될 텐데!

그라스 나도 그 말에 찬성이야. 앞으로는 그걸 지키도록 하지. 나는 모든 일신론자들과 다신론자들에게 부탁이 딱 하나 있어. 내가 그들의 신앙을 너그럽게 받아들이듯이 그들도 나의 무신앙을 묵인해 주면 좋겠어.

발저 내가 오늘 밤에 돌아가지 않고 자네 집에 머물 수 있다면, 난 말이야…….

그라스 내 생각을 바꾸려 들겠지!

발저 난 자네와 무신앙이라는 말에 관해 얘기를 나눌 거야.

그라스 나에게 신앙이 하나 있기는 해. 존재하는 모든 것들이, 살아 있는 모든 것들이 소중하다는 믿음. 그리고 누구나 그것들에 대한 책임감도 가지고 있다는 믿음이지.

발저 *(화가 나서 손으로 벤치 등받이를 두드리며)* 아니, 이런, 그 책임감이라는 말은 낡아 빠진 상투어라니까.

그라스 제발, 가만있어 봐! 글쓰기에 이르기까지 나의 사회적 노력의 일부는 당연히 이 책임감에서 나온다네! 자네는 책임감을 지난 시절의 일이라고 말할 수 있겠지만, 숲의 죽음을 한번 살펴보자고. 나는 그 문제의 실태를 파헤치려고 스케치를 하며 하르츠산맥 산등성이까지 올라갔어. 그러면서 나는 숲이 어떤 모습을 하고 있었는지 보았다네. 그리고 지금은 어떤 모습을 하고 있는지도. 그런데 '앙스트블뤼테Angstblüte'*라는 단어가 슬며시 떠오르더군. 나무들이 말라 죽어갈 때 그렇게 개화하지. 자네도 내 책 『죽은 숲Totes Holz』에서 그 내용을 읽어 봤을 거야. 나무들은 죽음의 공포에 사로잡혀 주변에 씨까지 퍼뜨린다네.

발저 대단하군, 귄터.

라디쉬 우연인가, 아닌가? 모든 종교적인 문제가 좌우되는 이 중요한 질문에는 사실 답이 되지 않습니다.

그라스 오직 바보만이 계절의 변화에, 변화된 여건에 적응하는 동물들의 행동에 어떤 법칙이 들어 있지 않다고 부인할 수 있겠지요.

발저 (다시 화를 내며 벤치를 치고서) 이 질문에 자네는 곧장 이렇게 대답해야 해. 우연이란 항시 간파되지 않은 법칙성이라고. 명쾌하잖아. 그런 질문에 절대 끌려들지 마! 귄터, 자네 입에서 무신앙이라는 말이 나오다니, 자네의 과거, 그 모든 전통적 사고에 대한 자네의 관계에도 불구하고. 나는 자네에게 한마디 전하고 싶네. 내가 지어낸 것은 아니지만, 어쩌면 이 문장이 자네에게 약간 감동을 줄지도 몰라. 키에르케고르가 말했다네. "신앙의 정도는 늘 무신앙의 정도에서 알아볼 수 있다." 됐어. 다만, 자네가 자신의 말을 확신하고 있는지가 문제지.

우리가 아주 늙은 몸이 되어서도
여전히 경탄할 수 있다는 사실도 마음에 듭니다.

---

* 죽기 전에 마지막으로 피는 꽃을 뜻하는 독일어로, 나무가 다음 해 죽음을 감지하면 그해에 유난히 화려하고 풍성하게 꽃을 피우는 현상을 가리킨다. 2006년에 출간된 마르틴 발저의 소설 제목이기도 하다.

라디쉬 발저 씨는 그라스 씨가 무엇을 믿는다고 생각하죠?

발저 우리가 그것을 조목조목 따질 필요는 없어요! 그것은 너무나 많고, 너무나 까다로워요. 당신은 나에게도 "당신은 신을 어떻게 생각하십니까?" 하고 질문할 수는 없을 겁니다.

그라스 하지만 자네는 오늘 수많은 의견을 표명했어.

발저 이제 우리는 의견에 관한 새로운 정의까지 내려야 하게 생겼군. 의견은 늘 아직 검증되지 않은 경험이지.

그라스 그렇다면 자네는 오늘, 아직 검증되지 않은 경험을 몇 가지 표명했군. 그것도 물론 자네의 정당한 권리지. 그리고 이것이 내가 마르틴을 그토록 좋아하는 면이지요, 그 어떤 것보다도. 그러나—내가 늙음이라는 말을 사용하는 걸 용서하게—우리가 아주 늙은 몸이 되어서도 여전히 경탄할 수 있다는 사실도 마음에 듭니다. 이것이 우리 두 사람을 아직까지도 창의적으로 지내도록 해 줍니다.

발저 창의적이라는 말을 나는 좋아하지 않아. 모든 광고 대행사들도 저마다 창의적이니까.

그라스 자네는 책을 연달아 써 내잖나.

발저 그러나 창의적이지는 않아. 오히려 내게 무언가가 부족하기 때문이지.

라디쉬 그러면 글쓰기가 일종의 결핍증인 셈인가요?

발저 내게 무엇이 부족한지 생각이 났어요. 이걸로 됐습니다.

라디쉬 그라스 씨의 글쓰기 동인은 무엇인가요?

발저 귄터는 꾸준히 글을 써 왔어요. 지나치게 많은 걸 가지고 있어서.

그라스 몇 가지 동인이 있지요. 내가 약간 더 정확히 알고 싶어 하기 때문입니다. 나 자신에게서나 사회적 문제들에 있어서도. 그리고 선천적인 게 분명한, 강렬한 욕망이 있어서 *(발저가 고개를 매우 강하게 끄덕인다)* 나의 내면에서는 끊임없이 무언가가 단어 찾기를 하고 있습니다.

발저 결핍과 관련한 내 언급은 당연히 충분한 대답이 아닙니다. 나의 주요 욕구는, 무언가를 어디에도 없었을 정도로 아름답게 표현하는 것입니다. 모든 소설은 흰 그림자를 만들어 냅니다. 내가 도스토예프스키나 니체의 애독자인 이유는 그 책들만큼 아름다운 것은 어디에도 없기 때문입니다.

라디쉬 발저 씨, 당신은 예술에 헌신하느라 자신의 삶을 소홀히 했나요?

발저 아이구, 그건 토마스 만이 이미 충분히 감상적으로 표현했지요, 『토니오 크뢰거』에서. 삶에 관여하지 않고서 삶을 묘사한다는 것, 그것은 부르주아적 감상의 표출이지요. 예술과 삶을 대립 관계로 바꾸어 놓는 것은 부르주아적 헛소리입니다. 삶은 예술로 연장시키는 것을 통해서만 견딜 만하게 됩니다. 니체가 말했지요. 세상은 미학적 현상으로서만 정당성을 얻는다.

라디쉬 두 분은 혹시 사후의 명성에 관해 근심하나요?

발저 내가 근심을 한다 해도 지금은 함부로 발설하지 않을 겁니다.

그라스 나도 근심하지 않습니다. 문학에서는 잊어버리는 단계와 재발견하는 단계가 있지요. 우리는 그런 단계를 심지어 생존 작가들에게서

도 경험합니다. 가령, 조작이나 출판사의 사재기를 통해 헤어부르거*
같은 중간 세대 작가들이 완전히 잊혔어요. 작품의 질과는 전혀 관계없
는 불공정한 일입니다.

라디쉬 그러면 두 분은 자신의 어떤 것이 남게 될지 추측도 해 보지
않나요?

그라스 라디쉬 씨, 전에 당신이 했던 비판과는 반대로 나는 예를 들
어, 사람들이 1989~90년의 상황이 어떻게 돌아갔는지를 이야기 방식
으로 경험하기 원한다면 『광야』가 앞으로도 관심을 끌 수 있다고 생각
합니다. 그리고 독일에서 완전히 혹평을 받았던 『국부 마취』 같은 책도
마찬가지입니다. 그 책은 1967~68년의 상황, 슈프링어 언론 그룹에서
좌파 진영에 적용한 말의 과격성에 관해 다루고 있습니다.**

발저 책은 역사적으로 나무랄 데 없이 삶을 고양시키는 것입니다. 그
러니 누군가 나의 책으로 그런 경험을 한다면 나는 무척 기쁠 겁니다.
그러나 우리는 그런 것을 의도할 수는 없죠. 왜냐하면 글쓰기는 세상에
서 마음대로 할 수 있는 것과 가장 거리가 멀기 때문입니다.

그라스 전체적으로 따져 보면 나는 회의적인 편입니다. 그 문제에 있
어서는 우리가 소위 고전 작가들의 작품을 어떻게 대하는지 둘러보기
만 해도 되니까요. 장 파울*** 같은 작가의 작품 말이지요.

발저 아니야, 미안하지만, 장 파울 같은 작가의 작품은 나도 읽었어!

---

* 독일의 작가로 소설뿐 아니라 드라마와 시나리오도 집필했다. 신사실주의 경향의
작품을 썼으나 지금은 국외자로 밀려났다.
** 슈프링어 언론 그룹은 독일 최대 일간지 〈빌트〉를 보유한 국제적 미디어 기업으로
언론 독점과 여론 조작 등으로 68혁명을 일으킨 쟁점 중 하나였다. 혁명 당시 슈프링
어 신문들은 운동가들을 나치 돌격대와 비교하며 비하했다.
*** 독특한 구조와 기괴한 작품 분위기로 활동 당시 특이한 유머 감각을 지닌 소설가
로 이름을 떨쳤지만, 현대 독자들에게는 지나친 허구성으로 인해 외면받고 있다.

그것으로도 한 세기 동안은 충분할 거라고. 그는 헛되이 살았던 게 아니야. 나를 통해 그가 다시 소생했으니까.

라디쉬 네 시간 훨씬 전부터 우리는 두 분이 1955년에 처음 만난 일에서부터 행군을 시작했습니다.

발저 1955년, 그때 나는 양복을 입고 있었지. 자네는 당연히 잊어버렸겠지만, 사진이 한 장 있네. 접는 목깃이 달린 양복이었지. 오늘날 그 뾰족한 목깃이 달린, 그런 양복은 나에게 거슬렸어. 나는 고향 바서부르크의 재단사 회러 씨를 찾아가서 말했지. "둥글게 접는 목깃이 달린 양복을 한 벌 만들어 줘요." 그러자 그가 내 옷을 지어 주었어, 바서부르크의 명인 회러 씨가. 그리고 그 양복을 입고 나는 베를린으로 가서 상을 받았지. 그때 잉에보르크 바흐만과 뵐과 함께 있는 모습이 사진으로 찍혔다네. 자네도 그걸 한번 상상해 봐야 해. '이것이 젊다는 거지. 나 말고는 아무도 오후에 접는 목깃 양복을 입지 않는다 해도 전혀 상관없어.' 세상 사람들의 반응에 그토록 철저히 냉담한 태도를 보이다니 말일세.

그라스 나는 무슨 옷을 입었는지 이젠 기억이 없어. 나는 커피 휴식 시간에 들어갔는데, 여종업원이 묻더군. '당신도 작가세요?' 그래서 크고 또렷한 목소리로 그렇다고 말했지. 그러자 한스 베르너 리히터*가 나에게 무대에 나서기 전에 조언까지 해 주었어. "크고 또렷한 목소리로 읽으세요." 나는 그것을 지켜 왔다네, 오늘날까지.

라디쉬 하지만 두 분 모두 언젠가 어떤 특정한 목표를 이뤄 보겠다는

* 본인도 작가였음에도 개인적 명예보다는 47그룹을 탄생시키고 회합시킨 지도자의 역할에 집중했으며 '47그룹의 대부'로 불렸다.

문학적 야심은 없었나요?

발저 나는 접는 목깃이 달린 양복을 원했어요. 그리고 그 옷은 무척 근사했죠. 귄터, 자네가 인터뷰 시작 때 물었었지. 내가 55년에 자네가 낭독하는 걸 전혀 듣지 않았느냐고. 난 들었어. 접는 목깃 양복을 입었음에도 불구하고. 그리고 자네가 믿든지 말든지 간에, 그 낭독은 순수 시문학이 맹렬히 밀려드는 소리였다네!

Marcel Reich-Ranicki

마르셀 라이히라니츠키

"나는 행복하지 않다. 나는 한 번도 행복한 적이 없었다."

폴란드 태생의 문학비평가로 베를린에서 학창 시절을 보내던 중 나치의 유대인 탄압으로 바르샤바로 추방당했다. 가족들은 대부분 학살당했으나, 그는 게토에서 강제수용소로 이송되던 중 아내와 함께 탈출했다. 1958년 연구 조사차 오게 된 서독에서 〈FAZ〉의 문예란에 문학비평을 쓰며 정착했다. 1988년부터 2001년까지 TV 프로그램 〈문학 사중주〉를 진행하며 '문학의 교황'으로 불렸다.

마르셀 라이히라니츠키와 나를 이어 주는 이야기는 길다. 1988년, 그는 나에게 평론을 해 보라며 책을 한 권 보내 주었다. 그러면서 문학 비평가로 데뷔하는 나를 위해 몇 가지 유익한 충고도 빠뜨리지 않았다. "글을 이해하기 쉽고 재미있게 쓰세요." 당시에 그는 15년째 〈FAZ〉에서 두려움에 떨게 하는 문예부장을 맡고 있었다. 그는 나의 비평을 실어 주지 않았지만 나는 그의 조언을 잊지 않았다.

3년 후, 내가 〈차이트〉에서 문예부장을 맡자 그는 나에게 자주 전화를 걸어왔다. "이봐요, 이 책 어떻게 생각해요?" 그는 온갖 풍문을 다 듣고 싶어 했다. "당신 혹시 라인하르트 바움가르트*와 잔 적 있나요?" 그는 이런 일에도 문학 못지않게 관심을 기울였다. 때로는 약간 더 많이 기울였다.

---

* 독일의 작가이자 문학과 연극 비평가이다. 이리스 라디쉬는 〈차이트〉에서 그의 자서전을 높이 평가했다.

1999년 여름, 그의 자서전『나의 인생』이 발행되었다. 그는 그 책에서 폴란드에서 보낸 유대인으로서의 어린 시절, 1938년에 졸업 자격시험만 마칠 수 있었던 베를린에서의 학창 시절에 관해 설명했다. 그는 부인 테오필라를 바르샤바의 게토에서 만났고, 두 사람은 함께 탈출하는 데 성공했다. 내가 직장 동료와 함께 그의 90세 생일 직전인 2010년 여름에 그를 찾아갔을 때, 그 책은 이미 영화로 나와 있었다. 그는 자신의 삶이 영화로 만들어진 것에 대해 늘 매우 호의적으로 의견을 밝혔었다. ("이 영화는 내가 간절히 바라기는 했지만 감히 기대도 하지 못했던 것이야.") 그렇지만 지금은, 우리들에게 사실은 그 영화가 전혀 마음에 들지 않는다고, 심지어 '엄청난 실망'을 안겨 주었다고 털어놓았다. 이와 비슷한 노년의 과격함을 그는 2년 전에 이미 독일 텔레비전상賞 수상식에서 명백히 드러냈다. 그는 녹화 중인 텔레비전 카메라 앞에서 자신에게 수여될 명예상을 받지 않겠다고 말했다. 시상식이 진행되는 동안 자신에게 돌아온 '멍청한 짓'을 참을 수 없다고 여겼기 때문이다. 식이 끝나기 직전에야 그는 자신의 솔직한 생각을 거리낌 없이 밝혔다.

라이히라니츠키는 세상 사람들과 주로 전화를 통해 교류하는 인물이었다. 전화는 말하자면 그에게 자양분을 공급해 주는 탯줄이었다. 그에게 가장 필요한 자양분은 새로운 소식이었다. 내가 그의 전설적인 프로그램 〈문학 사중주〉에 출연하면서 보낸 몇 년 동안 나는 밤낮을 가리지 않고 걸려 오는 그의 전화를 피할 길이 없었다. 그의 통화는 늘 똑같은 각본에 따라 진행됐다. 그는 어떤 인사말도 건네지 않고 곧장 용건을 늘어놓기 시작했고, 그러다가 대체로 끝없이 이어지는 대화를 과감하게 '아듀' 혹은 '수고'라는 말로 느닷없이 끝냈다.

나는 그가 자신이 사회를 맡고 있는 〈사중주〉 프로그램을 둘러싼 대중의 소동에 조금도 관심을 기울이지 않는 것에 놀랐다. 그가 관심을 기울인 대상은 책들이었는데, (그와 오래 통화를 하면서 느낀 바로는) 토마스 만의 책들에 가장 많이 그리고 우리의 다음 방송 편에 나올 책들에 약간의 관심을 보였다. 우리는 잘츠부르크, 빈, 베를린, 함부르크, 쾰른, 비스바덴, 트라베뮌데에서 녹화를 할 때 만났다. 그때는 명확한 규칙이 하나 있었는데, 녹화가 시작되기 전에는 그 프로그램에 관해 아무 말도 하지 않는 것이었다. 신경에 거슬리는 일이나 메모 쪽지도 금물이었다. 사람들은 대신 연극 공연과 콘서트, 독서물에 관해 잡담을 나누었다. 텔레비전, 사진사, 카메라, 분장, 그밖에 방송과 관련된 잡다한 일 전체가 그에게는 성가시기만 했다.

나는 그 냉담함이 과거사에서 생긴 어두운 그림자와 같다고 믿는다. 그는 자신의 부모가 바르샤바의 화물 야적장에서 채찍을 맞으며 처형장으로 끌려가는 모습을 지켜봐야만 했다. 그 일에 비하면 수백만의 시청자들이 지켜보는 저녁 시간은 하찮은 것이었다. 그에게 텔레비전은 오히려, 자신에게 넘쳐 나는 생존력을 담아내는 우연한 물받이 통이었다.

왜냐하면 나는 이것만은 증언할 수 있기 때문이다. 즉, 그는 전화상으로도 자신의 최고 프로그램에서와 다르게 말하지 않았다. 원기 왕성하고, 빈틈없고, 정곡을 찌르는 말투였다. 그는 우쭐대거나 자만에 빠지지 않았다. 그에게 중요한 것은 대화의 재치였지, 그를 중심으로 진행되는 공연이 아니었다. 나는 때로는 그가 재미있게 진행하고, 칭찬을 받으려고 쉬지 않고 노력하는 이면에는 한 인간의 울적함도 숨겨져 있다는 느낌이 들었다. 세상 사람들과 자주 격한 언쟁을 벌이지만 진정으로 교류하지는 않는 그러한 인간 말이다. 이 인터뷰 와중에도 그는 끊임없이 전화벨이 울려 대는 가운데 자신의 고독함에 대해 한탄했다.

이날 오후 프랑크푸르트의 구스타프-프라이탁가街에 있는 그의 아파트에서 나는 그를 마지막으로 보았다. 그의 부인 테오필라도 마찬가지였다. 우리는 거실의 검은색 고급 가죽 소파에 앉았다. 라이히라니츠키는 전기로 조종할 수 있는 안락의자에 왕처럼 버티고 앉아 있었다. 그의 옆 손닿는 곳에는 전화기, 안락의자 리모컨, 텔레비전 리모컨이 놓여 있었다. 테오필라는 옆방에 앉아서 자신의 간병인을 스케치하고 있었다. 그녀는 우리가 방문한 지 10개월 후에 91세의 나이로 세상을 떠났다. 우리가 대화를 나눌 때 삶에 애착이 거의 없어 보였던 남편은 2년 후인 2013년 9월 18일에 프랑크푸르트의 한 요양원에서 숨을 거두었다. 향년 93세였다.

*

라디쉬 어떻게 지내나요?
라이히라니츠키 사람이 늙으면 삶이 고달퍼지지. 영 불편해. 이 나이가 되도록 사는 게 낙은 아니라는 말밖에 할 말이 없어.

라디쉬 당신은 지금까지 엄청나게 긴 인생길을 지나왔습니다. 1974년에 당신이 〈FAZ〉로 왔을 때…….
라이히라니츠키 73년이지!

라디쉬 지금 우리는 할아버지와 아버지, 자녀처럼 앉아 있군요. 이것이 마음에 드나요.
라이히라니츠키 말이 나에게는 너무 복잡하군. 당신 말은 알아듣기가 너무 힘들어.

라디쉬 당신의 문하생들은 현역에서 물러나고 있고, 손자 세대들은 서서히 흰머리가 돋기 시작합니다. 당신은 믿을 수 없을 정도로 오래 문학 비평을 지배해 왔는데요. 당신의 후계자, 제자들은 누구입니까?

라이히라니츠키 바인치를, 하게, 비트슈토크.*

(전화벨이 울린다. 그가 전화를 받는다.)

네. 이봐, 난 페트라 로트 시장** 집무실에서 너무 오래 있었어. 무슨 새 소식이라도 있어? 내가 그 대사를 만나서 뭘 하겠어? 내일 열한 시에 와. 그래, 그 서정시인도 다시 전화를 걸어왔어. 그 렌츠 말이야. 응, 그래. 나는 그 시가 그리 좋다고 생각하지 않아. 아무튼 프랑크푸르트 명시선選에는 맞지 않아. 열한 시에 오라고.

(그가 전화를 끊는다. 두 방문객에게 말한다.)

내 비서였어. 그녀는 아주 유능하지. 독문학 전공자야. 토마스 안츠*** 의 제자지. 네덜란드 대사가 나에게 훈장을 수여하겠다는군, 여왕 대신에. 아주 쓸데없는 짓이야.

라디쉬 아직도 글을 즐겨 읽나요?

라이히라니츠키 〈차이트〉, 〈슈피겔〉을 읽지. 예전보다 더 자주 신문들을 읽고 있어.

라디쉬 문학에 대한 애정은 어디로 사라졌나요? 독일 현대 소설도 읽나요?

라이히라니츠키 거의 안 읽어.

---

* 세 사람 모두 〈FAZ〉에서 근무했던 기자이며 현재 문학 비평가, 저술가 등으로 활동하고 있다.
** 독일 기독민주당 소속 정치인. 프랑크푸르트 시장을 역임했다.
*** 독일의 문예학자이며 마부르크대학에서 독일 근대 문학을 강의했다.

라디쉬 그 이유가 소설들 때문인가요, 아니면 자신 때문인가요?

라이히라니츠키 나와 약간 관련이 있지. 나는 스스로 자문해 봐. 또 다시 소설을 읽어야만 하나?

라디쉬 현대 문학이 더 이상 마음에 와닿지 않는다고 느끼나요?

라이히라니츠키 그래, 맞아. 바로 그대로야.

라디쉬 문학을 떠나 있는 게 허전하지는 않으세요?

라이히라니츠키 그 모든 것은 단 한 가지 사실의 그늘에 가려져 있지. 내 나이가 이제 아흔 살이 된다는 사실. 끔찍한 일이야.

라디쉬 그 때문에 책에 대한 욕망이 사라졌나요?

라이히라니츠키 그 때문에 모든 것에 대한 욕망이 사라졌지. 모든 것에 대해.

라디쉬 모든 것이 앞으로 불확실하기 때문인가요?

라이히라니츠키 그 말은 그래도 부드러운 표현이야. 앞으로 불확실하다니! 확실한 앞날이 하나 있어. 바로 죽음이지. 아내와 내가 만났던 스무 살 때, 우리는 살아남을 가능성이 매우 희박했어. 우리가 여든 살이 되면 어떻게 될지 상상해 보았을 때…… 오, 이런! 그런데 아흔 살? 아흔 살이지! 끔찍하군, 끔찍해.

라디쉬 당신은 그 긴 생애를 수확물로 거둬들이고 자신의 위대한 업적과 삶을 자랑스러워할 수는 없나요?

라이히라니츠키 내가 만족한다고 말하기를 바라는군. 당신은 내가 이 것을 이루었고, 저것을 성취했으니 만족한다는 말을 듣고 싶은 거지. 그런 말을 들을 순 없을 거야. 글쎄, 여보게들, 뭘 원하는 거야?

많은 사람들이 나를 알아보았지.
하지만 그것은 끝났어. 지난 일이야.

라디쉬 당신은 독일의 가장 중요한 문학 비평가입니다. 주유소 직원 들도 당신을 알고 있고, 말하는 습관까지 압니다.
라이히라니츠키 그래, 맞는 말이야. 주유소 직원들이 모두 나를 알아 주는 게 기뻤어. 많은 사람들이 나를 알아보았지. 하지만 그것은 끝났 어. 지난 일이야. 오늘 나는 〈FAZ〉에 있는 내 사무실에 들렀지. 거기 에 젊은이들이 있었는데 나를 못 알아보더군. 그들은 내 곁을 그냥 지 나가 버리면서 한번 쳐다보지도 않았어.

라디쉬 그 일로 마음이 상했나요?
라이히라니츠키 놀라울 따름이지. 〈FAZ〉에서 내가 아는 사람은 둘뿐 이야.

라디쉬 젊은이들이 노인들을 잊는 것이 세월의 흐름 때문일까요, 아 니면 당신이 대변하는 문학 비평 방식이 더 이상 요구되지 않기 때문일 까요?
라이히라니츠키 매우 타당한 질문이군. 하지만 난 거기에 대답할 수 없어.

라디쉬 오늘날 문학 비평이 생산한 평판은 더 이상 당신의 시절만큼 많은 것을 좌우하지 않습니다. 무척 고무적인 현상이 생겨났지요.

라이히라니츠키 계속 말해 보게! 정말 그래. 당신 말이 정확히 들어맞는군. 그럼에도 나는 계속해 나가고 있지. 나는 프랑크푸르트 명시선을 만들고, 매주 〈프랑크푸르트알게마이네존탁스차이퉁〉에 실릴 칼럼을 쓰지.

라디쉬 그러나 더 이상 똑같은 기쁨을 느끼지는 않나요?

라이히라니츠키 그래, 더 이상 똑같은 기쁨을 느끼지는 않아. 나는 행복하지 않아. 전혀 행복하지 않다고. 나는 한 번도 행복했던 적이 없었어. 한 번도 말이야. 나는 평생 한 번도 행복했던 적이 없었다고. 행복은 내게 없는 것이야. 내게 없는 것이 또 있지. 나는 자부심도 없어. 모두가 나에게 물어보지. 당신은 자랑스러운가요? 그러나 자부심이라는 단어는 나와 거리가 멀어.

라디쉬 당신의 일생이 심지어 영화로 만들어진 것이 자랑스럽지 않았나요?

라이히라니츠키 아, 그 영화는 나에게 커다란 실망을 안겨 주었지.

라디쉬 그것은 처음 듣는 평가군요. 늘 그 영화를 칭송했던 걸로 아는데요.

라이히라니츠키 물론 그 영화를 칭송하기는 했지. 하지만 그 영화를 전혀 다르게 만들 수도 있었을 거야.

라디쉬 무엇이 잘못되었나요. 오락성이 너무 높았나요?

라이히라니츠키 정반대야. 너무 재미가 없었어. 실망스러운 영화야. 나에게 감동을 주지 못했어.

라디쉬 당신은 오락성을 중요시하죠. 〈FAZ〉의 문예부장으로 재직할 당시 문학 비평가가 재미있고 이해하기 쉽게 글을 쓰는 것을 중시했습니다. 당신에게 독자는 매우 중요했지요. 당신의 문학에 대한 애착은 결코 독자를 고려하지 않을 정도로 맹목적이지 않았습니다.

라이히라니츠키 독자는 나에게 항상 중요했지. 나는 그것을 연극 비평에서 배웠어. 알프레드 케어, 헤르베르트 이에링, 지그프리트 야콥존, 율리우스 밥,* 그들 모두가 관객들을 위해 글을 쓰지.

라디쉬 그런데 항상 이해하기 쉬워야 한다는 것에 피로해진 적은 없나요?

라이히라니츠키 여기서 '이해하기 쉬워야 한다'는 것이 무슨 의미인지 이해하고 싶군. 나는 사람들에게 실러의 『간계와 사랑』이 매우 중요한 작품이라는 사실을 전하려 했던 거야. 또 셰익스피어가 위대한 작가라는 사실도.

라디쉬 하지만 그것을 이해하기 위해 사람들이 약간 힘을 들일 수도 있을 텐데요.

라이히라니츠키 아니지, 비평으로 성공을 거두는 것이 중요해. 연극비평처럼 말이야. 알프레드 케어가 나에게 지대한 영향을 미쳤지. 그의 비평은 흥미로웠고, 생동감이 넘쳤어.

(전화벨이 울린다.)

---

* 언급된 네 인물 모두 극작가이자 연극 비평가였다.

네. 그래. 아, 이보게, 꼭 그래야만 해. 그렇지, 지금 같은 시기에 그 것은 불가능해. 아니, 안 돼, 이번 주엔 스케줄이 꽉 찼어. 그럼 다음 주 에 다시 전화하게. 그때 가서 약속을 잡도록 하지. 전화하라고, 좋아, 아듀.

라디쉬 당신은 서독에서 당신의 출세가 반유대주의의 그늘에 가려 있 었다고 자주 언급했습니다. 그사이에 독일에서는 유대인으로서 자신의 문화를 조금도 숨김없이 인정하는 젊은 작가들이 있다는 것을 알고 계 신가요?
라이히라니츠키 누굴 말하는 건가?

라디쉬 이를테면 막심 빌러*가 있죠.
라이히라니츠키 그 사람에 관해서는 잘 몰라. 누군가가 얼마 전에 빌 러가 어떤 책에서 나를 흥미롭게 서술했다는 내용의 편지를 보내오긴 했지만.

라디쉬 그의 책 『노쇠한 유대인Der gebrauchte Jude』에는 당신이 유대인 국외자이자 은둔자로 묘사되고 있습니다.
라이히라니츠키 그렇게 쓸 수도 있겠지. 그렇게 추측할 수도 있고. 그 런데 나는 그것과는 관계가 없어. 전혀, 그림, 전혀 관계없지. 독일 문 학에서 유대인들이 엄청난 역할을 했다는 사실을 잊지 말았으면 좋겠 어. 하이네나 혹은 투홀스키** 같은 사람들이 나의 관심을 끌었지. 아니

---

* 독일의 작가이자 칼럼니스트, 가수. 첫 소설집으로 유대계 독일 문단의 기대를 받 았으며, 독일 사회와 독일인에 대해 도발적인 발언으로 유명하다.
** 쿠르트 투홀스키. 시대 상황을 풍자적으로 비판한 독일의 언론인이자 수필가, 시 인으로 나치 치하에서 독일 시민권을 박탈당했다.

면 한 남자를 생각해 봐도 좋을 거야. 그 남자는 나를 싫어했고, 나 또한 그 남자를 싫어했지. 한스 마이어* 말이야. 엄청난 일들이 많이 있었지.

라디쉬 그러니까 당신은 자신을 국외자로 여기지 않는다는 뜻인가요?

라이히라니츠키 지금부터 잘 들어 봐. 나는 폴란드의 브워츠와베크라는 곳에서 태어났어. 나의 아버지는 폴란드계 유대인, 어머니는 독일계 유대인이었지. 부모님은 문학보다 음악에 더 많이 몰두했어. 반면에 나는 애초부터 책을 아주 많이 읽었지. 나는 독일로 건너왔고, 짧은 기간, 아주 짧은 기간 내에 최고의 독일 학생이 되었어. 그래서 나는 우수한 독일 학생으로서 당연히 학교에서는 국외자였지.

라디쉬 그건 유대인의 특성 때문이었나요, 폴란드인의 특성 때문이었나요, 아니면 뛰어난 재능 때문이었나요?

라이히라니츠키 모든 게 다 합쳐졌던 거지. 나는 열네 살 때 선생님을 무척 화나게 만든 적이 있었어. 내가 선생님 말은 잘못 됐다고, 그 말은 『파우스트』가 아니라 『이피게니에』에 나와 있다고 말했던 거지. 학교에서 유대인 학생들과 비유대인 학생들 사이에 큰 차이는 보이지 않았어. 하지만 차이를 보이는 학생이 딱 한 명 있었지. 그게 나, 라이히였다고. 그는 독일 문학을 다른 누구보다 잘 아는 유일한 학생이었지. 그건 특별한 능력이었어. 아주 명확하게.

---

* 독일의 문예학자이며, 비평가, 작가, 음악학자로서 국제적인 명성을 얻었고, 법률가이자 사회학자이기도 했다. 한때 라이히라니츠키와 함께 라디오와 텔레비전을 통해 방송된 〈문학 카페〉라는 프로그램을 진행하기도 했다.

라디쉬 부모님은 그 특별한 재능을 알아차리셨나요?

라이히라니츠키 어머니가 알아차리셨지. 어머니가 나에게 준 첫 선물이『빌헬름 텔』의 어떤 판본이었어.

라디쉬 당신은 어머니에 관해 자주, 또 특별히 다정하게 말하는 반면, 당신의 자서전『나의 인생』을 보면 아버지는 완전히 뒷전에 있는 실패자로 보입니다. 정말 그랬나요?

라이히라니츠키 아버지는 마음씨 좋은 분이었어. 하지만 당신 말이 맞아. 실패자였지.

라디쉬 그래서 당신은 실패자가 되지 않으려 했던 건가요?

라이히라니츠키 그랬지. 나는 무슨 일이 있어도 그렇게 되고 싶지 않았어. 그런데 전쟁이 끝나자 나는 실업자가 되었지. 일거리가 전혀 없었어.

라디쉬 그때 문학이 당신을 구해 주었군요.

라이히라니츠키 아니, 문학이 날 구해 준 건 아니야. 나는 무엇을 해야 좋을지 전혀 몰랐으니까. 바르샤바에서 나는 완전히 국외자였어. 폴란드에서 쓸모가 없었던 것만은 명확했지. 나는 폴란드 밖으로 나가야 했어. 그래서 혼자 이곳으로 왔지. 아내와 아들은 영국에 둔 채. 나는 이곳에 올 때 사전을 하나 가지고 왔는데, 두 권짜리 독−폴 사전이었어. 아직도 이곳에 보관되어 있으니 당신에게 보여 줄 수도 있어. 1905년에 나온 가장 오래되고, 가장 좋은 독−폴 사전이었지. 심각한 문제는 내가 무엇으로 밥벌이를 하느냐였어. 나는 사전을 가지고 있으니 살아

가게 될 거라는 희망을 가지고 있었지. 왜 웃으시나? 나는 그 두 권짜리 사전을 이곳에 보관하고 있다고. 나는 그것을 한 번도 사용하지 않았어. 그 사전은 늘 그곳에 놓여 있었고, 지금까지도 그 자리에 놓여 있지.

라디쉬 그 후 〈빌트〉에 실릴 독일에서의 첫 기사를 작성했지요.
라이히라니츠키 그들이 그 기사를 한사코 원했으니까.

라디쉬 얼마 후 〈차이트〉로 옮겼고요.
라이히라니츠키 47그룹의 회합에 참석했었어. 그러곤 잠시 후에 어떤 작가의 소설에 관한 내 생각을 밝혔지. 그 일을 계기로 루돌프 발터 레온하르트*가 나를 곧장 고용했어. 그러나 편집부 사람들은 결코 날 본사에 받아들이려 하지 않았어.

라디쉬 카를하인츠 얀센**은 〈차이트〉 창간 50주년을 기념하는 자신의 책에서 직원들이 당신을 '꼬치꼬치 따지는 성격'으로 여겼다고 썼습니다. 당신은 이 부수적인 언급에서 정말로 〈차이트〉 편집부원 전체가 반유대주의 성향이었다는 결론을 내리겠습니까?
라이히라니츠키 아니, 난 그러고 싶지 않아. 그렇지만 당신에게 묘한 이야기를 하나 들려주지 않을 수 없군. 〈차이트〉는 취리히에 프랑수아 본다라는 직원을 한 명 두고 있었어. 그가 회의를 위해 함부르크로 소집되었지. 한 사람은 소집되지 않았고, 회의에 들어가지 않았어. 그게 바로 나야. 나는 단 하루도, 한 시간도 편집부에서 근무하지 않았어. 직

---

* 독일의 기자이자 저술가. 〈차이트〉에서 17년 동안 문예란 책임자로 근무했다.
** 〈차이트〉에서 35년간 편집부원이었으며 역사학자이기도 했다.

원들은 멀리서도 찾아왔지만, 바로 곁에 있는 나는 함부르크-닌도르프에 있으면서도 참석해서는 안 되었지. 사람들은 나를 좋아하지 않았어. 그게 반유대주의일까? 난 모르겠군.

라디쉬 그 후 당신을 〈FAZ〉의 문예부장으로 만들어 준 사람이 요아힘 페스트*였습니다. 나중에는 그와의 사이가 나빠졌지요. 당신 자서전에는 베를린의 볼프 욥스트 지들러** 집에서 거행된 페스트의 히틀러 평전 증정식에 어떻게 초대받았으며, 두 사람이 손님들과 함께 있던 알베르트 슈페어***를 어떻게 쳐다보았는지 쓰여 있습니다. 당신은 페스트와 지들러가 한 행위를 나쁘게 받아들였고요. 그때 당신은 즉각 돌아서서 떠날 수도 있었을 텐데요.

라이히라니츠키 내가 알베르트 슈페어를 보았을 때 그는 이미 내 쪽으로 다가오고 있었지. 그는 볼프 욥스트 지들러에 의해 어쩔 수 없이 나와 안면을 트게 되었던 거야. 내가 보기에 슈페어는 매혹적이더군.

라디쉬 그와 얘기를 나누었나요?
라이히라니츠키 맞아, 그와 얘기를 나누었지.

라디쉬 무엇에 관해서였나요?
라이히라니츠키 그건 더는 기억이 안 나.

---

* 독일의 현대사 연구가이자 〈FAZ〉의 공동 발행인이었으며, 1973년에 히틀러 평전을 발표했다.
** 독일의 출판인이자 저술가로, 페스트가 쓴 히틀러 평전의 발행인이다.
*** 독일의 건축가로 1942년에 제3제국의 군수 장비와 탄약 생산 담당 장관이 되었다. 뉘른베르크 전범 재판소에서 20년 형을 선고받았다. 만기 출소 후에 회고록 등을 저술해서 많은 수입을 올렸다. 슈페어의 글을 언론과 출판사에 건네주도록 주선한 사람이 바로 페스트다.

(전화벨이 울린다.)

네. 어이, 자네가 이곳에 왔다니 기쁘군. 무슨 새로운 소식이라도 들었나? 어이구, 저런. 내가 이곳 높은 양반들에게 그게 가능하다고 생각하는지 물어보지. 그래, 내일 통화하세, 아듀.

(그는 전화를 끊는다. 두 방문객을 향해 말한다.)

연이은 화젯거리야. 한저 출판사에서 8월에 작가 그슈트라인의 책이 나온다는군. 당신들도 그 소식 들었어? 주어캄프 출판사 사장 울라 베르케비치*에 관한 소설이라는구먼.

라디쉬 그 일이 흥미로운가요?

라이히라니츠키 물론이지, 난 그런 일이 흥미롭다고.

라디쉬 대체 그 일의 어떤 점이 흥미로운가요?

라이히라니츠키 그 여자가 나에게 무슨 짓을 저질렀는지! 믿기 힘든 인물이지. 그녀는 프랑크푸르트 명시선을 더 이상 자회사인 인젤 출판사에서 발행하지 않겠다고 했어. 33권이나 나왔는데. 미쳤지.

라디쉬 그녀가 주어캄프 출판사를 망하게 하는 걸까요?

라이히라니츠키 현재로써는 프랑크푸르트 명시선을 망쳐 놓았지. 그 명시선은 이제 피셔 출판사에서 발행되고 있어. 베르케비치는 자기가 발행하는 책들이 성공을 거두지 못한 게 나 때문이라고 믿고 있어. 전임 사장 운젤트가 나에게 무슨 이야기를 했었는지, 원! "당신이 울라를

---

* 독일 지식 문화계를 주도한 주어캄프 출판사는 사장이었던 운젤트의 사망으로 2003년 그의 부인 베르케비치에게 경영권이 승계되었는데, 이후 편집자들의 교체와 본사 이전 등 내·외부적 갈등이 독일 사회에 큰 논란이 되었었다.

위해 무언가 할 수 없다면, 울라는 상을 받을 수 없어요."

라디쉬 당신은 쉽게 넘어가지 않을 텐데요.
라이히라니츠키 그럼, 물론이지.

라디쉬 〈문학 사중주〉에서 당신이 울라 한*을 혹평했던 방영 편을 기억하고 계시나요? 당신이 그녀를 발굴했는데도 말이죠.
라이히라니츠키 그 책을 그 방영 편에 절대 포함시키지 말았어야 했는데, 내가 너무 성급했어.

라디쉬 그러면 지그리트 뢰플러**가 출연했던 전설적인 마지막 방영 편은요? 그 후에 그녀를 부당하게 평가했다고 생각한 적 없나요?
라이히라니츠키 물론이지! 그녀를 절대 〈사중주〉에 출연시키지 말았어야 했어. 무척 버릇없는 여자였지.

라디쉬 누가 노벨문학상을 받을지에 대해 아직도 관심을 가지고 있나요? 지난해 노벨문학상을 수상한 헤르타 뮐러의 작품은 어떻게 생각하나요?
라이히라니츠키 헤르타 뮐러의 작품에 대한 의견은 밝히고 싶지 않아.

---

* 독일 현대 서정시인들 중 가장 중요한 서정시인으로 통한다.
** 오스트리아의 시사 평론가이자 문학 비평가이다. 〈문학 사중주〉의 대담자로 오랫동안 참여했으나 2000년 6월 무라카미 하루키의 『국경의 남쪽, 태양의 서쪽』의 성애 표현에 대한 라이히라니츠키와의 격렬한 논쟁이 감정싸움으로 비화된 후 더 이상 출연하지 않았다.

라디쉬 그러면 엘프리데 옐리네크의 작품은요?

라이히라니츠키 그게 뭐였지? 그게 문학이었나? 난 모르겠는데.

라디쉬 알면서 그러는군요.

라이히라니츠키 당시에 나는 이미 문학에 철저히 관심을 가지지 않았어. 옐리네크의 작품은 내 관심 밖이었지. 그것은 나와는 전혀 상관없는 일이었어. 그런데 어떤가, 당신들 이제 내 아내에게 인사나 할 텐가?

(전화벨이 울린다. 라이히라니츠키는 바로 옆의 서재에서 통화를 한다.)

라디쉬 라이히라니츠키 부인, 남편 분은 우리에게 이제는 누구도 자신을 알아주지 않고, 누구도 자신에게 관심을 가지지 않는다고 불평했습니다. 그런데도 이곳에는 전화벨이 계속해서 울리는군요.

라이히라니츠키 부인 네, 전화벨은 끊임없이 울리지요. 나는 그이가 앞으로도 지금처럼 많은 사람들과 접촉하기를 기원한답니다.

라디쉬 남편 분은 계속해서 무척 외롭다고 하는데, 그 말을 끝마칠 새도 없이 벌써 또 전화벨이 울려요.

라이히라니츠키 부인 천만다행이죠.

라이히라니츠키 *(서재에서 외친다.)* 누가 좀 도와주겠어? 팩스 기기가 고장이 났어.

(방문객인 우리는 어쩌다 빠져나온 케이블 연결 단자를 기기에 다시 고정시켜 주는 동안 확인하게 되었다. 한때 책들로 가득 찼던 서재의 서가들이 대부분 비어 있었다.)

218

라디쉬 라이히라니츠키 씨! 당신 책들을 다 어떻게 한 건가요?

라이히라니츠키 많이 처분해 버렸어. 더 이상 필요하지 않은 책들이
니까.

Antonio Tabucchi

안토니오 타부키

"나의 과업은 완수되었다."

이탈리아 태생의 작가로 시·소설·희곡·산문·연구서 등 다양한 장르의 글을 썼다. 유럽의 실천적 지성을 대표하며 노벨문학상 후보로까지 거론되었던 그는 이탈리아의 베를루스코니 정부를 향한 비판적 발언으로 조국을 떠나 살아야 했다. 또한 1990년대 본격화된 이탈리아 내 집시들의 무차별적 추방에 대해서도 맹렬하게 비난하며 현실의 정치·사회·경제적 조건에 대한 논쟁에 적극적으로 참여했다.

내가 리스본의 몬테올리베티가街에 있는 안토니오 타부키의 아파트를 방문한 것은 2011년 11월의 어느 일요일이었다. 그날은 날씨가 춥고 비까지 내렸다. 그 전날 이탈리아의 실비오 베를루스코니 총리가 사임 의사를 밝혔다. 이탈리아 어디서나 그리고 몬테올리베티가에서도 그날 저녁에는 사람들이 함께 모여 축하 행사를 벌였다. 타부키 가족들은 포도주 한 병을 따 놓고 푸르트벵글러의 교향곡 제1번을 틀었다.

내가 그 유명한 이탈리아 작가를 이탈리아 총리가 사임한 다음 날에 찾아간 것은 우연이 아니었다. 안토니오 타부키는 실비오 베를루스코니의 가장 강력하고 공공연한 적수 중 한 명이었던 것이다. 그 때문에 타부키 부부는 이탈리아에서 견뎌 내기 힘든 상황이었다. 피사에 있는 가족 저택은 오래 전부터 비어 있어서 이웃집 여자가 이따금씩 창문을 열어 놓곤 했다. 이들 부부는 자신의 거주지인 리스본과 파리로 물러나 지내는 것을 선호했다. 다음 해에는 베를린에서 꽤 오래 체류할 계획이

서 있었다. 내가 방문했을 때 베를린을 무대로 하는, 이제 막 시작된 소설의 원고가 창가의 긴 책상 위에 펼쳐진 채 놓여 있었다.

하지만 그의 베를린 방문은 성사되지 못했다. 안토니오 타부키는 11월의 그 일요일에 나에게 자신의 마지막 인터뷰를 남겨 주었다. 넉 달 후에 그는 리스본에서 사망했다. 68세가 된 이 작가와의 대화는 원래 인생의 마지막 대화를 염두에 둔 것은 아니었다. 무엇보다 사회 참여에 열성적인 작가 활동에 대한 정치적 결산을 해 보려던 이 대화가 오히려 유증물이 되어 버린 것이다.

안토니오 타부키는 최상의 컨디션을 유지하고 있었다. 그의 아름답고 우수에 젖은 두 눈은 생기 있게 반짝였다. 그는 분노로 떨리는 큰 목소리로 베를루스코니의 모든 죄악을 열거했다. 또 자신의 삶의 마지막 20년을 짓밟고 이탈리아를 망가뜨리는 데 일조했던 모든 가담자들을 거명했다. 그는 인터뷰를 위한 채비도 갖추어 놓았다. 담배, 메모지, 노트북과 종이가 준비되어 있었다. 타부키 부인도 대담에 참가했다. 그녀는 대화에 등장하는 모든 이름을 기록하는 일을 맡았다. 많은 이름이 나올 터였다. 안토니오 타부키는 베를루스코니를 높은 자리에 앉히고, 그를 지원하고, 그의 말에 맞장구친 일당들 중 누구도 빼먹지 않는 것을 중요하게 여겼다.

만약, 그 작가에게 아직 남아 있는 삶의 시간이 얼마나 짧을지 예감했더라면 나는 그의 소설들에 관해 물어봤을 것이다. 그의 소설에서는 마음씨 고운 사람들이 죽음을 애도하는 깊은 생각에 잠겨 있었다. 또, 나는 그가 책으로 다룬 적이 있는 포르투갈의 시인 페르난두 페소아*

* 포르투갈의 시인이자 작가로, 푸르투갈 최고의 시인으로 추앙받는 루이스 데 카몽 다음으로 중요한 포르투갈어권 서정시인으로 평가받고 있다. 타부키는 페소아의 작품을 번역하고 전 세계에 알린 연구가이기도 했다.

에 관한 이야기도 나누었을 것이다. 그 소중한 오후를 오로지 그의 마지막 생애 몇 십 년을 악몽으로 몰아간 인물에게만 바치지는 않았을 것이다.

나중에 가서야 보수적인 이탈리아 문화 시민층 출신의 감수성 강한 이 신사와 막대한 재산을 가진 천박한 졸부 사이에 벌어진 그 불공평한 대결의 비극적 운명이 더욱 명확히 드러났다. 다시 말해, 타부키는 자신의 인생에서 이탈리아의 압제자가 제거된 새로운 활동의 장을 펼칠 기회를 거의 얻지 못했던 것이다. 그의 인생의 최후는 유서 깊은 유럽 문화의 중심 국가를 자기 개인의 디즈니랜드로 착각한 한 소시민이 저지른 고통스러운 만행에 의해 빛이 가려진 채 남게 되었다.

*

라디쉬 당신은 이탈리아에서 가장 유명한 생존 작가들 중 한 명인데도 이곳 리스본에서 망명 생활을 하는 것과 비슷하게 살고 있습니다. 그 이유가 무엇인가요?

타부키 베를루스코니가 이탈리아에서 유럽의 방해를 조금도 받지 않고 수행한 파괴 공작 때문입니다. 유럽은 그가 자신의 정치적·경제적 제국을 건설하는 것을 17년 동안이나 수수방관했습니다.

라디쉬 유럽이 그것을 그냥 지켜보았을지 모르지만, 그를 선출한 사람은 이탈리아인들이었습니다.

타부키 베를루스코니는 애초부터 이탈리아인들의 도덕적·미학적 감각을 파괴하고 의식을 공격하는 것을 목표로 삼았습니다. 그 작자와 더불어 보잘것없는 것들과 혐오스러운 것들이 이탈리아인들의 생활 속으로 들어왔어요. 그는 저질 텔레비전 방송을 만들어 냈고, 베티노 크락시*는 그 방송을 비호해 주는 법률을 통과시켰습니다. 그는 국민들의 가장 저속한 본능을 파고들었지요. 유감스럽게도 이탈리아 좌파는 그 모든 것을 방임했습니다. 심지어 그에게 이탈리아 헌법 개정에 동참하도록 권하기까지 했지요. 세계 최고 갑부들 중 한 사람인 그가 이탈리아 헌법도 마음대로 주물러야 한다니! 좌파의 도움 덕분에 베를루스코니는 이탈리아의 그럴 듯한 대표자가 되었죠.

라디쉬 베를루스코니는 정신적으로 50년대의 소시민 계층에 뿌리를 두고 있습니다. 이탈리아를 수중에 넣기 전에는 크루즈 선에서 노래하는 가수였죠. 왜 이탈리아의 엘리트층은 한 사람의 벼락부자가 이렇게 권력을 장악하는 것을 막지 못했나요?

타부키 그들은 그에게 열광해 있었어요. 세금을 줄여 준 베를루스코니를 새로운 지도자로 여겼던 이탈리아의 기업가들이 누구보다 먼저 환영했지요. 그러나 가톨릭교회도 그를 지원했습니다. 왜냐하면 그가 이탈리아의 뛰어난 정교분리제의 학교 제도를 무너뜨리려 했기 때문이지요. 바티칸 사람들은 베를루스코니 체제 속에서 나치 시대 때와 똑같이 자신의 참모습을 드러냈습니다.

라디쉬 왜 이탈리아인들은 하필이면 베를루스코니 같은 인물에 그토록 쉽게 넘어갔을까요?

타부키 내 생각에는 슬픔을 이기려는 정신적 노력이 없기 때문입니다. 독일에서 당신들은 뉘른베르크 전범 재판을 열었지만, 우리에게는

---

* 베를루스코니가 집권하기 전에 이탈리아 총리였으며, 베를루스코니의 언론·방송 장악에 도움을 주었다. 금융 부정, 뇌물 스캔들 등으로 실형을 선고받기도 했다.

그런 것이 전혀 없었습니다. 독일에는 과거와 대결을 벌였던 젊은 세대가 있습니다. 이탈리아에서는 사람들이 우두머리만 제거하고, 그것으로 끝이었지요.

라디쉬 그러나 이탈리아인들의 저항도 있었습니다.

타부키 그 저항은 노동자와 지식인으로 된 소규모 엘리트층으로 이루어져 있었습니다. 영국인들과 미국인들이 없었다면 이탈리아인들은 오늘날까지도 여전히 파시스트일 겁니다. 그러나 패전 후에 그들 모두는 하룻밤 사이에 반파쇼주의자로 탈바꿈했습니다. 이것이 유감스럽게도, 분명히 밝혀져야 할 가치가 있는 이탈리아인들의 특성입니다.

라디쉬 하지만 베를루스코니는 파시즘의 망령이 아니라, 오히려 세계관이라고는 전혀 없는 초현대적인 정치인입니다.

타부키 그는 누구든 가리지 않고, 심지어 크메르 공산주의자 게릴라들*과도 손잡을 수 있었겠지요.

라디쉬 당신은 안정적인 신념을 길러 내는 부르주아-보수주의적 환경에서 태어나고 자랐습니다. 반면에 베를루스코니는 정치와 경제를 꾸준히 뒤섞으려고 시도합니다.

타부키 석유의 영향력에 좌우되어 정치를 했던 조지 W. 부시와 콘돌리자 라이스와 아주 똑같습니다.** 그것이 포스트모더니즘이지요. 우리는 베를루스코니가 언제 자신을 위해, 또 언제 이탈리아를 위해 협상하

---

* 자국민 수백만 명을 학살한 캄보디아 공산주의 정권 폴 포트를 암시하고 있다.
** 조지 W. 부시와 부통령이었던 딕 체니는 석유업자 출신이며, 부시 정부 아래서 국무장관까지 지낸 콘돌리자 라이스는 석유업체 셰브론의 이사였다. 부시 정부는 중동의 원유 통제권을 장악하는 것으로 자국의 에너지 정책을 수립했다.

느지 전혀 알지 못합니다. 그는 푸틴과 카다피*와 친밀한 관계였고, 우리는 그 관계가 사적인 사업가 자격으로서인지 이탈리아의 대통령 자격으로서인지 결코 몰랐습니다. 그것이 그의 태양왕 같은 권력이었지요. L'état, c'est moi짐이 곧 국가다.

라디쉬 그 태양왕이 물러난 지금 당신은 이탈리아로 돌아가도 되지 않나요?

타부키 베를루스코니는 몰락했지만, 그의 체제는 그렇지 않습니다. 그는 17년 동안 하나의 제국을 건설해 놓았고, 헌법에 위배되는 법률을 적어도 20여 건이나 공포했습니다.

라디쉬 이탈리아가 완전히 딴 나라로 변했다는 건가요?

타부키 이탈리아는 정치적으로뿐 아니라 인류학적으로도 전혀 딴 나라로 변했지요. 베를루스코니 체제는 대중에게 생활 모델, 의식 모델, 언어 모델이 되어 버렸습니다. 삶의 근본적인 가치는 돈이지요. 베를루스코니는 국회의원들을 매수했어요. 그뿐입니까? 반이탈리아적 분리주의 정당인 북부동맹Lega Nord도 베를루스코니 덕분에 의회에서의 발언권을 얻게 되었지요.** 그것을 통해 이탈리아에서 원래는 세력이 미미했던 이 신나치주의 지역 정당이 벌인 외국인 혐오적이고 인종차별주의적인 선전 활동이 그럴듯하게 변했습니다. 오늘날에는 이탈리아인 40퍼센트가 인종차별주의적입니다. 집시들과 흑인 이주자들이 그들에게 가장 미움을 받는 주민 집단입니다. 이것만 상상해 봐도 될 겁니다.

---

* 리비아를 42년간 지배했던 독재자.
** 북부동맹은 이탈리아의 경제적으로 부유한 북부와 빈곤한 남부의 분리를 주장했던 극우 정당으로 1994년 총선에서 베를루스코니와 연합해 크게 도약했다.

즉, 이탈리아인은 집시를 마피아보다 더 위험하다고 여깁니다.

나는 부르주아에서
국외자로 바뀌게 되었지요.

라디쉬 당신의 정치적 이상은 어떻게 변했나요?

타부키 나와 같은 세대에서는 많은 사람들이 원외 야당 운동에 속했습니다. 극좌파 동년배들은 당시에 나를 부르주아라고 불렀어요. 오늘날 과거의 그 혁명가들은 베를루스코니에게로 넘어가 버렸고, 나는 공공연하게 혁명가로 내몰리는 실정입니다. 나는 부르주아에서 국외자로 바뀌게 되었지요.

라디쉬 그러면 당신의 원래 본거지, 즉 부르주아적 이탈리아는 어디에 있나요?

타부키 이탈리아는 두 쪽으로 갈라져 있습니다. 옛 이탈리아는 자연스러운 우아함을 가지고 있었어요. 이탈리아 말은 가장 비천한 사람들의 입에서조차 엄청나게 아름답게 흘러나왔습니다. 이런 이탈리아는 아직도 있습니다. 아직도 아름답고 존경할 만한 이탈리아가 존재합니다. 아쉽게도 이런 이탈리아는 여러 번의 선거에서 패배했지만요.

라디쉬 당신도 두 쪽으로 나뉘어져 있는 것 같은데요. 작가이자 포르투갈의 저자 페르난두 페소아의 팬으로서 당신은 우수를 띠는 경향이 있습니다. 그런 반면, 사회 참여적인 지식인으로서의 당신은 희망에 불타고 있나요?

타부키 나는 젊은이들을 믿습니다. 베를루스코니는 결정적인 실수를 저질렀습니다. 말하자면, 인터넷을 과소평가한 거죠. 젊은이들이 인터넷을 발견하고 그의 텔레비전 방송을 외면하자 그의 제국은 무너지기 시작했습니다. 베를루스코니가 통치하던 시절의 이탈리아에는 각 가정마다 텔레비전이 세 대씩 있었습니다. 거실에 하나, 침실에 하나, 주방에 하나. 베를루스코니가 만든 미생물은 사방에서 모든 사람들의 의식 속으로 침투했지요. 그러나 젊은이들은 그것을 막아 낼 수 있습니다. 그들은 유럽화되고, 외국으로 나갑니다. 그들에게는 베를린, 파리, 런던이 유럽의 수도입니다. 젊은이들을 보면서 나는 낙관적인 생각을 가집니다. 그들이 이탈리아에 제2의 르네상스를 불러올 겁니다.

　라디쉬 당신은 수십 년 동안 또 다른 이탈리아를 위해 매우 용감하고, 종종 매우 외로운 싸움을 벌여 왔습니다. 때로는 피로에 완전히 지친 상태가 되진 않나요?

　타부키 물론입니다. 전前 상원의장 레나토 스키파니가 나를 상대로 135만 유로의 손해 배상 소송을 제기했을 때 나는 몇 달 동안이나 글을 쓸 수 없었습니다. 내가 유일하게 이탈리아의 한 신문 기사를 통해 감히 그의 마피아 경력을 상기시켰다는 이유에서였습니다. 협박과 야간 전화 폭탄이 이어졌습니다. 베를루스코니가 운영하는 언론사 〈일폴리오〉의 수석 편집장 지울리아노 페라라는 만약 누군가가 나를 저격한다면 그 책임은 나에게 있다는 기사를 내보냈습니다. 그리고 누구도 나를 옹호해 주지 않았습니다. 나의 프랑스 출판사 갈리마르와 〈르몽드〉만이 나를 위해 전력을 기울였지요. 그 일은 끔찍했습니다. 그리고 아직도 끝나지 않았습니다. 소송이 계속되고 있기 때문이지요.

　라디쉬 당신의 앞날을 어떻게 판단하시나요?

타부키 나는 분석을 이미 마쳤습니다. 나의 과업은 완수되었습니다. 이제는 당신들 차례입니다.

Michel Butor

미셸 뷔토르

"마지막에 이르러서 우리는
어떤 일도 일어나지 않았다는 인상을 받는다."

프랑스 태생의 소설가로 소르본 대학에서 문학과 철학을 공부했다. 알랭 로브그
리예와 더불어 1950년대 프랑스 누보로망의 주요 작가로 분류되지만, 그 자신은 끊
임없이 글쓰기의 모험을 추구하며 다양한 소설 기법을 시도했을 뿐 아니라 다른 장
르의 예술가들과 공동 작업을 통한 글쓰기 방식으로 자신의 작품을 통상적인 소설
개념으로 범주화할 수 없게 만들었다.

제2차 세계 대전이 끝나고, 유럽의 대륙뿐 아니라 언어와 문학도 폐허로 변했을 때, 프랑스 소설가 미셸 뷔토르는 나탈리 사로트, 클로드 시몽과 함께 '누보로망'파를 창시했다. 그들은 '47그룹'이 독일 문학을 현대화하려 했던 것보다 훨씬 더 철저하게 프랑스 문학을 현대화하려 했다. 미셸 뷔토르는 1957년에 자신의 소설 『변경La Modification』을 쓰면서 문학의 미개척 분야에 발을 들여놓았다. 그 책의 줄거리는 단 하룻밤 동안 파리에서 로마로 가는 기차 칸막이 객실에서 진행된다. 기차가 로마에 도착할 때 우리는 기차를 타고 가는 주인공의 삶을 알게 된다. 그는 자신이 찾아가고 있는 로마의 애인을 별안간 더 이상 만나지 않기로 하고, 대신 우리가 이제 막 읽기를 끝낸 책을 쓰는 것이다.

미셸 뷔토르는 처음에는 니스에서, 그 후 60년대 중반 이후로는 제네바에서 조지 스타이너의 동료 교수로서 대학에서 문학을 가르쳤고, 갈리마르 출판사의 원고 심사원을 맡았다. 내가 제네바 부근에 있는 프랑스령 뤼상주로 그를 찾아갔을 때 그의 나이는 86세였다. 인터뷰는 책이 가득 쌓인 그의 집 다락층 작업실에서 진행되었다. 뷔토르는 늘 그렇듯이 재단사에게서 특별히 맞춘 가슴까지 올라오는 바지를 입고 있었다. 그 바지에는 커다란 주머니들이 달려 있어 그 속에 연필, 화필, 메모장 같은 자신의 작업 도구들을 넣고 다녔다. 그는 원고, 문예지, 석판화가 빼곡히 놓여 있는 책상 곁에 근엄하게 자리를 잡았다. 우리는 문학에 관해, 또 유럽의 소설 문학에서 무엇이 바뀌었는지, 자신의 세대가 문학적으로 무엇을 남기게 될지에 관해 이야기를 나누었다. 문학 지형을 살피는 그의 시각은 파리의 아방가르드에 강한 영향을 받고 있었다. 그는 자신과 같은 세대의 독일 저자들의 책은 거의 알지 못했고, 심지어 귄터 그라스의 작품도 읽지 않았다. 그라스의 책들은 너무 독일적이라는 것이다. 인터뷰를 마친 뒤에 우리는 다시 한 번 그의 고향 마을을 가로질러 걸어갔다. 그곳에는 심지어 미셸 뷔토르의 이름을 딴 시립 도서관도 있었다.

*

라디쉬 당신은 '누보로망'의 원조였다고 할 수 있고, 그로써 유럽 문학사를 장식했습니다. 하지만 벌써 반세기 전의 일이군요. 오늘날에도 유럽 문학이 있다고 말할 수 있을까요?

뷔토르 난 그렇게 생각하지 않습니다. 순수한 유럽 문학은 더 이상 없어요. 국가의 경계는 사라지거나 더는 중요한 역할을 하지 않아요.

라디쉬 그렇다면 유럽 소설이 누리던 위대한 시대는 이제 끝난 건가요?

뷔토르 물론입니다. 유럽의 각 민족 문학은 전쟁 직후에는 서로 매우 달랐습니다. 오늘날에는 서로 동화되어 획일적으로 변했지요. 우리는 경제적으로뿐 아니라 문학적으로도 위기 속에서 살고 있습니다. 유럽 문학은 위태롭습니다. 우리가 현재 유럽에서 겪고 있는 것은 정신의 위기입니다. 정신의 위기도 유럽 국가들은 공동으로 가지고 있지요.

새로운 의사소통 수단은 경탄할 만하지만
엄청난 소음을 불러일으킵니다.

라디쉬 유럽이 정신적 위기를 겪고 있다는 것을 어디서 알아볼 수 있나요?

뷔토르 10년, 혹은 20년 전부터 문학에서는 이제 거의 아무런 일도 일어나지 않고 있어요. 책들은 홍수처럼 쏟아져 나오지만 정신적으로는 정체 상태예요. 그 원인은 의사소통의 위기에 있습니다. 새로운 의사소통 수단은 경탄할 만하지만 엄청난 소음을 불러일으킵니다. 날마다 새로운 소식들이 생겨나고, 더 많은 소식들이 생겨나고 또 생겨나지만, 그 모든 것은 다시 사라집니다. 이 정보의 홍수는 스스로를 파괴해요. 오늘날에는 실제로 무슨 일이 일어났는지 알아보는 것이 20년 전보다 한층 더 어렵습니다. 마지막에 이르러서 우리는 어떤 일도 일어나지 않았다는 인상을 받지요.

라디쉬 밀란 쿤데라는 유럽 문학이 사라지게 될 이유에 대해, 그것이 생겨날 세계가 더 이상 존재하지 않기 때문이라고 믿고 있습니다.

뷔토르 소설이 사라질 가능성은 있습니다. 사실, 소설이 늘 있었던 것도 아니지요. 우리가 오늘날 거론하고 있는 소설은 유럽에서는 400

년 전에 비로소 생겨났으니까요. 그러나 소설은 결코 유럽이 독차지하고 있는 게 아닙니다.

라디쉬 당신에게 특별히 감명을 준 책은 어떤 것이고, 또 개인적인 필독 도서는 어떤 것들입니까?

뷔토르 딱히 뭐라 말하기 힘들군요. 나에게 감명을 준 책들은 전부가 전쟁 전에 쓰인 것들입니다. 전쟁 이후로 나에게 영향을 미친 것은 무엇보다 사르트르와 카뮈의 작품이었죠.

라디쉬 가령 람페두사, 골딩, 베케트, 도데러,* 보로프스키,** 파스테르나크의 작품들은 어떤가요? 그들 작품은 전부 당신의 소설 『변경』이 문학사를 장식했던 50년대에 발표되었습니다.

뷔토르 그 책들도 영향을 주었을 수 있죠. 하지만 우리가 전쟁을 겪었다는 사실을 잊어서는 안 됩니다. 모든 것이 비밀이었죠. 책들은 금지되었습니다. 신문도 없었으니까요. 유럽은 정신적 정보의 흐름에서 차단되어 있었어요. 오늘날에는 누구도 상상하지 못할 일이죠.

라디쉬 그러면 전쟁 후에는 어땠나요?

뷔토르 모든 게 더디게 진행되었지요. 스페인을 한번 생각해 보세요. 스페인은 프랑코의 통치 하에서 거의 폐쇄된 국가였습니다. 책 한 권 내려면 세 곳의 검열 기관을 거쳐야 했지요. 『변경』이 1956년에 발간되었을 때 스페인어로는 번역도 되지 않았어요.

---

* 하이미토 폰 도데러. 오스트리아 문학의 계보에서 빠지지 않는 작가로, 오스트리아와 빈에 대한 사실주의적인 작품으로 유명하다.
** 타데우시 보로프스키. 폴란드의 시인이자 소설가. 아우슈비츠 생존자로 강제수용소에서의 경험을 쓴 단편들이 유명하다.

라디쉬 전쟁 후에는 어느 모로 보나 다시 원점으로 내려앉았다는 느낌이 들었나요?

뷔토르 아닙니다. 글쓰기는 그래도 계속 진척되었습니다. 우리는 발견할 게 많았습니다.

라디쉬 그러니까 총체적인 파탄은 아니었다는 뜻인가요?

뷔토르 그렇다고 보기에는 사정이 훨씬 복잡합니다. 프랑스에 파탄이 찾아왔었지요. 하지만 그때는 전쟁 말기가 아니라 초기인 1940년 6월이었죠. 1945년 5월은 우리들에게는 해방이었어요. 전쟁이 끝났을 때 유럽 국가들의 사정은 도무지 비교가 되지 않았습니다. 동유럽 국가들은 즉각 유럽의 정보의 흐름에서 배제되었지요.

라디쉬 종전 2년 후에 나탈리 사로트는 자신의 전설적인 에세이『의혹의 시대』를 발표했습니다. 그와 더불어 파리에서는 새로운 아방가르드인 누보로망이 시작되었지요.

뷔토르 그것은 완전히 옳은 말은 아닙니다. 나탈리 사로트는 나보다 나이가 26세나 많았고, 나에겐 어머니뻘이었습니다. 사르트르가 그녀의 소설『미지인의 초상』을 '반소설'이라고 부르기는 했지만, 실질적인 누보로망은 더 늦게야 비로소 나왔습니다.

라디쉬『변경』은 반소설이 아닌가요?

뷔토르 전혀 그렇지 않습니다.

라디쉬 그 소설은 전체적으로 주인공이 하룻밤 동안 파리에서 로마로

가면서 이용한 동일한 칸막이 객실에서 진행됩니다. 소설 속의 그 고립, 격리된 느낌은 그 여파가 아직 남아 있던 독일군 점령 시기의 심리 상태이기도 한가요?

뷔토르 네, 물론입니다. 전쟁과 독일군 점령은 내 청춘기 전체였기 때문이지요. 그것은 하나의 감옥이었습니다. 그것을 카뮈는 『페스트』에서, 사르트르는 『벽』이라는 작품에서 서술했지요.

라디쉬 사르트르와 카뮈는 당신에게 어떤 역할을 했습니까?

뷔토르 사르트르는 우리들에게 불문학 교수였습니다. 나는 그를 만났고, 그에게 경탄을 보냈지만, 얼마 지나지 않아 거리를 두었습니다. 그가 주장한 내용을 모두 믿지는 않았습니다. 그의 정치적 참여 활동은 최소한으로 말하자면 실패했습니다. 그는 공산당의 최고 사상가가 되기를 희망했지만, 당은 그를 원치 않았습니다. 그에게는 비극적인 일이었지요. 그는 그것을 위해 자신이 할 수 있는 최선을 다했지만 잘되지 않았습니다. 그러자 그는 1956년의 헝가리 혁명 때와 그 외의 사건들에 있어 상당히 비판의 여지가 있는 입장을 취했지요. 우리가 판단하기에 그것은 그의 참여 문학이라는 구상을 손상시켰습니다.

문학은 어떤 일들이
잊혀지지 않게 하려고 노력합니다.

라디쉬 그로 인해 참여 문학에 대한 이상 전체가 손상되었나요?

뷔토르 아닙니다. 문학은 항상 참여적이지만, 그 사실을 작가가 알고 있어야 할 필요는 전혀 없습니다. 책들은 역사적 현실의 일부이고, 그 현실 속에서 의미 있는 역할을 합니다. 오늘날 문학은 보존이라는 보수적인 임무를 떠맡고 있습니다. 사회가 변하지 않도록 힘쓰는 일에 문학의 대부분이 기여하고 있죠. 좋지도 나쁘지도 않게 말입니다. 문학은 어떤 일들이 잊혀지지 않게 하려고 노력합니다. 내가 보기에 이상적인 저자는 작가, 비평가, 철학가 역할을 동시에 하는 사람입니다.

라디쉬 사르트르처럼요.
뷔토르 그는 위대한 작가였고, 모든 범주들을 해체시켰지요.

라디쉬 하지만 사르트르의 소설들은 매우 교화적입니다.
뷔토르 바로 그것이 그의 사회 참여의 문제점이지요. 그렇다 하더라도 나는 단지 소설만 쓰는 것이 아니라 작가 겸 철학자 역할을 하는 사람들을 좋아합니다.

라디쉬 알베르 카뮈도 그런 사람이었죠. 그는 인간과 유럽에 관해 매우 제한된 생각을 가지고 있었습니다.
뷔토르 카뮈도 중대한 실존적·정치적 문제를 안고 있었습니다. 바로 알제리 문제였죠. 알제리 태생의 프랑스인으로서 그는 알제리 전쟁에 대해 결코 명확한 입장을 정하지 못했습니다. 그에게 유럽은 무엇보다 지중해 북부의 국가들이었고, 그 나머지는 더 이상 생각하지 않았습니다.

라디쉬 누보로망은 전후 대표 작가인 카뮈와 사르트르에게 맞서 매우 혁신적인 입장을 보였습니다. 누보로망은 정밀과학의 명예를 높여 줄 방법과 구조를 생각해 냈는데요, 그것이 전후 소설을 다시 확고한 기반에 올려놓는 일과도 관련이 있었나요?

뷔토르 전쟁이 끝난 후, 우리의 삶은 유래 없는 집단적 불화를 보여서 누구도 남들을 이해하지 못했지요. 프랑스인은 독일인을 더 이상 이해하지 못했습니다. 독일인도 프랑스인을 이해하지 못했지요. 시민은 노동자를 이해하지 못했습니다. 노동자 역시 시민을 이해하지 못했지요. 부모는 자녀를 이해하지 못했고, 자녀는 부모를 이해하지 못했습니다. 전쟁은 모든 것을 망쳐 놓았어요. 우리는 더 이상 공동의 언어가 없었습니다. 그것은 오늘날까지도 제대로 규명되지 않고 있습니다. 누보로망은 그런 상황에서 엄밀하고 정확한 언어를 찾아내려고 시도한 겁니다. 누보로망은 의사소통을 거부하려 한 것이 아니라 정반대로 그것을 개선시키려 했던 것이죠.

라디쉬 당신은 의사소통을 믿으셨군요. 사뮈엘 베케트 작품의 암울함은 결코 당신의 관심사가 아니었나요?

뷔토르 그의 작품은 읽었습니다. 그는 인위적인 프랑스어로 글을 썼지요. 매우 비관적이었고요. 그러나 그에게도 삶에 대한 일종의 욕망이 있었습니다. 베케트는 아일랜드인이었고, 영어를 사용하면서도 영국적인 것을 싫어했지요. 그 때문에 그는 프랑스어로 글을 썼습니다. 하지만 프랑스어를 외국인처럼 썼어요. 그렇게 단순화된 언어를 사용하는 단순화된 인물들이 생겨났습니다.

라디쉬 하지만 그의 소설들이 전후에 생겨난 비관적 태도의 정점은 아니었습니다. 프리모 레비*와 타데우시 보로프스키는 보다 더 환멸을 느꼈습니다. 왜 홀로코스트가 전적으로 유대인 저자들에게서만 주제로

---

* 이탈리아의 화학자이자 작가. 홀로코스트에 대한 증인이자 생존자로서 쓴 작품으로 유명하다.

다루어졌을까요?

뷔토르 그건 잘 모르겠습니다. 나는 그 일에 관해 직접적으로 언급하는 건 너무 어렵다고 판단했습니다. 우리는 그 사실을 전쟁이 끝나고서야 알았습니다. 엄청난 정신적 충격이었죠. 우리 모두가 나치에 저항했지만, 그들이 그 정도까지 나갈 줄은 아무도 몰랐습니다. 그러나 그 문제에 관해 직접적으로 글을 쓰는 것은, 글쎄요. 그 역할은 유대인 저자들만이 떠맡을 수 있었겠지요.

라디쉬 프랑스인들은 책임감을 덜 느꼈나요?

뷔토르 프랑스인들은 자기들이 전쟁에서 승리했다고 생각했습니다. 전쟁 전의 시절로 곧바로 돌아가려는 열망이 대단했습니다. 모든 것이 다시 1937년과 같이 되어야 한다는 것이었죠. 우리 젊은이들은 그것을 환상이라고 여겼습니다. 유럽이 보여 준 것은 파멸의 풍경이었으니까요.

라디쉬 무엇보다 유럽이 더 이상 세상의 중심이 아니었죠.

뷔토르 그것은 대단히 중요한 사실입니다. 그런데 프랑스인들이 그것을 수긍하는 건 무척 힘들었어요. 유럽인들이 유럽의 권력 상실을 조금이라도 알아차리는 데에 수십 년이 걸렸습니다. 유럽이 얼마나 오랫동안 과거의 강대국 꿈에 사로잡혀 있었던지!

라디쉬 그렇다면 유럽의 가장 큰 공통점은 자신의 위대성에 대한 환상이 되겠군요?

뷔토르 바로 그렇습니다. 그 몽매함이 우리를 결속시키고 있지요.

라디쉬 우리는 아직도 자신을 로마 제국의 후계자로 여기고 있습니다.

뷔토르 프랑스인들은 알제리 전쟁이 끝나고 나서야 서서히 후계자 시절이 지나갔다는 사실을 깨달았습니다. 나는 늘 여행을 많이 했고, 깨달음을 얻었고, 유럽을 외부의 관점에서 보았지요.

라디쉬 세계의 새로운 정신적 중심지는 전후에 금세 미국으로 바뀌었습니다.

뷔토르 전적으로 옳은 말입니다. 전후에 미국의 상황은 근본적으로 변했지요. 그때까지 미국의 엘리트층은 식민지 의식을 가지고 있었고, 문화적으로 유럽에 종속되어 있다고 느꼈어요. 양차 대전 사이에 미국의 위대한 예술가들은 모두가 런던과 파리로 왔지요. 전후에 서유럽의 젊은 지식인들에게는 단 하나의 목표만 있었습니다. 미국으로 건너가서 자신이 무엇을 놓쳤는지 살펴보는 것이었죠.

라디쉬 그것은 프랑스인들에게는 해당될지 모르지만 귄터 그라스, 마르틴 발저 또는 크리스타 볼프*에게는 들어맞지 않습니다. 당신은 귄터 그라스의 소설을 읽어 본 적이 있나요?

뷔토르 귄터 그라스의 소설들은 내가 보기엔 지나치게 독일에만 국한되어 있어요.

라디쉬 전쟁이 끝난 후에 당신은 어떤 독일 작가들의 작품을 읽었나

---

* 동독의 건설에서 붕괴에 이르기까지 전 과정을 문학에 담아냈다 해도 과언이 아닐 만큼 동독을 대표하는 작가이다. 하지만 현실 사회주의가 이상에서 멀어지면서 동독 사회를 비판하는 일련의 작품을 출간했다.

요?

뷔토르 아주 적습니다. 우베 욘존의 작품 약간과 엔첸스베르거의 작품을 약간 읽었습니다.

라디쉬 독일 문학이 프랑스인들에게는 너무 독일적으로 느껴지나요?

뷔토르 독일 문학이 프랑스인들에게는 너무 독일적으로 다가오는 것은 의심의 여지가 없습니다. 프랑스인들은 독일 문학을 별로 알지도 못합니다. 그들은 그들 나름의 괴테를 알고 있지만, 괴테를 독일 낭만주의자로 여기고 있어요.

라디쉬 프랑스에서 이탈리아인들의 경우는 사정이 너 나았나요?

뷔토르 물론입니다. 종전 직후에 우리는 비토리니*, 모라비아** 그 외에 많은 작가들의 작품을 읽었지요. 그 작품들 모두가 독일 작가들의 것보다 더 빨리 번역되었어요.

라디쉬 전쟁 후에 지금은 경제 기적이라 부르는 것이 시작되었습니다. 문학의 진전, 그러니까 문학에도 일종의 기적이 있었나요?

뷔토르 나는 그렇게 보지 않습니다. 오히려 퇴보가 있었지요. 오늘날 천재로 통하는 사람은 문학을 다시 원래의 수준으로 끌어올리는 일을 하는 것에 지나지 않습니다.

라디쉬 그러나 새로운 것이라는 의미에서의 진전은 있었겠지요?

---

* 엘리오 비토리니. 모라비아 뒤를 잇는 이탈리아 작가로 지하 조직에 참여해 반파시즘 운동을 했으며 그 경험을 토대로 이탈리아 문학계에 새로운 모체를 만들었다.
** 알베르토 모라비아. 이탈리아의 기자이자 극본가, 편집자, 소설가. 그의 소설들은 특히 영화로 많이 제작되어 세계적으로 알려져 있다.

뷔토르 흥미로운 문학은 늘 새로운 것을 내놓지요. 하지만 대다수의 책들은 우리에게 전혀 새롭지 않은 것을 보여 줍니다. 그 때문에 그 책들은 금세 다시 잊히는 것이지요. 새로운 것을 보여 주는 책들은 성가시고, 읽기가 어려워서 사람들은 그런 책들에 관해 어떻게 말해야 좋을지 모른다는 등의 문제가 있습니다. 그런 책들이 문화를 다시 젊게 만들지요.

라디쉬 문학의 회춘이 유럽의 주변 국가들에서 나올 가능성도 있을까요?
뷔토르 잘 모르겠습니다.

라디쉬 당신은 보후밀 흐라발, 다닐로 키슈, 알렉산다르 티슈마,* 피테르 에스테르하지,** 임레 케르테스, 안드제이 스타시우크*** 같은 이름에서 무언가 와 닿는 것이 있나요? 이들은 동유럽 문학의 위대한 저자들 중 일부입니다.
뷔토르 아니요, 모릅니다.

라디쉬 거기서 우리는 유럽의 재통합이 아직 완전히 성공하지 못했다는 결론을 내릴 수 있을 것 같습니다. 우리들에게는 유럽인으로서의 연대감이 부족한 걸까요?
뷔토르 우리는 그 연대감을 하루빨리 키워 내야만 할 겁니다. 우리들 모두가, 또한 독일인들도 파국은 전혀 기대하지 않는 것일 테니까요.

---

* 세르비아계 유대인 소설가로 국내에 소개된 책은 없다.
** 현대 헝가리 문학계의 천재로 평가받는 시인.
*** 폴란드 태생의 작가이자 시인, 극작가, 기자.

Imre Kertész

임레 케르테스

"나는 주어진 모든 순간들을 이미 겪었다.
이제 다 끝났다. 그런데도 나는 아직도 살아 있다."

헝가리 소설가로 2002년 노벨문학상을 수상하며 국내에도 많이 알려졌다. 유대인 중산층 가정에서 태어난 그는 열다섯 살에 아우슈비츠로 끌려갔다가 종전 후 고향으로 돌아갔다. 1960년부터 쓰기 시작해 완성하는 데 13년이 걸린 자전적 소설 『운명』은 그에게 명성을 안겨 주었으며, 이후 홀로코스트를 주제로 한 일련의 작품을 발표하면서 세계 주요 문학상을 수상했다.

1996년 어느 여름날 저녁에 그때까지 전혀 알려지지 않았던 부다페스트의 한 유대인 소설가가 세계적으로 명성을 얻기 시작했다. 마르셀 라이히라니츠키가 〈문학 사중주〉에서 임레 케르테스의 필생의 저작 『운명』을 하비에르 마리아스*의 소설 『새하얀 마음』에 못지않게 칭송한 것이다. 그의 책은 몇 년 전에 이미 동베를린의 한 출판사에서 출간된 적이 있었지만 전혀 주목받지 못했다. 지금은 로볼트 출판사에서 새로운 번역으로 세상에 다시 나왔다.

아직도 우리는 이 책에서 어떤 도덕적·문학적 변혁이 생겨났으며, 그 책이 왜 물밀듯 쏟아져 나오는 신간들의 강물 속에 추가되는 고귀한 물방울이 아니라, 사람들이 무시하고 지나치지 못하는 댐인지를 설명하기에 적절한 말을 찾지 못하고 있다. 어쩌면 이렇게 말해야 할지

---

* 스페인의 소설가로 라이히라니츠키는 '생존하는 가장 위대한 작가 중 한 명이며, 가브리엘 가르시아 마르케스와 비견되는 작가'라고 평했다.

도 모른다. 즉, 『운명』이 유럽 문학에서 차지하는 위상은 『양철북』이 독일 문학에서 차지했던 위상에 해당한다. 이 두 소설의 저자들에게는 아우슈비츠 이전의 언어에 더 이상 의지할 수 없다는 인식이 명확했다. 그래서 두 사람 모두 과거의 심연 속으로 내려가기 위해 새로운 언어를 찾아냈다. 한 사람은 냉철하고 무음조의 언어였고, 다른 한 사람은 풍부하고 온기 있는 언어였다.

권터 그라스가 1944년에 단치히에서 나치 무장 친위대로 끌려갔을 때, 그의 나이는 17세였다. 같은 시기에 임레 케르테스가 부다페스트에서 체포되어 아우슈비츠에 구금되고 그 후 부헨발트로 이송되었을 때, 그의 나이는 15세였다. 그러고도 오래, 아주 오랜 기간이 지나고서야 임레 케르테스는 우연하게도 카뮈의 『이방인』 헝가리어판을 입수했다. 거기서 그는 자신의 끔찍한 이야기를 서술하는 데 사용할 수 있는 새로운 어조를 발견했다. 그러나 글쓰기는 그에게 힘들었다. 어떤 때는 한 장을 마치고 다음 장으로 넘어가기까지 2년의 공백 기간이 생기기도 했다.

그는 책을 완성하는 데 13년이 걸렸다. 그 내용은 아우슈비츠에서 거의 만신창이가 되었다가, 아우슈비츠의 논리를 자기 것으로 받아들임으로써 파멸에서 벗어난 한 소년에 대한 것이다. 나중에 케르테스는 아우슈비츠의 논리는 동시에 독일 문화의 논리라고 단언했다. 내가 1997년 봄에 부다페스트를 처음 방문했을 때 이미 케르테스는 나에게 그렇게 말했었다. "아우슈비츠 학살은 독일 문화에도 불구하고 일어난 것이 아니라 독일 문화 때문에 일어난 것입니다."

당시에 우리는 그가 지난 수십 년간 살아온 부다페스트의 조그만 방 한 칸짜리 아파트에 앉아 있었다. 그가 40년 이상 함께 살아온 부인은 두 해 전에 이미 사망하고 없었다. 홀아비 생활을 하는 그의 아파트는 자신의 소설들에서 특징적으로 보여 주는 것과 똑같은, 비참할 정도의 궁색함이 묻어나고 있었다. 하지만 지금 나는 부다페스트에 있는 그의 새 아파트에 와 있다. 품위 있게 꾸며진 그 아파트에서는 그의 두 번째 부인의 스타일을 중요시하는 분위기가 눈길을 끌었다.

나는 지금까지 임레 케르테스를 쾌활한 성격의 사람으로 알고 있었다. 그는 노벨상 수상과 그에 따른 언론의 주목이 몰고 온 '분에 넘치는 행복'을 즐기고 있는 것이 분명해 보였다. 또한 수많은 초청에 응했고, 부인과 함께 자주 여행도 다녔다. 이 인터뷰 직전에 발행된 일기 『최후의 휴식Letzte Einkehr』에서 그는 자신의 행복했던 시절에 관해 서술했다. 그 시절에 그는 베를린의 마이네케가街*에서 살면서 콘서트장과 커피하우스에 들르고 쿠어퓌르스텐담의 플라타너스들을 보며 즐거워했다. 하지만 그때 이미 무엇이 그의 기분을 완전히 짓누르고 있는지 은근히 드러났다. 임레 케르테스는 점점 더 홀로코스트 추모제 문화의 간판 인물—'홀로코스트 광대'가 되어 버렸다는 느낌에 휩싸였던 것이다. 늘 상냥했고 다정했던 그 소설가는 새로운 노년의 과격함을 키우고 있었다. 즉, 인생의 종착역에 다다르고 병에 걸린 티가 역력해지자 자신의 젊은 시절의 냉혹한 태도로 다시 돌아가고 있었다.

2013년 여름에 임레 케르테스 부부는 베를린에 있는 제2의 주거지를 포기하고 부다페스트의 넓은 아파트로 완전히 돌아왔다. 이곳에서 임레 케르테스는 테라스 문을 열어 놓고 자신의 병상 옆 안락의자에 앉아 있었다. 연약하고 창백한 모습이었다. 그의 파킨슨병은 이미 심하게 진행된 상태였다. 인터뷰를 하는 동안 약물 주입을 조절하는 기기가 그의 셔츠 아래서 달그락거리고 있었다. 그의 옆에 있는 보조 테이블에는 카프카를 다룬 카네티의 책이 놓여 있었다. 그의 옛날 세계였다. 그는 환

---

* 베를린에서 가장 번화한 거리인 쿠어퓌르스텐담에서 두 블록 떨어져 있다.

한 표정을 지었다.

*

케르테스 아직 기억하고 계시나요? 당신은 20년 전쯤에 퇴뢰크가街에 있던 방 한 칸짜리 조그만 아파트로 나를 찾아오셨지요. 당신은 서유럽에서 나를 처음 방문한 사람이었습니다. 그 아파트에서 나는 42년을 살았습니다.

라디쉬 거기서 우리가 만났지요. 17년 전의 일로 기억합니다만, 침대, 간이 책상, 독서용 의자, 그 조그만 방에 모든 것이 놓여 있었어요. 당신은 언제부터 이곳, 이 멋지고 넓은 아파트에서 살게 된 겁니까?
케르테스 서유럽에서 내 책들이 읽히고 나서부터지요.

라디쉬 최근 수년 동안 이 아파트는 거의 언제나 비어 있었습니다. 당신은 베를린의 마이네케가에서 지내는 걸 더 좋아했지요. 15세 때 아우슈비츠로 끌려간 한 헝가리의 유대인이 당시, 제3제국의 수도를 자신이 선호하는 거주지로 삼는다는 것이 어떻게 가능한가요?
케르테스 네, 내가 어떻게 독일인들과 함께 지낼 수 있게 되었느냐는 뜻이죠? 하지만 더 놀랄 만한 사실은 내가 그 전에 어떻게 헝가리인들과 함께 지낼 수 있었느냐 하는 것이죠. 나는 헝가리에서 나치 시절을 겪었고, 나는 이곳에서 노란색 별을 달고 다녔고, 나는 이곳에서 게토에 갇혀 지냈고, 나는 이곳에서 헝가리 헌병들에게 체포되었습니다.

라디쉬 독일이 당신에게는 정신의 나라, 문화의 나라군요.

케르테스 나는 나의 모든 교양을 독일어로 습득했고, 나는 독일어로 된 책을 읽었습니다.

라디쉬 유대인 철학자 블라디미르 장켈레비치는 아우슈비츠 학살 이후로 독일 책은 펼쳐 보지도 않았고, 독일 음악도 더 이상 듣지 않았습니다.
케르테스 나는 그것이 이해가 되지 않습니다. 어떻게 교양 있는 인간이 독일 문화에 애착을 갖지 않으려 할 수 있나요?

라디쉬 당신 역시 아우슈비츠 학살은 독일 문화에도 불구하고 일어난 것이 아니라, 독일 무화 때문에 일어났다고 자주 언급했죠.
케르테스 아닙니다, 그 문제에 있어서는 구분을 해야 해요. 국수주의적 대독일 이념은 합스부르크 군주제에서 생겨났습니다. 오스트리아인들은 매우 교활해서 세상 사람들에게 베토벤은 오스트리아인이었고 히틀러는 독일인이었다고 믿게 만들었지요. 홀로코스트에서 나는 결코 독일인-유대인의 불화를 본 것이 아니라 전체주의 체제의 수법을 보았습니다.

라디쉬 당신의 입장에서 '제3제국'에서 일어난 사건은 독일보다 오스트리아-헝가리 제국에 더 많은 책임이 있다는 것인가요? 그것은 흔하지 않은 인식이군요.
케르테스 그 점에서 당신은 오스트리아인들이 얼마나 교활했는지 알수 있지요.

라디쉬 당신은 얼마 전부터 부다페스트로 돌아와 있습니다. 고향에 왔는데 건강은 어떤가요?

케르테스 나빠요. 난 파킨슨병에 걸렸습니다. 그러지 않았다면 돌아오지도 않았겠지요.

라디쉬 지난 10년간의 일기에서 당신은 자신을 심하게 질책하더군요. 끊임없이 '나는 잘못된 삶을 살고 있다'고 스스로를 비난하고 괴로워하면서요.

케르테스 우리가 어떤 삶을 살 수 있을지 누가 알았겠습니까.

라디쉬 일기에서는 인생에서 행복했던 시절은 7년뿐이었다고 주장하던데요.

케르테스 그러니까 1982년에서 1989년까지였습니다. 그 7년 동안 나는 사랑에 빠졌고, 구금되었고, 오직 일만 했습니다. 아주 멋진 삶이었지요. 나는 늘 실의에 빠져 있었습니다. 돈이 넉넉했던 적이 한 번도 없었지요. 운전면허증도 없었습니다. 결코 자동차를 가질 수 없으리라고 확신하고 있었으니까요. 그것이 그 무시무시했던 카다르 정권*의 세계였지요.

그 책에서 나는 고난에서 생겨나는
행복감을 발견했습니다.

라디쉬 나중에 당신은 최고급 호텔에 투숙하셨고, 전 세계를 돌며 여

---

* 사회주의 체제하에서 사실상 헝가리의 수반이었던 카다르 야노시는 전체주의적 공포정치로 자국민을 억압했다. 1989년에 정권에서 물러났으며 그해 10월 헝가리 공산정권도 붕괴되었다.

행도 했습니다. 그럼에도 가난과 부자유에 시달린 그 암흑의 시절이 당신에게 가장 큰 행복이었군요.

케르테스 그 시절에 나는 카뮈의 작고 누런 『이방인』이라는 책을 발견했고, 12포린트를 주고 그 책을 샀지요. 그것은 근원적이었고, 뭐라 설명하기 힘들지만, 그 책에서 나는 고난에서 생겨나는 행복감을 발견했습니다. 카뮈의 작품에서 나 자신을 만나게 된 것이죠.

라디쉬 카다르 정권 하에서의 삶이 글쓰기에 유리한 작용을 했나요?

케르테스 네, 물론입니다. 나는 공인된 문학을 피해 도주 중이었습니다. 나는 대부분의 삶을 수영장에서 보냈습니다. 내 이웃들은 나를 수영 코치로 여겼지요.

라디쉬 2002년에 당신은 노벨상을 받았습니다. 당신 표현대로 하자면 문학의 로또 1등에 당첨됐지요. 그런데 지금은 일기에 이렇게 적고 있습니다. '그 상은 나를 망쳐 놓았다.'

케르테스 부끄러운 일이지만 정말 그랬습니다. 중요하다고 여겨질 수 있는 노벨상 수상자라면 누구에게나 다 사정은 비슷했지요. 카뮈도 노벨상을 받은 후에는 자신이 망가졌다고 느꼈습니다.

라디쉬 1백만 유로 때문에 사람들이 절망할 수 있을까요?

케르테스 당신이 지금 나를 꼼꼼히 살펴본다면 거기서 어떤 결과가 생겨났는지 알 겁니다. (웃음)

라디쉬 노벨상을 탄 후에 당신은 더 이상 자신의 얼굴을 들여다볼 수 없었다고 했습니다. 그리고 자신에 대해 작가 케르테스를 제대로가 아니라 엉성하게 흉내 내는 배우라고 부르죠.

케르테스 나는 하나의 주식회사, 하나의 브랜드가 되었습니다. 케르테스라는 브랜드 말이죠.

라디쉬 당신은 자기 자신도, 자신의 이름도, 자신의 삶도 마음에 들어 하지 않는군요. 제법 대단한 것일 텐데 말이죠.

케르테스 나는 내 이름을 증오합니다. 케르테스는 유대인 이름을 받아들이려는 곤혹스러운 시도입니다. 그런데 나는 결코 그 누군가에게 속하고 싶지 않았습니다. 나는 결코 아이를 원하지 않았습니다. 나는 결코 내가 지금 앉아 있는 이런 아파트를 가지고 싶지 않았습니다.

라디쉬 지금 당신은 유럽 전후 문학에서 가장 중요한 작가 중 한 명이라는 사실을 잊어버린 것 같군요.

케르테스 나는 문학에는 관심이 없습니다. 문학은 부차적인 문제입니다.

기능적 인간은
자기 자신을 상실합니다.

라디쉬 위대한 문학을 창작하는 것이 결코 중요하지 않았나요?

케르테스 전체주의를 묘사할 언어를 찾아내는 것만이 중요했지요. 사람들이 하나의 메커니즘 속에서 어떻게 가루로 부서지는지, 그 속에서 인간이 어떻게 자기 자신과 자신의 삶을 더 이상 알아보지 못할 정도로 변하는지를 보여 주는 언어 말이죠. 기능적 인간은 자기 자신을 상실합니다. 나는 결코 위대한 작가가 되기를 바라지 않았고, 늘 인간이 왜 그렇게 되는지 이해하고 싶었을 뿐입니다.

라디쉬 탁월한 소설을 쓰고, 좋은 이야기를 들려주는 것에 관심이 없었다는 건가요?
케르테스 전혀 없었습니다. 이야기는 전부 이미 전해졌습니다. 어쩌면 이 말이 기이하게 들릴지도 모르지만, 내 작품들 전체가 20세기의 기능적 인간들에 관한 것입니다. 나는 한나 아렌트의 책을 더 이상 읽을 필요가 없었어요. 이미 악의 진부함에 관한 모든 것을 알고 있었기 때문입니다.

라디쉬 홀로코스트를 다룬 문학에 있어 당신의 중요한 경쟁자는 2년 전에 타계한 스페인의 저자 호르헤 셈프룬*이었습니다. 그의 소설들을 좋아하셨나요?
케르테스 악의 진부함을 다룬 한나 아렌트의 책과 같은 시기에 셈프룬의 『위대한 여행Le Grand Voyage』이 발행되었고, 나는 그것이 얼마나 형편없는지 확인했습니다. 그 후에 나는 파리의 카페드플로르**에서 그와 마주친 적이 있습니다. 아주 잘생긴 남자더군요. 나는 그에 관해 나쁜 말은 하고 싶지 않습니다.

라디쉬 『위대한 여행』에서 무엇이 당신 마음에 들지 않나요?

---

* 스페인 태생의 작가로 프랑스어로 글을 썼다. 제2차 세계 대전 당시 프랑스 레지스탕스로 활동하다 부헨발트 강제수용소에 끌려갔다. 18개월만에 미군에 의해 풀려난 뒤 강제수용소에서의 체험을 글로 쓰고자 했지만 고통스러운 기억을 글로 옮기는 데 정신적 어려움을 겪으며 50년이 지난 후에서야 책으로 펴낼 수 있었다.
** 1880년에 문을 연 카페이며, 관광지로 유명한 뤽상부르 공원이 가까이 있다. 카뮈, 사르트르, 보부아르 등 유명한 예술가와 철학가들이 회합한 장소이기도 하다.

케르테스 그 책에서 셈프룬은 예를 들어, 일제 코흐를 분석합니다. 그녀는 한 담배 공장의 비서였는데 어쩌다가 부헨발트 수용소*의 소장 부인이 되었지요. 그녀는 마데이라산 포도주로 목욕을 했고, 거실에는 인간의 피부로 만든 전등갓을 들여놓았지요. 셈프룬에게 그녀는 여자 형리였습니다. 그러나 이런 심리적 통찰은 소설에는 전혀 어울리지 않습니다. 전체주의가 인간을 변화시키는 것이죠. 인간은 원래 자신이 누구였는지 잊어버립니다.

라디쉬 당신 작품에서 필생의 중대한 테마는 '무한한 인간의 적응력'입니다.

케르테스 일제 코흐는 자신이 민간인으로 생활할 때 사람은 살인을 해서는 안 된다는 것을 배웠습니다. 그런데 그녀가 부헨발트로 오자마자 사람들은 살인을 미덕이라고 가르쳤지요.

라디쉬 그러면 심리적 사실주의라는 전통적 수단으로는 비서 코흐가 강제수용소 소장 부인 코흐로 변한 것을 서술할 수 없다는 뜻인가요?

케르테스 바로 그렇습니다. 나는 문학을 변혁하려 한 것이 아닙니다. 하지만 이런 발견을 해낸 것이지요.

라디쉬 당신의 과격함은 어디서 나오는 겁니까? 애초부터 그렇게 과격했나요?

케르테스 아뇨, 젊은 시절에 나는 대중 오락극을 집필했고, 사회주의 성향의 신문사에서 기자로 지냈습니다. 그런 배경이 나를 어떤 식으로

---

* 아우슈비츠보다 3년 먼저 세워진 독일 중동부에 위치한 강제수용소. 생체 실험을 비롯한 잔혹한 일들이 벌어져 '인간 도살장'으로 악명이 높았다.

든 예술로 연결시켜 줄 거라고 생각했지만, 들어맞지 않았지요.

라디쉬 당신을 예술가로 만들어 준 것은 무엇입니까?

케르테스 단 한 번의 지극히 중요한 순간이었죠. 스물다섯 살이던 때였습니다. 그때까지 나는 아우슈비츠에 관한 일화들만 서술했지요. 어느 날 나는 번개같이 깨달았습니다. '나는 단순히 아우슈비츠에서 살아남은 한 인간이 아니라, 나와 더불어 대단한 이야기가 생겨난 것이다. 그러니 나는 그것을 포착해야 한다.' 나는 시시각각 완전히 다른 인간으로 변했습니다.

라디쉬 당신의 작가 활동 전체가 단 한 번의 짧은 순간 덕분에 생겨난 겁니까? 그런 일이 나중에도 또 있었나요?

케르테스 아닙니다. 그런 순간은 단 한 번밖에 없었습니다. 그리고 그것은 근원적이고 설명이 불가능한 것이었습니다. 그것은 성자들이 경험하는 것과 같은 그런 순간이지요. 그런 것을 우리가 날마다 경험할 수는 없습니다. 그러나 인간은 살아가면서 언젠가 한번은 자신이 어디에서 살고 있으며, 또 자신이 살아 있다는 사실을 틀림없이 깨닫게 됩니다.

라디쉬 그러면 그 순간에 글을 쓰라는 임무가 주어졌나요?

케르테스 네. 하지만 내가 만약 목수나 음악가였다면 나는 그것을 그런 형식들을 통해 표현해야 했겠지요. 그러나 내가 꾸준히 글을 써 왔기 때문에—그리고 나 자신도 그 이유는 모르지만, 어쩌면 내 옆자리에 앉았던 학급 친구 한 명이 늘 시를 썼었기 때문이었을지도 모릅니다만—글쓰기가 나에게는 자명한 일이었습니다.

라디쉬 그렇다면 당신은 자신의 삶에 있어 모든 것을 올바로 해냈고, 자신의 임무도 모범적으로 완수한 것이지 않나요.

케르테스 나의 유일한 실수는 나의 죽음을 제때에 실현하지 못했다는 겁니다. 그것을 지금은 더 이상 고칠 수도 없고요.

라디쉬 삶이 보람된 그런 순간들이 앞으로도 있지 않을까요?

케르테스 나는 나에게 주어진 모든 순간들을 이미 겪었다고 생각합니다. 그것은 이제 다 끝났고, 그런데도 나는 아직도 살아 있습니다.

라디쉬 당신의 인생에서 무엇이 자랑스러운가요?

케르테스 내가 그 기능적 인간들을 글로 서술했다는 사실이지요. 나는 그것이 정말 자랑스럽습니다. 그리고 나에게 무척 감동을 주는 것들도 있어요. 화살십자당* 당원들이 나의 책들을 갈가리 찢어 버린 후에 나는 헝가리의 한 도시인 파퍼Pápa에 간 적이 있습니다. 그때 교회는 사람들로 가득 차 있었는데, 내가 아내와 함께 안으로 들어서자 모두가 자리에서 일어나 어떤 찬송가를 불렀지요.

라디쉬 기독교 찬송가였나요?

케르테스 네, 왜 그러시죠? 나는 유대인이 아닌데 말입니다. 나는 그 문제와 관계가 없습니다.

라디쉬 최근 20년 동안 당신은 독일의 추모제 문화의 영웅이었고, 인기 있는 축제일 연사였고, 환영받는 아우슈비츠 생존자였습니다. 이제

---

* 헝가리의 국수주의자들로 종교적·인종적 토대를 중요시한 반유대주의자들이었다.

사람들은 당신의 일기로 알게 되었습니다. 그동안 내내 당신이 '홀로코스트 광대' 같다는 느낌을 가졌었다는 사실을요.

케르테스 이야기가 그쪽으로 흘러가는군요.

라디쉬 독일의 추모 행사가 약간 홀로코스트 산업으로 변했나요?

케르테스 약간이 아니라 완전히지요.

라디쉬 베를린에 있는 홀로코스트 추모비는 여행객을 위한 소풍 장소죠.

케르테스 네, 그것은 매우 거북한 일입니다. 나는 부헨발트로 초청을 받았는데, 그곳에서 죄수복을 입고 다리를 저는 사람들을 보았습니다. 저속한 짓이죠.

라디쉬 당신은 그 추모 사업의 관련 당사자인가요?

케르테스 사람들이 마음대로 그렇게 만드는 겁니다.

라디쉬 거부할 수도 있었을 텐데요?

케르테스 제2차 세계 대전도 일어나지 말았어야 했겠죠.

라디쉬 당신은 그 증인의 역할에서 벗어나고서도 그 일로 괴로움을 당하는군요.

케르테스 내가 노벨문학상을 받았던 단 한 가지 이유는 사람들이 증언 문학을 높이 평가하려 했기 때문입니다. 그곳 사람들은 연설을 하라며 나를 스톡홀름으로 미리 초대했지요. 그러나 실제로 그들은 내가 받아들일 만한 인상을 가지고 있는지, 아니면 스크램블 에그를 손으로 먹는지 알고 싶었던 겁니다. 그런 것은 어찌해 볼 도리가 없습니다. 우리는 그런 영향력 있는 집단을 상대로는 무기력하지요. 다만 나는 반제 회의* 70주년 기념일 때 반제 빌라에 들어가 보고 싶었습니다.

라디쉬 그 이유가 뭐죠?
케르테스 아우슈비츠에서부터 시작해서 괴링**이 서 있었던 곳까지가 본다는 것, 그것은 출세한 것이니까요. 한번 생각해 보세요!

라디쉬 추모 산업이 당신에게서 당신의 이야기를 빼앗아 갔나요?
케르테스 나로서는 내 이야기를 이해해 준 한두 명의 사람이 있다면 그것으로 족합니다.

매우 솔직하고 정직하게 말해도 될까요?
이것으로 충분합니다.

라디쉬 그래서 요약을 해 보자면……
케르테스 ……나는 매우 멋진 삶을 살았습니다. 처음에 나는 아우슈비츠 수용소 수감자였는데, 그 후에 가장 소중한 독일 민간인 표창을 받았고, 그것은 신나고 수수께끼 같은 일이었죠. 하지만 매우 솔직하고 정직하게 말해도 될까요? 이것으로 충분합니다. 나는 내가 원했던 모든 것을 가졌어요. 앞으로는 글도 쓰지 않을 것 같습니다. 나는 옛 일

---

* 1942년 1월 20일에 베를린 교외의 반제에 위치한 빌라에서 나치 정부와 나치 친위대의 최고위 인사 15명이 유대인에 대한 최종 해결책 실행을 위해 가진 모임을 말한다. 이 회의 이후 폴란드에 첫 번째 가스실이 설치되었다.
** 헤르만 괴링. 초기 나치당의 돌격대 지휘관이었고, 게슈타포 창설자이자 나치 공군의 총사령관이었다.

기장들을 아직 정리하고 있고, 그 일이 재미있습니다. 그러나 내가 요즘 밤에 이곳에서 생각해 보면……, 사랑이라는 말로 불리는 게 하나 있지요. 그것으로 나는 어떤 새로운 것을 시작해 보고 싶습니다. 그런데 무엇을 이용해 글을 쓴단 말인가요? 내 손은 더 이상 말을 듣지 않는데. 나는 무척 지쳐 있습니다.

George Steiner

조지 스타이너

"중요한 것은 자신이 아주 미미하다고 느끼는 것이다."

프랑스 태생의 비교문학자이자 철학자이며 문화비평가인 그는 오스트리아 유대인 부모를 따라 1940년 미국으로 건너가 미국 시민권자가 되었다. 4개 언어를 모국어처럼 자유롭게 구사하며, 방대한 유럽의 문명과 지적 전통에 대해 투철한 이해를 바탕으로 자기 생각을 명징하고도 간곡하게 드러내는 문체가 특징이다. 현재까지도 타의 추종을 불허하는 비평계의 지적 거인이다.

케임브리지의 배로우로드는 매우 조용한 곳이다. 나무가 무성하게 우거진 정원에 둘러싸인 이곳의 넓고 오래된 농가에는 유럽의 정신적 엘리트층이 살고 있다. 조지 스타이너가 현관문을 열어 주었다. 자신이 기르는 늙은 개도 함께 따라 나왔다. 그는 파란색 스웨터를 입고 있었는데 오른팔이 부러진 날개처럼 축 처진 채 몸에 달려 있었다. 그 모습이 그의 외모에서 풍기는 연약함을 더욱 뚜렷이 부각시키고 있었다. 개는 집 안 깊숙한 곳으로 사라졌다.

조지 스타이너는 며칠만 지나면 85세가 된다. 그는 역사학 교수로 정년 퇴임한 부인과 함께 수십 년째 책들로 가득 찬 이 시골집에서 살고 있다. 부인이 케임브리지 대학에서 강의를 하는 동안 남편은 케임브리지의 자택과 영어학과 비교문학을 강의하는 제네바의 연구실 사이를 끊임없이 오갔다. 그들 부부는 그 커다란 집에서 단둘이 살았고, 두 자녀는 오래전에 미국 대학의 초빙을 받아 떠나고 없었다. 아들은 뉴욕에 있는 헌터 칼리지 학장이고, 딸은 컬럼비아 대학 교수다. 이 두 자녀는 유대인 할아버지가 소중하게 여겼던 가문의 임무를 완수했다. 할아버지는 늘 입버릇처럼 말했다. "스승이 되어라! 전통을 계승시켜라!" 노인 스타이너에게는 랍비가 예술가보다 더 높은 지위로 통했다. 조지 스타이너도 아버지의 소망에 순순히 따랐었고, 문예학에 전념하며 일생을 보냈다. 그가 나중에 털어놓았듯이 마음은 무거웠다.

그의 아버지는 여러 나라 말을 사용하는 동유럽의 문화 유대 민족이 살았던, 그러나 지금은 사라져 버린 세계 출신이었다. 아버지는 빈에서 영향력 있는 은행가가 되었다. 결혼식 때 지그문트 프로이트가 축하 엽서를 보낼 정도였다. 그 엽서는 아들이 오늘날까지 보관하고 있었는데, 인터뷰가 끝날 무렵에 나에게 자랑스럽게 보여 주기까지 했다. 앞날을 내다보는 능력을 갖췄던 부모는 1924년에 파리로 이주했고, 그 후 1940년에는 뉴욕으로 갔다. 1929년에 파리에서 태어난 외아들 조지는 4개 국어를 사용하며 성장했고, 오늘날까지도 모라비아-합스부르크풍의 다정하게 들리는 독일어를 사용했다. 그러나 영어, 프랑스어, 이탈리아어도 마찬가지로 완벽하게 구사했다. 이 4개국 언어가 그를 유럽에 묶어 두고 있었다.

임레 케르테스와 같은 해에 태어난 조지 스타이너는 그 노벨상 수상자와 생각의 우울함도 공유하고 있었다. 두 사람 모두 자신을 죽이려 했던 문화에 깊이 뿌리내렸다는, 참담한 모순적 상황에 매우 이해심 많은 태도를 보였다. '생각의 무상함'을 강하게 주장한 스타이너의 짧은 평론『생각은 왜 우리를 슬프게 만드는가』*는 큰 성공을 거두었다.

그러나 순수주의적 글쓰기 방식과 부조리 철학으로 빠져들었던 케르

---

* 스타이너가 프랑스어로 쓴 책으로 원제는 『Dix raisons (possibles) à la tristesse de pensée』(생각이 우리를 슬프게 하는 10가지 이유)이다.

테스와 달리 스타이너는 명예가 실추된 오래된 고도高度 문화에서 도피하려는 그 어떤 시도도 거부했다. 그는 자신의 책과 평론을 통해 전후 문학이 문화의 파탄 이후에 새롭게 태어나려고 노력한 것을 인정하지 않았다. 그런 종류의 혁신은 소설, 시, 희곡이 더 이상 고전주의 예술 작품만큼 잘 쓰이지 않은 데다, 그토록 강하게 받아들여지지도 않는 결과를 낳았을 뿐이기 때문이라는 것이다. 제네바의 동료 교수인 미셸 뷔토르가 쓴 한 소설은 그가 보기에 '회피의 산물'에 지나지 않는다고 했다. 그리고 현대의 냉담함을 보여 준 알베르 카뮈나 사뮈엘 베케트 같은 대가들의 작품들조차 그에게는 여전히 무기력하고 진부한 것으로 여겨졌다. 어쨌든 문학이 존재하는 목적인 기적, 즉 인간을 변화시키는 기적을 이루어 낼 능력이 없다는 것이었다.

책을 엄청나게 많이 읽었음에도 불구하고 유럽 최정예의 고도 문화를 옹호하는 이 지식인의 엄격성은 안타까울 정도로 일면적이고 시류에 맞지 않아 서글픈 위엄만 느껴질 뿐이었다. 그의 방대한 평론집 『바벨 이후After Babel』, 『언어와 침묵Language and Silence』, 『창조의 문법 Grammars of Creation』, 『실제의 현재에 관하여Real Presences』, 『뉴요커에 실린 에세이들George Steiner at the New Yorker』은 이 최후의 위대한 만능 학자가 빠져 지내는 문학의 심층 공간의 고독함을 보여 준다.

우리를 위해 벽난로 앞에 안락의자 두 개가 준비되어 있었다.

*

라디쉬 오른팔은 어쩌다가 그렇게 됐는지 물어도 될까요?

스타이너 선천적인 결함입니다. 이 장애는 일종의 훈장이었죠. 덕분에 군에 입대할 필요가 전혀 없었으니까요. 그런 반면에 고문이기도 했습니다. 신발 끈을 묶는 법까지 배워야 할 정도였거든요. 그리고 왼손으로 글을 써서는 안 되었습니다. 나는 모든 걸 엄청난 내면의 압박을 느끼며 익혔어요. 어머니는 무척 엄했습니다. 사람은 어떤 어려움도 이겨 내야 한다고 하셨지요.

라디쉬 지금은 그 손으로 모든 걸 하실 수 있나요?
스타이너 글은 쓸 수 있지요. 그러나 많은 걸 할 순 없답니다.

라디쉬 당신의 아버지가 당신 인생행로를 결정했습니다. 당신은 이런 글을 쓰신 적이 있지요. '아버지께서는 나에게 위대한 예술은 가장 열성적으로 살아가는 그런 사람들에게서 가장 깊은 사랑을 받는다고 가르치셨다.'
스타이너 아버지는 천재였고, 앞날을 훤히 내다보는 예언가였습니다. 어떤 일이 벌어질지 정확히 예측했지요. 프랑스의 파시스트들이 1936년에 거리 행진을 하며 '블룸보다 히틀러를'* 하고 외치자 아버지는 나를 창가로 데려가 아주 침착하게 말했지요. "넌 결코 겁을 먹어서는 안 된다. 이것을 사람들은 역사라고 부르지." 아버지는 두려움이 가장 위험한 것이라는 사실을 아셨고, 모든 것이 흥미롭다는 굳은 신념을 가지고 있었어요. 그것을 말로 표현하기는 힘들어요. 이제 나는 죽음에 아주 가까이 다가와 있고, 그것 역시 흥미로울 겁니다.

라디쉬 당신의 아버지는 빈의 유대인들에게 더 이상 미래가 없다는

---

* 1936년 프랑스 좌파 당들의 연합인 인민전선이 선거에 승리했고 레옹 블룸 내각이 출범했다. 이후 미국 경제 공황의 여파로 산업의 부분적 국유화, 사회 복지 정책 실시 등의 경제 개혁을 실시했는데, 이에 반감을 느낀 프랑스 유산 계급과 우익들이 외친 구호다.

걸 알고 1924년에 처음으로 이주했습니다. 엄청난 선견지명인데요.

스타이너 말씀 잘 하셨습니다. 그 히틀러라는 양반은 오스트리아인이었죠. 뿌리 깊은 반유대주의가 그곳에서 나왔습니다. 나는 요 근래 몇 년 전부터 독일 문화와 아주 좋은 관계를 유지하고 있기는 하지만, 오스트리아에서 강의하는 것은 거부합니다. 그곳에는 독성을 지닌 네오나치즘이 퍼져 있어요! 그곳에서는 합병 주장이 아직도 대단히 환영받을 거라고 믿어요.

라디쉬 하필이면 왜 오스트리아가 득별히 유대인을 배척한다는 건가요?

스타이너 그것은 비열하기 싹이 없는 가톨릭이 가한 트라우마입니다. 간단히 설명할 수는 없습니다.

라디쉬 당신은 평생 반유대주의에 대한 원인을 찾아 왔습니다. 무엇 때문에 유대인들이 미움을 받게 되었나요?

스타이너 어떤 이상을 명목으로 유대인들이 협박을 한 심각한 사건이 세 번 있었습니다. 처음에는 모세의 유일신론이 있었는데, 그것은 엄청나게 추상화되었습니다. 우리는 유대인의 신을 어떤 모습으로 상상해서는 안 되며, 그 신은 광야의 청정한 공기와 같다는 것이죠. 다음으로 문헌상에 유대인 예언자들로부터 유래한, 산상수훈의 유대인 그리스도가 있었지요. 너희는 원수를 사랑하고, 너희가 필요로 하지 않는 것은 내주라는 것이었습니다. 세 번째는 메시아적인 사회주의입니다. 너희는 돈을 돈으로가 아니라 신뢰를 신뢰로 교환하라는 것이죠. 그렇게 해서 우리는 이사야, 예레미야, 마르크스의 세상에 있는 것입니다. 유대인은 사람들에게 세 번이나 말했습니다. 너희는 지금보다 반드시 더 나아져야 한다. 그것은 용서받지 못할 일입니다. 앞으로도 결코 용서받지 못할 겁니다.

라디쉬 그러나 기독교인들도 유일신론자들이고 눈에 보이지 않는 신을 믿습니다.

스타이너 기독교는 유일신론과 아무 관련이 없어요! 성자가 3000명이나 되지요! 또 성유물은 얼마나 많은지 모릅니다. 보세요! 이것은 가장 명확한 종류의 다신론입니다. 그 점에 대해 실질적인 이해가 전혀 없어요. 유대인들이 자발적으로 에클레시아*에 들어가기 전에는 그리스도의 재림은 있을 수 없습니다. 우리는 당신들의 인질입니다. 썩 마음 편한 일은 아니지요.

라디쉬 당신의 가족들은 1940년에 제노바에서 마지막 배를 타고 미국으로 건너갔습니다. 당신 세대의 독일인들은 대부분 제2차 세계 대전 동안 유대인 학살에 관해 전혀 알지 못했다고 끊임없이 강조합니다. 당신은 그 사실을 아셨나요?

스타이너 사람들이 그것을 몰랐다는 건 새빨간 거짓입니다. 내가 중요한 이야기를 하나 들려주지요. 1940년에 프랑스 정부는 전투기를 구입하기 위해 아버지를 뉴욕으로 보냈습니다. 아버지가 월스트리트의 한 클럽에 있을 때 바로 옆 자리에 독일 파견단이 앉아 있었지요. 지멘스 회사의 한 경영인이 아버지를 손짓으로 불러 이렇게 말했습니다. "프리츠, 당신 가족들을 거기서 데리고 나와요. 우리가 뜨거운 칼이 버터를 가르듯 쳐들어갈 겁니다." 아버지는 그의 말을 믿고 곧장 우리를

---

* 그리스도인들이 모이는 공동체라는 뜻으로, 건물을 의미하지는 않으나 유대교의 회당인 시너고그와 구별해서 쓰이기도 한다.

미국으로 뒤따라가게끔 했지요. 그래서 우리가 살아남은 겁니다.

라디쉬 당신의 교육 이력은 6세 때 아버지와 함께 호메로스의 원전을 읽은 것으로 시작됩니다. 믿을 수 없는 일인데요.

스타이너 세상에는 두 가지 유형의 사람이 있습니다. 자기 자신을 흥미롭다고 여기는 가련한 사람들이 있고, 바깥세상에서 벌어지는 일이 더 흥미롭다고 여기는 다른 사람들이 있지요. 누군가는 명나라 왕조의 요강에 전문적으로 관심을 기울일 수도 있고, 그럴 때 그는 행복합니다. 그는 배우고, 거기에 열중하고, 수집합니다. 그것이 스포츠든 예술이든, 다른 어떤 것이든 말이죠. 중요한 것은 사람들이 바깥세상이 객관적인 현상들에 비하면 자신이 아주 미미하다고 느끼는 것입니다. 나에게는 여섯 살 때 읽은 호메로스의 작품이 세상에서 가장 신나는 이야기였습니다. 나는 흥분되어 몸을 떨었습니다! 그것은 진정한 '고전 문화 la culture classique'였지요!

라디쉬 당신의 아버지는 유럽의 활자 문화를 성스러운 경전이라도 되는 듯 숭배했지요.

스타이너 아버지가 가장 중요하게 여긴 것은 날마다 무언가를 배우는 것이었어요. 아버지는 어릴 적에 체코 북부의 농민 문화를 떠나 유대인들만 사는 곳으로 유명한 빈의 파보리텐가街로 옮겼지요. 오스트리아로 옮겨 온 그 유대인은 세계 문화 속으로 진입하는 과정에 있었습니다. 빈은 유대인 말러, 프로이트, 비트겐슈타인의 도시입니다. 이 유대인 리스트는 한없이 이어지지요. 그들이 우리 모두를 위해 20세기를 만들어 낸 겁니다. 유대인들에게 문화는 여권이었지요.

우리 보통 사람들은 땀을 흘리고
두려움에 떨어야지요.

라디쉬 당신의 교육은 전후에 태어난 아이들인 우리에게는 두려움의 대상입니다. 당신처럼 그토록 폭넓게 유럽 문학에 정통한 사람은 얼마 되지 않죠. 오늘날의 사람들은 더 이상 당신이 배우고 읽었던 것처럼 할 수 없는 걸까요?

스타이너 나는 그 문제에 있어서는 구식입니다. 그리스어의 불규칙 동사는 두려워하며 배워야만 합니다. 나는 뉴욕에 있는 프랑스 문화원의 뛰어난 강사에게서 그리스어를 배웠습니다. 그분은 우리들을 향해 분필을 집어 던졌지요. 나는 사람들이 어려운 것을 애정 속에서 배운다고 믿지 않습니다. 재능 있는 사람들이 있고, 그런 사람에게 힘든 것은 없습니다. 그러나 우리 보통 사람들은 땀을 흘리고 두려움에 떨어야지요. 배우는 데 있어서는 구식 규율이 필요하고, 그럴 때 그것은 우리에게 기쁨이 됩니다. 눈앞이 빙빙 돌다가 어느 날 갑자기 말하게 되지요. 나도 호메로스의 작품을 읽을 수 있다고.

라디쉬 그렇더라도, 그리스어 배우기를 비롯한 모든 일들과 수많은 호메로스 연구들이 지난 세기의 유럽에 그리 큰 도움이 되지는 않았습니다.

스타이너 그것은 엄청난 환멸의 역사입니다. 맙소사, 독일이 얼마나 대단한 음악과 연극 같은 문화생활을 누렸던지! 사람들은 인본주의적 이상, 즉 박물관과 극장이 비인간적인 상태를 막아 줄 피난처가 될 거라고 믿었겠지요. 그렇지만 그것은 막아 주지 못했을 뿐더러 최고의 문화 토양 그 자체에서 야만적 행위가 나왔던 겁니다. 뮌헨에서 드뷔시

곡이 연주되고 있는 동안 사람들은 바로 옆에서 다하우*행 열차에서 나오는 비명 소리를 들을 수 있었습니다. 이것이 무의미하고 멍청한 소견이라는 건 알지만, 그래도 나는 이렇게 말하지 않을 수 없습니다. 음악도 그래서는 안 된다고 말하지 않았습니다. 어떤 예술 작품도 그래서는 안 된다고 말하지 않았지요.

라디쉬 그래서 강제수용소들이 하필이면 유럽에서 가장 중요한 고도 문화를 가진 국가에 의해 세워졌다는 사실이 당신의 마음을 특별히 괴롭혔나요?

스타이너 나는 고도 문화가 왜 그렇게 실패했는지 이해하느라 내 생애의 여러 해를 보냈습니다. 그것을 알아내기가 두려웠지요. 나는 아주 오랫동안 편협하게도 빅토리아 여왕 시대처럼 고도 문화가 인간을 개선시킨다고 믿어 왔기 때문입니다.

라디쉬 그러는 사이, 당신은 우리의 현재를 매우 암울하게 하위문화라고, 감정이 격앙되었을 때는 심지어 화장실 문화라고 말하곤 했죠.

스타이너 우리는 이 재앙에서 회복될 수 없습니다. 두 번의 세계 대전, 홀로코스트, 모든 스탈린주의에서 말이죠. 이런 식으로 계속 나아갈 수는 있겠지만, 결코 회복될 수는 없습니다. 흔적도 없이 사라져 버린 사람들을 생각해 보세요, 그들의 자녀들, 그들의 손주들도 사라졌습니다. 그리고 그들은 아직도 나타나지 않고 있지요.

라디쉬 그러나 그 책임이 언제까지나 계속 대물림될 순 없습니다.

---

* 뮌헨에서 조금 떨어진 곳으로, 독일 최초의 강제수용소가 세워졌으며 아우슈비츠와 함께 나치 강제수용소의 상징이기도 하다.

스타이너 인간 살육은 계속해서 자행됩니다. 오늘날 이 땅에는 노예 노동이 지난 세상보다 더 많습니다. 시리아에서는 아동들이 굶어 죽고 있고, 우리는 그들을 구해야만 하는데도 그러지 않고 있어요. 우리는 날이면 날마다 벌어지는 끔찍한 일들에 충격을 받고 있지요.

라디쉬 그 모든 것에도 불구하고 당신은 왜 2차 세계 대전 후에 다시 유럽으로 돌아왔습니까?

스타이너 그것은 이어지는 드라마였습니다. 젊은 학자였던 나에게 미국에서는 모든 문호가 열려 있었습니다. 나는 두 곳에서 동시에 비교문학 분야 교수직을 제안받았어요. 그러나 아버지는 이렇게 말씀하셨죠. "네가 미국에 머물러 있다면 히틀러가 이긴 셈이다." 그 말에 얼마나 큰 자부심이 담겨 있던지! 바로 그날 밤, 나는 젊은 미국인 아내에게 말했습니다. 우린 유럽으로 가야 한다고.

라디쉬 그 일이 유감스러운가요?

스타이너 우리 아이들과 손주들은 미국에서 살고 있어요. 유대인들에게는 세상에서 유일하게 에스컬레이터가 아직 위로 향하고 있는 곳이죠. 그곳에 있었더라면 나는 훨씬 더 평범한 삶을 살았을 겁니다. 그런 반면에, 이를테면 이곳에서 나는 4개 국어로 말을 합니다. 그 언어들 없이 나는 생각도 할 수 없고 느낄 수도 없어요. 나는 4개 국어 그 자체입니다. 그것은 오직 유럽에서만 가능하지요. 물론 갖가지 제약이 따르기도 하지만요. 왜냐하면 유럽에서 우리는 정신적으로도 인간적으로도 매우 불편하게 지내기 때문입니다. 때때로 호경기가, 심지어 경제 기적이 찾아올지도 모릅니다. 그러나 이곳에는 무엇보다 심한 피로감이 퍼져 있어요. 내가 여행을 다녔던 세계 곳곳에서 젊은이들은 미래를 믿고 있었어요. 다만 유럽에서는 그렇지 않아요. 여기서는 가장 우수한 인재들이 떠나고 싶어 하지요.

라디쉬 젊은 시절에 꼭 이루고 싶었던 꿈은 무엇이었나요?
스타이너 매우 아픈 곳을 건드렸으니 차분히 들려주겠습니다. 나는 작가가 되려 했어요. 어쩌면 화가나 도안가가 되었을지도 모르고요. 하지만 아버지에게는 스승인 랍비가 최고로 가치 있는 일이었지요. 아버지는 자신이 금전적으로 성공을 거둔 이유는 오직 나를 스승으로 만들려는 목적밖에 없었다고 말씀하셨어요. 남들을 가르치고 위대한 것을 사랑하는 랍비 말입니다. 나는 그것을 받아들였습니다. 나는 작가가 되려고 해 보지 않았습니다. 문화는 세상으로 향하는 우리의 길이었고, 그것을 우리는 전해 주어야만 하니까요.

라디쉬 노년에 이르러 당신은 예술에서 부차적으로 파생되는 분야가 우위를 차지하는 것에 대해 저항했습니다. 그리고 논평의 홍수와 문화 잡담이 예술 작품을 사라지게 만든다고 한탄했지요.
스타이너 작가, 예술가, 음악가는 나에게 있어서는 현실입니다. 그들의 메시지를 전해 주는 배달부, 그것이 나입니다. 이 두 가지를 절대 혼동해서는 안 됩니다. 그러나 가장 신성한 것은 그럼에도 불구하고 스승이 되는 것이죠. 그것은 무척 뿌리 깊은 유대인 문화이고, 나의 삶을 결정했습니다. 나는 위대한 유대교 전통에서 나온 교육 임무를 받아들여야 했고, 스스로가 최고의 것을 창작해야 할 필요는 없다는 점을 인정했습니다. 나는 단지 논평하고, 모방하고, 모사하는 비평가의 재능만 있을 뿐 창작의 전율적 신비Mysterium tremendum는 없었어요.

죽음의 문턱에 다가선 지금은
당연히 엄청난 실망이 있습니다.

라디쉬 아버지와 유대교 전통에 젊은 시절의 꿈을 희생했군요.

스타이너 죽음의 문턱에 다가서 지금은 당연히 엄청난 실망이 있습니다. 나 자신에 대한 실망이지 부모님에 대한 건 아닙니다. 내가 다른 사람이었더라면 분명하게 거부했을 거예요. 하지만 나는 자유로운 작가로서 창작을 시험해 보기도 했습니다. 나는 수많은 시를 지었지만, 모두 발표되지 않은 채 있습니다. 나는 부모님께 무척 순종적이었습니다. 어쩌면 어머니는 나에게 작가로서 모험을 걸었을지도 모릅니다. 어머니는 빈의 귀부인이었고, 예술에 매우 관심이 많았으니까요. 아마도 어머니는 나에게 용기를 줬을 겁니다. 그러나 어쨌거나 때가 너무 늦어 버렸습니다.

라디쉬 마지막으로 매달리고 있는 원대한 기획이 있습니까?

스타이너 나는 세계 곳곳에 퍼져 있는 유대인 증오에 대한 최종적인 가설에 매달리고 있습니다. 지금 지구상에는 홀로코스트 이전보다 유대인들이 더 많이 살고 있습니다. 그리고 그것은 사람들에게 반감을 불러일으키는 일, 이번에도 우리를 용서하지 않을 존재론적·형이상학적·인간적 파문입니다. 오늘날 에트루리아인*들은 어디에 있습니까? 인류 중 가장 재능이 뛰어난 민족인 그리스인들은 어디에 있습니까? 로마인들은요? 모두가 사라졌습니다. 하지만 유대인들의 역설적인 생존은 지금도, 벌써 4500년 동안 지속되고 있습니다. 그리고 점차 심각해지고 있습니다. 유대교에는 다른 어떤 문화에도 없는 생명의, 영생의 계약이

---

* 로마가 세워지기 전 이탈리아 전역에서 독자적 문화를 일구며 살았던 원주민들.

있습니다. 죽음을 그토록 많이 경험한 유대인은 죽음을 단호히 거부합니다. 나의 다음 책이 이것에 관한 설명이 될 겁니다.

라디쉬 당신 자신의 죽음을 생각할 때면 어떤 생각이 드나요?

스타이너 더 이상 소득 신고를 해야 할 필요가 없다는 생각이지요.

라디쉬 당신의 방대한 저서들의 끝 부분에는 작지만 큰 성공을 거둔 책이 한 권 있습니다. 그 책은 왜 생각이 슬프게 만드는지에 대한 내용을 다루고 있지요.

스타이너 슬픔은 최악의 상황이 아니며, 삶에 대한 『마리엔바트 비가』*라고 할 수 있지요. 하지만 사람이 늙어서 비관주의자가 되면 남들의 웃음거리가 됩니다. 실제로 우리는 끝이자 새로운 시작인 동시에, 일종의 과도기에 놓여 있습니다. 나 자신은 우주의 블랙홀들을 이해할 능력이 없습니다. 그러나 젊은이들은 그것을 할 수 있지요. 대단히 고무적인 일입니다.

라디쉬 당신은 무척 고독합니까?

스타이너 그럼요! 나는 아주아주 고독합니다. 정신적으로 말이죠. 게르숍 숄렘** 같은 참으로 위대한 사람들이 사망한 이후로 내 곁에는 거의 아무도 없습니다. 제임스 왓슨***이 몇 번 나를 찾아왔지만, 지난해가

---

* 괴테가 '열정의 비가' 3부작으로 묶은 시 중 1823년에 지은 작품으로 70대의 괴테가 마리엔바트에 휴양을 갔다가 17세의 소녀를 보고 사랑에 빠진 후 진지하게 준비해 2년 뒤에 19세가 된 여인에게 구애했다가 거절당하고 돌아가는 길에 지었다고 한다.
** 베를린 태생의 유대인 종교사학자로 500권 이상의 책을 펴냈다. 1933년 이후로 예루살렘의 히브리 대학에서 유대인 신화 연구 분야 교수로 재직했다.
*** 미국의 분자생물학자로 1962년에 노벨의학상을 수상했다.

마지막이었어요. 나는 인간들보다는 동물들과 지내는 걸 더 좋아합니다. 부끄러운 일이지만, 그래도 어쩔 수 없어요. 동물들은 말이 없습니다. 그것이야말로 완벽한 의사소통이지요. 내 개는 인터뷰가 어땠는지 알 겁니다. 그 개는 나에게서 존재의 가벼운 떨림Vibrato을 냄새를 맡고 알지요. 그것을 달리 설명할 방법이 없군요.

Patrick Modiano

파트릭 모디아노

"내면의 풍경 속에서 시간은 정지해 있다."

프랑스 소설가로 30여 권의 소설을 발표했으며 2014년 노벨문학상을 수상했다. "표현하기 어려운 인간의 미묘한 운명을 환기하는 기억의 예술"이라고 시상 이유를 밝힌 한림원의 평가대로 매 작품마다 생의 근원적 모호함을 탐색해 왔다. 제2차 세계 대전 종전 직후 불안정한 가정 속에서 아홉 살의 남동생이 백혈병에 걸려 죽은 사건은 모디아노를 이해하는 열쇠로 여겨지고 있다.

2014년 10월에 노벨문학상이 파트릭 모디아노에게 수여된다는 소식이 세상에 전해졌다. 그때 이 소설가는 뤽상부르 공원에서 산책을 하고 있었다. 얼마 후에 키가 크고 호리호리한 그 남자는 자신의 전속 출판사 갈리마르의 사무실에 설치된 카메라 앞에 섰다. 그는 어깨를 으쓱하고 검은 안경테 너머로 눈을 깜빡이며 자신이 왜 그 상을 받게 되었는지 모르겠다고 더듬거리며 말했다. 작가들이 자기소개를 하는 관례적인 규범에 비추어 볼 때 이 수상자의 가여울 정도로 맥 빠지고 말수 없는 모습은 몇 주 후로 약속된 인터뷰를 앞둔 나에게는 좋은 조짐이 아니었다. 모디아노는 에마뉘엘 보브*의 우울한 독신자 소설들 중 하나에서 뛰쳐나온 듯한 인상을 주었다. 보브의 고독한 파리의 주인공들은 몇 백 쪽에 걸쳐 거의 한 마디도 하지 않고, 또 말을 꺼내려고 할 때면

---

* 유대인 혈통의 프랑스 작가. 가난한 이민자의 아들이기도 했던 보브는 세상의 경쟁에서 탈락한 밑바닥 인생들의 남루한 일상에 주목해 작품으로 표현했다.

무슨 말을 해야 좋을지를 모른다.

파트릭 모디아노는 수많은 소설들을 약간 어둡기는 하지만 지극히 우아하고 모범적인 프랑스어로 썼다. 그런 이유로 그가 실생활에서 힘들게 더듬거리면서 마치 짙은 안개 속을 조심해서 헤치고 나아가는 것처럼 말을 전달할 수밖에 없는 이유가 무엇인지에 관해 억측이 많았다. 이 수수께끼의 해답은 그의 얇은 소설책들 거의 모두가 다루고 있는 그 시절의 어둠 속에 들어 있는 것이 틀림없을 것이다.

모디아노는 1945년 종전 직후에 태어났다. 그는 케드콩티가街의 15 번지에 있는 집에서, 내키는 대로 살아가는 부모 아래 의지할 데 없는 환경 속에서 자라났다. 그 집은 센강과 루브르 박물관이 보이는 복층 아파트였고, 이혼한 부모의 자주 바뀌는 반려자들과 수많은 친구들이 끊임없이 들락거렸다. 1957년에 두 살 아래의 동생 루디가 사망했다. 저자를 잘 아는 사람들은 루디가 모디아노의 수수께끼를 풀어 줄 열쇠라고 말했다. 동생이 사망한 후로 파리의 중심부에서 보낸, 모디아노의 어린 시절에 해당하는, 흐릿하고 편집되지 않은 흑백 영화가 그의 머릿속에서 끊임없이 돌아가고 있는 것으로 보였다. 그는 열네 살 때 첫 소설을 쓰기 시작했다. 그때부터 그는 정신적 충격에 사로잡혀 150쪽짜리 소설들을 수없이 연이어 집필 중이다. 그 소설들은 모두 자신이 언젠가 인정한 적이 있듯이 'un peu le même livre', 즉 거의 똑같은 책이라고 했다. 그 필생의 책은 파리의 지형과 프랑스 문학의 전통적 모더니즘에 깊이 뿌리내리고 있다. 모디아노는 파리의 구역들을 지치지 않고 배회하는 사람이며, 에마뉘엘 보브, 외젠 이오네스코, 로베르 팽제,* 클로드 시몽, 레몽 크노(그의 어머니와 매우 친한 사이였다.)의 문

---

* 이오네스코와 더불어 인간의 본질과 실존의 문제를 부조리극으로 탐구했으며, 치밀한 추리 기법으로 이야기를 전개시켰다.

학 전통을 계승한 소설가다.

모디아노는 자전적 소설인『혈통』에서 자신의 어린 시절에 관해 직접적으로 설명한 적이 있다. 어머니는 플랑드르 출신의 노동자 자녀로 배우가 되기를 원했고, 40년대에 파리에서 방탕한 생활을 하며 처녀 시절을 보냈다. 아버지는 이탈리아·그리스·스페인 혈통이 뒤섞인 파리의 유대인으로 독일군 점령 기간 동안 파리에서 이름과 주소지를 바꿔 가며 수상한 거래로 힘겹게 생계를 이어 갔다. 그는 일본인 배우들, 독일의 유대인들, 모리타니*의 연인들, 오스트레일리아의 자동차 경주 선수들, 러시아의 의상 모델들, 네덜란드의 화가들로 이루어진 사람들의 소용돌이 속으로 숨어들었다. 이 사람들은 모두 나중에 그의 아들의 소설에서 잠깐씩 모습을 내비치게 된다. 아버지의 유대인으로서의 운명은 이런 식으로 해서 아들 모디아노의 파편화된 시풍의 작품 속에서, 책에서 묘사되는 파리의 어스름을 헤매는 한 시대의 수많은 보행인들 속에서 다시 되풀이된다. 모디아노는 그 시대를 직접 체험하지는 않았지만 자신의 내면에 깊이 새겨 두었던 것이다.

이 노벨상 지명자와 만나기 위해 나는 약속 시간, 보나파르트가街에 있는 집 주소, 출입문 비밀번호를 전달받았다. 약속된 시간에 나는 2층의 문패도 없는 엄청나게 큰 현관문을 두드렸다. 아파트 안에서는 아무런 움직임도 없었다. 몇 분 후에 내가 떠나려고 몸을 돌릴 때에야 비로소 현관문이 열렸고, 파트릭 모디아노가 나타나 낮은 목소리로 '네oui' 하고 말했다. 마치 방금 꿈에서 깨어나기라도 한 것 같았다. 우리는 책들이 가득 쌓인 응접실에 있는 커다란 빨간색 소파에 나란히 자리를 잡았다. 모디아노는 조심스럽게 그리고 매번 오랫동안 적당한 말을 찾으

---

* 아프리카 서북부에 있는 이슬람 국가로, 프랑스 식민지하에 있다가 1960년에 독립했다.

면서 (적당한 말이 도무지 떠오르지 않을 때면 조급하게 혀 차는 소리를 내면서) 내 질문에 대답했다. 그는 자신이 말하는 모든 것에 대해 이제 막 처음으로 깊이 생각해 보는 듯했다. 혹은, 어쩌면 엄청난 소심함으로 비치는 그의 모습은 더듬더듬 말하면서 생각을 특별히 꼼꼼하게 가다듬는 것에 지나지 않을지도 모른다는 생각이 들었다.

*

라디쉬 지금 살고 있는 이 구역이 당신이 50년 이상 글의 소재로 삼고 있는 파리와 어떤 관련이 있나요?

모디아노 전혀 관련 없습니다. 예전에는 이 구역에 여러 괴로운 기억들이 결부되어 있었습니다. 이곳에서 어린 시절을 보냈기 때문이죠. 하지만 이제는 더 이상 의미가 없습니다. 이 구역은 이전과는 전혀 딴판으로 변했으니까요. 이것을 젊은 사람들에게 설명하기란 힘듭니다. 이것은 마치 죽어서 박제가 된 개나 고양이를 가지고 있는 것과 같습니다. 이곳의 건물들은 아직 그대로지만 박제된 것과 같습니다. 미라지요. 마치 누군가가 콘센트에서 플러그를 뽑아 놓은 것처럼 속의 모든 것이 텅 비고 생기가 없습니다.

라디쉬 당신이 사는 이곳은 세상에서 가장 인기 있고 땅값이 가장 비싼 지역입니다. 그런데도 머릿속에서는 더 이상 존재하지도 않는 도시에서 살고 있는 건가요?

모디아노 나에게는 파리가 셀로판지에 싸여 있는 듯한 느낌입니다. 모든 것이 살균 처리가 되어 있지요. 직접적인 접촉은 더 이상 일어나지 않습니다.

라디쉬 그렇기 때문에 오늘날의 젊은이들은 당신이 젊었을 때 했던 만큼의 인상적인 도시 경험을 할 수 없나요?

모디아노 이 도시 동쪽에 아주 새롭고 현대적인 구역이 있습니다. 그곳은 젊은 소설가에게는 매우 흥미로울 수도 있을 겁니다. 이곳에서는 아마 어떤 비밀이나 찾을 수 있겠지요.

라디쉬 당신의 젊은 시절을 그토록 비밀스럽게 만든 것은 대체 무엇이었나요?

모디아노 그것은 설명하기 곤란합니다. 신기한 물건들이 너무나 많이 있었지요. 전화기, 차고, 거리에 세워진 것들. 오늘날 그것들은 신기함이 훨씬 줄어들었어요. 단지 내가 나이가 들었기 때문에 그런 것은 아닙니다.

라디쉬 혹시 20세기에 가장 중요한 경험을 했던 사람들은 21세기에는 단순히 이방인이라고 느끼는 걸까요?

모디아노 네, 맞습니다. 단절이 있지요. 어쩌면 1914년도의 단절만큼 강하지는 않겠지만요. 그러나 당신 말이 옳아요. 2000년을 전후로 어딘가에 도랑이 놓여 있어요.

과거와 현재가 서로 겹치고
시간은 멈춰 있다는 느낌이 듭니다.

라디쉬 20세기에 대해 향수를 느낍니까?

모디아노 20세기는 벌써 어느 정도 내게서 멀어져 있습니다. 나는 20

세기를 마치 유리창을 통해 보는 것처럼 보고 있어요. 오늘날 파리의 저 현대적인 구역들을 지나갈 때면 과거와 현재가 서로 겹치고 시간은 멈춰 있다는 느낌이 듭니다. 그것을 설명하기란 쉽지 않습니다. 그러나 그것은 잃어버린 시간을 찾는 것과는 전혀 관계가 없습니다. 시간의 서로 다른 층들이 겹겹이 쌓이는 것이지요. 그리고 그것들 전체는 투명에 가까워집니다.

라디쉬 영원의 순간인가요?

모디아노 겹겹이 쌓인 시간들로 이루어진 영원이겠죠. 하지만 나는 시간의 이 투명함을, 모든 시간들이 담겨 있는 이 동시성을 표현하는 데 늘 성공하지는 못합니다.

라디쉬 어쩌면 시가 그것을 더 잘할 수 있을까요?

모디아노 네, 그것은 매우 찰나적인 느낌이어서 시가 더 잘 포착할 수 있겠지요. 시간이 별안간 투명해지면 매우 기묘한 것이 됩니다.

라디쉬 프루스트의 화자가 차에 적신 마들렌을 맛보다가 잃어버린 시간에 대한 기억에 사로잡혔을 때, 프루스트도 그와 비슷한 것을 표현하려 했던 것일까요?

모디아노 프루스트가 잃어버린 시간을 찾는 방식은 매우 권위주의적이어서 마치 우리가 시간을 불러들일 수 있다는 듯이 표현하죠. 그는 19세기의 정적인 사회를 윤곽이 뚜렷한 등장인물들을 이용해 서술합니다. 반면에 나에게 그 모든 것은 훨씬 더 복잡하지요.

라디쉬 머릿속으로 돌이켜 볼 때 흡사 실제의 삶 같이 여겨지는 시간이 있나요? 그래서 나중의 모든 삶은 그 결정적인 삶이 되풀이되고 변형되는 것에 지나지 않았던, 그런 시간 말이죠.

모디아노 나는 어렸을 때 혼자 알아서 보내야 하는 시간이 엄청나게 많았고, 그래서 언제나 홀로 파리를 돌아다녔습니다. 혼자서 처음으로 센강을 건넌 것이 여덟 살 때였습니다. 그런 일은 매우 깊은 인상으로, 다른 어떤 것들보다 더 깊게 머리에 새겨져 있습니다. 하지만 나중에 이런 심상들은 시간 밖에 놓인 어떤 것으로 변해 버렸고, 그 모습들은 시간이 정지된 내면의 풍경이 되었지요.

라디쉬 독자로서 우리는 당신 작품이 매번 새롭게 당신의 젊은 시절 최초의 모습으로 돌아가려는 시도라고 느낍니다.

모디아노 내 책에서는 나 자신의 삶이나 나 자신을 더 잘 이해하려는 노력은 전혀 다루어지지 않습니다. 살아오면서 내가 가졌던 느낌들, 내가 감싸여 있던 분위기를 이용했을 뿐입니다. 내가 젊었던 시절에는 예를 들어, 21세가 되어야 비로소 성인이 되었습니다. 그 나이가 될 때까지 사람들은 어떤 식으로든 비합법적이고 비밀스러웠지요. 밤에는 경찰의 검문이 있었고, 사람들은 길거리에서 체포되어서는 안 되었죠. 알제리 전쟁 시절 시내에는, 특히 밤에는 살벌한 분위기가 조성되었습니다. 습격 사건들이 있었고 묘한 경찰 분위기가 있었습니다. 그것들이 내가 소설에서 끊임없이 이야기의 실마리로 삼는 원형들이지요.

라디쉬 당신은 그런 인상들을 몸소 경험한 적 없는 독일군 점령 시절로 옮겨 놓기도 했나요? 그 시절의 분위기가 당신의 많은 소설에서 중요한 역할을 하는데요.

모디아노 네, 그렇습니다. 하지만 나중에 그 점령 시절의 분위기는 나에게 역사적 현실에서 완전히 벗어난, 일반적인 생활 감정으로 변해 버렸습니다.

나의 생명은 그토록 어려웠던 시절에만 주어지는
만남들에 빚진 결과죠.

라디쉬 그럼에도 불구하고 당신은 프랑스의 소설가들 중 최초로 독일군의 파리 점령이라는, 애써 기억에서 떨쳐 버린 문제를 다루었다는 찬사를 많이 받고 있죠.

모디아노 나는 항상 그 점령 시절이 없었다면 내가 태어나지 않았을 거라고 생각합니다. 나의 생명은 그토록 어려웠던 시절에만 주어지는 만남들에 빚진 결과죠. 그토록 혼란스러운 시절이었습니다.

라디쉬 그래서 삶이란 근본적으로 이해할 수도, 해명할 수도 없다는 이 기본 감정에서 결코 벗어날 수 없었나요?

모디아노 그걸 어떻게 설명하면 좋을까요? 보통은 이런 식입니다. 즉, 우리가 비록 불행한 어린 시절을 보낸다 하더라도 어릴 때는 그것이 아주 정상적으로 여겨집니다. 뒤늦게야 나의 어린 시절이 수수께끼로 여겨졌습니다. 독일군 점령 시절도 마찬가지였죠. 나는 부모님이 그 시절에 무엇을 했는지 이해하지 못했어요. 나중에서야 공책이나 쪽지 같은 부모님의 삶에 대한 지극히 미미한 흔적들을 발견했고, 그 수수께끼를 풀어 보려고 노력했지요. 나는 어떤 비밀을 밝혀내기 위해 글을 쓰기 시작했다고 말할 수 있을 겁니다.

라디쉬 왜 부모님에게 간단히 물어보지 않았나요?

모디아노 나는 부모님에게 물어볼 수가 없었습니다. 나는 아버지를 열여섯 살 때 마지막으로 보았습니다. 비록 한참 후에 돌아가시기는 했지만, 아버지도 결코 대답해 주지 않았을 겁니다. 어머니에게 물어보는 것도 힘들었지요.

라디쉬 어머니는 플랑드르 출신의 배우였고, 자녀들을 돌볼 시간이 별로 없었죠. 심지어 개도 제대로 돌보지 않아서 죽었다고 하더군요. 당신은 그 개와 매우 가까운 느낌이 들었다고 쓴 적이 있고요.

모디아노 어머니는 그 개를 돌보지 않았습니다. 나와 비교한 건 약간 과장되었을 겁니다. 그러나 나는 그 개처럼 언제나 누군가에게 맡겨졌고, 그 사람들이 누군지도 몰랐습니다. 개는 그렇게 되면 정신이 완전히 산만해지겠지요.

라디쉬 자전적인 소설 『혈통』에서 당신의 어머니와 고독했던 당신의 젊은 시절에 관해 대단히 냉담하게 사실적으로 서술했는데요.

모디아노 나는 그것을 그냥 일어난 그대로 적어 두고 싶었을 뿐입니다. 그 책은 자서전이 아닙니다. 내밀한 내용은 모두 뺐습니다. 나는 자서전을 좋아하지 않아요. 우리는 매우 가까운 사람들에 관해 글을 쓸 때면 쉽게 우스꽝스러운 역할에 빠져 아는 체하기도 하고, 사실을 바로잡기도 하고, 깔보기도 하지요.

라디쉬 이탈리아 혈통의 유대인이었던 당신 아버지는 수용소 수감을 피할 수 있었고, 유대인 별 표시도 달지 않았습니다.

모디아노 나에게 아버지는 여전히 이해가 되지 않는 분입니다. 그분에게 유대인 신분이란 거들떠보지도 않을 하찮은 것이었지요. 자신이

286

어떤 사람인지도 몰랐으니까요. 아버지는 정체가 불분명했고, 전형적인 파리지앵이었습니다. 그리고 이 도시 구석구석을 알고 있었습니다. 이 도시와 궁합이 잘 맞았죠.

라디쉬 당신은 회고록에서 동생 루디에 관해 이렇게 썼더군요. "내 동생 루디와 그의 죽음을 제외하고는 여기서 이야기하는 모든 게 나와 관계없다고 믿는다." 당신은 세상을 떠난 동생에게 소설 여덟 권을 헌정했습니다.

모디아노 그렇습니다. 동생의 죽음은 무척 뼈아픈 일이었고, 내 글쓰기에서 항상 되풀이해서 나타나는 일종의 삶의 모체였습니다. 나는 끊임없이 사라져 버린 사람들을 찾고, 흔적을 추적합니다.

라디쉬 당신이 작가가 되리라는 사실을 언제 명확히 깨달았나요?

모디아노 나는 열 살 때부터 글을 썼습니다. 열네 살이 되던 해부터는 긴 여름방학 때마다 소설을 쓰려고 시도했지만 번번이 실패했지요. 그러다가 열아홉 살이 되었을 때 나는 의학을 공부하고 싶었습니다. 하지만 거기에 필요한 이과 졸업 자격시험을 치르지 않았죠. 나는 무언가를 해야만 했기 때문에 열아홉 살에 진짜 첫 소설을 쓰기 시작했지요.

라디쉬 첫 소설 『에투알 광장La Place de l'étoile』은 1968년 4월에 갈리마르 출판사에서 발행되었죠. 당시에 당신은 스물세 살이었는데요, 그때부터 소설을 거의 매년 한 권씩 썼습니다.

모디아노 책을 마무리하고 날 때마다 이번에도 실패했다고 느꼈어요. 그러면 즉각 그다음 소설에 착수했지요.

라디쉬 혹시 그 소설 전부가 실제로는 결코 끝나지 않는, 단 한 권의 소설일까요?

모디아노 가끔 나 자신이 새로운 각도에서 늘 동일한 것을 촬영하는 사진사 같다고 느낍니다. 또 이전 책에 나왔던 장면들이 약간 변형되어 새 책에 다시 나오는 경우도 자주 있지요. 내가 그 장면을 그와 비슷하게 이미 서술했다는 사실을 잊어버렸기 때문입니다. 19세기의 작가들은 자신의 책들을 거대한 성당처럼 쌓아 올릴 에너지를 가지고 있었어요. 하지만 나에게는 아주 자잘한 석재, 넝마 조각밖에 남아 있지 않습니다. 내 책들은 내가 살고 있는 금세기만큼이나 갈가리 찢겨 있지요.

라디쉬 그러나 오늘날에는 매우 안정되고 심지어 통속적 리얼리즘이라 할 수 있는 소설들도 다시 나오고 있습니다.

모디아노 네, 신사실주의 비슷한 것이 있기는 합니다. 현실이 그토록 심한 압박을 가하기 때문이지요. 젊은 소설가들은 사실성에 너무나 빨려 들어가서 상상력을 발휘할 여력이 없을 정도입니다.

라디쉬 소설을 쓸 때 독자들을 중독시키는 그 목소리를 당신의 내면 어디에선가 실제로 듣나요?

모디아노 네, 내 내면에는 일종의 목소리가 있습니다. 나는 글을 쓸 때 '이것이 내 진짜 목소리다.'라는 느낌이 듭니다. 그 느낌은 말을 할 때보다 훨씬 강합니다. 네, 맞아요. 글을 쓸 때 나는 나의 진짜 목소리를 발견합니다.

라디쉬 글쓰기는 힘든 작업인가요?

모디아노 글쓰기는 언제나 직접적이어야 하고, 너무 많은 형용사를 쓰지 않고 이루어질 수 있어야 합니다. 그러지 않으면 글 전체가 지나치게 수사적으로 변합니다. 하루에 몇 시간 동안 글을 쓰고, 같은 책을 서로 다른 버전으로 만들어 내는 소설가들도 있습니다. 내 경우에는 첫 번째 시도가 대단히 정밀해야 합니다. 나는 글을 쓸 때 머뭇거리지 않고 엄청 빠르게 써 나갑니다. 개복한 환자를 수술하는 외과 의사처럼요. 나는 글쓰기를 아주 오래 지속하지 못합니다. 기껏해야 두세 시간이지요. 그렇다고 그 일이 매우 기분 좋은 것도 아닙니다. 그 후에는 정밀 수술에 해당하는 교정만 약간 합니다.

라디쉬 그토록 많은 파리의 거리와 광장 이름들도 매우 중요한 역할을 하지요. 그 이름들은 당신 책의 암시적인 분위기 속에서 유일하게 신뢰할 수 있는 닻과 같은 작용을 합니다.

모디아노 네, 그 이름들은 의지처, 공간을 점검할 수 있는 수단들이지요.

라디쉬 당신은 파리를 결코 떠나지 않을 거라고들 하던데요.

모디아노 나는 여행이 두렵습니다. 그러나 만약 내가 새로운 장소에 가게 된다면 그곳에 아주 오래 머물 수 있을 겁니다. 베를린이 나에게는 매우 흥미로웠습니다. 나는 그 도시가 나이를 나와 똑같이 먹었다는 이상한 인상을 받았습니다. 나는 거리와 주소별로 정리되어 있는 베를린의 옛 전화번호부를 발견했습니다. 그 모든 것은 더 이상 존재하지 않는 건물들이었죠.

라디쉬 70세에 가까운 지금, 자신의 삶을 되돌아본다면 무엇을 다르게 해 보고 싶습니까?

모디아노 아마도 열다섯 살에서 스물다섯 살 사이의 내 삶의 초반을 바꿔 보고 싶습니다. 제대로 살아 볼 수 없었던 시절이었지요. 그러나 동시에 그것은 어리석은 짓이기도 합니다. 왜냐하면 살아 보지 못한 삶도 무언가를 하는 데 도움이 되기 때문입니다. 우리는 옆으로 비켜서서 자세히 살펴볼 수 있습니다.

우리는 늘 단면들만 볼 뿐이지요.
인생 전체는 매우 기이한 것입니다.

라디쉬 노년기가 되면 사람들은 자기 인생을 재평가하게 되나요?

모디아노 고령이 되면 안목이 길어지지요. 우리는 많은 사람들을 만났으면서도 종종 그들이 누구인지도 모릅니다. 매우 헷갈리게 만드는 일들이 있고, 우리에게 매우 중요한 역할을 했던 사람들도 있지만, 우리가 예전에 만난 적이 있다는 사실조차 알아차리지 못하기도 하지요. 나는 길거리에서 내가 50년 전에 알고 있었던 사람들을 떠올리게 해 주는 실루엣들을 봅니다. 나는 거리를 걸으면서 그것이 40년, 50년 전에는 어떤 모습이었는지 기억을 더듬어 봅니다. 그러나 우리는 늘 단면들만 볼 뿐이지요. 인생 전체는 매우 기이한 것입니다. 마지막에 가서 한꺼번에 그 전체를 본다면 그것도 매력적일 겁니다.

라디쉬 당신은 생애 말년에서 그 모든 것들이 다 들어 있는, 일종의 만물백과 소설을 쓰는 것이 가능하다고 생각하시나요?

모디아노 그런 절대적인 책은 19세기의 아이디어였습니다. 나는 사람들이 파편들과 넝마 조각들만 손에 들고 있는 것이 훨씬 더 재밌다고 믿습니다. 그것은 사람들에게 꿈을 꿀 수 있는 자유를 허용하니까요.

절대적인 것은 언제나 폭력적인 면이 있습니다.

라디쉬 그러면 꿈은 이루어지지 않아야 더 좋다는 뜻인가요?

모디아노 아닙니다. 삶은 또한 어디로도 연결되지 않기도 하지요. 모든 것이 미정으로 남아 있어야만 합니다. 모든 것이 계속 되어야만 합니다.

라디쉬 12월 10일에 스웨덴 국왕이 스톡홀름에서 당신에게 노벨상을 수여할 겁니다. 수상자들 중에 그 후로 글을 거의 쓰지 않았던 사람들도 많습니다.

모디아노 노벨상이 작가에게는 죽음의 키스라는 말을 누가 했던가요?

라디쉬 존 스타인벡이었죠.

모디아노 나는 사람들이 왜 더 이상 글을 쓰지 못한다는 것인지 이해가 되지 않습니다. 우리를 몰아가는 불만족이 남아 있는데 말이죠.

라디쉬 당신은 가끔 가게 문을 닫고 이제는 다 끝났다고 말하고 싶은 욕구가 생기진 않나요?

모디아노 물론 생기죠. 그러나 글쓰기는 내가 몰락하지 않기 위해 필요로 하는 일종의 약물입니다.

Amos Oz

아모스 오즈

"나 자신은 전혀 중요하지 않다.
오늘 나는 아직 살아 있지만, 내일이 되면 사라지고 없을 것이다."

노벨문학상 후보로도 자주 거론되는 이스라엘 소설가이자 저널리스트, 중동 평화를 위한 활동가이다. 1968년 『나의 미카엘』로 세계적 명성을 얻었고 자전적 소설 『사랑과 어둠의 이야기』는 2015년 영화화되기도 했다. 그는 작품에는 이스라엘 현대사, 인간에 대한 이해와 통찰, 광신주의와 폭력의 배격, 타자와의 소통과 평화라는 주제들이 두드러지게 나타난다.

이스라엘의 작가 아모스 오즈는 일평생 비밀을 하나 지니고 있었다. 그는 뒤늦게 자신의 문학적 자서전 『사랑과 어둠의 이야기』에서 비로소 그것에 관해 털어놓을 수 있었다. 1952년 1월 6일의 일에 관한 것이었다. 이날 어머니 파니아 클라우스너는 예루살렘에서 자동차를 타고 텔아비브로 갔고, 다시는 아들 아모스에게 돌아오지 않았다. 여러 해에 걸쳐 어머니는 가족들이 사는 예루살렘의 작고 어둑한 지하실 집에서 우울증을 앓고 있었다. 사람들은 줄곧 병에서 회복되기를 기대했지만, 그녀는 결국 견뎌 내지 못하고 죽음의 품으로 뛰어들었다.

그날 이후로 어린 아모스는 아버지 예후다 아리에 클라우스너와는 완전히 다르게 살기로 했다. 아버지는 동유럽의 유명한 학자 집안 출신이었고, 늘 글을 읽었으며, 유럽의 11개 국어를 구사했으나, 실질적인 삶에는 속수무책인 처지였다. 그는 아버지의 성을 버리고 자신을 '힘'이라는 뜻의 오즈라고 불렀다. 어머니가 자살한 지 얼마 후에 열다섯 살이던 아모스 오즈는 한 키부츠*로 들어갔다. 그곳에서 그는 40년 동안 지냈으며, 결혼을 했고, 자녀들이 장성하는 모습을 지켜봤으며, 집필을 했다. 그러나 인생 말년에 들어서는, 사람은 자신의 혈통에서 절대 벗어나지 못하며 마음속에 간직한 부모는 지우지 못한다고 단언했다.

아모스 오즈가 반유대주의의 기원에 관한 책을 씀으로써 자신의 어머니가 당한 불행의 실태를 더욱 철저히 파헤쳤을 때는 70세가 넘어 있었다. 그 책의 집필이 힘들어 그는 작업을 끊임없이 중단하지 않을 수 없었다. 내가 2015년 봄에 아모스 오즈를 방문했을 때는 그의 소설 『유다』가 발행된 직후였다. 그의 자택은 텔아비브의 시 외곽에 들어선 최신식 아파트 13층에 있었다. 우리는 그의 서재에 자리를 잡았다. 창문을 통해 텔아비브의 현대화된 주택가가 훤히 내다보였다. 먼 곳에서 바다가 어렴풋이 보이는 듯했다.

*

라디쉬 당신은 이스라엘에서 어릴 적부터 히브리어를 사용한 첫 세대에 속합니다. 가족들 중 처음으로 하나의 언어만 구사하게 된 느낌이 어떤가요?

오즈 내가 어렸을 적에는 주변에서 40세가 넘은 사람들은 모두 다른 언어를 썼습니다. 아이였던 우리들만이 히브리어를 썼지요. 나도 일단 40세가 되면 대다수 유대인들과 마찬가지로 이디시어**를 사용할 것으로 생각했습니다. 마치 이디시어를 사용하는 것이 나이가 들어서야 일

---

* 이스라엘의 자급자족적 농업 공동체.
** 히브리어, 아람어, 남부 유럽어 등 유대인들의 종교적·일상적 개념이 반영된 독일어.

어나는 어떤 일인 것처럼 말이죠.

라디쉬 당신 부모님은 11개 국어를 구사한 동유럽의 지식인이었죠. 그리고 소설에서는 이스라엘 정착자 첫 세대를 마치 건드려서는 안 되는, 어떤 어두운 비밀을 지니고 있는 것처럼 서술하고 있는데요.

오즈 자전적 소설『사랑과 어둠의 이야기』는 그 최초의 정착자들을 다룬 희비극입니다. 그들은 자신의 혈통이 잊혀지길 바랐어요. 하지만 그것은 지울 수 있는 것이 아니었고, 그들의 꿈, 감정, 책 들 속에 내재해 있었지요.

인간은 변할 수 있지만,
결코 새롭게 태어나지는 않습니다.

라디쉬 당신의 소설을 읽으면서 이곳 황무지에서 원점부터 시작한다는 게 무엇을 의미하는지 처음으로 이해할 수 있다는 느낌을 받았습니다.

오즈 그것은 환상입니다. 누구도 매번 원점에서부터 시작하지는 않습니다. 인간은 변할 수 있고, 자신의 언어, 종교, 이념을 바꾸기도 하지요. 하지만 결코 새롭게 태어나지는 않습니다.

라디쉬 젊은 시절에는 자기 자신을 새롭게 만들어 내는 것이 가능하다고 믿지 않았던가요?

오즈 나는 열네 살 때 아버지의 세계에 반기를 들었습니다. 나는 성을 바꿨어요. 나는 아버지가 한 번도 되어 본 적이 없는 사람이 되기를 원했습니다. 아버지는 학자였기에 나는 트랙터를 모는 일꾼이 되기를 원했습니다. 아버지는 지식인이었기에 나는 농부가 되기를 바랐습니다. 아버지는 우파 민족주의자였기에 나는 사회민주주의자가 되려 했습니다. 아버지는 키가 작은 남자였기에 나는 키가 무척 큰 남자가 되고 싶었습니다. 당신이 보시다시피 그것들 중 내가 해낸 것은 전혀 없습니다. 나는 키 작은 남자이고, 책들로 가득 찬 이곳 나의 집에 앉아 있습니다. 나는 나의 아버지가 나에게 바랐던 바로 그 일을 하고 있지요.

라디쉬 사람들은 마음속의 부모에게서 벗어나지 못한다는 뜻인가요?
오즈 죽은 자들과의 은밀한 대화는 중단되지 않습니다. 아버지는 45년 전에 돌아가셨지만, 아직도 나는 날마다 그분과 언쟁을 벌이지요. 부모님이 돌아가시면 우리는 몸을 낮추고 그분들을 높이 받들게 됩니다. 그분들을 우리의 마음속 어딘가에 간직해 두고 나머지 일생 동안 그분들을 품고 다닙니다. 인간은 누구나 일종의 마트료시카 인형*이어서 앞서 간 세대의 정신적 외상, 염원, 실망을 함께 지니고 다닙니다.

라디쉬 당신의 부모님은 악순환의 고리에서 벗어나려고 노력했습니다. 그분들은 자신이 사용했던 유럽의 11개 국어 중 하나도 당신에게 가르쳐 주지 않았지요.
오즈 그분들은 내가 유럽의 언어를 하나라도 사용한다면, 내가 유럽의 치명적인 매혹에 빠져 그곳으로 건너가 살해될 거라고 생각한 겁니다. 왜냐하면 유럽인들은 유대인들에게 그렇게 하니까요. 그들은 유대인들을 살해하지요.

---

* 몇 회를 반복해서 점점 작은 인형이 나오는 러시아 목각 인형.

라디쉬 부모님은 유럽을 잊고 싶어 했군요.

오즈 그분들이 유럽을 어떻게 잊을 수 있었을까요! 우리들 중 누구도 자신의 신분증에 나와 있는 날짜에 실제로 태어나지 않았어요. 우리는 그보다 훨씬 전에 태어났습니다.

라디쉬 부모님은 무척 불행했겠지요.

오즈 그야 자명한 일이지요. 부모님은 유럽에서 추방당했습니다. 다행이었어요. 그들이 부모님을 30년대에 추방하지 않았더라면 40년대에는 살해했을 겁니다. 부모님은 유럽을 사랑하셨지만, 유럽은 그 사랑에 보답해 주지 않았지요.

라디쉬 오늘날 11개 국어를 구사하는 사람은 지구상에 거의 없을 겁니다.

오즈 오늘날에는 사실 누구나 유럽인이 되고 싶어 합니다. 심지어 우크라이나인들도 그러기를 바라지요. 하지만 90년 전에는 유대인들이 유럽에서 유일하게 진정한 유럽인이었습니다. 그 때문에 그들은 유대인들을 세계주의자, 정처 없는 지식인, 식객이라고 불렀지요. 나의 부모님은 유럽의 문화, 유럽의 풍경, 유럽의 기후를 사랑하셨고, 무엇보다 유럽의 음악을 사랑했습니다. 예루살렘에 있던 우리의 조그만 지하실 집은 온갖 유럽어로 된 책들이 가득했지요.

라디쉬 오늘날 이스라엘은 유럽의 색채가 옅어졌나요?

오즈 이스라엘에서 유럽의 영향을 받은 과거가 사라졌다고 말하지는 못할 겁니다. 지난 몇 달 동안 정확히 1만 명의 프랑스 유대인들이 이스라엘로 옮겨 왔습니다. 나의 부모님의 비극은 아직도 끝난 게 아닌 것이죠.

라디쉬 당신은 어머니 자살 이후, 열다섯 살의 나이로 키부츠에 들어가서 반평생을 보냈는데요.

오즈 키부츠 훌다는 최고의 대학이었습니다. 내가 키부츠에서 보낸 세월을 대신 유럽, 인도의 수도원, 남아메리카의 정글을 여행하며 보냈더라면, 인간에 관해 내가 키부츠에서 배웠던 것의 백만 분의 일도 배우지 못했을 겁니다.

라디쉬 어머니의 자살에 관해 이야기할 수 있기까지 매우 오랜 세월이 걸렸습니다.

오즈 내가 어머니에 관해 이야기할 수 있기까지는 40년이 걸렸지요. 하지만 우리가 이번에 새로 나온 소설에 관해 약간 얘기를 나누는 게……

라디쉬 ……『유다』 말이군요, 최근에 발행된.

오즈 이 소설에는 별 줄거리가 없습니다. 세 명의 사람들이 겨울철 내내 예루살렘 변두리의 한 집에 앉아 있지요. 그들은 나이가 스물다섯 살, 일흔 살, 마흔다섯 살입니다. 그들은 각각 젊은 개혁가, 늙은 반이상주의자, 남자들에게 실망한 여자입니다.

라디쉬 그 집에는 유령도 몇 명 나오던데요.

오즈 유다와 예수의 성령이 이 세 사람 사이의 드라마에 참여합니다. 여자의 고인이 된 아버지 유령 아브라바넬도 그 집에 있지요. 배신과 신의의 문제뿐 아니라 배신처럼 보이는 모든 것이 실제로 배신은 아니라는 사실이 다루어집니다. 때로는 배신자들은 그들의 시대를 약간 앞서 있을 뿐이지요.

라디쉬 그 유명한 입맞춤으로 예수를 배신했던 유다처럼 말인가요?

오즈 유다는 예수를 사랑했고, 예수를 예수 자신이 그랬던 것보다 더 많이 믿었습니다. 예수는 십자가에 묶일 때 무슨 일이 일어날지 확신하지 못했지요. 예수는 초조해했습니다. 그것은 신약 성서에 나와 있는 내용입니다.

라디쉬 그것이 1959년 겨울에 예루살렘의 한 한적한 집에서 서로 사랑하는 법을 배우는 세 명의 사람과 무슨 관련이 있나요?

오즈 사람들이 스스로 변하는 것과 관련이 있지요. 나는 거기에 매료되어 있습니다. 우리는 스스로 변하고, 또 우리는 남들을 변화시킵니다. 결혼을 통해, 우정을 통해, 부모가 되는 것을 통해, 노동을 통해, 책들을 통해서 말입니다. 유다는 결국 예수가 신의 아들이라는 사실을 더 이상 믿지 않지요. 유대인의 관점에서 예수를 다루는 책을 집필하는 주인공인 그 젊은 남자 개혁가도 결국에는 자신의 개혁적 이념을 더는 믿지 않아요. 남들의 영향을 받은 아브라바넬도 마찬가지로 보편적인 사랑을 더는 믿지 않습니다.

사랑은 위험하고, 사랑은 불안하게 만들고,
사랑은 매우 이기적인 사안입니다.

라디쉬 유다는 초기 기독교 이념에 대한 믿음도 잃습니다.

오즈 사랑은 매우 내밀한 감정이고, 우리는 자기 내면에 모든 인간들을 사랑할 정도로 많은 양의 사랑을 가지고 있지는 않습니다. 인간들은 일생 동안 기껏해야 다섯에서 열 명의 타인을 사랑할 수 있지요. 간혹, 어쩌면 열다섯 명까지도요. 그런데 이 사랑이란 것은 햇빛을 받으며 지저귀는 새들과는 아무런 관련이 없답니다. 사랑은 위험하고, 사랑은 불안하게 만들고, 사랑은 매우 이기적인 사안입니다. 이 소설은 보편적인 사랑에 관한 생각을 맹렬히 비판합니다.

라디쉬 당신은 유다의 어떤 점이 흥미로운가요?

오즈 평생 나를 따라다니는 의문은 이것입니다. 유대인들은 왜 예수를 인정하지 않았는가? 예수는 결코 새로운 종교를 창시하려 한 게 아니었습니다. 그는 유대인 개혁가였습니다. 그는 교회라는 말은 결코 꺼내지도 않았고, 그는 유대인 회당에 다녔지요.

라디쉬 왜 그 문제에 그토록 매달리는 건가요?

오즈 나는 열여섯 살이 되어서야 처음으로 신약 성서를 읽었습니다. 르네상스 예술을 더 잘 이해하고 싶었기 때문입니다. 바흐의 음악, 도스토예프스키의 책들도 말이지요. 나는 예수가 단번에 좋아졌습니다. 그러나 유다와는 좀 문제가 있었지요. 유다의 입맞춤이 나에게는 신빙성이 없어 보였습니다. 은화 30냥이라는 한 번의 보상을 받기 위해서 그랬죠. 나는 은화 30냥이 오늘날 얼마의 가치에 해당되는지 알아내 보려 했습니다. 600유로 정도 되더군요. 아주 적은 돈은 아니죠. 그런데 왜 유다 같은 유복한 남자가 자신의 신을 600유로에 팔아넘긴 걸까요? 그리고 설혹 그가 돈 때문에 배신을 했다 치더라도, 그는 왜 그런 다음, 같은 날 밤에 스스로 목을 매기까지 했을까요? 그 이야기는 나에게는 처음부터 끝까지 맞지가 않았습니다.

라디쉬 유다의 이야기는 반유대주의에 이르는 전 단계입니다.

오즈 그 이야기는 2000년 전부터 반유대주의를 불러온 대재앙이지요. 최후의 만찬을 그린 르네상스 시대의 그림들을 생각해 보세요. 제자들은 모두가 아리아 혈통에 매우 가까워 보입니다. 금발에 파란 눈. 유다는 한쪽 귀퉁이에 앉아 있고, 끔찍하게 생긴 코를 가진 흉악한 셈족 괴물로 나옵니다. 그 그림은 나치 시절의 주간지 〈슈튀르머〉에 나오는 풍자화가 아니고, 괴벨스보다 400년 앞선 르네상스 시대의 예술입니다. 홀로코스트는 여기에서 유래한 것입니다. 우리들 모두가 유다이고, 신을 배신한 자이며, 수전노이고, 냉소주의자입니다.

라디쉬 유다는 왜 자기 스승을 배신했을까요?

오즈 유다는 예수를 다른 모든 제자들이 그랬던 것보다 더 굳게 믿었습니다. 그는 이렇게 생각했지요. '이 기적들이 여느 조그만 마을들에서야 누구에게 이득이 되겠는가. 예수는 가장 위대한 기적을 예루살렘에서 전 세계 사람들이 지켜보는 가운데 이루어야 한다. 모든 텔레비전 카메라가 그를 향하고 있을 때.'

라디쉬 십자가에 매달리는 것이 최종적인 홍보 수단이었나요?

오즈 유다는 지금 이 순간의 세상 사람들을 구원하기를 원했습니다. 예수는 자신이 신이기 때문에 십자가에서 내려올 수 있다는 것을 증명하게 되어 있었지요. 하지만 예수가 십자가에 매달려 죽자 유다는 절망해서 스스로 물었습니다. '내가 무슨 짓을 저질렀단 말인가. 내가 다른 모든 사람들보다 더 사랑했던 인간을 죽였구나.'

라디쉬 유다가 절망한 이유는 예수가 결국 신의 아들이 아니라고 생각했기 때문인가요?

오즈 예수는 경이로운 인간, 지금까지 살았던 인간들 중 가장 경이로운 인간입니다. 그러나 인간일 뿐이었지요.

라디쉬 『유다』 47장에서 당신은 예수를 십자가에 매다는 장면을 유다의 근접 시각에서 14쪽에 걸쳐 서술합니다. 그 부분은 최근에 읽은 글들 중 오랜만에 느낀, 가장 감동적인 장면이었습니다.

오즈 그 부분은 쓰기가 매우 힘들었습니다.

라디쉬 그렇게 과감한 장면을 쓸 용기는 어디서 얻나요?

오즈 나는 종종 작중 인물들을 갑자기 만나 놀라기도 합니다. 어떤 때는 이 의자에서 거의 떨어질 정도로 심하게 놀라지요. 나는 늘 이 책을 언젠가 쓸 수 있기를 희망했고, 자주 시도했다가 번번이 포기하고 말았지요. 하지만 작중 인물들이 나에게 도움을 주었습니다. 나 자신은 전혀 중요하지 않습니다. 오늘 나는 아직 살아 있지만, 내일이 되면 사라지고 없을 겁니다. 그것은 한두 해의 문제일 뿐입니다. 그러나 나의 작중 인물들은 부디 약간 더 오래 이곳에 머물기를 바랍니다.

라디쉬 이 방대한 소설은 지극히 비관적인 분위기가 지배하고 있습니다. 당신의 모습을 강하게 띠고 있는 그 늙은 남자는 이런 말을 하죠. "거의 모든 사람들이 눈을 감은 채 자신의 삶을 헤쳐 나가지. 태어날 때부터 죽을 때까지."

오즈 네, 하지만 결국 세 사람 다 서로를 사랑하지요. 모든 게 다 헛된 것은 아니었습니다. 그 사랑은 현대 문학이 대체적으로 우리에게 있다고 인정하는 것보다 더 대단한 일이지요.

라디쉬 그러나 그 세 사람은 마지막 부분에서 서로 헤어집니다.
오즈 인생이란 그런 것이지요.

Ruth Klüger

루트 클뤼거

"삶의 참뜻은 살아가는 것이다."

오스트리아 출신의 독문학자이자 작가이다. 1942년 11세에 어머니와 함께 강제
수용소에 수감되었다가 극적으로 탈출한 후 미국으로 이주했다. 수용소 탈출 후 약
50년이 지난 1992년에서야 자서전 『계속 살아가다』를 출간했는데, 기존의 홀로코
스트 문학과 달리 여성과 젠더의 관점에서 기억을 논하고 있어 중요한 시대 증언서
로 평가받았다.

2015년 5월에 나는 루트 클뤼거를 괴팅엔에 있는 그녀의 거처에서 만나기로 약속했다. 83세의 그녀는 캘리포니아에서 이곳으로 며칠 다니러 왔다. 1988년부터 그녀는 독일의 이 대학 도시에서 유리 테이블과 검은 가죽 소파로 실용적으로 꾸며진 아파트를 보금자리 삼아 살고 있다. 이제 그녀는 이 괴팅엔의 거처를 청산하려고 한다. "어떤 것이 끝나면 끝나는 것이죠." 하고 그녀는 말했다. 나의 방문은 그녀의 삶에서 독일이라는 장을 마감하는 선을 긋는 것과 비슷했다.

루트 클뤼거는 80년대 말에 객원 교수 자격으로 괴팅엔으로 왔다. 그런데 그녀는 괴팅엔에서 어떤 사람의 자전거에 치여 머리를 땅에 박고 넘어졌다. 만약 그런 일이 없었더라면 독일 독자들은 어바인*에서 온 이 독문학 교수를 결코 글로 대면하지 못했을 것이다. 그 사고는 그녀에게 마침내 자신의 인생사를 기록하도록 해 준, 말 그대로 자극이었

---

* 미국 캘리포니아주의 도시.

다. 그녀는 회고록에 유대인으로서 빈에서 보냈던 어린 시절, 테레지엔
슈타트 수용소*와 아우슈비츠 수용소에서의 구금 생활, 미국으로의 출
국에 관해 썼다.

그녀가 살아남은 것은 결코 있음직하지 않은 우연 덕분이었다. 아우
슈비츠의 테레지엔슈타트 가족 수용소에서 15세에서 45세 사이의 여
자들은 노동 봉사 수용 시설에 지원해야 했다. 당시, 겨우 열두 살이었
던 루트 클뤼거와 그녀의 어머니는 벌거숭이로 긴 줄 속에 서 있었다.
친위대 대원이 선별을 할 때 손짓으로 어머니는 통과시키고 딸은 돌아
가도록 명령했다. 절망한 어머니는 딸에게 다시 한 번 시도해서 이번에
는 열다섯 살이라고 우기도록 시켰다. 감시가 소홀한 틈을 타 그 꼬마
는 다시 벌거숭이 여자들의 긴 줄에 끼어들었다. 그녀는 나이가 더 많
은 체하기가 겁이 났다. 하지만 선별 장교 옆에는 마찬가지로 수감자인
젊은 여자 서기가 한 명 앉아 있었다. 그녀가 긴 줄 속에서 기다리고 있
던 꼬마에게 다가와 낮은 목소리로 말했다. "열다섯 살이라고 말해야
해." 그 말이 그녀에게 용기를 주었다. 친위대 대원은 그녀가 너무 작
다고 여겼지만 여자 서기의 설득에 그만 넘어갔다. 그녀는 목숨을 구했
다. 며칠 지나지 않아 테레지엔슈타트 가족 수용소의 나머지 아이들은
아우슈비츠-비르케나우**에서 독가스로 살해당했다. 오늘날까지도 그
녀는 그 아이들의 얼굴을 기억할 수 있다.

두 모녀는 그로스-로젠 강제수용소의 별도 수용 시설인 크리스티안
슈타트 노동 수용소로 갔다. 종전을 몇 주 남겨 둔 시점에 두 사람은 탈
출해서 몸을 숨길 수 있었다. 그 후에 어머니의 결심은 확고히 정해져

---

* 체코에 지어진 나치의 강제수용소. 전쟁 중 '파라다이스 게토'로 선전된 나치의 위
장 수용소이자 아우슈비츠로 가는 경유지였다.
** 아우슈비츠 제2수용소로 아우슈비츠에서 3킬로미터 떨어진 곳에 위치해 있으며,
유럽 최대 규모의 유대인 집단 학살 장소인 가스실이 있었다.

있었다. 미국으로 출국을 신청한 것이다.

아직 미국 출국이 성사되기 전, 열다섯 살이 된 루트 클뤼거는 그사이에 레겐스부르크 대학에서 철학을 약간 공부하기도 했다. 강의실에서 그녀는 활달한 열아홉 살짜리 청년 옆에 앉게 되었다. 그 청년이 바로 마르틴 발저였고, 독일에서 만난 그녀의 첫 번째 남자 친구가 되었다. 그들의 우정은 54년간 지속되었지만, 그 친구가 『어느 비평가의 죽음』이라는 소설을 발표했을 때 끝이 나고 말았다. 루트 클뤼거는 공개서한을 통해 유대인 비평가 마르셀 라이히라니츠키를 다룬 발저의 실화 소설을 '역겨운 책'이라고 지칭했다. 그녀는 모욕을 당했다고 느낄 때면 매우 노골적인 비난을 할 수도 있는 사람이다. 그 서한에 그녀는 이렇게 썼다. "직업상 독일 문학을 다루고 있고, 그대와 그대의 가족들과 친밀다고 믿고 있는 유대인으로서 나 역시 그대가 한 비평가를 흉악한 유대인으로 묘사한 것에 대해 황당하고, 불쾌하고, 치욕스럽다고 느낀다." 그 후로 두 사람은 다시 만나지 않았다.

독일과 자신의 고향인 빈에 대한 관계는 여전히 그녀에게 불편한 상태로 남아 있다. 그녀는 거의 60년 전부터 미국에서 살고 있다. 그리고 그곳에서 한 독일인 교수와 결혼해 아들을 두 명 두고 있지만, 자녀들과는 오늘날까지 독일어로 한 마디도 나누지 않았다. 그럼에도 그녀는 이혼을 한 후에는 버클리에서 독문학을 공부했고, 프린스턴과 어바인에서 독일 문학을 가르친 외국의 저명한 독문학자가 되었다. 그녀가 괴팅엔에서 독일어로 집필한 자신의 회고록 『계속 살아가다weiter leben』는 베스트셀러가 되었다. 무엇보다 라이히라니츠키가 도움을 준 덕분이었다. 라이히라니츠키는 1993년 1월에 자신의 방송 프로그램 〈문학 사중주〉에서 그 책을 높이 평가했다.

이어서 2008년에 나온 자서전 2부 『도중에 길을 잃다unterwegs verloren』

에서는 1부보다 더 공격적인 어조가 뚜렷이 드러난다. 그 책에서 자신의 미국 생활, 남성들, 동료들, 가족들과 결혼 생활을 회고하면서 보인 단호함은 루트 클뤼거가 아우슈비츠의 긴 줄 속에서 보낸 몇 분과도 어느 정도 관련이 있을 것이다. 그 후로 그녀가 두려워할 게 뭐가 더 있었겠는가?

83세가 된 루트 클뤼거는 두루 여행을 하고 있는 중이었다. 어제까지만 해도 런던에 있었고, 모레는 빈으로, 그다음에는 파리로 갈 예정이었다. 비록 그녀가 형식에 얽매이지 않는 미국인이 되기는 했지만, 말은 다정하게 들리는 빈 지역 독일어를 사용했다. 그녀는 다리를 꼬고 백발의 머리를 짧게 자른 모습으로 내 앞에 마주 앉아 꾸밈없이 느긋한 표정을 드러내고 있었다. 그리고 지금은 자신의 첫 번째 소설을 집필하고 있는데, 그것을 마저 끝맺고 싶다고 했다. 시간은 어쩌면 클라이스트*에 관한 글을 한 편 더 쓰기에도 충분할 것이다. 그다음에는? 그렇다. 그다음에는 내가 그녀 자신에 대한 멋진 추도사를 한 편 써 주길 바란다고 했다.

*

라디쉬 이 인터뷰는 꽤 나이 든 작가들과 진행해 온 삶의 끝에 나눈 대화의 마지막 편입니다. 쥘리앵 그린, 라이히라니츠키, 조지 타보리 같은 몇 분들은 인터뷰 당시에 나이가 90세였고, 귄터 그라스, 마르틴 발저, 임레 케르테스 같은 분들도 80세를 훌쩍 넘겼죠.

---

* 하인리히 폰 클라이스트. 34세에 요절한 독일의 작가로, 모더니즘을 선취한 천재로 평가받고 있다. 클뤼거는 클라이스트 작품을 집중적으로 연구해 그에 대한 권위를 인정받고 있다.

클뤼거 케르테스는 짐작건대 앓는 소리를 했을 텐데요?

라디쉬 네, 많이 한탄했지요. 그리고 라이히라니츠키는 한 번도 행복한 적이 없었다고 말했고요.

클뤼거 그 점에 있어 그분은 확실히 불운했습니다. 말년에는 텔레비전만 시청했지요. 그리고 맨 마지막에는 음악만 들었어요.

라디쉬 그분은 당시에 자신의 책 대부분을 처분했어요. 그분에게 중요했던 것들 중 마지막에는 남은 것이 거의 없었지요.

클뤼거 하지만 그것은 당신의 다른 인터뷰 대상자들도 마찬가지 아니었을까요?

라디쉬 그 정도는 아니었습니다. 당신은 나이 드는 것이 어떻게 느껴지나요?

클뤼거 건강이 악화되는 건 확실합니다. 내가 심장병 수술을 받기 전에는 거의 걷지도 못할 지경이었죠. 한 걸음 한 걸음 옮기기가 고역이었어요. 그 후에 내 인생 최고의 시절이 찾아왔습니다. 나는 지금 괴테가 사망했을 때의 나이와 같습니다. 그리고 경탄할 만한 점은 우리가 혼자가 아니라는 사실입니다. 노인네들이 한 세대나 되지요. 이전에는 그런 적이 없었습니다. 괴테는 노년에 홀로 지내며 많은 괴로움을 겪었습니다. 다른 사람들이 모두 세상을 떠났기 때문이었지요. 나는 방금 런던에 있는 91세가 된 여자 친구를 만나고 왔습니다. 모레는 86세가 된 다른 여자 친구가 그녀를 찾아갈 겁니다. 1월에는 88세인 여자 친구가 캘리포니아로 나를 찾아왔었어요. 우리는 현존하고 있습니다. 알고 지내던 누군가가 빈번하게 죽기는 하지만.

라디쉬 여자로서 늙어 가는 것이 더 힘든 일인가요? 언론에 드러나는 위대한 남성 노인들은 많은 반면, 위대한 여성 노인들은 적습니다.

클뤼거 우리 여자들에게 주어진 최고의 선물은 그냥 늙도록 내버려 두는 영국 여왕입니다. 그녀는 얼굴 화장도 하지 않고 주름 제거 수술도 하지 않지요. 그녀는 그야말로 역할 모델이 되고, 훌륭한 모범, 특히 젊은 여성들에게 모범이 되는 늙은 여자입니다. 그녀는 퇴위하지 않고, 얼굴과 몸도 전혀 가꾸지 않고, 늘 모습을 드러내 놓고 숨지 않습니다.

라디쉬 나이가 들면 더 큰 자유를 얻게 될까요?

클뤼거 나는 강제수용소에서 탈출한 후 자유를 얻었습니다. 해가 지날수록 자유는 더욱 늘어났습니다. 나의 인생은 자유를 얻기 위한 투쟁이었지요. 나는 결혼을 감옥으로 느꼈습니다. 그 외에도 우리는 돈이 없으면 자유롭지 못하죠. 자유는 아주 소중합니다.

라디쉬 그러나 고령이 되면 미래에 대한 전망이 줄어듭니다. 실수를 더 이상 되돌릴 수 없고, 삶을 계획해 놓았더라도 잘못된 판단일 수도 있지요.

클뤼거 우리는 삶을 다시 무를 수는 없습니다. 오직 계속 살아갈 수만 있고, 그러다가 혹시 또 잘못 판단할 수도 있겠지요.

우리는 올바른 선택이 있다고
착각해서는 안 됩니다.

라디쉬 사람들이 이제는 시도해 볼 기회가 그리 많지 않다는 사실을 안다면 무엇이 바뀔까요?

클뤼거 그때는 노년의 지혜가 힘을 발휘하지요. 엄밀히 따지자면, 그것은 사실 노년의 무관심입니다. 뭐라고 부르든 상관은 없습니다. 우리는 올바른 선택이 있다고 착각해서는 안 됩니다. 내가 지금 완성하려는 소설도 그 문제를 다루고 있습니다. 모든 것이 확정되어 있다면 자유는 없습니다. 그러나 모든 것이 우연이라면, 나는 그렇다고 믿습니다만, 그것은 우리가 선택할 자유가 있다는 장점을 가진 것이죠. 그렇다고 우리가 나중에 자책할 필요는 없습니다. 우리는 거기서 어떤 결과가 생겨날지 전혀 모르기 때문이지요.

라디쉬 노년이 된 당신은 더 이상 중요한 것 같지 않는 일들을 위해 생애를 너무 많이 허비한 것이 후회될 때도 가끔 있나요?

클뤼거 나는 스스로 말합니다. 나는 나의 삶을 살았노라고. 만약 내가 지금 벼락을 맞는다 해도 대수롭지 않을 일입니다. 그런 느낌이 아주 강합니다. 나는 더 이상 어떤 것을 해 보지 못했다고 불평하지는 않을 겁니다.

라디쉬 사람들은 삶이 충만하다는 것과 모든 좋은 순간들을 이미 누렸다는 것을 무엇에서 알 수 있을까요?

클뤼거 기억을 떠올리는 것이죠. 나는 결정을 내려 놓고 충실히 따르려고 합니다. 그리고 결정을 내려 놓고 아쉬워하기도 합니다. 그러나 그 모든 게 나에게서 일어난 일들입니다. 우리가 삶에서 무엇을 더 바라야 할까요?

라디쉬 적지 않은 사람들이 너무나 많은 경험을 해서 전체적으로 살피는 능력을 잃어버렸을 정도였습니다. 조지 타보리의 경우도 그랬죠. 그는 너무나 많은 정체성을 가져서 결국에는 자신의 인생을 제대로 파악하지도 못할 정도였습니다.

클뤼거 나는 정체성 때문에 곤란을 겪은 적은 전혀 없습니다. 그것은 막스 프리쉬가 다루는 문제지요. 정체성이 남자들이 겪는 문제인지에 대해서도 잘 모릅니다. 나의 경우는, 만약 아이들이 없었다면 내 삶에 약간 산만한 면이 있었을 거라는 느낌은 확실히 있습니다. 나는 내가 대단한 인물이라는 사실을 늘 확신하고 있었습니다. 비록 남자들과 남자들의 권위가 여러 생활 여건에서 어떻게든 나 자신을 과소평가하도록 만들려 했지만 말입니다. 남자들은 때로는 그렇게 만드는 데 성공하기도 했죠. 흥미로운 점은 내가 최근 들어 과거에 관해 너무나 많이 생각해 보고, 지난 일에 관한 나의 견해를 무척 자주 바꾼다는 겁니다.

라디쉬 예를 들면 어떤 일에 관한 견해를 바꾼다는 뜻인가요?

클뤼거 다투며 지냈던 어머니를 생각해 보죠. 나는 늘 어머니가 나를 전혀 사랑하지 않는다고 느꼈습니다. 지금은 어머니에게 발전 가능성이 얼마나 적었었는지 이해가 됩니다. 1904년에 중산층 가정에서 태어난 여성이었는데도 말이죠. 첫 번째 결혼은 열아홉 살 때 프라하에서 했고, 두 번째 결혼은 나의 아버지와 이루어졌지요. 나는 아버지가 빈을 빠져나가 달아날 때 우리를 함께 데려갈 수 있었을 거라는, 어쩌면 우리를 구할 수 있었을 거라는 의구심이 들어요. 나이 든 여자가 된 지금, 그 일에 관해 곰곰이 생각해 보면 다른 인상이 생겨나지요.

라디쉬 고령이 되어 당신의 삶을 자기 자신에게 새롭게 들려주는 건가요?

클뤼거 아주 새롭게 들려주죠. 나는 인간들을 이전에 판단했던 것과는 다르게 판단합니다. 그것은 내가 더 부드러워졌다는 사실과도 관련이 있지요.

라디쉬 과거를 돌이켜 봤을 때, 어떠한 경우에도 달리 선택했어야 마땅한 일은 무엇인가요?

클뤼거 가장 유감스럽게 생각하는 일은 내가 이스라엘이 아니라 미국으로 왔다는 사실입니다. 이스라엘에 있었더라면 나는 다수에 속했을 겁니다. 미국에서 나는 이방인으로 분류되었지요. 그곳에서는 누군가가 마치 기념물처럼 돌아다니는 것을 조금도 원하지 않는다는 사실을 나는 오랫동안 인정하고 싶지 않았어요. 내 팔에는 사실 강제수용소 수감 번호가 새겨져 있었지요. 이것이 그런 느낌을 줄 거라고는 생각하지 못했습니다. 나에게는 이 번호가 내 삶의 일부였고, 마찬가지로 이런 번호가 새겨진 사람들을 나는 아주 많이 알고 있었지요. 정말이지, 미국은 잘못된 나라입니다.

우리의 과거는
역사로 변해 버렸어요.

라디쉬 지금도 자신을 이방인으로 느끼나요? 전후에 태어난 세대에게까지 파급된 홀로코스트의 트라우마가 오늘날에는 수많은 다른 사건들과 대등한 하나의 사건으로 여겨질 뿐입니다.

클뤼거 네, 80년대 이후에 태어난 소위 '밀레니엄 세대'는 우리와 완전히 단절되어 있지요. 2차 세계 대전은 그들에게 까마득하게 먼 과거의 일입니다. 최근에 나는 1947년에 미국으로 건너왔다는 말을 어떤 젊은 미군에게 한 적이 있습니다. 그것은 그 젊은이로서는 감히 상상도 못할 정도로 오래전의 일이었죠. 우리의 과거는 역사로 변해 버렸어요.

라디쉬 당신 세대와 더불어 한 시대가 저물어 갑니다. 그 시대의 여진은 우리에게 반세기 동안이나 긴장을 늦추지 못하게 했지요.
클뤼거 사실 그 문제 때문에 당신이 여기로 온 거죠. 내가 역사의 한 조각이니까요. 물론 반드시 기분 좋은 일은 아니지만요.

라디쉬 당신은 강제수용소에 관한 회고록을 가해자의 언어인 독일어로 쓰셨습니다. 독일어가 당신에게 문제가 되었나요?
클뤼거 쇼아Schoah*는 사실 무엇보다 독일에서 일어난 사건입니다. 그럼에도 그것을 다룬 그토록 많은 책들이 독일어로 집필된 경우는 드물었고 헝가리어, 네덜란드어, 히브리어, 스웨덴어, 폴란드어, 이탈리아어로 되어 있었습니다. 나는 열여섯 살 때 미국으로 건너갔고, 다시는 독일어를 사용하지 않으려 했습니다. 그런데 대학에서 독문학을 공부하면서 나는 이 악마의 문화와는 상종도 하지 않으려 했던 유대인 친구들을 잃었지요.

라디쉬 한때 자신을 죽이려 했던 문화에 정신적으로 정착하고 있다는 불행한 사태는 임레 케르테스, 조지 스타이너와 진행한 인터뷰에서도

---

* 영미식 표현인 '홀로코스트'는 신에게 제물을 전부 태워서 바친다는 뜻의 그리스어 '홀로카우스톤'에서 유래되었다. 그래서 종교적 의미를 지니는 이 말을 부정적으로 인식하는 유대인들은 '대재앙'이라는 뜻의 히브리어 '쇼아'를 주로 사용한다.

중요하게 다루어졌습니다. 두 사람은 아우슈비츠 학살은 독일 문화에
도 불구하고 일어난 것이 아니라 독일 문화 때문에 일어났다는 견해를
보였습니다. 그럼에도 두 사람은 독일 문화를 사랑했고, 나치즘이 무엇
보다 오스트리아의 문제라고 확신하고 있었습니다.

클뤼거 그것은 물론 맞는 말입니다. 히틀러는 오스트리아 학교와 오
스트리아 교회의 영향을 받으며 성장했습니다. 그것은 지워질 수 없는
사실입니다. 브라우나우*는 오스트리아에 있지요. 그러나 독일 문화에
서 아우슈비츠 학살을 불러온 그것은 무엇일까요? 나는 독일의 반유대
주의에 대해 이미 예정되어 있었다는 다니엘 골드하겐**의 논제를 믿지
않습니다. 나는 오히려 이 나치 과거사 전체가 우연이었다고 생각합니
다. 만약 사람들이 빨간색이 아니라 검은색을 지지했다면 그 일은 일어
나지 않았을 게 틀림없습니다. 히틀러가 반드시 필요했던 건 아니었습
니다. 그는 전혀 필요하지 않았지요.

라디쉬 케르테스는 더 심하게 주장했는데요. 오늘날까지도 아우슈비
츠 학살을 막을 만한 것은 전혀 없다고 말했습니다.

클뤼거 그것은 옳은 말입니다. 왜냐하면 만약 아우슈비츠가 내 생각
처럼 우연이었다면, 우연이란 되풀이해서 일어날 수 있기 때문이지요.
고도 문화는 우리를 그런 불행에서 보호해 주지 않습니다. 고도 문화는
또한 전 세계적인 노예 상태와 전 세계적인 빈곤도 막아 주지 못하지
요.

---

* 히틀러의 출생지.
** 미국의 유대계 역사학 교수로, 자신의 박사학위 논문이기도 했던 책『히틀러의 자
발적 사형집행인들』로 큰 반향을 불러일으켰다. 독일인의 병리현상인 '제거주의적'
반유대주의에서 홀로코스트의 원인을 찾아 모든 독일인에게 책임이 있다는 논리를
펼쳤다.

라디쉬 그렇다면 고도 문화는 엘리트층을 위한 하나의 오락, 멋진 여가 선용에 지나지 않겠군요.

클뤼거 수많은 강제수용소들을 고려한다면, 그런 결론을 끌어낼 수 있을 겁니다.

라디쉬 강제수용소에서 보냈던 시절을 오늘날에는 어떻게 회상하나요?

클뤼거 수용소에서 보냈던 시절의 기억은 얼어붙어 있어요. 나에게 그 모든 일은 아무런 의미가 없습니다. 내가 목숨을 구한 것도 순전한 우연이었어요. 그것은 15분과 관계된 일이었습니다. 내가 아우슈비츠에서 긴 줄에 두 번 끼어들었던 일 말이죠. 요즘 들어 나는 그 일을 자주 생각합니다. 그 우연은 악몽으로 변할 수도 있습니다. 앞서, 나는 늘 나 자신을 대단한 사람이라고 생각했다고 말했었지요. 그러나 최근 들어 나는 위험을 전혀 넘기지 못했다는 느낌이 듭니다. 그곳은 아마 동화에 나오는 것처럼 역청이 칠해진 검은 구멍과 같았을 겁니다. 그 구멍 속에서 나와 함께 아우슈비츠의 가족 수용소에 수감되었던 내 나이 또래의 테레지엔슈타트 출신의 모든 아이들이 살해당했습니다. 반면에 나는 그곳에서 어떤 식으로든 빠져나왔지요. 혹은 빠져나오지 못한 것이기도 합니다. 나는 어쨌건 나 자신을 그 죽은 아이들에 포함시키니까요. 나는 죄책감을 느끼지는 않지만, 마치 내가 전혀 살아남지 못한 것 같은 막연한 느낌이 듭니다. 나는 그 아이들 속에 포함되어 있었는데, 며칠 후에 그 아이들은 죽어 버렸지요.

라디쉬 왜 아우슈비츠의 기억을 기록하는 데 나이가 예순에 이를 만큼 미뤄진 건가요?

클뤼거 초기 시절과 전쟁이 끝난 후 여러 해 동안은 누구보다 남자들이 발언에 나섰습니다. 그들은 뭔가 할 말이 있는 사람들처럼 보였습니다. 그 문제에 있어 나는 그리 중요하지 않게 여겨졌지요. 사실, 당시 나는 아직 어려서 아이의 시각밖에 없었지요. 그 후에 내가 엄청나게 중요하게 여겼던 여성 운동이 함께 작용했습니다.

라디쉬 문학에서 여성들이 아직도 과소평가되고 있나요?

클뤼거 놀라울 정도로, 전혀 믿을 수 없을 만큼 과소평가되고 있죠. 나는 남성들이 여성들의 책을 읽지 않는 것은 예나 지금이나 변함이 없다고 믿습니다. 남성들은 그 점을 시인하지 않지만, 남성들에게 그들이 읽은 가장 최근의 여성 작가의 책이 무엇이었는지 한번 물어보세요. 주요 여성 작가들 중 아주 많은 사람들이 그들의 책과 함께 무시당하고 있습니다. 아무도 그들을 알아주지 않아요.

라디쉬 당신은 거의 20년 동안이나 부분적으로 이곳 독일의 괴팅엔에서 지냈습니다. 이건 일종의 화해인가요?

클뤼거 아닙니다. 그 과거는 해결되지 않은 채로 있고, 해결될 수도 없습니다. 나는 그것을 하나의 공통분모로 묶지 않았습니다. 그것은 그야말로 소름끼치는 우연이었으니까요.

라디쉬 젊은 시절의 남자 친구 마르틴 발저와의 우정은 항상 독일에 대한 당신의 관계를 보여 주는 척도였습니다. 그러다 그 우정은 끝이 났고요.

클뤼거 그와 친분을 맺고 있었던 동안 나는 그를 좋아했습니다. 그가 유대인들에 대해 어떤 의견을 가지고 있는지 제대로 평가하지 못한 것이 나의 실수였다고 볼 수 있지요. 그가 『어떤 비평가의 죽음』에서 서술한 내용은 너무나 불쾌해서 나는 그와 다시는 한 테이블에 함께 앉고 싶지 않았습니다. 라이히라니츠키도 그 소설에 대해 엄청나게 화를 냈지요. 그런데 이제 와서 발저가 유대인 문학을 알아 가고 있다니요, 그것은 미친 짓입니다. 내 입장에서 그것은 개인적으로 엄청난 실망입니다. 내가 지금 관계를 맺고 있는 독일인과 오스트리아인 친구들은 거의 예외 없이 여자들입니다. 나치즘 운동 전체가 여자들을 훨씬 적게 끌어들였어요.

라디쉬 당신의 관점에서는 이것은 특별히 이상하게 보일 것이 틀림없습니다. 독일의 가장 중요한 전후 작가 두 사람 중 한 명은 『어떤 비평가의 죽음』을 썼고, 다른 한 명은 나치 무장 친위대에서 활동했습니다. 귄터 그라스가 나치 무장 친위대 대원이었다는 사실을 오래 침묵한 것이 당신에게 또 다른 엄청난 실망이 되었나요?

클뤼거 사실, 나는 원래부터 독일인들을 그리 좋게 여기지 않았습니다. 누군가가 그런 일에 관해 침묵하는 것은 나도 충분히 납득이 갑니다. 그 문제에 있어 불쾌한 점은, 정작 그가 다른 사람들에게 그런 일을 고백하지 않았다고 비난해 왔다는 사실이지요. 그러나 그런 사실이 밝혀졌더라면 그는 평생 노벨상을 받지 못했을 겁니다. 백만 유로를 받기 위해서라면 우리는 몇 가지 사실을 비밀에 부치기도 하지요. 그것은 불안과 타산 때문이었습니다. 그리고 나는 독일 문학계가 그 두 사람을 최고의 거장으로 내세울 정도로 위계적이라고 보지 않습니다. 나에게는 여성들이 늘 관심의 대상이기도 했으니까요. 당신이 인터뷰를 한 분들, 즉 마이뢰커, 키르쉬, 아이힝어 말입니다. 그리고 독일어와 영어의 경계에 위치하고 있는 타보리 같은 사람들도.

라디쉬 마르셀 라이히라니츠키가 당신에게 독일로 향하는 앞길을 터 주었습니다. 그가 당신의 첫 작품을 〈문학 사중주〉에서 칭송했지요.

클뤼거 라이히라니츠키는 내 책 발행인에게 이런 말을 했었죠. '사실, 이 책은 확실히 좋기는 하지만 이 끔찍한 페미니즘의 흔적은 지우는 게 더 나을 뻔했어.' 하지만 그 후 방송에서는 비판이 전혀 나오지 않았습니다.

라디쉬 전후 독일에서 당신은 겉도는 추모제 문화의 간판 인물로 악용되었다고 느낀 적이 있나요? 임레 케르테스는 지난날을 회고하는 일기에서 자신을 홀로코스트 광대라고 불렀습니다.

클뤼거 네, 케르테스는 좋은 사람입니다. '홀로코스트 광대'는 기막힌 표현이군요. 나 같아도 거기에 동의할 겁니다. 나 또한 그런 느낌을 지금도 가지고 있으니까요. 마지막 생존자로서의 이 역할이 나에게는 엄청나게 거슬립니다. 다들 이렇게 물어보지요. 우리들에게 무슨 이야기를 들려줄 마지막 생존자들이 더 이상 없다면 우리는 어떻게 하지?

라디쉬 당신은 괴팅엔에서 중간중간 머문 것을 일단 제외하면 미국에서 인생을 보냈습니다. 유럽의 전쟁의 충격에서 멀리 벗어난 그곳에서 새 출발을 해 보려는 꿈이 있었나요?

클뤼거 나는 제대로 한번 시작해 보고 싶었습니다. 내가 미국에 도착했을 때는, 아직 나의 삶이라는 게 전혀 없었습니다. 나는 제대로 된 사회에는 어떤 것이 갖추어져야 합당한지도 알지 못했습니다. 나는 정상적인 어린 시절을 보내지 못했고, 그 후에는 나에게 맞지 않는 다른 규칙들이 지배하는 낯선 나라로 갔습니다. 그러나 만약 우리가 유럽을 떠나지 않았더라면 삶은 정지되어 있었을 거예요. 유럽에 머물러 있었다면 실책이 되었을 겁니다.

고령이 되어서야 우리는
서로를 더 잘 이해했습니다.

라디쉬 그 후 당신은 대학에 진학하기 위해 캘리포니아로 떠났고, 강제수용소에서 함께 지냈던 어머니는 뉴욕에 남겨졌죠.

클뤼거 사람들은 내가 그렇게 떠난 걸 나쁘게 여겼습니다. 어머니를 버리고 달아난 딸년이라고. 그러나 나는 어머니와 사이가 좋지 않았습니다. 이제 어머니는 96세가 되셨어요. 고령이 되어서야 우리는 서로를 더 잘 이해했습니다. 어머니의 추적 망상과 편집증이 줄어들었기 때문이죠.

라디쉬 이스라엘의 소설가 아모스 오즈는 말하길, 사람들은 돌아가신 부모에게서 결코 벗어나지 못한다고 했습니다. 부모의 정신적 충격과 꿈을 물려받아 계속 지니고 다닌다고 했죠. 그의 부모는 유럽에서 추방된 유럽인으로, 거기서 입은 상처를 극복할 수 없었습니다. 아마 당신의 어머니도 사정이 비슷했겠지요?

클뤼거 충분히 그럴 수 있지요. 어쩌면 나도 그 때문에 독문학을 공부했는지 모릅니다. 원래는 모든 것에서 벗어나려고 했지만 말입니다. 내가 지금 쓰고 있는 소설에서는 자신의 아버지를 평생 뒤따르는 주인공 이야기가 다루어집니다. 아버지가 자신에게 얼마나 중요한지에 관해 사람들과 이야기를 나누다 보면 늘 이 문제와 마주치게 되죠. 비록 아버지가 그들에게 좋은 일을 해 주지 않았더라도 말입니다. 사람들은 자신의 아버지와 권위자들을 평생 함께 데리고 다닙니다. 아모스 오즈의 자녀들도 그를 데리고 다니겠지요.

라디쉬 우리가 마음속에 자리를 차지하고 있는 아버지 같은 인물들에게서 결국에는 벗어나는 것이 좋지 않을까요? 그렇게 해서 자신의 삶으로 더 깊이 있고 열성적으로 파고드는 것 말입니다.

클뤼거 자기 자신에게 몰두하는 것 말씀인가요? 그렇게 되면 사람들은 아마 달팽이집에 도달할 겁니다.

라디쉬 제방 뒤편의 자신의 집으로 물러나서 살고 있는 자라 키르쉬처럼 말이군요. 아니면 빈에서 산더미처럼 쌓인 쪽지들 틈에서 살고 있는 프리데리케 마이뢰커처럼요? 당신이 판단하기에 바람직한 종착역은 무엇인가요?

클뤼거 삶의 참뜻을 말하는 건가요? 나는 삶의 참뜻이 무엇인지 정 알고 싶다면 고양이를 자세히 살펴봐야 한다고 생각해요. 고양이는 온종일 잠을 자지요. 거기서 우리는 삶의 참뜻은 그냥 살아가는 것이라는 걸 깨닫게 됩니다.

독자로 살아남을 작가들의 마지막 말

이 책을 처음 마주한 독자들은 어떤 기대를 품고 책장을 펼쳤을까? 각자의 사정은 다를지라도 '삶의 끝'이라는 말이 가지고 있는 무게감에 압도된 사람은 나만이 아닐 것이다. 모든 대화에서 끊임없이 아른거릴 죽음의 그림자 때문에 말이다. 하지만 대화를 읽어 나가다 보면, 정작 죽음이 가까운 고령의 작가들이 '죽음'에 대해 그리 심각하게 여기고 있지 않음을 발견하게 된다. 심지어 러시아 소설가 비토프에게 죽음은 '가장 위대한 기적'이며, 저명한 비평가 조지 스타이너에게서는 외로움이 묻어나긴 하지만 죽음은 '흥미로운' 일이다. 병색이 깊어 이미 삶에 지쳐 버린 임레 케르테스에게 죽음은 무척 편안한 사건으로 보이고, '인생 전체는 매우 기이한 것'이라고 말하는 파트릭 모디아노에게도 죽음은 '미정'의 상태로 '기이한 것'의 연장선상에 놓인 것처럼 보인다. 의식에 분명하게 포획되지 않는 것일수록 사람의 마음을 두렵게 만들기 마련이건만, 작가들에게 죽음은 '불확실'한 것일지라도 불안으로 이어지는 것처럼 보이지 않는다. 가령, 릴케는 『말테의 수기』에서 죽음에 대한 고찰을 이런 식으로 시작한다.

"예전에 사람들은 과일이 씨를 품고 있듯이 사람도 내부에 죽음을
간직하고 있음을 알고 있었다(혹은 어쩌면 어렴풋이 예감했을 것이
다). 아이들은 작은 죽음을, 어른들은 큰 죽음을 내부에 간직하고 있
었다. 여자들은 죽음을 자궁 속에 그리고 남자들은 가슴속에 간직하
고 있었다. 사람들은 죽음을 간직하고 있었고, 그 사실은 그들에게
독특한 위엄과 은근한 자부심을 부여했다."

릴케의 말처럼 죽음이 삶에 내재되어 있다는 사고방식은 이 책에서
도 어김없이 발견된다. 일제 아이힝어는 '글쓰기는 죽음과 연결되어 있
다'고 조금의 설명도 덧붙이지 않고 단언한다. 페터 륌코르프 또한 '세
상이 정말 그토록 안온하고 친숙하다고 느끼는 사람은 아마도 문학에
절대 발을 들여놓지 않을' 거라고 말한다. 우리는 여기서 죽음의 문제야
말로 작가들과 맞닿아 있는 가장 주요한 테마라는 것을, 그래서 그들이
'죽음'이라는 주제에도 담담할 수 있음을 알게 된다. 하지만 이 책의 미
덕은 작가들이 가지고 있는 삶과 죽음에 대한 특별한 사고방식을 표현
하는 데에만 있지 않다. 책을 읽는 동안 느끼게 되는 가장 큰 즐거움은
세계적으로 저명한 작가와 지성인들의 내면세계를 들여다볼 수 있다는
점이다. 그들은 어떤 생각을 하고, 무슨 문제를 안고 있으며, 어떻게 글
을 쓰는가? 이 책에 실린 열여덟 편의 인터뷰는 거장들의 생각을 작품
을 통해서가 아니라, 일상의 말로 생생히 들을 수 있는 좋은 기회를 제

공한다.

사실 유럽에서는 저명한 작가들이 TV 방송과 신문에 드물지 않게 등장한다. 이 책의 저자 이리스 라디쉬가 유럽 곳곳을 돌며 작가들을 찾아가 인터뷰를 하고 그 시대의 기록물로 남기려는 노력을 보면서 깊은 뿌리를 가진 고도 문화의 힘이 느껴졌다. 그에 비하면 우리나라 독자들은 좁게는 한 사건, 넓게는 한 시대에 영향을 미친 작가들에 관해 독자적으로 발행된 책이 아니고서는, 그 작가에 대해 출판사에서 제공하는 짧은 소개 글로 피상적으로 알게 되는 경우가 대부분이다. 하물며 언론 매체의 노력으로 그들의 대화를 생생하게 전달받기에는 우리나라의 문화적 토대가 너무도 얕다. 그래서 이 책을 통해 작가들의 생각을 접할 기회를 얻게 된 것은 무척 뜻깊은 일이다.

이 책에 수록된 열아홉 명의 작가들 가운데 개인적으로 가장 반가웠던 인물은 독일에 머물 때 가끔 텔레비전에서 볼 수 있었던 라이히라니츠키였다. 나는 그의 인터뷰를 가장 먼저 펼쳐 읽었다. 한때는 '문학의 교황'으로 독일 문학계를 호령했던 그에게서는 냉담함과 쓸쓸한 허무가 진하게 풍겨져 나온다. 그런데도 죽음에 대한 거부감은 느껴지지 않는다. 아마도 코앞에 닥친 죽음에서 탈출한 그에게 삶의 종착역은 너무나도 분명했을 것이다. 나는 근래에 다시 출간된 그의 자서전 『나의 인생』을 보면서, 독문학뿐 아니라 세계 문학에 그토록 방대한 지식을 가진 사실에 또다시 경탄하게 되었다. 그와 동시에 문학에 대한 그의 열정은 루트 클뤼거가 자신의 삶을 '마치 내가 전혀 살아남지 못한 것' 같다고 느낀 것과 같은 죽음에 대한 반작용이라는 새로운 인상도 생겨났다. 이 책을 다 읽고 난 독자들도 이 책에서 만나게 된 작가들의 작품을 직접 손에 들게 되면 이처럼 색다른 감정을 느끼게 될지 모른다. 간접적인 만남일지라도 그들과 나눈 대화가 각자의 마음속에서 살아 움직일 것이기 때문이다.

번역 의뢰를 받고 나서 처음 책을 대했을 때, 나는 큰 낭패감이 들었다. 이 쟁쟁한 작가들에 관해 아는 바가 많지 않았기 때문이다. 그러니 어떻게 이들의 '말씀'을 온전하게 번역해서 전달할 수 있겠는가? 부족한 지식을 만회하기 위해 이 책에 등장하는 작가들에 관한 책들도 읽고 자료도 부지런히 찾아보았다. 아마 대학 시절에 한 학기 강좌를 열심히 들은 분량은 되었던 것 같다. 네 달 동안 고민을 거듭하며 번역을 마쳤지만 다루는 인물과 주제가 다양하니 만큼 독자들의 기대를 얼마나 충족시킬 수 있을지 염려되는 마음이 없지 않다. 그럼에도 긴 시간 고심한 번역의 결과가 독자들의 내면에 여운으로 완성되길 기대해 본다.

번역과는 별도로 독자들의 이해를 돕기 위해 작가들에 대한 소개를 싣고, 낯선 용어나 인터뷰에서 다뤄지는 맥락을 설명하는 일은 에스 편집팀에서 도와주었다. 이 기회를 빌려 노고에 다시 한 번 감사를 전한다.

– 염정용

작가 정보

쥘리앵 그린(1900~1998) 파리에서 태어난 미국인 소설가다. 청교도였던 미국인 부모님의 영향 아래서도 가톨릭 신앙을 가지고 개종했다. 이후 불교 사상에 심취하기도 했으나 1939년에 다시 가톨릭으로 돌아갔다. 그의 문학 세계는 인간의 내면을 심리적으로 탐구한 실존주의적 문제와 인간의 고독한 운명과 나약함, 신을 통한 구원이라는 종교적 주제를 형상화한 것으로 이해된다. 잘 알려진 작품들을 예로 들자면, 그리스 신화에서 '운명의 신'의 이름이기도 한 『모이라』, 페니키아 신화와 성서에 나오는 괴물 『레비아탕』, 『지옥』, 『범죄자』 등은 제목에서부터 악과 어둠, 죄와 관련된 어두운 분위기가 두드러진다. 프랑스의 문호이자 친구인 프랑수아 모리아크는 그린을 가리켜 '현세의 지옥을 그리는 화가'라고 별명을 붙일 정도였다. 젊은 시절에 이미 세계적인 명성을 얻은 그린의 문학사상 가장 방대한 작품은 일기(1926~1998)와 두 권의 자서전인데, 자서전을 통해 사회에서 금기시하던 동성애 생활을 밝혔다. 국내에서 현재 찾아볼 수 있는 작품으로는 『잔해』(문학동네, 2011)가 있다.

일제 아이힝어(1921~2016) 잉에보르크 바흐만과 함께 거론되는 전후 오스트리아 문학의 대표 작가이다. 유대인이었던 아이힝어의 외가 친척들은 나치 시대에 강제수용소에서 처형되었고, 쌍둥이 동생 헬가는 1939년에 유대인 어린이 망명 프로그램에 따라 영국으로 떠나 살아남았다. 나머지 가족들은 전쟁이 일어나 빈을 떠나지 못한 채 전쟁의 참상을 경험했다. 의학을 공부하다 학업을 중단하고 자전적 소설이자 유일한 장편소설인 『더 큰 희망』을 발표했는데, 이는 전후 오스트리아 여성 작가 활동의 최초의 신호탄이었다. 47그룹의 초청으로 훗날 남편이 된 귄터 아이히를 만났고, 그다음 해에 47그룹 상을 받았다. 시·단편

소설·산문에서 다수의 문제작을 발표한 그녀의 작품은 사물화된 세계를 현실과 꿈을 혼합해 보는 치열한 언어 탐구가 특징이다. 국내에『더 큰 희망』(지만지, 2016)이 출간되어 있고, 독일 문학 단편선집『어느 사랑의 실험』(창비, 2010)에 단편소설「달나라 이야기」가 실려 있으며, 산문집『너는 떠나가고 나는 거기 남아서』(둥지, 1989)가 소개된 바 있다.

클로드 시몽(1913~2005) 두 살 때 아버지가 제1차 세계 대전에 참전해 1914년 8월 27일에 적군에게 사살당했고, 오랜 병을 앓던 어머니는 열두 살 때 잃었다. 아버지가 죽고 정확히 25년 후인 1939년 8월 27일에 클로드 시몽은 제2차 세계 대전 발발로 군에 소집되었다. 그는 한 대담에서 25년이라는 시간 간격에도 불구하고 전쟁은 '새로운 학살'을 만들어 낸다며, 전쟁과 죽음의 충격에 대해 말했다. 전쟁이라는 극한 상황의 체험을 바탕으로 한 그의 작품들은 파편적이고 이질적인 이야기들이 맥락이나 설명 없이, 심지어 구두점이나 문단 구분도 없이 연결되고, 시공간은 갑자기 단절되기 일쑤다. 이러한 구조는 소설 속 인물의 의식 속에서 부유하고 있는 시간의 흐름이며, 하나의 이야기가 거기에 따른 내면의 연관성에 따라 끊임없이 연결되는 것을 표현한 것이었다. 시간의 흐름이라는 관습적인 소설 형식을 과감히 떠나, 현실과 기억, 상상이 서로 교차하면서 나타나는 인간 인식의 단면을 보여 준 그는 현대인의 실존적 상황을 대변했다는 평가와 함께 1985년 노벨문학상을 받았다. 수상과 함께 국내에『플랑드르로 가는 길』,『바람』,『이야기』,『제오르지크』,『여인들/사물학습』 등이 여러 번역본으로 출간된 바 있다.

페터 륌코르프(1929~2008) 함부르크대학 시절 동료 시인과 함께 문예지를 직접 펴내기 시작했고, 1958년부터 1964년까지 로볼트 출판사의 원고 심사원으로도 일했다. 이후로 저술가, 시인, 음악가로 활동했고 여러 대학에서 객원 교수를 역임하기도 했다. 기존의 사회적 억압에서 벗어나 개인의 욕망과 해방을 추구했던 독일의 문화 혁명인 68운동에 앞장섰던 그는 기존 문학의 사회적 무기력성을 지탄하며 전통적인 허구 문학을 포기하고 행동적 문학관을 옹호하고 예술의 선동성을 강조했다. 시를 통해 현대 사회·문화를 예리하게 지적하는 정치시를 썼으며, 모호한 의미의 말놀이는 뛰어난 운율과 역동적인 사고를 불러일으킴으로써 오늘날 시가 무엇이 될 수 있는지를 보여 준 시인으로 평가받는다. 현재 국내에 소개된 작품은 없으나, 독일 문호들에 대한 산문집인 『바보여 시인이여』(고려대학교출판부, 2008)에는 그의 삶과 작품에 대한 이야기가 소개되어 있고, 독일 현대시선집 『작은 것이 위대하다』(울력, 2007)에 몇 편이 소개되어 있다.

나더쉬 피테르(1942~) 20세기 헝가리가 낳은 가장 중요한 소설가이자 사진작가이다. 유대계 가정에서 태어난 그는 열세 살 때 어머니가 세상을 떠나고, 열여섯 살에는 아버지마저 공금횡령 모략의 희생자가 되어 자살한 뒤 어려운 생활을 했다. 사진과 저널리즘을 공부하고 기자로 활동하던 중, 소비에트 연방의 체코 침공을 기점으로 작가의 길로 전향해 1965년 문예지에 첫 작품을 실었다. 전통적인 이야기 구조를 거부하는 그의 작품 스타일은 로베르트 무질과 마르셀 프루스트에 비견되기도 하며, 수전 손택은 그를 '우리 시대의 토마스 만'이라고 격찬했다. 12년에 걸쳐 완성된 대하소설 『기억의 책』은 걸작이라는 평을 받았고, 2005년에 완성한 대하 3부작『평행 이야기』는 18년에 걸친 필생의 작업으로, 그의 문학적 위상을 전 세계에 알리는 계기가 되었다. 노벨 문학상 후보로 주목받으며 국내에도『세렐렘』(아르테, 2014)과『미노타우로스』(아르테, 2015)가 출간되었다.

안드레이 비토프(1937~) 레닌그라드(현재 상트페테르부르크) 출신의 러시아 소설가로, 건축가 아버지와 법률가 어머니인 인텔리겐치아 집안에서 태어났다. 대학 졸업 후, 러시아 곳곳을 다니며 지질탐사 전문가로 일했던 탓에 그의 단편소설에는 여행에서 얻은 풍물과 인상이 섬세하고 풍부하게 반영되어 있다는 평가를 받는다. 무신론자였던 그는 27세 무렵 '삶이 멈춰 버렸고, 미래가 통째로 없어진 것 같았다.'라고 회상할 만큼 깊은 우울증을 앓던 중 어느 날 지하철역에서 읽은 문구로 신 없이는 삶을 이해할 수 없다는 생각을 되뇌이게 되었고, 그것이 발화가 되어 소설을 쓰게 되었다. 스탈린 격하 운동과 자유화의 흐름을 타고 러시아 문학계는 전반적으로 사회주의 리얼리즘이라는 문학 원칙에서 벗어나 개인의 감정, 심리, 개성 등에 천착하는 한편, 장편 기피 현상 등이 나타났는데, 비토프는 그런 흐름에 관계없이 새로운 서술 형식을 찾는 데 골몰했다. 하지만 동시대의 평단은 그의 작품을 '상형문자'처럼 여겼고, 정부는 그의 책들의 출판을 지연시키거나 오랫동안 금지했다. 그는 자신의 대표작『푸시킨의 집』에서 러시아 사회·문화를 둘러싼 폐허 상태를 소설 형식의 파괴를 통해 드러내는 한편, 자신이 흠모해 마지않는 러시아 문화와 문학을 기념비로 보존하는 작업을 구현함으로써 러시아 포스트모더니즘 문학의 선구적 작가로 평가받고 있다. 아쉽게도 그의 작품은 아직까지 국내에 번역된 바 없다.

조지 타보리(1914~2007) 헝가리 태생으로 극작가·연출가·극장장·배우라는 활동을 이상적으로 통합시킨 예술가이다. 국적이 달랐던 부모님의 영향 아래 어려서부터 헝가리어와 독일어를 모두 사용했다. 1932년에 베를린에 머물던 중 1933년에 나치가 집권하자 고향으로 돌아갔다가 1935년에 런던으로 건너가 시민권을 얻었다. 1941년에서 1943년 사이에는 국제 통신원 자격으로 소피아와 이스탄불에서 생활했으며, 종군기자로서 팔레스타인과 이집트 등 근동 지역을 돌며 활동했다. 당시 그는 전화로 부모님에게 탈출을 권유했지만 설득에 실패해 그의 아버지는 1944년에 아우슈비츠에서 희생되었고, 어머니만 간신히 탈출에 성공했다. 그는 1943년에 다시 런던으로 돌아가 1947년까지 BBC에서 번역가와 기자로 활동하며 첫 소설을 발표했다. 이후 시나리오 작가로 1948년에 미국으로 건너가 20년 동안 연극계에서 활동하며, 망명 작가인 브레히트와 토마스 만과 교류했다. 독일 땅을 밟거나 독일 제품은 사지도 않으려 했던 그는, 1968년 동베를린에서 브레히트 탄생 70주년을 맞아 거행된 심포지엄에 참석했다가 독일에 머물게 되었고, 1971년에 서독으로 이주해 극작과 연출 활동을 했다. 이후 1999년부터는 극단 베를러너앙상블에서 연출을 맡았다. 현재 국내에는 『식인종들』(성균관대학교출판부, 2004)만이 소개되어 있고, 크빈트 부흐홀츠의 그림과 그 그림에 대한 여러 작가들의 단상을 담은 『책그림책』(민음사, 2001)에 짧은 글이 실려 있다.

프리데리케 마이뢰커(1924~) 오스트리아 태생의 시인으로 초기에는 초현실주의 문학의 자동 기술에 영향을 받은 서정시를 창작했고, '정확성의 신화'에서 벗어나 세계를 달리 경험하려고 시도해야 한다는 비트겐슈타인 철학의 영향을 많이 받았다. 형식·사고·언어·인식에서 전통과의 단절을 선언하며 가장 급진적인 독일어권 전후 아방가르드를 표방했던 빈 그룹과 교류하지 않았으나, 1966년 전통적인 문장의 해체, 언어유희, 의식의 흐름, 몽타주 형식, 스토리텔링에 대한 거부 등 실험적 성격이 강한 첫 산문집을 출간했고, 남편이자 문학적 동반자였던 에른스트 얀들과 공동으로 방송극을 발표하는 등 시와 소설과 방송극을 아우르며 독일어권 아방가르드 문학에 큰 영향을 미쳤다. 마이뢰커의 작품에는 작가나 예술가, 동료나 친지 등 다른 사람들의 텍스트가 자주 인용되어 있으며 심지어 곡이나 그림이 그 자신의 작품 제목이 되기도 함으로써 여타 예술과의 관계가 마이뢰커 작품을 이해하는 큰 열쇠가 되기도 한다. 마이뢰커의 작품은 단독으로 국내에 소개된 적이 없지만, 그림책『공룡 싱클레어의 하루』가 출간된 적이 있고, 독일 현대시선집『작은 것이 위대하다』(울력, 2007)에 몇 편이 소개되어 있다.

자라 키르쉬(1934~2013) '동독의 사포'라고 애칭될 만큼 80년대 독일 독서계에서 사랑을 받은 시인이다. 1958년에 서정시인 라이너 키르쉬를 만나 1960년에서 1968년까지 결혼생활을 하며 시집도 함께 여러 권 발표해 문학상을 수상하기도 했다. 1976년 서독에서 공연을 마친 후 귀국한 동독의 가수이자 시인인 볼프 비어만이 시민권을 박탈당하는 사건이 발생하자 자라 키르쉬는 이에 항의하는 청원서에 최초로 서명함으로써 당과 작가 연맹에서 축출되었다. 이후 생존의 위협과 함께 정치적 핍박을 견디다 못해 1977년에 서독으로 이주했다. 서독 사회의 다양성을 경험하고, 미국 여행을 통해 새로운 사회와 생활 감정을 경험한 뒤 "부드러운 마음으로 화해할 수 있는" 능력을 체득한 키르쉬는 서독으로 망명 내지는 억압적으로 이주를 강행당한 여타의 문인들과 달리, 독일 통일 이후 문화 논쟁에서 한 걸음 물러나 시골에 거주하며 초연히 작품으로써만 와해된 분열상을 엮은 시집들을 발표했다. 1983년에는 독일 최북단에 있는 슐레스비히홀슈타인주로 더욱 깊이 물러나 칩거해 자연환경에 관심을 기울이게 될 때까지 여러 대학에서 객원 교수로도 활동했다. 국내에는 『굴뚝새의 유리집에서』(고려원, 1993)가 번역되어 출간된 바 있다.

귄터 그라스(1927~2015) 독일 소설가로 1957년부터 47그룹에 초청되었고, 1959년 데뷔작 『양철북』으로 전 세계적인 주목을 받았다. 그라스는 현실 정치와 사회적 현안에 대해 활발하게 발언하고 적극석으로 개입했는데, 특히 사민당의 빌리 브란트와 오랫동안 협력했으며 노동권에 대한 주교의 태도에 항의해 1974년에 가톨릭 교회에서 탈퇴를 선언한 일들은 유명하다. 통독 이후 60세가 넘어서도 그는 집시의 권익 옹호, 핵 발전소 폐기를 위한 데모에 동참했고, 국제적 미디어 재벌 악셀-슈프링어를 상대로 소송을 제기하기도 했다. 그리고 1995년에 발표한 통일 독일에 관한 소설 『광야』는 출간도 되기 전에 300여 개에 달하는 기사가 보도되며 과열된 언론 경쟁에 독일 전역이 시달렸다. 현실 정치에 대한 참여로 끊임없이 이슈를 불러일으키고, 그로 인해 심한 오해나 상처를 입기도 했지만 그의 작품은 수많은 문학상을 받았고, 마침내 1999년 '쾌활하고 괴이한 이야기 속에서 역사의 잊힌 얼굴을 그려 낸' 모든 작품들로 노벨문학상을 받았다. 이 영광이 지난 후, 2006년 자서전 『양파 껍질을 벗기며』 출간에 앞서 그라스는 17세 때 나치무장 친위대 대원이었던 사실을 고백했는데, '전후 독일의 도덕적 심판자'로 자타가 공인해 온 작가로서 너무 늦은 고백이었다는 평가와 함께 자신의 작품을 선전하려 했다는 여론의 분노를 사기도 했다. 국내에는 『양철북』이 여러 판본으로 나와 있으며, 『무당개구리 울음』(풀빛, 1993), 『나는 에스컬레이터에 서 있는 것을 좋아한다』(고려원, 1995), 『나의 세기』(민음사, 1999), 『넙치』(민음사, 2002), 『게걸음으로』(민음사, 2002), 『라스트 댄스』(민음사, 2004), 『텔크테에서의 만남』(민음사, 2005), 『양파 껍질을 벗기며』(민음사, 2015), 『암실 이야기』(민음사, 2015) 등이 소개되어 있다.

마르틴 발저(1927~) 귄터 그라스와 더불어 독일에서 대중적 지명도가 가장 높은 작가인 그는 정치·사회적으로 민감한 주제를 작품으로 쓰며 이슈의 중심에 서게 되었다. 특히 1998년에 독일서적협회 평화상 수상 연설에서 발저는 독일 사회에서 금기시되어 왔던 문제를 건드렸는데, 바로 유대인 대학살이라는 독일의 과거를 도구화하는 언론 매체를 비판한 것이다. 독일이 가진 역사적 부채나 치욕을 누구나 인식하고 있기에 유대인 대학살의 기억은 개개인의 양심에 맡겨야 하며, 치욕을 도구로 이용해서는 안 된다고 강변했다. 이 연설로 발저는 엄청난 비난을 받았고 정치적 논쟁을 유발했다. 그리고 2002년에는 기자들의 문학 비평이 큰 영향력을 행사하는 독일 문화 속에서 매체와 문학 권력의 막대한 영향력을 풍자한 소설 『어느 비평가의 죽음』을 출간했다. 이 책에서 발저는 살해당하는 비평가를 실존 인물인 유대인 비평가 라이히라니츠키를 모델로 삼은 사실로 인해 문학 작품인지 유대인을 박해하는 책인지에 대한 논란을 불러일으켰다. 국내에 출간된 책으로는 『호수와 바다 이야기』(민음사, 2001), 『샘솟는 분수』(종문화사, 2001), 『유년시절의 정체성』(종문화사, 2001), 『어느 책 읽는 사람의 이력서』(미래의창, 2002), 『검은 백조』(성균관대학교출판부, 2006), 『어느 비평가의 죽음』(이레, 2007), 『불안의 꽃』(문학과지성사, 2008), 『괴테의 사랑』(자음과모음, 2009) 등이 있다.

마르셀 라이히라니츠키(1920~2013) 폴란드 태생 문학비평가. 유대인 아버지와 독일인 어머니 사이에서 태어난 그는 아버지의 파산으로 1929년에 가족과 함께 베를린으로 이주했다. 독일의 모순과 이중성을 경험하면서도 독일의 문학, 연극, 음악에 심취했다. 유대인이라는 이유로 대학 입학을 거부당했고, 1938년에는 나치의 유대인 탄압으로 바르샤바로 강제 추방당했다. 이후 1년간 실업자로 지내며 다시 폴란드어를 배웠고, 독일이 폴란드를 점령한 1940년에는 바르샤바 게토로 강제 이송되어 통역 업무를 했다. 그러던 중 게토에서 처형장으로 강제 이송을 막기 위해 1942년 인터뷰에 등장하는 부인과 혼인 신고를 했고, 1943년 1월에 강제수용소로 이송되던 중 아내와 함께 탈출해 1944년 9월에 독일군이 퇴각할 때까지 숨어 지냈다. 가족 중 부모는 강제수용소에서 가스로, 남동생은 포로수용소에서 총살로 희생되었으며 누나만 전쟁 직전에 런던으로 도피했다. 전후에는 독일어를 할 수 있었던 까닭에 폴란드 정보국에 소속되어 영국 영사로 일했다. 하지만 스탈린 시대의 개막으로 공산국가가 된 폴란드에 귀국했다가 해고와 함께 투옥되기도 했다. 1958년 연구 조사차 오게 된 서독에서 〈FAZ〉의 문예란에 문학비평가로 활동하게 되었고, 1959년에 해임되어 〈차이트〉에서 같은 일을 이어갔다. 이후, 1973년에 다시 〈FAZ〉 문예부 편집부를 책임지다 1988년에 공식 퇴임했으며, 1988년부터 2001년까지 TV 프로그램

〈문학 사중주〉를 진행했는데 '문학의 교황'으로 불리며 독일 문단에 막강한 영향력을 떨치는 동시에 대중의 찬사를 받았다. 작고한 후 국내에 소개된 적이 있던 그의 저서 『작가의 얼굴』(문학동네, 2013)과 『나의 인생』(문학동네, 2014)이 재출간되었다.

안토니오 타부키(1943~2012) 이탈리아 태생 작가로 시·소설·희곡·산문·연구서 등 다양한 장르의 글을 썼다. 포르투갈의 작가 페르난두 페소아의 시에 반해 문학의 길에 들어선 그는 포르투갈 문학 연구를 평생의 과제로 삼아 페소아의 작품을 번역하고 연구하고 소설화했다. 유럽의 실천적 지성을 대표하는 작가로 노벨문학상 후보로까지 거론되었던 그는 이탈리아의 베를루스코니 정부를 향해 거침없이 비판적 발언으로 신변에 위협을 받으며 조국을 떠나 살아야 했다. 또한 1990년대 본격화된 집시들에 대한 무차별적 추방에 대해서도 맹렬하게 비난하며 현실의 정치·사회·경제적 조건에 대한 논쟁에 적극적으로 참여했다. 작고 후 『페레이라가 주장하다』(문학동네, 2011), 『꿈의 꿈』(문학동네, 2013), 『플라톤의 위염』(문학동네, 2013), 『수평선 자락』(문학동네, 2013), 『레퀴엠』(문학동네, 2014), 『집시와 르네상스』(문학동네, 2015), 『인도 야상곡』(문학동네, 2015), 『페르난두 페소아의 마지막 사흘』(문학동네, 2015), 『다마세누 몬테이루의 잃어버린 머리』(문학동네, 2016), 『사람들이 가득한 트렁크』(문학동네, 2016) 등 다수의 작품이 국내에 출간되었다.

미셸 뷔토르(1926~2016) 프랑스 태생의 소설가로 소르본 대학에서 문학과 철학을 공부했다. 알랭 로브그리예와 더불어 1950년대 프랑스 누보로망의 주요 작가로 분류되지만, 그 자신은 끊임없이 글쓰기의 모험을 추구하며 다양한 소설 기법을 시도했을 뿐 아니라 다른 장르의 예술가들과 공동 작업을 통한 글쓰기 방식으로 자신의 작품을 통상적인 소설 개념으로 범주화할 수 없게 만들었다. 르노도상을 수상하며 대중적 성공도 거두었던 대표작『변경』(문학과지성사, 2004)과 프랑스 문학에 대한 소설론인『새로운 소설을 찾아서』(문학과지성사, 1996)가 국내에 소개된 바 있다.

임레 케르테스(1929~2016) 헝가리의 소설가로 2002년 노벨문학상을 수상하며 국내에도 많이 알려졌다. 유대인 중산층 가정에서 태어난 그는 기숙학교에 들어간 지 얼마 되지 않아 열다섯 살에 아우슈비츠로 끌려갔다가 악명 높은 강제수용소를 거쳐 제2차 세계 대전이 끝나서야 고향으로 돌아갔다. 졸업 후 신문사에서 일을 시작한 그는 군대에 징집되었다가 제대한 후 작가로 활동하며 니체, 프로이트, 비트겐슈타인 등 독어권 철학가와 작가의 작품을 헝가리어로 번역하기도 했다. 1960년부터 쓰기 시작해 완성하는 데 13년이 걸린 소설『운명』은 아우슈비츠와 관련된 중요한 소설 중 하나로 그에게 명성을 안겨 주었으며, 이후 홀로코스트를 주제로 한 일련의 작품을 발표하면서 세계 주요 문학상을 수상했다. 노벨문학상을 수상한 이듬해 국내에 그의 작품들이 연달아 출간되었다. 현재 국내에서 찾아볼 수 있는 책으로『운명』(민음사, 2016)을 비롯해『좌절』(다른우리, 2003),『태어나지 않은 아이를 위한 기도』(다른우리, 2003),『청산』(다른우리, 2005)이 있다.

조지 스타이너(1929~) 프랑스 파리 태생의 비교문학자이자 철학자이며 문화비평가인 그는 제2차 세계 대전이 일어나기 전 오스트리아 유대인 부모와 함께 미국으로 건너가 미국 시민권자가 되었다. 시카고 대학과 하버드 대학을 다녔고, 옥스퍼드 대학에서 박사학위를 받았으며, 학업 중에도 런던의 〈이코노미스트〉에서 편집원으로 근무했다. 학업을 마친 후 다시 미국으로 건너가 프린스턴 대학의 연구소에서 일했으며 그 외 여러 대학에서 교수로 일했다. 4개 언어를 모국어처럼 자유롭게 구사하며, 방대한 유럽의 문명과 지적 전통에 대해 투철한 이해를 바탕으로 자기 생각을 명징하고도 간곡하게 드러내는 문체가 특징이다. 현재까지도 타의 추종을 불어하는 영미권 비평가이다. 국내에는 『톨스토이냐 도스토예프스키냐』가 여러 차례 번역되어 출간된 바 있다.

파트릭 모디아노(1945~) 프랑스 소설가로 30여 권의 소설을 발표했으며 2014년 노벨문학상을 수상했다. "표현하기 어려운 인간의 미묘한 운명을 환기하는 기억의 예술"이라고 시상 이유를 밝힌 한림원의 평가대로 매 작품마다 생의 근원적 모호함을 탐색해 왔다. 제2차 세계 대전 종전 직후 불안정한 가정에 태어난 그는 거의 돌봄을 받지 못했는데, 유일한 혈육이었던 남동생 루디가 1957년 아홉 살의 나이로 백혈병에 걸려 죽자, 이 기억은 그의 인생에 가장 중요한 일로 자리 잡게 되었다. 1960년부터 어머니의 친구였던 작가이자 수학자, 화가, 출판인 등 프랑스 문단의 거장이었던 레몽 크노 아래 기하학을 공부했고, 문학의 길로 접어들게 된 후 1968년 갈리마르 출판사에서 첫 작품을 출간했다. 국내에 번역된 작품으로는 『아득한 기억의 저편』(자작나무, 1999), 『슬픈 빌라』(책세상, 2001), 『발레소녀 카트린』(열린책들, 2003), 『신원 미상 여자』

(문학동네, 2003), 『작은 보석』(문학동네, 2005), 『한밤의 사고』(문학동네, 2006), 『어두운 상점들의 거리』(문학동네, 2007), 『도라 브루더』(문학동네, 2007), 『혈통』(문학동네, 2008), 『우리 아빠는 엉뚱해』(별천지, 2009), 『그토록 순수한 녀석들』(문학세계사, 2014), 『지평』(문학동네, 2014), 『잃어버린 젊음의 카페에서』(문학동네, 2014), 『청춘 시절』(문학동네, 2014), 『추억을 완성하기 위하여』(문학동네, 2015), 『팔월의 일요일들』(문학동네, 2015), 『네가 길을 잃어버리지 않게』(문학동네, 2016) 등이 있다.

아모스 오즈(1939~) 노벨문학상 후보로도 자주 거론되는 이스라엘 소설가이자 저널리스트, 중동 평화를 주장하는 활동가이다. 원래 이름은 아모스 클라우스너로, 시온주의자 학자가 배출된 집안이지만 그 자신은 6일전쟁을 겪은 1967년 이래, 이스라엘과 팔레스타인 두 국가 체제를 옹호하며 평화 공존을 주장한다. 1968년 『나의 미카엘』로 세계적 명성을 얻었고 1978년 평화단체 '샬롬 악샤브(Peace Now)'를 창립해 이끌었으며 2008년 좌파 사회민주주의 정당 설립에도 기여했다. 그의 자전 소설인 『사랑과 어둠의 이야기』는 2015년 영화화되기도 했다. 그의 작품은 이스라엘 현대사, 인간에 대한 이해와 통찰, 광신주의와 폭력의 배격, 타자와의 소통과 평화라는 주제가 사색적인 문체로 그려져 있다. 국내에 그의 작품은 『숲의 가족』(창비, 2008), 『첫사랑의 이름』(비룡소, 2009), 『여자를 안다는 것』(열린책들, 2009), 『삶과 죽음의 시』(열린책들, 2010), 『시골 생활 풍경』(비채, 2012), 『친구 사이』(문학동네, 2013), 『사랑과 어둠의 이야기』(문학동네, 2015), 이스라엘과 팔레스타인의 평화에 관해 쓴 산문집 『광신자 치유』(세종서적, 2017) 등이 소개되었다.

루트 클뤼거(1931~) 오스트리아 출신의 독문학자이자 작가이다. 제2차 세계 대전이 일어났을 때 아버지는 혼자 프랑스로 도주했고, 1942년 열한 살이었던 그녀는 어머니와 함께 강제수용소에 수감되었다가 극적으로 탈출에 성공해 1947년에 미국으로 이주했다. 1980년에서 1986년까지 프린스턴 대학에서, 그 후에는 UC어바인에서 독문학 교수로 재직했다. 1988년에 괴팅엔 대학의 객원교수로 초빙받은 후로 양쪽 대학을 오가며 강의했으며, 미국에서 발행되어 국제적으로 읽히는 독일 관련 학술지 〈계간 독일German Quarterly〉의 발행인으로 오랫동안 일했다. 수용소 탈출 후 약 50년이 지난 1992년에서야 자서전 『계속 살아가다』를 출간했는데, 기존의 홀로코스트 문학과 달리 여성과 젠더의 관점에서 기억을 논하고 있어 중요한 시대 증언서로 평가받았다. 또한 전후 편집증과 추적 망상으로 어머니와 끊임없이 갈등하게 된 개인사를 함께 다룸으로써 수용소의 비참함과 함께 이후에도 계속되고 있는 고통을 동등하게 부각시키고, 홀로코스트를 과거의 이야기가 아닌 현재의 관점으로 재평가함으로써 비인간적 전쟁 이후에도 삶의 끈질긴 지속성을 드러냈다. 아직 국내에 작품이 소개된 적은 없다.

삶의 끝에서 나누는 대화

펴낸날 초판 발행 2018년 1월 30일
지은이 이리스 라디쉬 | **옮긴이** 염정용 | **펴낸이** 신형건
펴낸곳 (주)푸른책들 · 임프린트 에스 | **등록** 제321-2008-00155호
주소 서울특별시 서초구 양재천로7길 16 푸르니빌딩 (우)06754
전화 02-581-0334~5 | **팩스** 02-582-0648
이메일 prooni@prooni.com | **홈페이지** www.prooni.com
카페 cafe.naver.com/prbm | **블로그** blog.naver.com/proonibook
ISBN 978-89-6170-638-4 03800

이 도서의 국립중앙도서관 출판시도서목록(CIP)은 서지정보유통지원시스템 홈페이지
(http://seoji.nl.go.kr)와 국가자료공동목록시스템(http://www.nl.go.kr/kolisnet)에서 이용하실 수
있습니다.(CIP제어번호: CIP2017033240)

⑤ 에스 Special books for the single, senior & simple life